안나 0

**ANNA O**

Copyright ⓒ 2024 by MJB Media Ltd
This translation rights arranged with Madeleine Milburn Ltd. through Danny Hong Agency, Seoul.

All rights reserved.
This Korean edition copyright ⓒ 2025 by Moonhak Soochup Publishing Co., Ltd.

이 책의 한국어판 저작권은 대니홍 에이전시를 통한 저작권사와의 독점 계약으로 ㈜문학수첩에 있습니다.
저작권법에 의해 한국 내에서 보호를 받는 저작물이므로 무단전재와 복제를 금합니다.

잠든
　　살인자의
　　　비밀

# 안나
Anna O

**매슈 블레이크** 지음
유소영 옮김

문학수첩

내 안에 잠든
이 어두운 존재가 두렵다

실비아 플라스

Contents

1장 · 벤   ··· 9

제1부 · 1년 전   ··· 13

제2부   ··· 87

제3부   ··· 159

제4부   ··· 381

제5부 · 1년 뒤   ··· 483

**일러두기**

이름 'Anna'는 영어 발음상 '애나'에 가깝지만, 본문에서는 국내 관용 표기이자, '안나 O'라는 이름으로 널리 알려진 프로이트 사례 연구의 환자, 베르타 파펜하임을 기리는 의미에서 '안나'로 통일하였습니다.

/ 벤

"인간은 평균적으로 인생의 33년을 수면 상태로 지낸다." 값비싼 향수 냄새가 코끝에 스칠 정도로, 그녀가 몸을 약간 가까이 기울였다. 보통 이 순간 알게 된다. "하시는 일이 그런 거라고요?"

"네."

"수면의사?"

"저는 수면 중에 범죄를 저지르는 사람들을 연구합니다." 내 명함에는 이름 뒤에 '박사'라는 호칭이 찍혀있다. 베네딕트 프린스 박사, 할리스트리트, 애비클리닉. 나는 수면 전문가다. 의사로 자칭한 적은 없다.

그녀는 내가 진지하다는 것을 알아차렸다. "그게 어떻게 가능한가요?"

"잠든 사이에 자신이 무슨 일을 했을까 생각해 보신 적 있습니까?"

사람들은 대체로 이 대목에서 불편해한다. 대부분 범죄에는 거리를 두는 요소가 있다. 우리는 자신과 비슷하면서도 한편으로는 비슷하지 않은 사람들의 이야기에 매료된다. 하지만 잠은 그런 단서를 허락하지 않는다.

밤이 낮과 마찬가지로 변함없이 계속되듯, 잠도 보편적인 현상이다.

"어떤 종류의 범죄인가요?"

그녀는 화제를 돌리지 않았다. 아직 내게 관심이 있었다. "최악의 범죄들입니다."

"범죄를 저지르는 순간 당연히 깨어나겠죠?"

"몽유 상태라면 그렇지 않습니다. 제가 아는 환자 중에는 수면 상태에서 문을 잠그고 차를 몰았던 경우도 있었습니다. 어떤 환자는 사람까지 죽입니다."

"깬 뒤에는 기억하겠죠?"

"눈가의 주름을 보니 간밤에 다섯 시간 반 정도 주무신 것 같군요."

그녀는 미간을 찡그렸다. "그런 것까지 다 알아보세요?"

"그 다섯 시간 반 동안 있었던 일을 기억합니까?"

그녀는 오른손에 턱을 괴고 생각에 잠겼다. "무슨 꿈을 꾸기는 했어요."

"어떤 꿈?"

"기억이 안 나요."

"그것 보세요."

눈빛이 갑자기 바뀌었다. 그녀는 다른 눈길로 나를 바라보았다. 목소리가 한층 커지고, 몸짓언어에 활기가 돌았다. "잠깐, 그 사건 있었죠. 뭐라고 했더라…."

여기가 마지막 지점이다. 소개팅 중에 여기까지 이야기가 끌려 나오는 경우는 거의 없었다. 업무 이야기를 하면 다들 따분해한다. 수면 중에 범죄를 저지른 환자 이야기를 하면 무서워서 도망친다. 그것조차 안 통한다면, 마지막 수단이 남아있다.

일단 알게 되면 다 도망간다.

전부 다.

"안나 O." 값비싼 메를로 와인이 아까웠다. 나는 잔을 비우고 재킷에 손을 뻗었다.

"당신이 그분이었군요. 사진에 나왔던 심리학자."

나는 보일락 말락 미소 지었다. 시계를 확인했다. "네, 맞습니다."

그 일이 터졌을 때, 피비린내 나는 잔혹극이 막을 내렸을 때, 모든 주요 일간지 1면에 실렸던 사진을 말하는 것이었다. 모든 것이 변해 버린 그 운명의 순간. 유배와 몰락 이전의 사진. 그 무렵 나는 헝클어진 머리에 안경을 썼고, 어딘가 학자처럼 보이는 차림새를 하고 있었다. 그 뒤로 내 분위기는 많이 변했다. 턱수염 때문에 한결 나이 들어 보였고, 머리끝이 희끗거렸다. 안경은 좀 더 큼직해져서 이제는 〈해리 포터〉 영화 소품부에서 내다 버린 안경 느낌은 아니었다. 하지만 눈이나 얼굴 자체를 바꿀 수는 없었다.

나는 다른 사람이다. 똑같은 사람이기도 하다.

나는 그 질문을 기다렸다. 늘 듣는 질문이기 때문이었다. 그 모든 일이 벌어진 뒤에도, 여전히 수수께끼로 남아있는 물음. 가족, 부부 심지어 친구 간에도 그 질문에 대한 의견은 갈린다.

"그래서 그 여자는 유죄였나요?" 내 소개팅 상대, 아니, 소개팅 상대였던 여자는 이렇게 물었다. 이제 나는 그녀에게 크리스마스나 새해 파티 이야깃거리에 지나지 않았다. "어쨌거나 두 사람을 칼로 찔렀잖아요. 정말 무죄로 풀려난 건가요?"

제1부 · 1년 전

## 2  벤

**런던**

휴대전화가 울렸다.

내가 기억하는 장면은 언제나 그 부분이다.

첫 순간, 시작.

늦은 시각, 어둠이 이미 묵직하게 내려앉았다. 나는 미지근한 카레와 반쯤 빈 싸구려 와인 잔을 쟁반에 받쳐 놓고 팔걸이의자에 몸을 묻은 채 졸고 있었다. 방구석에서 흑백영화가 깜빡이며 계속 흘러나왔다. 오늘은 내가 좋아하는 〈열차의 이방인들〉이었다. 최고의 히치콕 영화를 꼽으라고 하면 다들 〈사이코〉나 〈현기증〉을 고른다. 하지만 틀렸다. 〈열차의 이방인들〉에는 그 테니스 장면이 있다.

휴대전화 진동 때문에 나는 퍼뜩 잠에서 깼다. 눈꺼풀이 무거웠다. 손에 묻은 기름기를 닦고 발신자를 확인했다. '블룸, 교수(애비클리닉).' 나는 화면을 밀고 애써 하품을 삼키며 정신을 차렸다.

"여보세요?"

"벤, 늦은 시간에 미안해. 급한 용건이라."

심각한 말투였다. 몽롱한 한밤중에 문득 정신이 곤두섰다. 버지니아 블룸 교수는 보통 누구보다 먼저 농담을 던지거나 말을 건네는 성격이다. 카프탄과 하이힐 차림으로 옥스퍼드스트리트를 활보하거나, 위스키 잔과 담뱃갑을 앞에 놓고 랭엄카페 구석 탁자에 앉아 여유를 즐기기도 한다.

수화기 너머로 아득하게 발소리, 사람 목소리가 들렸다. 블룸 교수는 아직 애비클리닉에 있는 것 같았다. 나는 시계를 확인했다. 거의 자정이었다.

"무슨 문제 있나요?"

"문제는 문제야." 블룸 교수는 담배에 찌든 특유의 걸걸한 헛기침을 했다. "유감이지만, 당신이 맡아줘야겠어. 방금 새로운 요청이 들어왔어. 약간 민감한 사안이라."

나는 법심리학자다. 주요 사법기관 곳곳에서 의뢰를 받아 자문을 했다. 연방수사국, 영국 국가범죄수사청, 인터폴 모두 내 전화번호를 갖고 있다. 하지만 이건 평소보다 더 비밀스러운 말투였다. "구체적으로 무슨 건인지 이름부터 말씀하시죠."

수화기 너머에서 다시 소음이 들려왔다. 블룸은 다른 데 정신이 팔린 것 같았다. "클리닉으로 와줘. 일반 전화로는 입에 담지 말라는 지시를 받았어."

공식적으로 나는 일주일 동안 휴가 중이었다. 마감해야 할 논문이 있었다. 환자 세 명의 진료기록을 작성해야 했다. 내일은 집에서 일하면서 어마어마한 서류를 처리할 생각이었다. 그렇지만 일반 전화로 거론할 수 없을 정도로 민감한 수면 관련 사건은 흔치 않다. 이렇게 쉬쉬하는 모습이 사람을 은근히 끌어들였고, 블룸 교수도 이 점을 노렸을 것이다.

"대략이라도 귀띔을 해주셔야지요."

수화기 반대편에서 공기 빨아들이는 소리가 들렸다. 블룸은 말이 없다가 커다랗게 한숨을 쉬었다. "별로 달갑지 않을 거야."

밖은 매서운 추위에 잠긴 채, 우중충한 하늘 아래 9월의 비가 추적추적 내리고 있었다. 핌리코에서 할리스트리트까지 갈 길이 벌써부터 두려웠다. 와인 한 잔을 더 따르고 히치콕 영화나 보면서 아늑한 방에 틀어박혀 있어도 된다. 나는 성격상 그럴 수 있는 인간이 아니다.

나는 응답한다. 언제나 그랬다.

"안나 O 사건이야." 블룸은 마침내 말했다. "저쪽에서 우리한테 검토해 줬으면 하는 게 있어."

# 3                                                      벤

할리스트리트의 좁은 골목 모퉁이에 자리한 애비수면클리닉은 단정한 에드워드풍 벽돌로 지어진, 점잖은 옛 마굿간 스타일 건물이다. 옥스퍼드스트리트 뒤쪽, 리젠트공원과 캐번디시광장의 소음 사이에 숨은 오아시스 같은 곳이라, 찾아오는 손님들은 교회처럼 고요하다는 말을 자주 한다. 건물 일부는 포틀랜드 석회암을 깎아낸 것처럼 보인다. 애비클리닉은 가발을 쓴 후작이나 방계 왕족에게 어울릴 듯한 품위 있는 분위기를 풍긴다. 성소 같은 느낌도 든다.

여전히 우중충하고 을씨년스러운 밤, 아니, 자정이 지났으니 새벽이라고 해야 할까. 물웅덩이를 가르며 달린 택시는 나를 사람 없는 길모퉁이에 내려놓았다. 나는 처마 밑으로 몸을 피하고 고장 난 검은 우산에서 물기를 털어냈다. 택시는 서둘러 출발하면서 내 바지 자락 뒤쪽에 빗물을 튀겼다. 나는 여기까지 나를 소환한 블룸 교수를 향해 다시 툴툴거렸다.

계단을 한 층 올라가서 비밀번호를 누르는데, 빗물 때문에 숫자 하나하나 누르는 것이 미끄럽고 힘들었다. 오래전에 사무용으로 개조한 5층 건물 밖에는 '애비수면클리닉'이라고 적힌 작은 은색 명판 하나만

달랑 붙어있다. 전화번호도 표시되어 있지만 이메일 주소는 없다. 휑하니 단조로운 애비의 웹사이트에도 사진 한 장 없이 직원 이력만 기재되어 있다. 클리닉의 모든 것이 그렇듯, 그것 역시 의도적인 연출이다. 우리는 무대 뒤에서 맴돌다가 한두 장면 등장하는 안내인이다. 그리고 이건 인간의 정신을 다루는 의사들에게는 절대적인 원칙이다. 눈에 띄지 않는 곳에 자리 잡고 말만 건네는 것.

아무 응답이 없었다. 나는 소맷자락으로 버튼을 닦아내고 다시 비밀번호를 눌렀다. 마침내 딜컹, 금속 부딪치는 소리가 나더니 문이 열렸다. 명망 높은 수면 전문가 동료들이 많은데, 블룸 교수가 다른 사람도 불렀을까. 하지만 대기실과 안내 데스크는 아직 어둑어둑하고 인기척이 없었다. 학교에 출석했는데 아무도 없고 덩그러니 강당에 혼자 있는 기분이었다. 평소의 분주함이 없는 직장 풍경은 어딘가 낯설었다.

"교수님?"

불러보았지만 목소리는 메아리치다 사라졌다. 나는 천장 등을 켰다. 천장에 줄지은 조명에서 눈을 시리게 하지 않는 편안하고 부드러운 색깔의 빛이 흘러나왔다. 얼마 전에 새로 깐 양탄자가 발밑에서 푹신푹신 쾌적하게 밟혔다. 벽에 설치된 특수 필터를 통과한 공기가 유난히 청정하게 느껴졌다. 평상시에는 음악도 깔린다. 포근하게 그 소리에 묻혀있던 손님은 청구서를 받아보고 현실로 돌아가게 된다. 애비클리닉에는 골치 아픈 세상사에서 격리된 자궁 같은 망각이 있다. 어쨌든 수면은 원초적인 본능이다.

"교수님?"

재차 불러도 아무 대답이 없었다. 나는 우산을 옷걸이 옆에 세워두고 젖은 외투를 힘들게 벗었다. 안내데스크 옆에 늘어선 보안 모니터에 건물 뒤쪽을 보여주는 앞쪽 카메라 영상이 보였다. 우리 클리닉의 고객층 때문에 반드시 필요한 시설이다. 결혼식을 앞둔 유명 인사나 정치생명을 걸고 싸우는 정치인들, 요즘 게임이 잘 안 풀리는 축구선수, 스캔들이 터진 귀족. 이런 사람들이 잠이 부족해 푸석푸석한 얼굴로 우아한 현관을 통해 들어선다. 음식이나 물과 마찬가지로 인간은 수면 없이 살 수 없다. 애비클리닉은 초자연적인 악마를 달래는 현대의 신전이다. 사람들은 그저 침대에 몸을 뉘기 위해 어마어마한 돈을 내놓는다.

　보안 모니터를 켰다. 현관과 뒷문이 흐릿하게 화면에 떴다. 나는 모니터를 켜두고 엘리베이터 옆에서 가만히 기다렸다. 너무 피곤해서 계단으로 올라갈 수가 없었다. 엘리베이터 문 옆, 손자국이 묻은 커피 탁자 위에 잡지가 흩어져 있었다. 기다리는 사이 나는 《뉴사이언티스트》 한 부를 집어 들어 훑어보았다. 이번에도 짧은 토막 단신에 우리 클리닉이 언급되어 있었다. 세계 각지의 수사기관을 상대로 자문하는 일도 애비클리닉에서 중요한 업무이며, 런던 경찰청과 기타 사법기관에서도 꾸준히 큰돈이 되는 일거리가 들어온다. 《타임스》에서 '영국 최고의 수면 전문가'로 칭한 블룸 교수가 이 모든 업무를 최종적으로 감독한다. 그 기사는 지금도 그녀의 사무실 벽에 걸려있다.

　엘리베이터가 덜컹거리며 올라갔다. 이 건물이라면 손바닥 들여다보듯 환하다. 나는 블룸의 변덕 때문에 얼마나 많은 밤을 허비했는지 꼽아보았다. 너무 많았다. 하지만 안나 O 사건은 달랐다. 블룸이 그 일로 시시한 장난을 칠 리가 없었다. 안나 O는 모든 수면 전문가의 성배와 같은 존재였다. 사건이 터진 뒤 벌써 4년 넘게 지났지만, 안나는 여전히 그 누구도 풀지 못한 수수께끼였다.

　…아니, 아니다. 블룸은 그렇게 잔인한 사람이 아니었다. 적어도 내

게는.

나는 꼭대기 층에 도착했다. 여기는 소위 경영진 구역이지만 사실은 닭장만 하다. 직원이 아니면 출입할 수 없고, 그에 어울리게 알카트라즈교도소 분위기로 꾸며져 있다. 여기서 상근하는 직원은 일곱 명이고 그 외 신경학자, 정신과의사, 심리학자, 심리치료사, 보조직원 등 열 명이 수면과 관련한 모든 치료요법을 다루고 있다. 내 사무실은 복도 끝, 제대로 작동하는 자물쇠가 달려있는 몇 안 되는 공간 중의 하나다. 블룸의 사무실은 복도 첫 번째 방, 가장 넓고 새로 정비된 공간이다. 여기는 온갖 작품 액자가 걸려있고 술 전용 냉장고도 숨겨져 있다.

블룸은 심란하고 초조한 표정으로 사무실 문간에서 나를 기다리고 있었다. 희끗희끗하고 뻣뻣한 머리카락을 눌러 묶은 헤어핀이 하품하는 동작에 따라 흔들렸다. 60대 중반, 오페라 가수 같은 몸집을 정신없이 알록달록한 샛노란색과 분홍색 옷차림 속에 감추고 있었고 커다란 뿔테 안경을 쓰고 있었다. 자유분방한 생활 습관이지만 피곤함을 내비치거나 잠이 모자란 기색을 보이는 일은 없었다. 한도 없는 주량을 자랑하고 끝도 없이 음식을 집어넣었다. 점심 식사에 술을 곁들이고, 이따금 오후에 낮잠을 자고, 조직과 관련된 것이라면 무조건 가운뎃손가락을 날리는 사람. 블룸은 그런 세대의 마지막 생존자였다. 단호하게 모성과 거리를 유지하는, 여성으로서 무언의 죄를 짓고 사는 사람이기도 했다. 대식가, 이야기꾼, 재담꾼. 그녀는 생각으로 인생을 헤쳐가는 사람이었다. 그것이 블룸의 재능이자 저주였다.

블룸 뒤에는 다른 사람이 보였다. 비쩍 마른 변호사 같은 분위기였고 블룸과 대조되어 족제비 같은 인상이었다. 모르는 사람이었다. 흥미로웠다.

"기다리시는 분이 많군요." 나는 오른쪽 바지 자락이 다리에 달라붙은 것을 의식하며 말했다. "무슨 일인지 궁금합니다."

나는 블룸의 사무실로 들어섰다. 족제비 같은 남자가 일어섰다. 가까이에서 보니 한층 위엄 있었다. 정확하게 빗질한 머리카락은 뻣뻣했다. 대략 50대, 매부리코, 머리숱이 적어 이마 선은 V 자였다. 그의 의자 옆 탁자에 놓인 파일에는 인장이 찍혀있었다. '법무부'. 손바닥에 땀이 배기 시작했다. 그렇다면 블룸은 진심이었던 것이군. 사법기관보다 위, 국가범죄수사청보다도 더 위다. 법무부라면 장관 직속이다.

"미안해." 블룸이 말했다. "하지만 정말 지체할 수 없는 일이야. 베네딕트 프린스 박사, 이쪽은 스티븐 도널리. 법무부 법무심의관."

도널리는 한 손을 내밀고 내 손을 가볍게 흔들었다. 그리고 시선을 마주치더니 조용히 말했다. "시작하기 전에, 프린스 박사님. 우선 알아두셔야 할 규칙이 몇 가지 있습니다."

나는 놀라움을 감추었다. "그래요?"

그는 코감기가 있는지 문장을 한 마디 끝맺을 때마다 훌쩍거렸다. "네, 괜찮으시다면 이야기 마치고 몇 가지 서류에 서명 부탁드립니다."

"무슨 내용인가요?"

"첫째, 오늘 이 자리는 없었던 것으로 한다. 둘째, 박사님과 저는 서로 만난 적이 없는 것으로 한다. 셋째, 지금부터 들으실 내용은 이 건물 혹은 이 방 밖에서 절대 입에 담지 않는다. 혹시 왜 클리닉에 왔는지 누가 물어보면, 집에서 볼 환자 관련 서류가 있어서 사무실에 온 것으로 한다. 아시겠습니까?"

웃어 보이고 싶었지만 상대가 농담이 아니라는 것은 분명했다. "이게 다 무슨 일입니까?"

"동의하신 것으로 생각해도 될까요?"

"제게 선택의 여지가 있습니까?"

"그렇기는 하군요." 도널리는 빈 의자를 가리켰다. "앉으십시오."

# 4                                                        벤

블룸은 문을 닫았고 간단한 다과로 분위기를 누그러뜨리지도 않았다. 이건 어디까지나 업무였다. 대신 그녀는 푹신한 가죽 사무 의자에 앉았다. 그리고 마침내 도널리에게 시작하라는 뜻으로 고개를 끄덕여 보였다.

도널리는 사형집행인 같은 미소를 지었다. "귀하의 이해력을 과소평가하지는 않겠습니다, 프린스 박사님. 안나 O 사건, 2019년 8월 옥스퍼드셔에서 두 명이 살해당했던 사건은 이미 잘 알고 계시지요? 그래서 뵙자고 한 겁니다."

직권이 얼마나 높은 사람일까, 나는 도널리를 응시했다. 법무심의관이라면 바로 위에 직속 상사인 법무실장이 있을 것이고 그 위로 법무부 사무차관, 다음은 법무부 장관, 최종 보스는 수상이다. 왜 이런 고위 공직자가 한밤중에 나를 클리닉으로 불러서 다른 데서는 말하지 말라고 입막음부터 하는 거지? 그렇게 중요한 일이 뭘까?

안나 O 사건에 대해 모르는 사람은 거의 없다. 팟캐스트 시리즈, 넷플릭스 판권, 수많은 신문 사설, 베스트셀러 책, 일반인들은 잘 모르는 학술지 논문 등 갖가지 자료가 있고 논문 중 몇 편은 내가 썼다.

"물론입니다."

도널리는 고개를 끄덕였다. "박사님의 논문 한 편이 최근 몇 사람의 주의를 끌었습니다. 썩… 중요한 분들이라고 해두죠." 그는 가죽 서류 가방에 손을 뻗어 얇은 마닐라 폴더를 꺼냈다. 그리고 제목을 읽었다. "〈체념증후군과 범죄자의 정신세계: 새로운 진단 모델을 찾아서〉, 《현대법심리학》 저널. 이 주제에 대해 박사님이 가장 최근에 쓰신 논문입니다. 맞습니까?"

나는 블룸에게 눈길을 주었다. 하지만 그녀는 쌀쌀한 미소만 보일 뿐이었다. "네."

"놀라신 것 같습니다."

"그렇습니다. 동료 심사조차 거치지 않은 논문이니까요. 아직 출간 전입니다. 3주 전에 편집자한테 제출한 게 전부입니다."

도널리는 이렇게 순진하다니, 안타깝다는 눈빛으로 나를 바라보았다. "우리 쪽 연락망이 이따금 흥미로울 만한 건이 새로 나오면 귀띔해 줍니다. 화이트홀에는 박사님의 심신증 관련 연구를 꾸준히 지켜보는 눈이 벌써 상당히 많습니다."

어쩐지 더럽혀진 것 같기도 하고 신기하기도 한 기분이었다. 내 이메일 계정에서 보낸 메시지가 휙 사라지는 모습이 보이는 것 같았다. 그 논문은 워드 문서로 첨부되어 있었다. 편집자가 다른 곳으로 전달했나? 이 사람들이 늘 감시하고 있는 건가? 내가 알 필요가 있나?

도널리는 마닐라 폴더를 다시 들여다보았다. "지난번에 쓰신 책과 마찬가지로 그 논문에서도 안나 O 사건을 집중적으로 다루셨더군요. 하지만 책과 달리 이번 논문에서는 잠재적인 치료요법을 제안하셨습니다. 왜 하필 그 사건인지 여쭤봐도 될까요?"

나는 다시 화난 눈빛을 블룸에게 보내며 물러앉았다. 이렇게 느닷

없는 기습이라니. 경고도 없었고, 대비할 시간도 없었다. 얼마나 정보를 누설해도 되는 걸까. "그건 대체로 편집자의 생각이었습니다. 그렇게 하면 더 주목받을 거라고요. 일간지에서 다루어 줄 수도 있다고. 책은 베스트셀러였습니다. 학술지도 비슷한 성공을 거두면 좋겠다는 게 편집자의 생각이었습니다. 저도 따랐습니다."

"그러면 안나 O 사건을 깊이 연구하셨습니까?"

사실을 피할 방법이 없었다. "2019년에 사건 당시, 아내가 현장에 최초로 출동한 경찰이었습니다. 아내는 템스밸리 강력범죄 및 조직범죄과에서 근무하고 있었습니다. 수사반장 자격으로 최초로 맡은 사건이었지요. 이미 알고 계시리라 생각합니다만."

도널리는 그냥 이렇게 대꾸했다. "그렇군요."

"안나 O는 딸이 태어났을 무렵부터 우리 가족에게 거의 삶의 한 부분이었습니다." 나는 언제나 빠뜨리지 않는 말도 덧붙였다. "분명히 말하지만, 아내는 기밀 정보를 제게 누설한 적이 없습니다. 저는 공개된 사건 관련 정보와 덜 알려진 세계 각지의 체념증후군 사례를 종합한 것뿐입니다. 그렇게 그 책과 논문을 집필했습니다."

"주로 스웨덴에서 발생한 집단 발병 사례였지요."

"그것도 있고, 카자흐스탄에서도 집단적인 증례가 있습니다. 구소련 탄광촌 겸 농장지 두 군데인데…."

"크라스노고르스크와 칼라치, 두 곳이지요. 네, 네. 저희도 잘 알고 있습니다."

이제 슬슬 초조한 기분이 쌓였다. 이 정체불명의 남자와 잘난 척하는 그의 대답은 피곤했다. "실례합니다만, 법무부가 일개 대중 심리학서와 유명하지도 않은 학술지 논문에 관심 있는 이유가 뭡니까?"

도널리는 아까처럼 짧고 차갑게 웃음을 지었다. "논문에서 체념증후군 환자를 깨우는 데 도움이 될만한 진단법을 개발했다고 주장하셨지요, 맞습니까?"

그는 분명 논문이나 그 요약본을 읽고 왔다. 자신이 하는 말이 사실이 아니라는 것을 알고 있었다. 나를 시험하는 것이다. "아닙니다."

도널리는 짐짓 놀란 표정을 지었다. "아니에요?"

"논문에서는 특히 수면 중 저지르는 범죄라는 현상을 포함한 수면 관련 행위에 있어, 심신증 상태를 이해하는 새로운 시각을 제안했습니다. 저는 몽유병 환자가 범행을 저지를 때 엄밀히 자신의 행동을 의식하고 있는가 하는 문제에 관심이 있습니다. 살인 같은 경우 말입니다. 체념증후군 환자도 마찬가지입니다. 우리는 잠자는 동안 자신이 하는 행동을 의식하는가? 형사적인 책임을 질 수 있는가? 의식이 끝나고 잠이 지배하는 순간은 언제인가?"

"논란이 많은 주제죠."

내가 하려던 질문에 대한 대답이었다. 도널리는 나를 공격하는 블로그와 소셜미디어에 대해 이미 알고 있었다. 당연했다. 책이 출간된 뒤로 나는 세계 각지에서 출몰하는 익명의 공격자들에게 표적이 되었다.

"신경학적 질병과 소위 '기능적' 질병을 구분하는 선사시대적 분류에 갇혀있는 사람들이 있습니다." 나는 말했다. "정신에 일어난 일은 실제가 아니라고 생각하는 겁니다. 제 연구는 이런 인식을 바꾸려고 합니다. 여기 동의하지 않는 사람들이 있지요."

"체념증후군 환자가 깨어나는 것을 도울 수 있다는 뜻입니까?"

나는 직설적인 질문에 놀랐다. "음… 그건 경우에 따라 다르겠지요."

도널리는 영혼까지 들여다볼 듯 나를 집요하게 바라보았다. "구체적으로 어떤 경우?"

나는 자세를 고쳐 앉으며 마음을 진정시켰다. 물을 마시고 싶었다.

"무엇보다 우선 환자가 얼마나 오랫동안 수면 상태였는가, 애당초 병을 초래한 외적 요인은 무엇이었는가 하는 점을 들 수 있겠죠. 제가 쓴 책은 대중을 상대로 하는 가벼운 심리학서였습니다. 반면 이번 논문은 새로운 이론을 제시하고 현행 데이터를 분석하는 학술적인 논리 전개이지요. 하지만 만병통치약은 아닙니다."

"안나 O 경우라면 어떨까요."

"4년이라는 시간은 체념증후군 환자 중에서도 극단적인 경우입니다. 제 데이터는 주로 1~2년 사이의 환자들에 중점을 두고 있어요."

"아직은 순전히 이론적인 이야기다?"

"현재로서는 그렇습니다."

"그 이론을 실험하려면 얼마나 걸리겠습니까? 현실에서요."

나는 웃었다. "그걸 어떻게 알겠습니까."

"그래도 추정할 수는 있지 않습니까."

"어림잡아 석 달 정도." 나는 말했다. "최소한."

도널리는 시계를 보았다. 갑자기 조바심을 내는 것 같았다. 한밤중에 사무실로 돌아가서 교대근무라도 해야 하는지, 그는 파일을 정리해서 서류가방에 깔끔하게 집어넣었다. 그리고 블룸을 향해 고개를 까딱 끄덕였다.

나는 아직 부글거리는 기분으로 블룸을 돌아보았다. "날 여기 왜 부르셨습니까?"

이제 블룸의 차례였다. 그녀는 육중한 체구를 마치 발레리나처럼 날렵하게 움직이며 자세를 고쳐 앉았다. 그리고 재소자에게 법률적 권리를 고지하듯 사무적인 태도로 말했다. "법무부장관과 잉글랜드 및 웨일스 검찰총장이 RSH493번 환자를 램튼병원 코럴병동에서 여기 애비클리닉으로 이감해 내가 직접 감독하게 한다는 임시 형집행정지 명령에 방금 서명했어. 법무부 명령은 기밀유지법에 따라 비밀로 보호되고 이 건물 안 혹은 다른 곳에서 이 사실을 누설하면 형사처벌 대상이야. 알겠나?"

RSH493 재소자. 나는 그 번호를 알고 있다. 모든 신문 독자들도 알고 있다.

램튼병원. 여성을 수용하는 마지막 고도 보안 교정의료기관. 환자 번호 493.

A. 오길비.

도널리와 블룸은 일어섰다. 나도 자동적으로 같이 일어섰다. 입이 바싹 말랐다.

"아뇨, 죄송합니다만 모르겠습니다. 어떻게 된 겁니까?"

블룸은 다시 도널리를 바라보더니 말했다. "국제앰네스티에서 비인도적인 처우를 이유로 안나 오길비를 석방하라고 유럽인권법원에 제소하기로 했어. 그전에 살인죄에 대한 재판을 속행하지 않으면 기소청과 법무부는 오길비에 대한 기소권을 완전히 잃게 돼."

나는 이 새로운 정보를 곰곰이 생각했다. "안나 오길비가 재판을 받을 수 있는 상태여야 하는군요. 그러려면⋯."

"4년 내내 못 했던 일을 해야지. 잠에서 깨어나야 해, 맞아."

그것이 이유였다. 잠시 학교 역사 시간에 배웠던 온갖 무서운 이야기들이 떠올랐다. 제1차 세계대전 당시 쇼크에 빠져 얼어붙었던 10대 징집병들을 겁쟁이 전투 거부자로 낙인찍고 참호에서 끄집어내 대충 정신을 차리게 해서 처형장으로 행군시켰다는 이야기. 이 상황과 으스스할 정도로 비슷하게 느껴졌다. 나는 심리학자이지 교도관이 아니다.

"저는 치료하는 사람이지, 정죄하는 사람이 아닙니다. 호출할 만한 다른 수면 전문가가 있을 텐데요."

이번에는 피곤한 듯 도널리가 다시 입을 열었다. "해봤습니다. 수년 동안 미국, 유럽, 아시아, 기타 등지에서 세계 최고의 전문가들을 모셨어요. 최고 중의 최고로. 하지만 아직 이 분야는 워낙 자원이 적어서… 슬프지만 치료도 성공을 거두지 못했습니다. 박사님의 논문이 신뢰할 만한 마지막 기회입니다, 프린스 박사님."

"환자를 왜 여기로 데려오는 겁니까?"

"램튼병원에 박사님이 매일 드나들면 소문이 흘러나갈 겁니다. 애비클리닉은 이런 성격의 업무를 대행할 만한, 런던에서 유일한 수면 클리닉이기도 하고요. 엄격한 기밀유지 조건에도 부합합니다. 우리에게는 다른 선택의 여지가 없어요. 오늘 밤 담당 경찰이 호송해서 가명으로 수용시킬 겁니다. 박사님은 다른 환자와 똑같이 돌봐주시면 됩니다."

"알아보는 사람이 있을 겁니다."

"4년 전이라면 그랬겠지요. 지금은 아닙니다. 몇 년씩 잠든 채 세월을 보내면 사람이 달라집니다."

"다른 직원들은?"

도널리가 말했다. "램튼에서 간호사 한 사람이 동행해서 파견 계약직 자격으로 여기서 일할 겁니다. 박사님은 환자를 일상적으로 직접 봐주시고, 블룸 교수님은 박사님의 업무를 우리 쪽과 조율해 주십시오. 오길비 씨는 병실을 떠나서는 안 됩니다. 여기 있다는 사실을 아무한테도 이야기해서는 안 되고요. 환자의 가족만 예외인데, 필요에 따라 연락하셔도 좋습니다. 이 한시적 이감 조건을 어기는 사람이 있다면 법무부장관이 직접 조치를 취하겠다고 했습니다."

나는 이 오만한 배짱에 아연했고 화도 났다. "정말 터무니없군요. 안나 오길비가 사회에 그리 대단한 위협은 아니지 않습니까? 신문 헤드라인이 걱정돼서 이러시는 겁니까?"

도널리는 내 도발에 말려들지 않았다. "피해자 가족에게 그런 말을 해보시죠. 안나 오길비를 석방할 수도 없고, 무한정 잡아둘 수도 없습니다. 이 상황은 끝나야 해요. 기밀유지 동의서에 서명하고 손을 떼시든가, 본인의 이론을 실제로 시험해 보십시오. 전적으로 박사님의 결정에 달렸습니다."

"제가 환자를 못 깨우면 어떻게 됩니까? 제 이론이 안 통하면?"

도널리는 외투 단추를 다 채웠다. 그는 하루 일과로 녹초가 되었는지 한숨을 푹 토해냈다. 회색과 녹색이 섞인 차가운 눈동자가 나를 응시했다.

"그러면 조만간 안나 오길비는 다시 살인을 저지를 자유를 얻겠지요."

5                                                                  벤

안나 O 사건의 사실관계는 비교적 간단하다. 다들 그 사건을 기억하는 이유도 내 생각에는 그 때문인 것 같다.

2019년 8월 30일 오전 3시 10분, 그림자내각 각료의 딸이자 잡지 《엘리멘터리》의 창간인인 25세의 안나 오길비는 옥스퍼드셔의 휴가용 농장 오두막에서 21센티미터 길이의 부엌칼과 함께 잠든 상태로 발견되었다. 이웃 오두막에는 안나의 단짝 친구 두 명이 시체로 발견되었다. 더글러스 뷰트, 26세. 인디라 샤르마, 25세.

부검 결과 시체 두 구에서 각각 열 군데씩 자상이 발견되었다. 안나의 지문이 칼에 묻은 유일한 자국이었고, 그녀의 옷에는 핏자국이 있었다. 이후 분석 결과 옷에 묻은 혈흔은 두 피해자의 것으로 밝혀졌다. 한편 디지털 증거물 분석을 통해 안나가 깊은 잠에 빠지기 전에 범행을 부분적으로 자백한 왓츠앱 메시지가 그녀의 휴대전화에서 발견되었다.

사후경직 정도로 보아 사망 시각은 수 시간 전으로 추정되었다. 피해자 둘 다 치명상으로 살아날 수 없는 상태였다. 템스밸리 강력범죄 및 조직범죄 팀의 클래라 페널 경위가 최초로 농장에 도착해서 현장

을 처리했다. 안나 오길비는 혈흔이 묻은 옷을 입은 상태로 발견되었다. 용의자를 깨우려고 수없이 노력했지만 안나는 잠든 채 반응이 없었고, 이후 구급차에 실려 해들리웨이의 존래드클리프병원으로 이송되었다.

모든 검사 결과는 정상이었다. 안나는 살아있었다. 신체 활동에도 이상이 없었다. 무슨 질병이 깊은 수면 상태를 초래했는지는 수수께끼였다.

하지만 그녀는 다시 눈을 뜨지 않았다.

가족의 평판은 잔인할 정도로 순식간에 나락으로 떨어졌다. 안나의 어머니 에밀리 오길비 남작은 내무부 그림자내각에서 즉각 사임하고 상원의원직도 내려놓았다. 글로벌 펀드매니저인 안나의 아버지 리처드 오길비는 맨해튼에 새 사무실을 열려던 계획을 연기했다. '안나 O'라는 별명은 안나의 소셜미디어 아이디 @AnnaO에서 따온 것이었다. 살인 용의자는 대부분 지능지수가 낮고, 귀가 울퉁불퉁하고, 가정 폭력 전력이 있는 남성이다. 하지만 안나 O는 교육 수준이 높고, 이미 잡지기자이자 작가로서 공적으로 이름이 있는 젊은 여성이었다. 모든 타블로이드 신문이 꿈꾸는 기삿감이었다.

곧 언론은 안나 본인에 대해서도 모든 신상을 파헤쳤다. 햄프스테드 타운하우스에서 자란 어린 시절, 10대 시절 마약을 복용했다는 소문, 앞다투어 언론 인터뷰에 나선 옥스퍼드의 남자 친구들, 심지어 안나가 인디라, 더글러스와 함께 창간한 《엘리멘터리》의 직원과 인턴들까지. 심리학자로서 내가 배운 것이 있다면, 살인 사건이 이목을 끄느냐 마느냐는 오로지 타이밍이다. 8월은 뉴스거리가 뜸한 한여름, 완벽한 달이었다. 몇 달 뒤에 사건이 발생했다면 그렇게까지 주목받지 않았을지도 모른다.

내게도 다행이었지만, 안나 오길비는 시기를 잘 선택했다.
곧 타블로이드의 이름으로 진영이 갈렸다. 안나의 무죄를 믿는 사람은 그녀를 '안나 O'라고 불렀다. 유죄라고 믿는 사람은 그녀를 '잠자는 숲속의 공주'라고 불렀다. 어쨌거나 아무도 기사에서 눈을 떼지 못했다.
사실 나도 그랬다.

# 6

벤

애비클리닉에 있는 다섯 개 층은 서로 다르다. 1층은 안내 구역, 어디까지나 훌륭한 취향과 직업 정신으로 투철한 실내 디자인 그 자체였다. 지하에는 주방과 직원용 시설이 있었다. 2층은 수면과 관련한 이런저런 문제로 도움을 받고 싶지만 꾸준한 치료를 받을 마음은 없는, 유리창을 코팅한 메르세데스나 개인 비행기를 타고 런던을 들락거리는 외래 환자들이 오는 곳이었다.

반면 3층과 4층은 수면 문제 때문에 제대로 된 삶을 살 수 없는 사람들, 지속적인 치료를 받는 사람들을 위한 곳이었다. 애비클리닉에 상주하는 입원 환자는 각자 욕실이 딸린 개인실을 썼다. 분위기는 개인병원이나 부티크 타운하우스 호텔 같았다. 룸서비스 메뉴가 있고 책, 신문, 잡지 등이 주문에 따라 구비되어 있었다. 유일한 예외는 디지털 기기였다. 휴대전화, 노트북, 아이패드는 금지. 3층과 4층에는 와이파이 연결도 안 된다. 아날로그 문명, 오랜 과거의 유물을 꿋꿋이 사수하는 곳이었다.

맨 꼭대기 층은 직원 외 출입 금지였다. 바다색 벽은 세월이 흐르며 얼룩덜룩해졌다. 단정한 미니멀리즘에는 공공장소 특유의 꾀죄죄

한 때가 탔고, 사무실은 서류와 파일로 넘쳐났다. 그리고 오늘 밤 나는 블룸 교수의 사무실 창가에 서있었다. 도널리가 미끈한 관용 재규어에 올라타 가로등 불빛이 늘어선 어둠 속으로 사라지고 있었다.

낡은 유리창을 통해 한기가 스며들었다. 꼭대기 층의 모든 사무실은 외풍이 심하다. 내 이메일 수신함에 들어와 있는 이메일이 생각났다. 케이맨제도대학교의 총장 대리에게서 온 채용 제안서였다. 그는 방문연구원 직함과 새로운 수면심리학 대학원 강좌를 미끼로 흔들었다. 어리석게도 나는 찬란한 카리브해를 거절하고 추적추적 비 내리는 영국의 이 거리를 선택했다. 햇빛을 가득 머금은 가능성으로 마음 한구석에 걸려있는 제안서가 축축하고 바람 부는 런던의 밤에 다시 머릿속을 가득 채웠다.

블룸 교수와 나는 복도 끝 직원 식당으로 향했다. 나는 커피 텀블러를 씻고 작은 간이 냉장고에서 유통기한이 지난 치즈케이크를 찾아냈다. 우리는 인스턴트커피를 따라놓고 종이 접시에 케이크를 담았다. 늘 그렇듯 블룸이 더 큰 조각을 먹었다. 나는 부스러기로 족했다.

그러다 블룸이 말했다. "나한테 물어볼 게 있을 텐데."

난 항상 질문이 있었다. 처음부터 그랬다.

블룸은 도널리가 가져왔던 것과 비슷한 얇은 마닐라 폴더를 하나 더 꺼내더니 부스러기가 떨어진 탁자 위로 밀어 보냈다.

나는 마지못해 파일을 받았다. "또 수수께끼의 서류로군요. 이것도 뭔지 알아맞혀야 합니까?"

블룸은 미소 지었다. "원한다면."

나는 파일을 들여다보았다. 이번에도 법무부 인장이 찍혀있었고 기밀 등급 표기가 되어있었다. '열람 제한'이라는 핏빛 대문자가 표지에 대문짝만하게 찍혀있었다. 파일을 열어보니 첫 페이지에 흰색 병원 침상을 배경으로 한 큰 사진이 있었다. 가운을 입은 환자 한 사람이 의료용 침대에 누워있었다.

환자는 나이를 알 수 없는 여자였다. 눈을 감고 있지만 머리를 감고 단정하게 빗질한 상태였다. 머리를 얼마 전에 자른 것 같지만 뿌리 쪽이 희끗희끗했다. 평화로운 표정이었으나 더 이상 젊지 않았다. 상황이 상황인데도 잠시 기억을 더듬어야 했다.

안나 오길비.

블룸이 유심히 바라보고 있었다. "나도 똑같은 반응이었어."

"도널리의 말이 농담은 아니었군요. 정말⋯."

뭔가 중간에서 실수라도 있었던 게 아닐까. 2019년만 해도 안나 오길비는 한창이었다. 가능성으로 가득 찬, 20대의 젊음을 뽐내던 나이. 시건방진 미소와 픽시커트 헤어스타일을 한 그녀의 사진은 수많은 신문 증보판과 온라인 소개 글에 실렸다. 반면 새로운 사진 속 인물은 그때와 비교하면 낯선 사람이었다. 생기 없는 시체 같은 모습이 다른 모든 특징을 압도했다. 머리카락은 가발 같았다. 마치 마담투소박물관에 있는 인형처럼 몸 전체가 석고상 같았다.

나는 놀라움을 삼켰다. "유령 같군요."

"4년이나 잠들어 있었으니까. 문자 그대로 유령이지."

"두뇌 활동은?"

"그대로인 모양이야. 뇌파 같은 거. 모든 관찰 결과 그냥 깊은 수면 상태야. 단지 그 수면이 거의 천500일이나 계속되었다는 것뿐이지."

"전혀 변화가 없나요?"

"5페이지를 펼쳐봐."

나는 페이지를 넘겼다. 여러 개의 그래프가 있었다. 안나의 뇌 기능과 생리학적 반응을 나타내는 그래프였다. 사람들은 서서히 잠에 빠지고 대부분은 퍼뜩 깨어난다. 언제나 그랬듯 뇌파 검사는 정상이었다. 하지만 신체 반응도가 끝에서 아주 약간 올라가 있었다.

"이건 언제입니까?"

"4주 전이라는군. 그때 말고 이런 현상은 없었다고 해. 모니터상으로 외부 사건에 더 큰 자극을 받는 걸 확인할 수 있었어."

"우연일 수도 있겠지요."

블룸은 믿기 힘들다는 듯 코웃음을 쳤다. "다음 페이지를 봐."

나는 페이지를 넘겼다. 아직도 이용당하는 기분은 있었지만 어쩔 수가 없었다. 수수께끼 같은 상황이 궁금증을 자극했다. 다음 페이지에는 이례적인 상태에 대한 수치가 좀 더 자세히 나와있었다. 나는 날짜를 세다가, 다시 주 단위로 세었다. 무슨 이유에서인지 4주 전 안나는 거의 잠에서 깨기 직전까지 갔다. 그래프를 다르게 읽을 방법이 없었다. 무슨 일이 일어난 것이다.

"추정되는 이유가 있습니까?"

"아니, 의료진이 알아낼 수 있는 이유는 없었어."

"그러면 수수께끼군요."

"첩첩산중이지."

블룸의 휴대전화 진동음이 정적을 깨뜨렸다. 그녀는 전화를 받고, 귀를 기울이다가, 몇 마디 알겠다고 하더니 전화를 끊었다. 블룸이 자기보다 높은 권위에 고개 숙이고 아랫사람 역할을 하는 모습은 신선했다.

"도착했습니까?"

"5분 뒤에 도착 예정." 블룸은 일어섰다. "시간 날 때 나머지 읽어봐. 우리가 사용해야 하는 환자의 가짜 신원도 파악해 두고. 그리고 애비클리닉 바깥에서 복잡한 상황이 발생했을 때 접촉할 수 있는 긴급 연락처도 있어."

속이 울렁거리기 시작했다. "어떻게 복잡해질 수 있을까요?"

블룸은 걱정 말라는 뜻으로 특유의 손짓을 했다. "자네 아파트에서 누가 기다리고 있다든지, 지하철에서 누가 뒤를 밟는다든지. 기자라든가, 그런 경우. 비슷한 주의사항이지."

걱정해야 할 문제라고는 시큼한 와인과 고전영화밖에 없는, 아늑한 아파트에 있는 내 모습이 떠올랐다. 물론 따분하지만 거기 있으면 안전한데. "다른 직원들한테는 뭐라고 둘러댈까요?"

"평소대로. 알잖아." 블룸은 마닐라 폴더를 정리한 뒤 문을 나서 엘리베이터로 향했다. 나도 뒤따라 엘리베이터에 들어섰다. 그녀는 1층을 눌렀다. 계단으로 다니라고 의사가 권했지만 그녀는 언제나, 꿋꿋이 엘리베이터를 사용했다. 다이어트와 마찬가지로 운동 역시 보잘것없는 필멸의 인간에게나 필요하다. "촬영 계약서에 의료보험 조항이 있는 최고급 고객이라서 수면 문제가 있다는 것이 알려지면 온갖 법률적인 문제에 얽히게 된다. 어마어마한 돈을 지불하고 있으니 프라이버시와 익명성을 반드시 보장해야 한다. 뭐, 이 정도로 해둬."

애비클리닉 3층에는 VIP 등급을 선택하는 고객을 위한 특별 보안 구역이 있다. 할리우드 스타, 상장회사 최고경영자 등 수면 관련 문제를 인정하면 시장이 들썩거리거나 수백만 파운드짜리 보험금 청구가 곤란해질 수 있는 사람들에게 필요한 곳이다. 런던은 치료 목적을 일주일 관광으로 둘러댈 수 있기 때문에 각국의 환자들에게 인기 있는 도시다. 우리 클리닉은 후문이 특별하게 설계되어 있고, 고객의 사진 유출을 막기 위해 VIP 구역 주위에 무선통신 교란장치도 돌아가고 있다. 애비클리닉은 20년 동안 영업을 해왔고 최고의 프라이버시 전문 변호사를 고용한다. 유출 사고는 단 한 건도 없었다.

"도널리가 담당 경찰을 언급했는데요, 혹시 제가 아는 사람입니까?"

블룸은 나를 바라보지 않았다. 엘리베이터는 덜컹거리며 내려가다 1층에 도착했다. 곤란한 질문에 대해 입을 다무는 것은 블룸의 장기였다.

"누구죠?" 나는 호텔처럼 밝고 고급스러운 현관으로 나섰다.

블룸은 아주 약간 고개를 돌렸다. 굳은 턱은 숨길 수 없었다. "자네가 개입하게 됐으니, 런던 경찰 역시 이미 이 건에 대해 신뢰할 수 있는 사람을 선택해야 한다고 판단했나 봐. 미안해, 벤. 처음부터 그 사람의 사건이었잖아. 내가 어쩔 수 있는 문제가 아니었어."

우리는 현관에 다다랐다. 바깥에서 벌써 자동차 멈추는 소리가 들려왔다.

"농담이시겠죠."

"나도 그랬으면 좋겠네."

사실 나 역시 후보는 단 한 사람밖에 없다는 것을 알고 있었다.

## 7   벤

우리 둘 다 피하려고 노력했던 시나리오였다.
"벤."
"클래라."
"좋아 보이네."
"고마워."
"배가 아주 약간 나오기는 했어. 밤마다 소파에서 인스턴트 라사냐를 먹어댔겠지. 평소대로 잘 지내고 있는 모양이지?"
"늘 그렇지만 얼굴 보니 좋군. 이쪽으로 오겠어?"
VIP 보안 치료실은 3층에서 미로 같은 스캐너를 통과해야 들어갈 수 있었다. 우리는 조용히 들어가서 엘리베이터를 기다렸다.
"몸무게 농담이라니."
클래라, 아니, 승진했으니 이제 페널 경위는 나를 바라보지 않았다. "우리는 전문가야, 벤. 동의했잖아. 당신도 그렇겠지만 나도 이 상황이 즐겁지 않아."
"그 말을 믿으라는 거야?"
"당신은 내 전화를 계속 피했어."

그 모든 사연에도 불구하고, 나는 그녀가 그리웠다. 하지만 그런 말을 해서는 안 된다. 같이 살던 옥스퍼드의 집이 그리웠다. 내 열쇠가 열쇠 구멍을 더듬는 소리를 듣고 우리 딸 키티가 복도를 달려오던 모습이 그리웠다. 신문을 펼쳐놓고 늦게까지 침대에서 게으르게 뒹굴뒹굴하다가 휴대전화 벨 소리와 업무에서 벗어나 황금 같은 자유를 누리던 일요일 오전이 그리웠다. 그때의 가족이 그리웠다.

이혼한 후 아동법에 따라 클래라가 양육권을, 내가 방문권을 갖게 된 상황이었다. 런던으로 이사하기 전까지 클래라가 집을 유지했다는 이유가 가장 컸다. 나도 공동양육권을 주장하고 있었지만 핌리코 아파트에는 여분의 침실이 없었다.

더 큰 아파트를 구할 형편은 못 된다. 클래라는 내가 물러설 때까지 한 발짝도 양보하지 않으려 했다.

우리 둘 다 재판까지 끌고 갈 마음은 없었다.

우리는 주 계단에서 떨어진 다른 통로가 있는 3층 VIP 구역 입구에 도착했다. 교정당국 호송 팀이 환자, 즉 재소자를 지정된 병실로 이미 이송한 뒤였다. 간호사는 병원을 둘러보고 있었다. 민간 보안 회사의 파견 직원으로 위장한 특수총기사령부 경찰도 CCTV 시스템을 파악하고 있었다. 나머지는 우리 둘뿐이었다.

나는 VIP 구역 비밀번호를 입력하고 녹색 불이 깜빡일 때까지 기다렸다. 이 구역 분위기는 모든 것이 한층 새하얗고 병원 같았다. 구식 정신병원과 회의실 같은 느낌이 겹쳐있다고나 할까. 정면에 VIP 병실이 있었다.

"여기서 당신이 상대해야 하는 상황이 어떤 건지 잊지 마."

"내 도움을 필요로 하는 환자?"

"아니, 두 명의 피해자를 각각 열 번씩 찔러 죽인 재소자야. 정신의

학 이론을 실험하는 연구 대상으로 생각하지 말라고. 잠에서 깨우면 그다음은 우리가 알아서 하게 맡겨."

"할 일을 할 수 있도록 당신과 법무부가 일단 나를 가만히 놔둬야겠지."

클래라는 식기세척기 앞에서 입씨름하던 시절과 똑같은 경멸을 얼굴에 띠었다. 그녀는 고참 형사, 나는 병원을 옮겨 다니는 컨설턴트였다. 그녀는 헨던경찰학교를 수석으로 졸업했고 옥스퍼드에서 응용범죄학 석사 학위를 받았다. 나는 10여 년 동안 야간 학습으로 공부하고 오픈대학교를 졸업한 수면 전문가였다. 어째서인지 이 작은 차이들은 시간이 흐르면서 점점 커졌고, 작은 생채기는 깊은 상처로 도졌다.

"그리고 엄밀히 말하자면 이 사람은 살인자가 아니야."

"두 사람을 칼로 찌른 게 당신한테는 살인이 아니야?"

"나한테도 그렇지만 영국 내 어느 법정에서도, 열두 명의 남녀 배심원단과 판사에게도 아직은 그렇지."

"그거야 절차 문제고."

"아니, 그게 사실이야."

"무슨 소리야? 자기가 저지른 짓이라고 인정하는 문자까지 가족들한테 보낸 사람이라고."

수천 번 인용된, 그 악명 높은 왓츠앱 메시지. 안나 O 다큐멘터리 거의 대부분은 똑같이 시작된다.

*미안해. 내가 죽인 것 같아.*

대개 사람들은 그녀가 그 문자를 보냈을 때 당연히 의식이 있었으리라고 생각했다. 분명히 범행을 저지른 순간에도 의식이 있었다고. 유죄라고. 하지만 그들은 나처럼 수면을 연구하지 않았다. 사람들은 왓츠앱으로 메시지를 보내는 것보다 더 복잡한 일들을 사실상 잠든 상태에서 한다.

"유죄판결이 날 때까지는 무죄라고 봐야해. 여론재판은 의미가 없어."

"당신은 그날 밤 현장에 없었잖아, 벤. 내가 뭘 봤는지 몰라."

이야기만 들었다. 얼마나 끔찍한 일이었을지 미루어 짐작할 뿐이었다. 클래라에게, 가족에게, 안나 본인에게. 혹시 안나가 범행 뒤 잠에서 깨었다 해도, 시체들이 뒹구는 그 끔찍한 광경이 그녀를 더 깊고 영원한 수면 상태로 유도하기에 충분했을 것이다. 신체 기능이 정지하는 것이다. 정신적 과부하 때문에.

너무나 오래된 아픔이, 사랑과 증오가 동시에 느껴지는 양가적인 기분이 다시 엄습했다. 클래라에게 하고 싶은 말, 후회하는 것들은 너무나 많았다. 하지만 우리의 관계는 오래전에 굳어버렸다. 어디서 시작해야 할지 출발점을 찾기 어려웠다.

"어쨌거나, 그건 정말 실수였어." 나는 말했다. "지난주 말이야. 당신 전화 못 받고 학교에 아이 데리러 가지 않은 거. 다시는 안 그럴게. 미안해."

클래라는 얼굴에 흘러내린 머리카락을 쓸어 올리며 잠시 멈췄다. "이번 주말에 잘 달래줘." 그녀의 목소리에 온기가 되돌아왔다. "그 사진을 본 뒤로 애 상태가 좋지 않아. 그 애는 나보다 당신한테 반응을 잘 하잖아."

"그렇지 않아."

클래라는 서글프게 미소 짓고 시간을 확인했다. "새벽 2시가 다 돼 가네. 학교에 데려가야 하는 시간이 여섯 시간도 채 안 남았어. 시작하자, 새 담당자를 소개할게."

# 8 벤

램튼병원에서 파견 나온 수간호사 해리엇 로버츠는 치료실을 계속 둘러보고 있었다.

"저희는 환자에게 규칙적인 일과를 만들어 주려고 노력합니다."

"어떤 겁니까?"

간호사의 목소리는 기억에 남은 학창 시절 체육 선생님처럼 날카로운 데가 있었다. 깡마르고 가녀린 몸매, 갈색 머리카락은 어깨에 닿았다. 친절한 표정과 어울리지 않게, 그녀는 수십 년간 병동에서 벼린 엄격한 태도로 열병하듯 단호하게 병실을 둘러보았다. 램튼병원에는 브로드무어와 마찬가지로 교도소 같은 분위기가 있었다. 처음 만날 때 타인에게 만만한 인상을 주면 안 된다. 그러다 보면 부드러움은 지워지고 자기 보호로 대체되기 마련이었다.

"아침 8시 이전에 커튼을 엽니다. 소등은 10시 정각. 하루를 시작하는 첫 일과는 근육 운동입니다. 두 번째는 정신적 자극이고요."

"모니터 수치는요?"

"베개를 두드려 주고, 혈액순환을 돕고, 말을 겁니다. 의료진한테 받은 지시입니다."

"그렇군요."

어쩐지 내가 이런 질문을 던졌다는 사실 자체가 불쾌한 것 같았다. 심리학자라서 골치 아픈 부분은 이런 점이다. 신경과전문의는 나를 낮추어 본다. 정신과의사는 설교를 한다. 간호사들은 나를 업신여기기를 즐긴다. 의료진으로서 처방이 어쩌고 하는 표현은 우연히 나온 말이 아니었다. 어쨌거나 그리 부러운 인생은 아니었다. 환자가 다시 건강해지도록 이끌기 위해 간호사가 된 것이지, 살인 용의자의 다리를 주무르겠다고 공부하지는 않았을 테니까. 어쩌다가 일반 병원이 아닌 램튼에서 일하게 됐을까. 무엇 때문에 사회의 낙오자를 돌보며 폭력범 정신병자를 따라다니는 일로 인생을 살게 됐을까.

냉랭한 반응에도 불구하고 나는 질문해 보았다. "환자가 입원했을 때부터 줄곧 함께 계셨지요, 맞습니까?"

해리엇은 고개를 끄덕였다. "이제 4년이 넘었네요. 제가 내내 담당이었습니다. 그렇게 오랜 시간이 흘렀다니 믿기지 않아요."

대답에서 모종의 자부심이 느껴졌다. 때로 사람들은 이것이 단순한 직업이라고 생각한다. 이 일에 얼마나 큰 의미가 있을 수 있는지 알아주는 사람은 거의 없다. 감상을 겉으로 드러내는 성격이 아니었지만, 그런 헌신이 어떤 의미인지 나는 블룸을 통해 알게 되었다. 말이 아니라 행동으로. "단순한 책임감으로 되는 일이 아니죠. 4년이라니, 대단하십니다."

해리엇은 미소 지었다. 세심하게 파묻은, 바닥에 깔린 감정이 슬그머니 드러났다. "제게 이 일은 그냥 일반적인 업무가 아니었습니다. 소명이었어요. 환자가 대꾸를 못 하니 차라리 일하기 편한 것 같아요."

"그러면 4주 전 모니터에 평소와 다른 반응이 떴을 때 안나와 같이 계셨겠군요?"

해리엇은 새삼 흥미롭다는 눈빛으로 나를 바라보았다. 그녀는 한숨을 쉬었다. "그건 아마 기술적인 오류였을 거예요. 의사들이 온갖 검사를 다 해봤으니까."

나는 목소리에서 망설이는 기색을 감지했다. "혹시 다른 생각이라도 갖고 계시나요?"

해리엇은 약간 민망한 것 같았다. "멍청한 소리로 들릴지 모르겠지만, 저는 외부 자극 때문이 아닐까 생각했어요. 하지만 일개 간호사가 하는 소리니까… 의사들은 아무도 진지하게 듣지 않더군요."

"어떤 자극?"

"아니, 헛소리예요."

"말씀해 보시죠."

"새로 들어온 청소부가 일하면서 스포티파이의 셔플 기능을 꺼놓고 음악을 듣고 있었어요. 똑같은 음악 한 곡만 계속 반복됐습니다. 지난 4년과 비교해서 뭔가 달랐던 건 딱 그것뿐이었어요."

"무슨 음악이었습니까?"

"〈예스터데이〉, 매카트니 노래."

"확실합니까?"

"의사는 귀담아듣지 않더군요. 엉터리 심리학이라고 했어요. 잘 알고 하신 말씀이었겠죠."

"신경과의사였죠?"

해리엇은 주제넘게 끼어든 것이 민망한 기색으로 고개를 끄덕였다. "아, 네."

"혹시 그 외에 환자의 신체에서 관찰하신 다른 징후가 있었습니까?"

"눈이었어요. 보통 때는 눈이 그냥 가만히 있었는데 그때는 음악이 흐르는 동안 꿈틀거렸어요, 오른손도. 의사들은 그냥 아무 상관 없는 근육경련이라고 했어요. 하지만 저는 분명 여러 번 봤습니다."

나는 고개를 끄덕였다. "제가 알아두겠습니다."

해리엇은 일을 끝내고 침대에서 물러섰다. "좋습니다. 곧 다시 확인하러 오겠습니다. 필요한 게 있으시면 제 번호로 연락주세요."

"그러죠."

문이 닫혔다. 묵직한 잠금장치가 덜컥 잠겼다. 이런 방에 혼자 있으려니 이상한 기분이 들었다. 지난 몇 년간, 나는 이 사건과 관련한 온갖 글을 다 읽었다. 아직도 《가디언》과 《런던리뷰오브북스》에는 안나 O 현상 전체를 비판하는 시론이 실리곤 한다. 남성 시선의 징후, 미디어가 만들어 낸 사태, 파멸한 여성, 환생한 이브. 심지어 골드스미스대학교에 개설된 '여성혐오와 신화'라는 미디어 강좌에서는 안나 O 사건을 중요한 비중으로 다루고 있다.

많은 사람에게 안나 O 신화는 실제로 전도되어 있다. 여기서 안나는 악당이 아니라 피해자다. 클래라의 반응을 상상해 보니 그녀에게는 말하지 않는 게 좋을 것 같았다. 나 역시 다른 사람들과 비슷한 죄인이었다. 아마존에 소개된 내 저서 목록 첫 줄은 '프린스, 베네딕트. 《안나 O와 다른 여러 정신세계의 수수께끼들》(바이킹, 2021)'이다. 엄밀히 말해 베스트셀러였으나 벨기에에서만 그랬다.

나는 침대로 향했다. 깜박거리는 모니터, 구불구불 감긴 전선, 얼기설기 엮인 온갖 관. 전체가 하나의 커다란 스파게티 그릇 같았다.

나는 마스크 안에서 초조하게 기침했다. 직접 보니 환자가 정말 작다는 사실이 우선 눈에 들어왔다. 언론마다 줄기차게 소개되었던 사진들은 실물과 거리가 멀었다. 어쨌든 지금은 그랬다. 이 사람은 그 저항적인 정치가의 딸과는 다른 존재였다. 여기 누운 그녀는 온갖 갑옷이 벗겨져서 연약해 보였고, 20대 후반이라는 원래 나이보다 훨씬 더 늙어 보였다.

나는 안나 O가 타블로이드가 창조한 전설 속의 인물이라는 사실을 새삼 깨달았다. 하지만 안나 오길비는 168센티미터의 키에 57킬로그램이 채 안 되는 몸무게였다. 의료기록을 보면 어린 시절 편도염을 앓았고, 10때 전염단핵구증을 앓았으며, 고등학교 때 하키를 하다가 오른쪽 다리가 부러진 적이 있었다. 살인 사건이 일어날 당시 그녀는 25세였다. 적당한 체지방량과 높은 수준의 기초대사량을 유지했고, 중간 수준보다 약간 더 탄탄한 체격이었다.

즉 스스로 선택한 살인 방식에 완벽한 몸이었다고 할 수 있었다. 칼로 찌르는 행위에는 완력보다 오히려 집요함이 필수적이다. 두 사람을 죽일 때 사용된 무기는 길이 20센티미터 소프트그립 스테인리스스틸 식칼이었다. 당시 존루이스백화점에서 20파운드 아래로 살 수 있는 물건이었다. 나이프는 요리사가 고기를 다지듯 주요 장기를 갈랐다. 그 정도로 여러 번 찌르려면 육체적인 힘이 필요했을 텐데 일종의 광적인 상태였던 것으로 보였다.

가까이 의자가 있었다. 나는 침대 옆에 앉았다. 깜빡이는 모니터와 쉴 새 없이 활동하는 관을 바라보았다. 카메라를 확인하고 내 휴대전화를 꺼냈다. 장갑을 껴서 끈적거리는 손가락으로 액정을 눌러 스포티파이를 켜고 이미 다운로드해 둔 〈예스터데이〉를 재생했다. 적절한 선곡이었다. 아직 초기 단계이고 가설 수준이긴 하지만, 기본적으로 내 진단 이론은 문화적인 자극을 활용하는 방식, 즉 행복했던 시절의 기억을 통해 환자를 깨운다는 내용이었다. 나는 비슷한 과거의 기억에 반응하는 다른 환자들을 보았다. 어머니가 들려준 음악, 옛날 교회 찬송가, 좋아하던 텔레비전 주제곡. 이제 스피커에서 어쿠스틱기타 소리가 흘러나왔다. 나는 전화를 안나 가까이에 들고 모니터와 안나의 얼굴을 번갈아 가며 지켜보았다. 음악이 나오기 시작했다.
아무 반응도 없었다. 모니터의 선은 꼼짝도 하지 않았다. 베개 위에 얹힌 안나의 얼굴은 조금도 움직이지 않았다. 꿈틀 한 번 하지 않았다. 나는 포기하고 음악을 끌 생각이었다. 우연이었겠지. 신경학자들의 판단이 틀릴 리가 있겠나. 그런데 버튼을 누르려는 순간, 안나의 왼쪽 눈이 꿈틀거리는 모습이 보였다. 순간적인 변화라 잘못 본 줄 알고 놓칠뻔했다. 한데 다시 꿈틀거렸다. 간호사가 말한 그대로였다. 극히 미세한 신호, 아는 노래라는 작고 놀라운 신호였다.
모니터를 보니 선이 아주 약간 움직였다. 4주 전의 기록과 마찬가지로 눈 한 번 깜빡하면 놓칠 수 있는 변화였다. 두 번 더 노래를 틀었지만 더 이상 반응은 없었다. 나는 실망감을 삼켰다.
곧 간호사가 다시 들어왔다. 나는 휴대전화를 주머니에 넣었다. 엄밀히 말해 의료장비 외의 전자기기는 병실에 들고 올 수 없다. 법무부가 지속적으로 감시하는 건 아닐지, 화이트홀에서 내 모든 행동을 지켜보고 있는 것이 아닌가 하는 생각이 문득 들었다. 생각만 해도 소름이 돋았다.
"식사 시간입니다." 해리엇은 여전히 딱딱하고 무뚝뚝한 말투였다. "도움이 되었나요?"
"네." 나는 음악으로 실험한 일은 말하지 않기로 마음먹었다. 방금 본, 아니, 보았던 것 같은 현상에 대해 생각할 시간이 필요했다. "감사합니다. 많은 도움이 되었습니다."
나는 병실을 나서 1층으로 내려갔다. 클래라는 떠날 준비를 하고 있었다. 그녀는 내가 다가오는 모습을 보고 말했다. "베네딕트 프린스, 심리학자 겸 기적의 치유사?"
나는 씩 웃었다. "나라고 그렇게 유능하지는 않아. 그렇게 빠르지도 않고. 환자는 아직 잠들어 있어."

"개인 기념용으로 인증 사진 한 장 찍고 싶은 유혹은 안 들었어?"

결혼 생활 동안 가장 어두웠던 순간들을 상기시키는 말투 중 하나였다. 키티가 태어나고 여섯 달 정도 흘렀을 즈음 혹은 클래라의 전화에서 다른 남자에게 보낸 문자를 발견했던 순간. 현직 런던 경찰이 시체 옆에서 인증 사진을 찍는다든가, 살인과 강간 망상을 주고받는 혐오스러운 왓츠앱 채팅 같은 뉴스가 떠올라서 소름이 끼쳤다. 클래라는 매일 밤 어떤 어둠을 가지고 집으로 돌아갈까. 이따금 주말에 딸을 보는 것보다 공동양육권을 갖고 싶은 이유 중 하나였다. 나는 키티까지 경찰 직무의 피해자가 되지 않도록 하겠다고 굳게 결심했다.

"말해봐." 클래라가 말했다. "의사들은 전부 신경학적인 원인은 아니라고 해. 지금까지 실시한 모든 검사 결과에서도 이상한 점은 없었어. 수면 뇌파 검사, 종합 주의력 검사, 혈액검사, 허리천자까지, 단 하나도. 그렇다면 문제 하나 없는 건강한 뇌가 어째서 이렇게 오랫동안 수면을 유지하고 있을까? 왜 아무도 이런 상태를 깨뜨리지 못하고 있을까?"

나는 음악 가설에 대해 이야기할까 말까 고민하며 생각을 정리했다. 워낙 오랫동안 머릿속에서 떠나지 않았던 질문이었다. 4년 전 운명의 그날 밤, 클래라가 애빙던경찰서에서 야근을 마친 뒤 얼른 씻고 옷을 갈아입고자 운전해 집에 돌아오던 길에, 버포드 근교에서 사고가 발생했다는 무전이 경찰 통신망으로 들어왔다. 클래라가 가장 가까운 곳에 있었고 최초로 무전에 응답했다. 그녀는 귀가하던 길에서 벗어나 농장에 도착했고 다른 누구보다 먼저 현장을 책임졌다. 수사반장으로서 맡은 최초의 사건이었다. 그날 늦은 밤 운전 덕분에, 클래라의 경찰 경력은 (그리고 우리 가족의 삶은) 완전히 바뀌었다.

"수면 상태를 유지하고 있는 건 뇌에 무슨 문제가 있어서가 아니야. 환자의 정신 때문이야. 이건 전체적으로 훨씬 복잡한 현상이야. 아니, 내가 이렇게 말하는 건 당연한가."

"다음에는 전부 다 어린 시절의 트라우마로 거슬러 올라가는 현상이라고 하겠네."

"그럴 수도 있겠지."

우리는 현관에 도착해서 다시 격식을 차렸다.

그녀는 말했다. "오늘은 쉬는 날이었다면서?"

나는 다시 하품을 억눌렀다. "그랬어."

"아까 내가 말했던 거 잊지 마. 주말에 키티가 잘 지내게 해줘. 최근에 학교생활이 순탄하지 않았어. 기분을 북돋울 만한 일이 필요해. 요즘 꾸고 있는 악몽에 대해서도 이야기 나눠줘."

다시 주먹이 훅 들어오는 기분이다. 이혼, 임시로 지내고 있는 아파트. 이렇게 어수선한 내 상황 때문에 미처 딸의 문제를 살필 겨를이 없었다. 그래서 아이가 새 학교 이야기를 안 했구나. 딸의 시시콜콜한 일상을 모조리 꿰고 있던 때가 있었다. 지금은 그저 주마간산 격이다.

"내일 3시 반에 내가 학교에서 데려갈게." 나는 시계를 확인했다. "오늘이군."

클래라는 고개를 끄덕였다. "늦지 마. 이번에는."

나는 애써 미소 지었다. "걱정 마. 안 늦을 테니까."

9                                                                      벤

늦었다는 것은 익숙한 느낌이었다. 그것은 내 학창 시절과 대학교 시절, 사회생활 초반을 하나로 묶는 지속적인 상수였다. 하지만 이번에는 달랐다. 목에 축축한 땀방울이 맺힌 채 전철역에서 달려 나오는데, 가정법원 판사가 못마땅한 표정으로 나를 바라보는 그리스 비극의 종막 같은 장면이 벌써 눈에 어른거렸다. 약물을 복용하거나 범죄를 저지른 것도 아니고, 그저 시간 약속을 못 지킨다는 이유로 공동양육권 다툼에서 질 수는 없었다.

무엇보다 걱정스러운 건, 어쨌든 지금 현재로서는 판사가 아니었다. 키티가 나를 바라보는 눈빛이었다. 감정적인 위협 혹은 협박이라고나 할까. 힘 있고, 돈도 있고, 권위까지 지닌 건 나다. 한데 눈빛 한 번만으로 키티는 나를 모자란 존재라는 죄책감으로 몰아넣는다. 교장 선생님이나 전 여자친구, 직장 동료 혹은 비평가조차 필적할 수 없는 위력이다. 육아가 감정적으로 나약한 사람에게 어울리는 일이 아니라는 말은 익히 들었지만, 지금까지는 그 말을 진심으로 믿지는 않았던 것 같다.

부모 노릇은 정말 밑 빠진 독 같다.

키티는 (클래라가 못마땅하게 생각하지만 나는 늘 '킷캣'이라고 부른다) 학교 정문에 쓸쓸하게 서 있었다. 체육용품과 너무 무거워 보이는 책가방이 발목 언저리에 늘어져 있었다. 바이올린 케이스는 가까운 벽에 아슬아슬하게 기대 세워져 있었다. 선생님 한 사람이 (기억이 정확하다면 레이먼드 선생님, 매부리코에 생김새도 매처럼 날카로워 보이는 엄한 생물학 선생님이다) 못마땅한 듯 시계를 바라보고 있었다. 나는 셔츠 자락이 삐져나와 있고 왼쪽 신발 끈이 풀려 길바닥에 질질 끄는 행색으로 정문 밖에 도착했다. 이런 꼴이라 늦은 게 한층 더 한심해 보이는 것 같았다.

아까 사무실에서 깜빡 잠이 들었다. 낮잠 한숨 자려고 눈을 붙였는데 깨어보니 세 시간이 흐른 뒤였다. 수면전문의가 낮잠을 자다니, 이렇게 역설적일 데가.

시간을 보니, 오후 4시 1분이었다.

킷캣은 나를 본척만척했다. 대신 바이올린 케이스에 손을 뻗으며 배낭을 고쳐 맸다. 레이먼드 선생님은 후줄근한 내 모습을 보더니 어차피 구제불능이었다는 듯 한숨을 쉬었다. 선생님은 잠시 규칙을 설교하고 모든 학생은 공식적으로 방과 후 클럽에 등록해야 한다고 설명했다. 런던의 경찰서장이 현재 구금하고 있는 유명 살인 사건 용의자를 직접 접견하는 자리에 불려갔다는 얼토당토않은 핑계를 둘러댔더니, 레이먼드 선생님의 눈이 경계하는 듯 커다랗게 열렸다. 뭔가 독특한 양념을 칠 생각이었지만 (영안실과 관계된 내용이라면 언제나 먹힌다) 이미 작전은 통한 것 같았다. 레이먼드 선생님은 서둘러 떠났다. 나는 킷캣과 둘만 남았다.

"미안하다, 딸. 직장에서 할 일이 많았어."

킷캣은 아무 대답이 없었고 집에 가는 내내 입을 다물었다. 아이가 아직 지하철을 두려워했기 때문에 우리는 핌리코까지 가는 버스를 탔다. 이럴 때면 정말 내 딸 같다. 클래라는 매사 사무적이고 체계적이다. 나는 두려움과 미신이 많은 부모이고 인간 정신 속의 비이성적인 공포에 습관적으로 초점을 맞추는 쪽이다. 아이가 태어나기 전에 나는 종종 킷캣이 클래라처럼 겁이 없기를, 내 유머 감각을 물려받기를 기도했다. 하지만 그날 운명은 미소 짓지 않았다.

어쨌든 그리고 모든 것이 변했다. 불공평한 육아 분배, 밤새도록 애 보기, 집안일 나누기 등 워낙 오랫동안 이런저런 문제를 예상하고 계획하다 보니 미처 예상하지 못했던 문제에는 대응할 수가 없었다. 육아 관련 도서에도 나오지 않는 문제들. 아내가 무시무시한 산후우울증을 겪으면 어떻게 해야 하는가, 아내가 남자 의사 친구와 나눈 메시지를 발견하면 어떻게 해야 하는가. 종말이 불가피해진 그 결정적인 변곡점. 아내는 그의 이름을 말하지 않았다. 하지만 메시지 내용을 통해 과거의 인물이라는 점은 알 수 있었다. 나는 내가 아는 아내의 학창 시절 친구, 대학교 친구 중에 의대를 졸업한 사람을 전부 다 떠올리며 그중 우리 결혼 생활을 망친 장본인은 누구일까 생각했다. 아니, 킷캣이 태어난 뒤로 모든 것은 예전으로 돌아가지 않았다.

핌리코의 새 아파트는 아직 적응 단계였다. 집 전체에 사람이 오래 살았던 낡고 거친 분위기가 감돌았다. 처음에는 미니멀하고 감각적인 분위기였겠지만 세월과 함께 우중충한 회색만 남았다. 나는 여기저기 색깔을 배치해서 분위기를 살리려고 노력했다. 하지만 원래 있던 분위기가 어디 가지는 않았다. 최근 클래라는 이 아파트를 '핌리코교도소'로 부르기 시작했다.

나는 저녁을 만들었다. 우리는 디즈니플러스 채널에서 그럭저럭 볼만한 아동용 영화를 보며 쟁반에 음식을 담아 먹었다. 내 입장에서는 드문 양보였다. 오늘은 관대한 기분이었다. 와인을 한 잔 넘게 마셨더니 몹시 너그러워져서, 자러 가기 전에 30분 추가 관람을 허락했다. 늘 그렇지만, 그러고 나면 원칙을 지키지 않았다는 죄책감이 희미하게 엄습했다.

딸이 침대에 들 때, 나는 내일 있을 수영 수업이나 수학 숙제 이야기라도 하듯 자연스럽게 말을 꺼내기로 마음먹었다. 클래라를 애비클리닉에서 만난 뒤로, 나는 어떻게 물어보는 것이 좋을까 고심하고 있었다.

"킷캣."

딸은 우물우물 뭐라 중얼거렸다. 보통 나는 이것을 좋다는 뜻으로 받아들인다.

"전날 네가 엄마 일과 관계된 걸 봤을 때 말이야."

아이의 얼굴에 불편한 기색이 떠올랐다.

"요즘 악몽을 꾼다고 엄마한테 들었어. 엄마가 수사했던 파일에 관해서도 들었고. 요즘 네가 잠을 못 잔다고."

킷캣은 소심하게 고개를 끄덕이고 사악한 영혼을 막아내려는 듯 담요를 턱까지 끌어올렸다.

"엄마 사무실에 들어가면 안 되는 거 알고 있지, 킷캣? 서재는 어른만 들어가는 곳이라는 거."

킷캣은 사죄한다는 듯 고개를 짐짓 과장되게 푹 숙이고 윗입술을 아래로 축 늘어뜨렸다. 래브라도 강아지가 용서해 달라고 비는 표정이었다. "하지만 난 안 들어갔어요. 그게 거기 놓여있었어요."

나는 아이의 머리를 쓰다듬고 이불을 꼭꼭 덮어주었다. "알아, 우리 딸. 문을 열어놓은 건 엄마 실수야. 덤벙거리는 엄마."

"엄마가 문을 열어놓은 게 아니었어요. 엄마 가방 안에 들어있었어요."

 인간이 픽션을 창조해 내는 능력을 지닌 유일한 동물이라는 사실은 심리학자로서 언제나 경이롭다. 우리는 언어를 통해 있는 그대로가 아닌 다른 상태를 상상할 수 있고, 상상력을 통해 거짓말을 할 수 있고, 거짓말을 통해 골치 아픈 문제에서 빠져나올 수 있다. 그럴듯한 거짓말은 아니었지만 나는 키티의 발달단계에 감탄했다. 그래도 곁길로 새지 않기로 했다.
 "하지만 네가 본 사진은…."
 "죽은 사람들이었어요."
 "그래, 우리 딸. 죽은 사람들이었어. 자… 잠시 이야기 좀 해볼까."
 나는 말을 멈추었다. 내가 이 모든 일에 얼마나 무뎌져 있었는지를 그제야 실감했다. 클래라와 나는 둘 다 전문가다. 우리에게 범죄 현장 사진, 감식 보고서 같은 업무 도구는 분석하고 해부해야 하는 재료일 뿐이다. 진실을 보기 위해서는 어린아이의 시각이 필요하다.
 웃긴 일이지만, 이 순간에도 나는 거짓말을 하고 있었다. 선의의 거짓말이지만 어쨌거나 거짓말이었다. 이 정도는 용서해야지, 나는 자신에게 다짐했다. 반드시 필요한 허구이니까. "그 사람들이 연기하고 있었다는 거 알지?"
 아이는 혼란스러워서 얼굴을 찡그렸다. "왜요?"
 "학교에서 예수가 태어나는 연극을 했을 때, 네가 마리아인 척하고 마굿간과 구유 주변을 돌아다녔지? 다른 아이, 에이든은 조셉 역할이었고. 네가 노래할 때 하드캐슬 선생님이 피아노를 쳤었지."
 아이는 고개를 끄덕였다. 킷캣이 학교에서 이룬 가장 자랑스러운 성취였다. 그 연극은 영상으로도 남아있다. 가족들이 모인 여러 왓츠앱 단체방에 영상 클립을 공유했다. 클래라의 부모님은 이 중요한 장면을 직접 관람하기 위해 플로리다해안 별장에서 일찌감치 올라왔다. 나는 전문가 증인으로 법정에 출두해야 해서 함께하지 못했다. 가족 중 아무도 나를 용서하지 않았다. 나 자신도 아직 그랬다.

"아빠는 안 왔잖아요."

다시 퉁명스러운 목소리. 클래라는 적확한 단어 하나로 내 나약한 자아에 흠을 낸다. 블룸은 내 가식을 깎아낸다. 버크벡대학교에서 내게 야간 수업을 듣는 학생들조차 내 지식에서 틈을 찾아내기 위해 논리를 내세우는 것을 좋아한다. 하지만 킷캣만큼 내게 상처를 줄 수 있는 사람은 없었다.

나는 권위를 잃을까 봐 딸을 향해 미소 지었다. "엄마가 나쁜 사람들을 잡는다는 거 알잖니."

킷캣은 약간 열의가 가신 듯 다시 고개를 끄덕였다.

"이번에는 그 반대였어. 네가 사진에서 본 사람들은 사실 엄마를 돕고 있었던 거야. 엄마가 나쁜 사람들을 잡는 훈련을 시킬 수 있도록 부상을 입은 척했어. 그걸 실습이라고 해."

입 밖에 내어 말하니 영 그럴듯하지 않게 들렸다. 나는 기다렸다. 아이의 이마에 작은 주름이 잡혔다. 믿는 것 같았다.

"왜?"

"너와 엄마가 세인트 존 구급차 팀원들과 같이 그 행사에 갔던 날 기억하니? 사이렌 소리를 울리면서 초록색 구급복 입은 사람들이 학교에 왔잖아."

아이는 초록색이라는 단어에 고개를 끄덕였다. 초록색 사람들을 기억하는 모양이다. 다행이다.

"선생님 중 한 사람이 환자인 척했던 거 기억나지? 네가 마리아 역할을 맡았던 것처럼. 사람이 쓰러지면 어떻게 도와야 하는지 구급 요원들이 시범을 보였던 거잖아. 그 선생님이….."

젠장. 선생님 이름이 전혀 떠오르지 않았다. 비쩍 마르고 키가 큰 남자, 캐러멜색 머리카락, 약간 늘어진 뺨으로 활짝 웃던 사람.

"사이드보텀."

키티는 장난기 가득한 눈빛으로 나를 바라보았다. 키들키들 웃음이 나오는 것을 참을 수가 없는 모양이었다. 나 역시 '보텀(bottom, 엉덩이―옮긴이)'이라는 말 한 마디만 해도 배를 잡고 구르던 시절이 있었다. 불쌍한 사이드보텀 선생님과 새 학기가 돌아올 때마다 영원히 단체로 킬킬거릴 학생들을 생각하면 미안한 생각이 들었다. 개명 신청을 하든지, 학생을 가르치는 직업을 택해서는 안 되는 이름이었다. 클래라가 지금 같이 있었다면 아마 부모로서 공감과 예의범절을 엄격히 가르쳤을 것이다. 하지만 클래라는 여기 없다. 나는 딸의 얼굴에 어린, 이름 하나에 한없이 즐거운, 꾸밈없고 순수한 기쁨을 거부할 수 없었다.

"그래, 킷캣. 유명한 사이드보텀 선생님 말이다."

키티는 다시 터지는 웃음을 막으려고 침이 사방으로 튀는 입에 손을 갖다 댔다.

"그 사진 속 사람들은 사이드보텀 선생님처럼 하고 있었던 거야. 엄마가 가르치는 실습 훈련에 참여했던 거란다."

이제 아이는 한결 진지해지더니 의심스러운지 얼굴을 찡그렸다. "그런데 왜 피를 흘리고 있었어요?"

나는 다시 생각을 가다듬었다. 어른들의 암울한 세상이 막 자라나는 아이의 정신을 어떻게 바꿀 수 있을지 생각하니 마음이 아팠다. 심리학자로서 내가 누구보다 미리 조심했어야 하는데. 키티가 태어난 직후 끔찍했던 몇 달이 떠올랐다. 감정의 폭발, 분노, 거부, 온갖 생각들. 산후우울증이 아내를 완전히 사로잡았던 시절, 클래라는 전혀 다른 사람이 되었다. 잠도 자지 않고, 먹지도, 말하지도 않았다. 열 명의 여성 중 한 명이 경험한다는 증상. 그런데도 때로 우리가 세상에서 유일한 부부인 것 같았다. 그것이 인간 정신의 힘이다. 그것을 과소평가하는 것이 유일한 잘못일 뿐.

"엄마는 범죄 현장에서 무엇을 찾아야 하는지 다른 형사들을 교육시키고 있었어. 다친 사람은 없었단다. 모두 다 연기하고 있었던 거야, 알겠니?"

침묵이 흘렀다. 킷캣은 늘 그렇듯 가만히 있지 못하고 이불 밑에서 꼼지락거렸다. 아이는 마치 한숨처럼 무겁게 숨을 쉬다가 문득 마음을 먹은 듯 입을 열었다. "아빠…."

거의 참을 수 없는 긴장감. 통했을까? 아니면 내 딸이 평생 갖고 갈 상처를 입었을까?

"왜, 킷캣?"

아이는 나를 향해 미소 지었다. "다음번에 할 때는 내가 연기하면 안 돼요?"

# 10  에밀리

"문단속 잘할 수 있겠어요?"

에밀리 오길비는 얼음 같은 눈빛으로 그를 응시했다. 나이 들어 다시 훈련을 받는다는 게 힘든 건 바로 이런 순간 때문이었다. "대충 알 것 같은데요."

"기억하세요. 열쇠는 반드시…."

"약간 밀면서 딸깍 소리가 날 때까지 기다려야 한다, 알고 있습니다."

부목사는 세상이 자신의 위대함을 알아주기를 기다리고 있는 듯한, 오직 20대 중반 남자들만이 지을 수 있는 미소를 보였다. 에밀리는 딱딱한 미소로 대답하고 사무실 문이 닫힐 때까지 숫자를 셌다. 그리고 교회 사무실 옆면에 설치된 작은 주방으로 물러나 진한 영국식 차를 한 잔 끓이고 설탕을 듬뿍 퍼 넣었다. 초콜릿비스킷이 어디 있는지 찾았다.

물론 경고는 들었다. 소식을 전할 때마다 아직까지도 친구와 가족들은 어리둥절한 표정을 짓곤 한다. 대놓고 반대하는 사람은 없었다. 하지만 입을 비죽 내밀거나 눈썹을 치켜뜨는 동작에서 하고 싶은 말이 많지만 참는다는 사실을 알 수 있었다. 그래도 일단 괜찮은 직장을 그만두고 나면 달리 갈만한 곳이 많지 않다. 이렇게 모두의 놀란 시선을 뒤로하고, 켄싱턴의 오길비 남작은 웨스트민스터의 세인트마거릿 교회의 성직자 후보이자 수련 사제, 에밀리 셰퍼드로 다시 사회에 발을 디뎠다.

냉장고에는 오트밀크 말고는 아무것도 없었다. 건강에 좋다는 본인만의 원칙을 세상 모든 사람에게 강요하는 것, 이것 또한 20대 남자 증후군이다. 그녀는 불만스럽게 오트밀크를 차에 섞어 넣고 눈살을 살짝 찌푸리며 맛을 보았다. 고작 30분일지언정, 교회 전체를 책임지게 되는 것은 드문 경험이었다.

물론 관광객들은 언제나 웨스트민스터교회로 향한다. 이곳은 정치가들이 드나드는 교회이고 매년 의회의 캐럴 예배가 열리는 장소다. 그녀가 두려운 것은 그 행사였다. 예전에 다니던 학교로 돌아갔을 때, 새 제복을 입은 내 모습을 빤히 바라보는 옛 친구들을 마주하는 기분일 것이다. 문득 에밀리는 상념을 거두었다. 이제 50대 중반이다. 그런데도 인생은 통 변하지 않는다. 사람들은 고집스러울 정도로 익숙하다.

교회 본당으로 돌아가려는데 휴대전화가 울렸다. 항상 여러 개의 장비를 들고 다니던 시절을 떠올리면 우스웠다. 정부와 그림자내각에서 일하던 시절에는 개인 휴대전화와 의회에서 발급한 아이패드, 각료 자격으로 소지한 기밀 단말기, 그 외에도 비서들이 관리하는 온갖 사서함이 있었다. 그녀에게 전갈이 가닿으려면 대체로 다섯 단계를 거쳐야 했다. 지금 에밀리에게는 작고 구닥다리인 아이폰 한 대, 이메일 계정 하나, 왓츠앱밖에 없었다. 최근의 이 편지는 이메일로 왔다. 에밀리는 한번 힐끗 본 뒤, 다시 한번 보았다. 명치 한가운데서 너무나 익숙한 구멍이 느껴졌다.

4년이 흘렀다. 하지만 그 생각을 하지 않고 지나간 날은 단 하루도 없었다. 그래도 이건 평범한 메시지가 아니었다. 악플러는 독기와 증오, 위협을 뿜는다.

아니, 이건 달랐다.

**발신:** benedict.prince@theabbeyclinic.com
**수신:** ordinand2@stmargaretschurch.org
**제목:** 안나 오길비 건으로 만나 뵙고 싶습니다

안녕하십니까, 셰퍼드 씨

느닷없이 이메일을 보내게 된 점, 양해 부탁드립니다. 제 이름은 베네딕트 프린스, 할리스트리트에 있는 애비수면클리닉의 의사입니다. 아시겠지만, 따님은 최근 법무부의 명령으로 저희 클리닉에 치료차 이송되었습니다.
저는 법무부 소속 스티븐 도널리 법무심의관의 허가를 받아, 체념증후군에 대한 진단 모델을 확립하기 위해 시도 중인 치료 계획의 일환으로 따님의 가족분께 연락을 드리게 되었습니다.
가능한 한 빠른 시일 내로 귀하와 대화를 나누고 싶습니다. 제가 있는 곳은 세인트마거릿교회에서 아주 가까우므로 편한 시간과 날짜를 정해주시면 좋겠습니다. 제 이력서와 이 분야의 자격 증명 및 출간 저서 내역을 동봉하니 살펴봐 주시기 바랍니다.
연락 기다리겠습니다.

벤
베네딕스 프린스 박사

시니어파트너
애비클리닉
031 8075 7872

고개를 들어보니 찻잔에서 흐른 찻물이 사무실 양탄자 위에 배어 들고 있었다. 아무도 없는 것이 다행이었다. 에밀리는 공구함을 찾아 흐른 물기를 최대한 잘 닦았다. 곧바로 세제를 넉넉하게 뿌리고 박박 닦으면 얼룩이 배기 전에 최대한 지울 수 있다. 에밀리는 하는 데까지 최대한 문지른 뒤 아무도 눈치채지 못하기를 바라며 손을 뗐다.

그녀는 교회 본당으로 미적거리며 나와서 신도석 앞줄 근처에 앉았다. 세 번째 이메일을 읽고 동봉된 PDF 파일을 확인했다. 여권 크기의 작은 사진을 보니 30대 후반 혹은 40대 초반 정도 되어 보이는 미남이었다. 매끈한 이마에 늘어진 머리카락, 녹색 눈동자, 하루쯤 자란 턱수염. 베네딕트 프린스 박사. 모든 의학 전문가가 〈스타트렉〉에 나오는 스팍을 닮았던 시절도 있었다. 무슨 수도원 건물처럼 생긴 유명 인사들의 도피처, 애비클리닉은 에밀리도 익히 들어 알고 있었다. 3류 연예인들은 모조리 디쉬 박사와 진료 예약을 하고 싶은 모양이었다. 그녀도 전부 그들 탓이라고 생각하지는 않았다.

에밀리는 전화를 내려놓고는 천천히 숨을 고르기 시작했다. 그녀는 여기서 최선을 다했다. 다른 생각을 머릿속에서 몰아내기 위해 비교적 하찮은 사제 후보의 업무에 전념했다. 하지만 밤이 깊어 가면 방어기제는 약해졌다. 익숙한 악몽이 스며들어왔다. 영화 필름을 재생하듯 눈앞에 생생하게 펼쳐졌다. 소리, 진흙의 악취, 피로 번들거리는 칼. 그날 밤 농장에서의 무시무시한 광경.

최악의 순간은 눈 깜짝할 사이, 이전의 세상이 전혀 다른 공간으로 변한 바로 그 순간이었다. 아직도 에밀리는 안나가 금방이라도 벌떡 일어나 이 모든 것이 장난이라고 소리칠 것만 같았고, 테오가 커튼을 걷으면 지난 4년이 전부 꿈에 불과했다는 게 밝혀질 것만 같았다.

하지만 희망이 스러지던 바로 그 순간은 아직 평생의 그 어떤 경험보다 더 생생하게 느껴졌다. 에밀리는 리처드와 함께 유령처럼 말없이 서있었다. 경찰은 곧 도착할 것이다. 안나는 체포될 것이다. 에밀리는 사임해야 할 것이다. 가족, 결혼 생활, 미래. 이 모든 것이 흔들리다 무너질 것이다. 하지만 그 순간은 소중했다. 두 사람은 그렇게 농장에서 선 채, 지금까지 일궈온 그들의 세상이 산산조각 나는 광경을 지켜보았다. 그 마지막 순간, 적막 속의 그 순간은 과거를 애도하는 송가였다.

교회의 외부인 출입구가 삐걱 열렸다. 갑작스러운 소리에 에밀리는 깜짝 놀랐다. 그녀는 부산히 신도석에서 일어나며 현실로 돌아왔다. 허리가 굽은 노부인이 손자와 함께 익숙한 걸음으로 교회에 들어섰다. 에밀리는 미소 짓고 가볍게 목례한 뒤 교회 반대쪽 끝에 위치한 성가대석의 찬송가집을 정리하기 시작했다.

당연히 다른 사람은 아무도 이해하지 못했다. 남은 건 리처드와 테오뿐이었고, 비밀은 모든 것을 잠식해 결혼 생활과 가족까지 무너졌다. 그날 밤에 진정 무슨 일이 있었는지, 얼마나 끔찍한 선택을 해야 했는지, 그들 외에는 아무도 몰랐다.

에밀리는 분주히 찬송가집을 정리한 뒤 제단 쪽으로 걸어 나왔다. 그녀는 거기 서서 여전히 그 위엄에 경외로운 마음으로 윤기 나는 금박을 홀린 듯이 바라보았다. 등 뒤를 돌아보니 두 손님은 계속 다른 일에 몰두하고 있었다.

에밀리는 오싹 떨리는 기분을 억눌렀다. 그녀는 무릎을 꿇고 눈을 감았다. 고개를 숙이고 기도하기 시작했다.
　신은 그녀를 용서하실 것이다. 다른 누구도 그럴 수 없을지라도.

## // 벤

 

나는 주방에서 마지막 남은 와인 한 방울까지 털어 넣었다. 영국인답게 성향을 숨기고 있지만 사실 나는 원래 낭만적인 유형이다. 록스타를 꿈꾼 적도, 팬이었던 적도, 알파 메일에 대한 환상을 품은 적도 없었다. 내 꿈은 언제나 소소한 것들이었다. 행복한 결혼 생활, 아쉬운 곳 없이 자라는 아이들, 바깥세상의 소용돌이를 피해 작은 평화를 누릴 수 있는 가정, 단단한 울타리.

지금 내게는 외로움이 일상이 되어버렸다. 아내와 헤어진 이후 생활 범위는 한층 좁아져서 업무와 잡다한 일거리, 규칙적인 일상만 쳇바퀴처럼 오가게 되었다. 그러다 보니 나는 킷캣과 함께하는 소중한 시간에 매달리고 있었다. 그 시간만은 완벽하게 보내고 싶었고, 같이 지내는 시간이 이혼의 상처를 아물게 해주었으면 했다. 하지만 어리석은 생각이라는 것을 사실 알고 있었다. 이미 엎질러진 물. 긴 세월 동안 겉으로 증상이 나타나지 않았을지언정, 진작 싹텄던 질병이었다.

결손가정, 부부싸움. 상처 하나 없이 빠져나갈 수는 없다.

내가 일을 줄이고 더 많이 귀를 기울였어야 했다. 결혼반지와 제단에서의 맹세가 평화로운 가정을 저절로 유지해 주지 않는다는 사실을 알았어야 했다. 낯모를 클리닉 환자들에게 아낌없이 관심을 퍼붓는 대신, 클래라와 킷캣과 더 많은 시간을 같이 보냈어야 했다. 앞으로 미래는 점점 더 암울해질 전망이었다. 킷캣은 발길이 뜸해질 것이고, 업무 시간은 길어질 것이고, 나는 애인 없는 후줄근한 독신 남성의 운명을 받아들여야 할 것이다.

내가 꿈꾸던 삶은 이런 게 아니었다. 다른 이의 심장박동을 자장가 삼아 잠들고 싶었고, 뜨끈뜨끈한 그 손의 온기를 내 손에 느끼고 싶었고, 아침에 눈을 뜨면 옆자리에서 깬 사람의 하품과 미소를 보고 싶었다. 시끌시끌 활기와 웃음이 넘치는 집을 원했다. 휴가와 졸업식, 특별한 때 찍은 사진이 복도에 다닥다닥 붙어있는 가정을 원했다.

이따금 내가 타인의 삶을 살고 있다는 기분이 든다.

내가 등록했던 인생은 이런 것이 아니었다. 환불받고 싶다.

찬장에는 아무것도 없어 휑했다. 아파트는 무색무취하고 삭막했다. 키티가 초콜릿샌드위치와 다이어트콜라로 아침을 때웠다고 엄마에게 돌아가 불평하지 않게 하려면, 아침 일찍 일어나 동네 마트라도 가서 장을 보아야 할 것이다. 또 그런 소리를 듣기는 싫었다. 중력에 이끌려 모든 것이 서서히 나선을 그리며 가라앉아 정해진 패턴으로 수렴되는 것 같았다. 킷캣과 멀어진다니, 아이의 인생에서 주변으로 밀려난다니, 주연에서 대역배우로 강등된다니. 생각만 해도 견딜 수가 없었다.

나는 소파로 와인을 들고 가서 이런저런 앱을 눌러보기 시작했다. 넷플릭스, 아이플레이어, 프라임 그러다 다시 애플티비 라이브러리로 돌아갔다. 오늘 밤에는 다른 히치콕 영화를 보기로 했다. 잘 알려지지 않은 보석, 헨리 폰다 주연의 〈누명 쓴 사나이〉. 카톨릭적 죄의식이 뚝뚝 떨어지는 흑백 명작으로 결백과 죄악이 교차하는 악몽이다. 업무용 이메일 계정을 열어보니 편지함에 읽지 않은 메일이 가득 쌓여 있었다. 제목은 모두 나를 겨냥하고 있었다.

#마인드컨트롤을멈춰라
#환자를해방시켜라
#우리가지켜보고있다프린스박사

잠시 멈췄다가 다시 읽었다. 목구멍에서 시큼한 기분이 올라왔다. 안나가 애비클리닉에 있다는 사실은 아직 아무도 모른다. 설마 이렇게 일찍 정보가 새어 나갔을 리는 없다. 안나의 이름을 언급한 메시지는 없었다. 최근 뉴스에서 애비클리닉을 다루었기 때문에 유명세로 인한 협박과 익명 편지가 더 많이 날아오고 있었다. 클리닉 웹사이트에는 내 신상 정보가 실려있다. 저술 때문에 내 이름도 알려져 있다. 세 건의 메시지를 보니 심란했다. 협박조, 심지어 폭력적이었다. 누군가 지켜보는 사람이 있다면, 거기서 한발 더 나아가 나나 내 주변 사람들을 해치겠다고 으르대는 것은 시간문제다. 세상을 선명하게 흑백으로 나누는 그 단순함이 무시무시했다.

나는 메시지를 다시 읽었다. 아파트는 고요했지만 어디서 바스락 소리가 날 때마다 내 몸은 자동으로 반응했다. 위층에서 잠들어 있는 키티가 생각났다. 잠자는 동안 인간은 무력하다.

나는 일어나서 바깥을 내다보았다. 히치콕 영화의 깜빡거리는 불빛이 벽을 비추고 있었다. 고독에 숨이 막혔다. 범죄, 수면, 야경증. 인간 심리의 온갖 기괴한 서커스는 이제 정말 지긋지긋했다. 따뜻하고 깨끗한 시트 밑에 들어가서 옆에 누운 클래라의 체온을, 난로와 보금자리와 그녀의 안전함을 느끼고 싶었다.

나는 커튼을 다시 내리고 킷캣이 잘 자고 있는지 보러 위층으로 올라갔다. 침실 문을 열고 아이를 깨우지 않으려고 가만히 서 있었다. 아까 담요를 잘 덮어서 모서리를 반듯하게 눌러준 상태로 두고 내려왔었지만, 이제 아이는 침대 위에 야생마처럼 널브러져 있다. 떡 진 머리카락, 눈사람 같은 팔, 캉캉춤이라도 추듯 이불 위에 대자로 뻗은 다리. 가슴이 뭉클할 정도로 사랑스러운 감정이 밀려왔다. 아이가 어른이 된다는 건 생각조차 하기 싫었다. 언젠가는 커피 한잔도 어색해질 것이고, 대학교 식당에서 1년에 두어 번 점심이나 같이 먹게 될 것이다. 중요한 날이라고 서둘러 선물을 준비하는 것도 다 한때, 왓츠앱 메시지 한 통으로 대신하게 될 것이고 언젠가는 손주 얼굴 한 번 보려고 일정을 정상회담 수준으로 복잡하게 조율해야 하는 신세가 될 것이다.

킷캣을 보호하기 위해서라면 못 할 일은 없었다. 하지만 이미 균열이 드러나고 있었다. 학교와 수영 강습, 숙제, 질 낮은 친구들에 대해 직접 듣는 이는 클래라다. 나는 항상 한 계단 건너 전해 듣는 낯선 사람 같았다. 좋은 아빠가 되고 싶었다. 하지만 더 이상 어떻게 해야 할지 방법을 알 수가 없었다.

나는 문을 닫았다. 이기적으로 생각하지 말자. 순간 사진을 본 아이의 반응이 어딘가 이상하지 않았나 하는 서늘한 생각이 스쳤다. 클래라가 악몽을 잘못 진단한 건 아닐까. 혹시 키티는 어둠이 무서운 것이 아니라 오히려 그 안에서 새로 알게 된 정보를 곰곰이 생각하던 건 아닐까. 그 나이 아이들은 마음의 어두운 면조차도 스펀지처럼 흡수하니까.

하지만 아니, 말도 안 된다. 영화를 너무 많이 보고, 선정적인 미국 프로파일러 계정을 너무 많이 읽고, 넷플릭스 다큐멘터리를 지나치게 많이 보고 직접 출연하기까지 한 탓이다. 이건 〈내 아이는 사이코패스〉 최종 편이 아니다.

나는 생각을 떨쳤다. 아래층으로 내려가서 협박 메일을 캡처해 애비클리닉 보안 팀에 보낸 뒤 영화를 계속 보았다. 아직 잠자리에 들 시간이 아니었다.

#우리가지켜보고있다프린스박사

일어나서 다시 찬장을 뒤지려는데 업무용 휴대전화가 울렸다. 늦게까지 일하는 보안 팀일 것이다. 나는 다시 와인을 한 모금 마시며 휴대전화 쪽으로 손을 뻗었다. 지난 스물네 시간 동안의 무게가 두개골 한가운데를 묵직하게 눌렀다. 새로운 생각이란 걸 할 여유조차 사라진 느낌이었다.

그때 나는 메시지를 다시 읽었다. 와인 잔을 내려놓고, 똑바로 허리를 펴고 앉았다. 심장박동이 빨라지는 것을 느낄 수 있었다.

당장 애비로 돌아가야 했다.

## 12                                                      벤

나는 살을 에는 듯한 찬 공기를 마시며 작은 사각형 정원을 둘러보았다. 할리스트리트의 소음이 가까운 곳에서 메아리쳤다. 키티는 아이패드를 들고 안내 데스크 옆에 들어가 있었다. 클래라가 날 죽이려고 들겠지만 달리 방법이 없었다. 시도 때도 없이 베이비시터를 구할 수 있는 것도 아니고.

블룸은 내 앞에 있었다.

나는 계속 걸었다. "그래서 뭐라고 하셨지요?"

그녀는 유난히 긴장한 상태였다. 대답하는 말투는 날카롭고 냉소적이었으며 자세도 각지고 뻣뻣했다. 압박이 심한 것 같았다. 눈 주위에는 수면 부족의 징후가 나타나 있었다. "내가 할 말이 있나. 전화를 받았을 때는 10시 반 약간 넘어서였어."

"그냥 슬쩍 떠본 거 아니었을까요? 확실합니까?"

블룸은 짜증스럽게 한숨을 쉬었다. 그녀는 정원을 세 바퀴째 돈 뒤 앞에 있는 늘 앉던 의자에 눈길을 주었다. "운동을 열심히 한다고 죽는 건 아니라고들 하지만, 내 지론은 같아. 위험을 자초할 이유가 있느냐고."

이제 블룸의 재담 대부분이 그렇지만 이미 낡은 농담이었다. 그녀는 묵직한 몸을 나무 의자에 내려놓고 모직과 인조 모피로 된 옷가지를 몇 겹이나 뒤집어쓰고도 한기에 몸을 떨며 구름처럼 입김을 내뿜었다. 그리고 커다란 코트 주머니에 손을 집어넣어 감초젤리 한 봉지를 꺼냈다. 당분의 유혹은 끊을 수 없는 모양이었다.

내 머릿속에서는 아직 키티가 사진에 대해 했던 말이 맴돌고 있었다. 아이가 드레싱가운을 둘둘 감은 채 잠이 덜 깬 눈으로 클리닉에 앉아있다는 사실도 계속 마음에 걸렸다. 이렇게 늦은 시각에 침대에서 끌고 나온 것이 미안했다. 물론 나는 키티를 위해 목숨이라도 바칠 수 있다. 하지만 진정한 사랑의 행동이란 그런 데 있는 것이 아니다. 그것은 보다 사소한, 일상적인 것들 속에 있다. 블룸에게 아침까지 기다리라고 해야 했다. 좋은 아버지라면 그렇게 했을 것이다. 전화를 받은 것 자체가 잘못이었다.

나는 억지로 현실에 집중하려고 노력했다. 새로운 위기 상황이다. 모든 것이 실패로 돌아갈 수 있는 위기. 내가 안나 O를 깨울 수 있을지도 모른다는 희망이 이미 사라졌을지도 모른다.

"이름이 뭐라고 하셨지요?"

블룸을 돌아보니, 그녀가 사무적인 눈길로 이쪽을 바라보고 있었다. "《데일리메일》의 의학전문기자라고 했어. 이사벨 뭐라나."

"그 기자가 구체적으로 무슨 말을 했는데요?"

블룸은 불편하게 몸을 떨며 두 번째로 요란하게 숨을 내쉬었다. "안나 O 사건 재판을 앞두고 법무부가 자문을 구하려고 우리한테 접근했다는 정보를 확보했다고 했어."

"저한테 온 협박 스크린숏 보셨지요? 저를 지켜보고 있다는."

"보안 팀한테 전달받았어. 그중에는 구체적으로 안나를 지목한 편지가 없던데."

"그렇다고 상황이 나아집니까?"

"그렇지는 않지만, 상황이 달라지기는 하지. 지금 우리가 걱정해야 할 건 오로지 안나야."

나나 킷캣의 안전에 대한 블룸의 냉랭한 무심함이 강하게 뇌리에 박혔다. 이대로 일어서서 자리를 떠나 대기실에서 나를 기다리는 딸을 챙기고 블룸에게 개인 비서 취급하지 말라고 한마디 해주고 싶었다. 하지만 나는 그냥 이렇게 말했다. "해리엇, 램튼병원에서 파견 온 그 간호사는 안나가 특정한 노래에 반응을 보였다고 확신했습니다. 신경학자들은 그 말을 무시했고요. 해리엇이 그 사실을 남자 친구나 형제자매, 부모나 다른 가까운 사람들에게 말했을 가능성, 거기서 소문이 퍼졌을 가능성도 충분합니다. 전에도 그런 일이 있지 않았습니까."

"그렇다고 해서 기자가 그 소문이 여기랑 관련이 있다고 생각할 이유는 없지. 도널리의 말을 자네도 들었잖아. 입만 뻥긋해도 이번 건은 없던 일이 되는 거야."

"기자가 그냥 넘겨짚은 게 우연히 맞아떨어졌는지도 모르죠. 할리스트리트에 수면클리닉이 몇 군데나 됩니까? 소문을 듣고 몇 군데 전화를 돌리다 보니 어디서 흘러나갔는지도 모릅니다."

"너그러운 해석이군." 블룸은 가죽장갑을 벗고 손을 쥐었다 폈다. 관절이 뚝뚝 소리를 내자 얼굴을 찡그렸다. "하지만 화이트홀과 일할 때는 정신 바짝 차리는 게 좋아. 브리튼이 어떻게 되었는지 알잖아. 이번 일 잘못되면, 벤⋯ 우리도 곧 똑같은 신세가 될 거야. 언론에 정보가 흘러나간 건 차라리 다행일 수 있을 정도로."

블룸이 무슨 말을 하는지 나도 잘 알고 있다. 폴 브리튼은 법심리학 분야의 개척자 중 한 사람으로 1980년대와 1990년대에 걸쳐 행동과학의 선봉에 서있었다. 그가 관련되었던 가장 악명 높은 사건은 레이철 니켈 살인 사건이었다. 브리튼은 장기적인 함정 작전에 참여했는데 그 결과 무고한 남자가 복역하게 되었다. 실패 원인은 심리적 가설에 결함이 있었던 점이 지목되었다. 법심리학은 수십 년 후퇴했다. 브리튼은 재기하지 못했다.

"도널리에게 이 건을 알렸습니까?"

"그래, 자문 고용 조건 중 하나였어. 전적인 정보 공유."

"그랬더니 어떻게 나오던가요?"

"정말 좋아하더군. 당연하지."

"전 그쪽에서 클래라를 계속 이번 일에 끌어들이려 할 것 같아 걱정입니다. 경찰이 개입했다는 말도 안 되는 단서들이 또 입방아에 오르고요. 키티는 학교에서 표적이 되겠지요. 지난번에 얼마나 심했는지 아시잖습니까? 제 가족이 다시 그런 일을 겪게 할 수는 없습니다."

블룸은 미래를 짊어진 다음 세대에게 절망한 부족의 연장자 같은 모습으로 나를 바라보고 있었다. "자네 말이 맞아. 정말 유감이야. 하지만 경찰에서 클래라보다 안나 O 사건을 잘 아는 사람은 없잖아? 그 사람한테 있는 정보를 무시할 수는 없어."

"언론에서 또 그 한심스러운 옥스퍼드 이야기를 들먹이고 소셜미디어에서 제 딸을 건드리면 어떻게 합니까?"

"우리가 치르지 않을 수 없는 대가야, 벤. 언제나 그랬어."

## 13 벤

우리는 다시 걷고 있었다. 찬 공기가 한층 날카롭게 살을 에는 듯했다. 블룸의 대답은 냉정할 정도로 분명했다. 그녀에 대한 오랜 짜증이 다시 밀려왔다. 다른 모두와 동떨어진 고집투성이 노인네. 블룸은 영광을 얻을 수 있는 마지막 기회를 위해 모든 것을 희생할 작정인가 보다. 그래도 나까지 그럴 수는 없지 않나.

나는 심호흡을 하며 분한 마음을 꾹 참았다.

그러다가 입을 열었다. "변호사들도 참여했습니까?"

블룸은 엄숙하게 고개를 끄덕였다. "우리 변호사들, 법무부 변호사들. 누가 낌새를 챈다면, 그쪽에서 안나 O라는 이름을 입 밖에 내기도 전에 우리가 법원 명령을 받아낼 수 있어. 그렇다고 온라인 어딘가에 소문이 흘러나가는 것까지 막을 수 있다는 건 아니지. 언젠가는 그렇게 될 거야."

"그건 법무부가 알아서 할 문제죠, 우리가 아니라."

"인생이 그렇게 간단하다면 얼마나 좋겠나? 영국에서 가장 유명한 살인 사건을 맡으려면 반드시 감수해야 할 문제 중 하나라서."

"무슨 뜻으로 하시는 말씀입니까?"

블룸은 입꼬리를 살짝 올렸다. "자네는 어린 자식을 키우는 사람이지. 반면 내 경력은 이제 끝을 바라보고 있어. 언론에서 인신공격을 조금 한들 내게는 그리 타격이 될 일이 없지 않겠나. 이 단계에서는. 자네한테 빠져나갈 길을 만들어 주려는 거야, 벤. 자네가 한 마디만 하면 이건 그냥 나 혼자 진행하겠어."

나는 곧장 대답하지 않았다. 내 소득원은 둘로 잘 나누어져 있다. 버크벡대학교 법심리학 시간강사 강의 그리고 런던 경찰, 인터폴, 연방수사국, 영국 국가범죄수사청 등 의뢰로 여기 애비클리닉에서 진행하는 수면 관련 범죄와 평가 자문 업무. 내 경력은 좀처럼 치고 올라가지 못하고 있다. 이번 사건이 큰 전환점이 될 수 있을 것이다. 클래라에게 내가 아직도 스스로 뭔가를 이룰 수 있다는 것을 보여주고 싶었고, 킷캣에게도 자랑스러운 아빠가 되고 싶었다. 인생 최고의 사건에서 물러나는 것은 그렇게 간단한 선택이 아니다.

블룸이 나를 시험하고 있다는 점도 알고 있었다. "심리학이 실용적인 학문이 아니라면 아무 의미가 없겠죠." 나는 말했다.

"내가 한 말 중에 그건 쓸만했지."

"박사 노릇 제대로 하는 임상심리학자라면 안나 O 사건을 맡을 기회를 마다할 리가 없지요. 저도 마찬가집니다."

"이번 활동을 통해 어떤 경제적 이득을 취하는 것은 금지야. 단행본 계약, 텔레비전 다큐멘터리, BBC 사운드 팟캐스트, 스포티파이, 모두 안 돼. 혹시 두둑한 계약서를 꿈꾸고 있다면, 잊어버려."

"학술논문은 예외일 거라고 추측합니다만."

"그 추측은 맞아." 블룸은 돌아서서 정원을 가로질러 클리닉을 향해 걷기 시작했다. "자네 논문은 총론에 강했지만 각론이 부족했지. 실제로 안나를 치료할 계획이 있는 걸로 알고 있는데?"

정신없는 하루였다. 다시 클래라를 만나야 한다는 생각과 범죄 현장 사진에 대한 킷캣의 공포 그리고 여기 클리닉 건물에 안나 O가 입원하는 북새통 때문에 온통 신경이 곤두서 있었다. 하지만 나는 관찰자가 아니다. 죽은 사람을 일으키는 기적을 만들어 내는 것이 내 업무다.

"계획은 있습니다."

"어떤 거지?"

"간단합니다." 우리는 환히 불을 밝힌 건물의 온기가 기다리는 현관에 도착했다. "환자한테 다시 희망을 주어야 합니다."

# 14    롤라

시간이 흘러도 이 이야기는 잊히지 않는다. 살인이든 스캔들이든, 조간신문의 다른 모든 헤드라인이 한나절만 지나면 사람들의 기억에서 사라지는 현상을 생각해 보면 묘하다. 소셜미디어 트렌드에서 입방아에 오르내린 사람도 몇 시간이면 아예 지구상에서 자취를 감춘다. 롤라는 때로 농장에서의 그날 밤 이후 4년 동안 살인 사건이 몇 건쯤 발생했을까 계산해 보았다. 수백 건, 아니, 세계 각지에서 수천 건은 될 것이다. 하지만 그녀처럼 신문 1면을 장식한 사람은 없었다.

아니, 안나 O에게는 언제나 어딘가 특별한 데가 있었다.

사실 병적인 집착이었다. 그건 롤라가 누구보다 먼저 인정했다. 처음에는 페이스북 그룹들이 생겼고, 일반 채널에 이용자가 넘쳐나자 보다 진지한 비밀 채널이 생겼다. 지금은 전 세계 모든 시간대에 걸쳐 수많은 커뮤니티가 있다. @Justice4SleepingBeauty, @ImWithAnnaO, @WakeUpAnna, @TheFarmTheTruth. 롤라는 그 모든 공간에 익명으로 슬그머니 드나든다. 그러나 지나친 몰입은 두뇌에 좋지 않다.

하지만 오늘은 이정표가 될 만큼 중요한 날이었다. 그녀가 올렸던 글 중 가장 강력한 게시글. 그녀에게 가장 큰 즐거움은 이 일이었다.

근무를 마치고, 지루한 하루의 흔적을 씻어내고, 마침내 진짜 열정을 쏟을 수 있는 일을 시작하는 것이다. 롤라는 유튜브를 켜고 버크벡 채널의 최신 강좌를 마저 들었다. '심리학과 수면: 서론—베네딕트 프린스 박사, 버크벡대학교 방문 교수.'

롤라는 음량을 올리고 열심히 강의를 들었다.

"평균적인 인간이 평생 수면 상태로 지내는 시간은 33년입니다. 고대인들은 수면을 일종의 죽음이라고 생각했습니다. 시인들은 수면을 제2의 삶으로 칭송했습니다. 오늘날 우리 사회는 '수면'이라는 세계에 대해 좀처럼 말하지 않습니다. 하지만 우리가 잘 때 실제로 무슨 일이 일어날까요? 그리고 이 점이 더 중요하지만, 왜 우리는 수면 중에 무슨 일이 있었는지 깬 뒤에 기억하지 못하는 걸까요?"

강의는 좋았다. 그 점은 인정해야 한다. 〈죽은 시인의 사회〉의 로빈 윌리엄스가 연상됐다. 프린스 박사는 은빛이 도는 금발을 옆머리에서 세련되게 짧게 친 단정한 모습이었다. BBC2 대중 과학 다큐멘터리 진행자 오디션에 어울릴 듯한 차림이었다. 파란 셔츠와 진한 색 면바지를 즐겨 입었고 갖가지 세련된 로퍼를 신었다. 좌우 대칭을 이루는 반듯한 미소, 보기 좋은 광대뼈, 도서관 사서 같은 지적인 매력을 지닌 영리하고 장난기 있는 인상의 미남이었다. 분명 선망하는 학생들도 많을 것이다.

롤라는 강좌를 계속 들었다. 프로이트에 대한 농담, 또 농담이 이어졌다. 얼마나 자는지, 누가 너무 적게 혹은 너무 많이 자는지, 심지어 누가 같이 자는지 학생들과 이런저런 대화가 오갔다. 마지막으로 다시 프로이트 농담으로 프로그램은 끝났고 롤라는 유튜브를 껐다. 그녀는 새 게시물 작업으로 돌아갔다.

그래, 이거다. 롤라는 확신했다. 아까는 애비클리닉을 자극해서 엉

똥한 방향으로 혼란을 주기 위해 《데일리메일》 건강전문기자 흉내를 내기도 했다. 이제 아무도 그녀를 막을 수는 없었다.

롤라는 글을 올리기 전에 빠뜨리지 않는 최종적인 루틴을 거쳤다. 녹차 한 잔을 끓이고, 초콜릿비스킷 하나를 먹고, 다시 마지막 점검을 하려고 노트북으로 돌아갔다. 다른 사람들이 올린 게시물에는 문법 오류가 너무나 많다. @Suspect8의 게시물은 오점 하나 찾아볼 수 없다는 것이 그녀의 자부심이었다. 원래 과학 소녀 쪽에 가까워서 학창 시절 영어를 그리 좋아하지는 않았다. 하지만 무엇이든지 엉성한 것은 질색이었다. 그녀는 블로그에 득실거리는 음모론자들이나 안나 O 범죄실화에 광적으로 집착하는 부류와는 거리가 멀었다. 여기가 활동 무대지만, 그녀가 한 수 위라는 것은 모두가 알고 있었다.

롤라는 한 줄 한 줄 오류를 없애고 의미가 명확히 드러나도록 천천히 다듬었다.

**새로운 게시물:** 잘생긴 프린스가 잠자는 숲속의 공주에게 소환되었다.

안녕, 새 소식이 있어서 잠시 들렀어. 우리 모두가 좋아하는 안나 O의 사건에 최근 새로운 상황이 전개되고 있다는 소식이 내 @Suspect8 귀에 들어왔어. 영국에서 활동하는 수면 전문가 베네딕트 프린스 박사가 안나 O 사건을 새로이 조사하게 되었다는 거야. 여기 수면과 범죄 행동과의 관련 이론에 대한 그의 강의 링크가 있어. 마침 시점도 우연일 리가 없어. 곧 최종적인 법적 판단이 나올 예정이지. 사법 당국은 우리가 사랑하는 안나를 기어이 잠에서 깨워 법정에 세우고 싶은 것 같아. 너무하지 않아? 프린스 박사는 음악과 문화의 힘이 체념증후군 환자를 깨우는 데 도움이 될 수 있다는 내용의 논문을 썼어. 그가 사법 당국의 마지막 지푸라기인 것 같아. 안나의 운명에 그림자가 드리워져 있으니. 우리는 그녀를 돕기 위해 무엇이든 해야 해.

경험상 롤라는 짧게 쓰는 것이 좋다는 사실을 알고 있었다. 궁금증을 남기는 게 최고다. 광적인 커뮤니티 인간들이 질문을 퍼부을 것이다. 그런 뒤 이 게시물은 다른 플랫폼에도 올라갈 것이다. 자세한 내용은 나중에 덧붙이면 된다. 일단 사람들을 감질나게 하는 것이 좋다.

이 닉네임을 선택한 이유도 그 때문이었다. 롤라는 다른 사람들에게 없는 것을 가지고 있었다. 모든 안나 O 사건과 관련한 공식 기록에는 살인 사건이 벌어진 날 밤, 농장에 여덟 명이 있었다고 되어있다. 안나 오길비(용의자), 에밀리 오길비(어머니), 리처드 오길비(아버지), 테오 오길비(오빠), 멜라니 폭스(농장 지배인), 오언 레인(관리인), 대니 허드슨(인턴), 롤라 리지웨이(보건안전 컨설턴트). 모두 사건 당시 조사를 받았지만 수사 대상에서 제외되었다.

하지만 그들 모두 빈손으로 떠난 것은 아니었다. 롤라는 다시 수첩을 집어 들어 마지막 장을 펼쳤다. 이 수첩은 그녀의 보물 창고였다. 경찰이 도착하기 전 '파란 방'에서 슬쩍한, 사건에 관심 있는 모든 이들의 성배. 지난 4년 동안 그녀가 감질나게 흘린 사실관계와 단서의 원천. 롤라는 비스듬히 흘려 쓴 마지막 일기의 필체를 확인했다. 검정 잉크로 쓴, 이전 일기의 필적과 거의 동일한 아름다운 필기체였다. 볼펜이 아니라 만년필로 쓴 글. 빽빽하게 써 내려간, 한 줄 한 줄 작가다운 멋이 깃든 우아한 필체. 롤라는 페이지의 냄새를 맡아보았다. 이 수첩은 이제 내 거야.

롤라는 수첩을 내려놓고 아쉽게 게시물 퇴고를 끝냈다. 이어 '등록' 버튼을 눌렀다. 보안시스템 인증 절차를 마치고 새 게시물이 올라올 때까지 기다렸다. 언제나 그렇듯 다시 페이지 속으로 침잠하기 위해 수첩으로 되돌아갔다. 이것은 그냥 수첩이 아니었다.

이것은 안나의 수첩이었다.

오늘 밤 잠자기는 틀렸다. 세계 어딘가에 깨어있는 사람은 매 순간 있다. 그들은 자기들 가운데 어떤 사람이 섞여있는지 모른다. 롤라는 그냥 단순한 블로거가 아니다. 침실에 틀어박혀 셜록 홈스 흉내를 내는 은둔형외톨이도 아니다.

그녀는 다르다. 특별하다. 단서는 닉네임에 있다.

@Suspect8

롤라는 그날 밤 농장에 있었기 때문이다.

누가 범인인지 알고 있기 때문이다.

*2019*  안나의 수첩

**8월 30일**
바깥은 어둡다. 밤이 아니라 새벽이다. 이곳은 고요하다.
분명 나는 잠자고 있지만, 깨어날 수가 없다.
피가 내 옷에 달라붙어 있다. 내 목 주변에 튀었고, 턱에 축축하게 묻어있다. 이 글을 쓰고 있는 지금도 페이지가 피에 젖어있다.
그 기억 하나가 사라지지 않는다.
나는 오두막 문간에 서있다. 내 앞에는 그 두 사람이 침대에서 죽은 듯 잠들어 있다.
옆에서 목소리가 들렸다. 여자 목소리였다. 욕망에 찬 속삭임이 뱀처럼 스며들었다. 하지만 그녀의 지시는 나를 떠나지 않았다.
이것은 나의 마지막 복수다.
나는 그들과, 여자와, 차가운 칼 손잡이를 보았다. 마치 기도문 같은 목소리가 읊조리듯 들려왔다.
이제 되돌릴 길은 없다.
나의 새로운 출발을 알리는 세 음절.
그들은 죽어야 한다.

15                                              벤

다음 날 오전 11시경 법무부의 스티븐 도널리에게서 '민감한 내용'이라고 표기된 이메일이 도착했다. 회의 장소가 여러 곳 물망에 올랐지만 전부 기각되었다. 대낮의 애비클리닉에서 만나는 건 너무 모험이었다. 세인트제임스공원 근처 페티프랑스에 있는 법무부 건물 자체도 너무 공공장소였다. 결국 우리는 보다 세속적인 해법을 선택했다. 옥스퍼드스트리트에 있는 존루이스백화점 맨 위층 카페는 잼으로 얼룩진 탁자와 갓 구운 스콘이 있는 산만한 분위기라 기자들이 드나들 염려가 없었다. 숨기 딱 좋은 장소였다.

카페는 셀프서비스였다. 스티븐 도널리는 오늘 두 잔째 라테를 주문하고 비스킷 두 봉지를 가져왔다. 나는 차 종류를 둘러보았다. 우리는 구석에 놓인 자리로 향했다. 내가 간단하게 계획을 설명하는 동안, 도널리는 주말에 유난히 자주 울리는 법무부 공식 휴대전화의 신호음을 무시하고 귀를 기울였다. 내 설명은 간략하게 5분 만에 끝났다. 그는 무표정하고 성실한 얼굴로 끝까지 들었다.

마침내 그가 말했다. "희망?" 도널리는 첫 비스킷 봉지가 빈 것이 실망스럽다는 듯 내려다보았다.

"맞습니다."

"농담하는 거 아니지요?"

"아닙니다." 나는 건강에 좋은 녹차를 선택하고 시큰둥하게 저었다. "안나는 아직 저 몸 안에 있습니다. 변변치는 않지만 문헌에 따르면 수십 년에 걸쳐 지역을 막론하고 통했던 유일한 것이 희망입니다."

"박사님이 쓴 논문은 보다 뭐랄까… 전문적이었는데요."

"그랬습니다. 하지만 결국 결론은 같은 것으로 통합니다. 행복이야말로 인류 역사상 가장 효과적인 치료법입니다. 희망도 마찬가지입니다."

도널리는 말없이 선택지를 가늠하고 있는 것 같았다. 그는 규칙과 규제, 최소 기준과 미로 같은 법률 용어 등의 언어에 능숙한 법률가이자 공무원이었다. "혹시 이를 설명하는 기술적인 용어가 있을까요?"

나는 이 상황에 대비되어 있었다. "체념증후군은 기능성신경학적 장애(Functional neurological disorder)입니다. 흔히 FND라는 약어로 부르지요."

도널리는 약간 활기를 띠었다. 공무원들은 약어를 좋아한다. 어디 가서 써먹기 좋다. "논문에서 그 용어를 본 기억이 납니다."

"과거에는 FND를 심신증이라고 했습니다. 역사적으로는 프로이트가 '히스테리'라고 불렀던 증상과 느슨하게 겹치지요. 뇌에서 발생한 기질적인 질병이 아니라 정신 그 자체의 병을 가리킵니다. 모든 대륙과 시기를 통틀어 공통점이 있다면, 희망이 사라져서 완전히 부재하는 현실을 직면할 때 환자는 체념증후군을 겪는다는 겁니다."

"스웨덴의 그 어린이들처럼?"

나는 고개를 끄덕였다. 가장 잘 알려진 체념증후군의 증례는 여전히 스웨덴의 난민 공동체 환자들이다. 지옥 같은 시리아와 중동에서 탈출한 아이들은 망명 신청이 여러 단계 심사를 거치는 동안 몇 달,

때로 몇 년씩 잠에서 깨지 않았다.

나는 말을 이었다. "상태가 호전된 아이들은 대체로 어떤 희망을 되찾았기 때문이었습니다. 추방당해서 고통스러운 과거로 내몰릴 위험이 사라진 경우였지요. 카자흐스탄에서도 비슷한 패턴이 나타납니다. 문제의 두 마을은 옛 소련의 부유한 광업, 농업 중심지였습니다. 냉전이 끝나자 예전의 삶도 사라졌지요. 희망을 빼앗긴 겁니다. 수면장애가 시작되었습니다."

도널리는 커피를 한 모금 마셨다. "이게 프로이트의 히스테리랑 유사하다면, 일상적인 치료법은 아마 대화치료겠지요?"

"아닙니다. 그것에 국한되지는 않습니다."

"대화치료를 믿지 않으시는지?"

"저는 심리학자입니다. 우리 모두 대화치료를 믿습니다. 제 침대 옆 탁자에는 소포클레스의 《오이디푸스왕》 주석판이 놓여있습니다."

"농담이시겠지요."

"제 아버지도 똑같은 실수를 하셨습니다." 나는 미소 지었다. "치명적인 실수였지요."

도널리도 웃어 보였다. "나는 법률가이지 전문 심리학자가 아닙니다. 프린스 박사, 쓰신 논문을 읽었지만 절반밖에 이해 못 했습니다. 프로이트는 뭐가 문제인 겁니까?"

"프로이트는 모든 히스테리나 심인성 행동의 원인이 환자가 과거에 겪은 설명되지 않은 트라우마에 있다고 생각했습니다. 현대 FND 이론은 반대로 훨씬 전체론적으로 바라봅니다. 심리치료사들이 어린 시절의 학대만 한도 끝도 없이 찾아 헤매던 시절은 오래전에 지나갔습니다. 물론 프로이트는 특정한 맥락에서는 아직 유용합니다. 하지만 그 인물은 심리학을 성에 집착하는 막다른 골목으로 인도했고, 심리학이 거기서 헤어 나오는 데는 거의 한 세기가 걸렸습니다."

"그렇군요." 도널리는 입술 위 콧수염에 묻은 거품을 닦았다. "우리 쪽에서 실수한 걸까요?"

나는 선을 넘지 않도록 주의했다. 법무부의 신경을 건드리는 것은 내 업무가 아니다.

"거기서 일하시는 세계적인 전문가 중 일부는, 주로 60대나 70대겠습니다만, 현대적 해석을 거부하는 마지막 프로이트주의자일지도 모릅니다. 그 패러다임을 벗어나면 잃을 것이 너무 많은 분들이지요. 네, 그분들은 안나 오길비의 과거에서 학대의 흔적을 찾으려고 노력했을지도 모릅니다."

도널리는 움찔했다. "그것도 헛수고였을까요?"

"그런 식으로 환자를 치료할 수는 없습니다. 최소한 제가 제안하는 치료법은 아닙니다. 어쨌든 저를 찾아오신 건 그쪽이고요."

도널리는 이제 시계를 만지작거리며 초조하고 성급한 기색이 역력했다. "그럼 어떤 치료법을 제안하시는지?"

# 16 벤

나는 녹차를 다 마셨다. 도널리는 라테를 아직 마시고 있었다. 비스킷 봉투를 다시 내려다보는 그의 손이 아주 살짝 떨리고 있었다. 그의 기분을 진정시키기 위해서라도 봉투를 숨기고 싶을 지경이었다.

능숙한 정치적인 감각이 필요한 까다로운 지점이었다. 나는 그를 잃을지도 모르는 위험에 처해있었다. "안나를 도우려면 환자의 과거에 대해 더 많은 것을 알아내는 수밖에 없습니다."

도널리는 포기한 것 같았다. 그는 마치 연인 같은 섬세한 손길로 두 번째 비스킷 봉투를 뜯었다. "환자의 과거를 캐내는 일은 도움이 안 된다고 하시지 않았습니까?"

"인간 행동의 기저에 있는 원인으로 성적인 설명을 찾는 것을 믿지 않는다고 했습니다. 한 인간의 배경에 몰입하지 않는다는 뜻은 아니었어요. 안나에게 희망을 찾아줄 수 있는 유일한 길은 희망이 사라진 이유를 알아내는 겁니다. 어떻게 해서 그날 밤 두 사람을 살해하게 되었을까? 그녀의 정신은 왜 그런 식으로 반응했는가? 안나의 배경을 알지 못한다면, 현재에 대해서도 알 수 없습니다."

"블룸한테《데일리메일》기자에 대해 들으셨지요?"

"네."

"블로그도 있는 모양입니다. 관련이 있을 수도 있고, 없을 수도 있 겠지요. 《데일리메일》은 그 이야기를 뒷받침해 줄 수 있는 공식적인 출처는 없는 것 같았습니다. 하지만 어디 한 군데라도 구멍이 났다면 이 작전 전체가 무너질 수 있습니다. 플리트스트리트에 당분간 보도 유예를 요청했습니다만 블로그는 우리 통제권 밖에 있어요."

나도 블로그를 읽었다. @Suspect8. 그 글은 나를 불안하게 했다. 보도유예는 인쇄매체에는 통하겠지만 드넓은 디지털의 광야에는 무용지물이다. 이전에 블룸이 왜 그렇게 초조했는지 알 수 있었다. 도널리가 이 만남을 이용해 프로젝트를 취소하지 않을까 은근히 두려웠다. "이해합니다."

"좋습니다."

별 가능성이 없는 요청이었지만, 그래도 청하지 않을 수 없었다. "경찰수사기록 접근권을 주십시오. 기억만으로는 충분하지 않습니다."

도널리는 커피 잔 가장자리를 숟가락으로 두드렸다. 스트레스 때문에 이마에 주름이 깊게 패었다. "당시 수사에 대해 얼마나 기억하고 계십니까?"

"신문을 읽고 뉴스를 봤습니다. 책과 논문을 쓰느라 관련 자료를 다시 찾아보았고요. 대부분 기억합니다."

"모든 사람이 범인과 용의자들을 기억하고 있습니다. 하지만 피해자 두 사람에 대해 기억하는 사람은 아무도 없어요. 서글픈 현실입니다만 생각하기 나름이겠지요."

"더글러스 뷰트, 인디라 샤르마. 둘 다 안나 오길비한테서 회수한 동일한 부엌칼로 각자 10회씩 찔린 상태로 오두막에서 발견되었습니다. 안나의 지문이 손잡이에 묻어있던 유일한 지문이었고요. 안나는 자신이 그들을 죽인 것 같다는 왓츠앱 메시지를 가족한테 보냈죠."

도널리는 감탄한 것 같았다.

"살인 당일 밤, 농장에는 오길비 가족과 피해자 두 명을 포함해 모두 여덟 명이 있었습니다."

"아내분도 계셨지요?"

"이제 전처입니다." 나는 정정했다. "그리고 클래라 사건이 발생한 후 현장에 도착했습니다. 범행 발생 시점에는 거기 없었습니다."

먹잇감을 찾아 내려앉는 독수리 떼 앞에서 무력한 오길비 가족이 머릿속에 그려졌다. 모두의 사생활이 한 점 남김없이 까발려졌다. 신노동당 정치인 어머니, 금융인 아버지, 텔레비전 진행자가 꿈인 대학교 중퇴자 오빠 그리고 예술가 행세를 하며 이따금 사고를 치는 친구들이 주위에 바글거렸고 그중에 더글러스 뷰트와 인디라 샤르마가 있었다.

"가능할까요?"

도널리의 목소리는 이제 약간 쉬어있었고 짜증이 실려있었다. "내가 경찰에 말해줄 수는 있습니다. 정신장애인 전문 평가사로 등록돼 계시니 수사기록 열람권을 얻는 데 크게 문제는 없을 겁니다."

"진술기록도 볼 수 있을까요?" 이미 이메일로 진술조서 열람을 신청해 두었다. 하지만 정치적인 뒷배가 필요했다.

도널리는 망설였다. "수사기록에 실린 조서 내용으로 충분하지 않을까요?"

"안나는 전과가 없었습니다. 공적으로 폭력 행위 전력도 없었습니다. 정신병력이나 살인 의도를 드러낸 기록도 없었습니다. 뭔가 더 있을 겁니다. 분명합니다."

도널리는 다른 비스킷을 만지작거렸다. "정말 다른 방법은 없는 거다?"

"몇 주 안에 결과를 얻고 싶으시다면, 그렇습니다. 1년쯤 여유를 주신다면 대답이 달라지겠습니다만."

도널리의 휴대전화가 진동하기 시작했다. "좋습니다. 그렇게 하시지요. 하지만 이건 절대적으로 비공식적인 조처입니다." 그의 눈은 게슴츠레했다. "누가 물어보면, 내가 개입한 일은 없는 것으로 하셔야 합니다."

17 벤

나는 도널리와의 만남을 곱씹으며 오후 늦게 클리닉으로 돌아갔다. 사실 그가 원하는 것은 심리학자가 아니었다. 도널리는 무당을, 기적을 원하고 있었다.

어떻게 해서든, 나는 죽은 사람을 다시 살려내야 했다.

나는 향후 몇 주간 일정표를 훑어본 뒤 블랙커피를 잔뜩 끓이고 직원실에서 도넛을 집어 들어 2층으로 향했다.

해리엇이 근무를 마치고 병실 밖에서 나를 맞았다. 나는 그녀에게 남은 도넛과 커피를 건넸다. 우리는 안나의 병실을 모니터로 지켜볼 수 있는 회전의자에 앉았다. 나는 해리엇에게 도널리와의 회의와 경찰수사기록에 대해 전했다. 그녀는 오늘의 진척 상황을, 아니, 아무 진척도 없었다는 사실을 보고했다.

마침내 그녀가 말했다. "이제 어떻게 하죠?"

해리엇은 대개 무표정한 얼굴이다. 모든 종류의 헛된 희망에 대해 알레르기 반응을 일으키는 간호사 특유의 얼굴이었다. 하지만 환자 곁에서 물러나 있으니 천천히 온기가 되돌아왔다. 미소에는 순수함이 있었다.

"저는 당신 말을 믿습니다." 나는 말했다. "비틀스 노래 말이에요."

"그래도 제 편을 들어주는 의사가 한 분이 있군요."

"전 의사는 아닙니다."

"신경과의사는 과대평가되고 있어요."

"그 사람들 면전에서 그렇게 말해보시죠."

우리는 계속 모니터를 바라보았다. 안나를 여기서 보는 것은 아직 묘한 기분이었다. 나는 부활의 수호성인 라자루스에 대해, 수면이 죽음의 전조로 받아들여진다는 사실에 대해 생각했다. 안나가 냉혈한 살인범이라는 클래라의 견해도 떠올랐다. 나는 손을 뻗으면 살인범과 닿을 수 있는 거리에 있다. 이 생각을 하니 모든 의미에서 심란했다. 어떤 사람들이 볼 때는, 문자 그대로 악이 옆방에 잠들어 있는 것이다.

해리엇은 고개를 저었다. "어떻게 사람이 4년 동안이나 잠들어 있을 수 있을까요?"

클래라가 같은 질문을 하던 것이 생각났다. 내 대답은 여전히 같았다. "솔직하게 말씀드릴까요? 아무도 모릅니다."

"솔직하지 않은 대답은 뭔가요?"

"프리모 레비가 강제수용소의 동료 재소자를 가리켰던 호칭이 있었습니다. 무즐메너(Muselmänner, 제2차 세계대전 당시 나치 포로수용소에 갇혀 굶주림과 탈진 상태로 무감각하게 죽음만 기다리던 사람들을 가리킨 말—옮긴이), 문자 그대로 살아갈 의지를 잃어버린 인간이라는 뜻이었어요. 그들은 죽음보다 더한 것을 견뎠습니다. 살아있는 죽음을."

"안나도 그런 것을 겪고 있을까요?"

"그럴 수도 있겠지요. 이원론도 문제입니다. 이성적인 정신세계를 물리적인 육체와 분리해서 생각하는 사고방식 말입니다. 인간의 정신세계를 둘러싼 논의는 수백 년 동안 그런 바탕 위에서 이루어졌어요."

"인간이 이성적이라고 생각하지 않으세요?"

"저는 우리가 동물이라고 생각합니다. 지구의 50억 년 역사를 통틀어 가장 큰 뇌를 지닌 영장류라고요."

"그래서요?"

"우리는 여전히 동물입니다. 정신의 수수께끼를 연구하는 것은 사랑의 유전자 구조나 미의 정확한 속성이 무엇일까 밝히려고 노력하는 것과 같은 일입니다. 호모사피엔스에게는 이성적인 측면과 동물적인 측면이 공존합니다. 사람들은 동물적인 측면이 몸이고 이성적인 측면이 뇌라고 생각하지요. 하지만 보통은 그 반대입니다."

"학교에서 무슨 과목을 가르치세요?"

해리엇이 진심으로 궁금해서 묻는 건지, 농담을 던지는 건지 갸우뚱했다. "'기초법심리학'입니다. 버크벡에서 야간 강좌를 맡았어요. 시간 나면 들으러 오세요, 재미있을 겁니다."

"수면 전문가 아니셨나요?"

"저는 수면 관련 범죄를 전문으로 하는 법심리학자입니다."

"애비클리닉의 신경과의사들은 법심리학자에 대해 어떻게 생각할까요?"

"영양사나 심령술사보다 한 단계 아랫급이라고 생각하겠죠. 하지만 그건 영양사한테 약간 기분 나쁜 평가 아닐까요."

해리엇은 웃어 보였다. 같은 층의 다른 공간으로 통하는 문은 두껍고 방음 설비가 되어있었다. 유리는 거대한 욕실 거울처럼 흐릿했다. 침묵이 흘렀다.

여기는 우리밖에 없었다. 해리엇의 휴대전화에서 왓츠앱 메시지 수신음이 울렸다. 그녀는 앱을 확인하고 빠르게 답장했다. 그러다 내 시선을 눈치챘다.

"제 파트너예요. 음, 사실 그쪽은 이따금 들르는 손님이라고 생각해 줬으면 하는 눈치지만."

흥미가 일었다. "결혼했나요?"

"아뇨, 그쪽은 얼마 전에 이혼했어요. 아이도 있고. 처절한 상황 설명은 생략하죠. 복잡하다고만 해둘게요."

"비슷한 신세군요." 나는 치료실의 안나를 돌아보았다. 그녀는 잠든 채로도 모든 대화 속에 있었다. 유리창 건너편의 잠든 살인마. 자는 중에도 그녀 주위에는 대화 하나하나를 위태롭게 만드는 듯한 기운이 감돌고 있었다. "혹시 환자가 고통스럽지 않을까 생각해 보셨습니까?"

해리엇은 비밀 이야기라도 하려는 듯 잠시 사이를 두었다. 겁이 나면서도 동시에 흥미로운 듯 그녀도 안나 쪽을 돌아보았다. 금기 같았다. "비밀 하나 말씀드릴까요?"

"그럼요."

해리엇은 제복 주머니에 손을 넣었다. 그리고 작은 병을 꺼냈다. 의료용 유리병이었다. "환자가 스트레스를 받을 때는 저도 육감으로 느껴요. 육체적인 징후는 없지만 알 수 있답니다. 직감 같은 거예요. 그럴 때는 환자에게 이걸 조금 마시게 해요. 예전에 가장 좋아했다고 알고 있어요. 잭다니엘블랙라벨."

이제 내가 웃어 보일 차례였다. "모든 인류의 원초적인 치료약, 병에 담은 행복."

해리엇은 갑자기 쑥스러운지 고개를 끄덕였다. 그녀는 병을 다시 넣었다. "간호사의 작은 처방이에요. 신참 시절 선배의 만병통치약이었죠."

"걱정 마세요. 비밀은 반드시 지켜드릴 테니까."

# 18 벤

 예상대로였다. 경찰수사기록은 밤 10시 직전, 의전이라도 치르듯 거창하게 도착했다.
 구겨진 매킨토시 외투를 입고 무테안경을 쓴, 마르고 학구적인 총리 관저 공무원 한 명이 강력반 형사 두 명과 함께 나타났다. 내가 모든 규칙과 조건을 확인하는 동안 그는 초조하게 기다리고 있었다. 그리고 내가 서명하자마자 공무원과 자동차 두 대는 화이트홀을 향해 다시 허깨비처럼 안개비 속으로 사라졌다.
 나는 해진 후의 애비클리닉이 항상 좋았다. 대부분 직원들은 아이들과 가정, 두고 온 반쪽을 찾아 돌아갔다. 나는 홍차를 건강에 좋지 않을 정도로 듬뿍 끓이며 해리엇과 그 따뜻한 미소, 표면 아래 숨어있던 다정하고 사적인 면모를 다시 떠올렸다.
 수사기록 상자는 작은 가구처럼 묵직했다. 가위를 찾아 마스킹테이프를 뜯어 열어보니, 기록을 어떻게 다루어야 하는지 붉은 글씨로 설명한 지침서가 다시 한 묶음 들어있었다.
 나는 몇몇 기록을 무작위로 골라서 수사의 편린들을 훑어보기 시작했다. 증인조서, CCTV 요약본, 농장이 워낙 외딴곳에 있어 한층 어려웠던 탐문조사 총목록, 번호판 인식 시스템을 통한 추적 정보, 두 피해자에 대한 병리학 보고서 그리고 종합 법과학 감정서와 상처의 형태에 대한 도검류 전문가의 서면 보고서가 있었다.

목격자 진술, 무선통신 기지국 데이터, 법과학 분석 등 방대한 자료에서 마치 서사를 축약하듯 핵심을 골라 모은, 피해자와 농장 직원의 심층 배경이 들어있는 파일도 있었다. 기록을 훑어보고 있으니, 2019년의 세상이 얼마나 먼 과거로 느껴지는지 실감할 수 있었다.

나는 홍차를 한 모금 더 마셨다. 초콜릿비스킷도 먹었다. 멜라니 폭스의 목격자 진술 발췌본이 있었다. 농장 관리자 중 한 사람, 심지어 소유주였다. 모든 것을 잃었던 업장 주인이었다. 롤라 리지웨이를 고용했던 사람이었고, 언론을 상대하며 스포트라이트를 누리다가 조용히 잊힌 사람이었다.

나는 멜라니 폭스의 진술서를 집어 들었다.

얇은 종이가 피부에 쏠렸다. 사무용 의자에 기대앉으니 윙윙거리는 런던 도심의 소음이 등 뒤에서 들려왔다.

나는 정신을 집중하고 종이를 읽기 시작했다.

# 19   롤라

증거를 재배치하는 것은 롤라가 가장 좋아하는 취미 중 하나다. 벽에 다양한 조각들을 붙여놓으면 정신적으로 자극되는 면이 있었다. 수사관으로서 모든 것을 한꺼번에 흡수할 수 있었다.

그래, 롤라야말로 바로 그런 존재, '수사관'이기 때문이다. 블로거나 인플루언서, 기타 경멸적인 용어가 아니다. 그녀는 안나의 수첩 원본을 가지고 있었다. 진실을 찾아 헤매는 존재였다. 영장을 지닌 저 책상물림들 못지않게 형사에 가까웠다. 증거를 추적하고, 증상의 궁극적인 원인을 연구하는 것이 그녀의 업무였다. 정밀한 타이밍에 메스를 긋는 외과의사이기도 했다.

롤라는 브라우저를 새로고침 했다. 지난 몇 분 동안 326명의 사용자가 그녀의 최신 게시물을 읽었다. 바이럴이란 사랑이나 행복과 같아서 적극적으로 추구해서 얻는 것이 거의 불가능하다. 보통은 우연히 발생하며, 나중에 그 과정을 되짚어 하나의 공식처럼 정리되는 것이다. 거의 백만 뷰, 여섯 자리 좋아요, 네 자리 댓글. 지금까지 롤라의 게시물 중 최고의 성공작이었다.

롤라는 노트북을 닫았다. 휴대전화를 확인했지만 오늘은 더 들어온 메시지가 없다. 피가 뜨거웠던 젊은 시절, 둘은 끊임없이 메시지를 주고받았다. 지금은 운이 좋아야 하루 한 번. 하지만 그들의 결합은 피로 새겨진 것이다. 어떤 것도 둘을 갈라놓을 수 없다. 함께 겪어온 일들을 생각하면, 그 어떤 것도, 절대로.

롤라는 노트북과 휴대전화를 서랍 안에 넣고 벽에 줄줄이 걸린 보드로 돌아갔다. 그녀는 바보가 아니다. 많은 사람이 집착이라고 할 것이다. 그 말이 맞을지도 모른다. 하지만 누군가에게 집착인 것도 다른 사람에게는 치유일 수 있다. 이 보드는 그녀의 생명줄이었다. 그리고 그날 밤 있었던 일을 생각할 때, 생명줄은 반드시 필요했다.

롤라는 베네딕트 프린스 박사의 얼굴 사진을 잘라내서 두 번째 보드로 향했다. 핵심 용의자는 보드 1에 붙어있었다. 수사관과 기타 공식 관계자들은 보드 2. 보드 3, 4, 5, 6은 각각 타임라인, 법과학 정보, 위치, 가설에 할당되어 있었다.

롤라는 팔을 뻗어 사진 위에 핀을 찌르고 날카로운 핀 끝이 코르크 판을 물렁하게 찌르는 감촉을 느꼈다. 그녀는 뒤로 물러서서 자신이 창조해 낸 조직도를 바라보았다. 맨 꼭대기에는 안나 O 사건을 최초로 맡았던 수사반장이 있었다. 템스밸리 강력범죄 및 조직범죄과 클래라 페널 경위, 그녀는 마약반에서 근무하다가 유명한 런던시경 살인수사반으로 이동했다. 차를 몰고 집으로 돌아가던 길에 사건 현장에 들른 것이 그녀의 경력을 바꾸어 놓았다. 그 밑에는 수사차장 명단이 있었고 기타 증거물 담당관, 가족 지원 담당관, 현장감식관, 탐문수사를 책임진 순경이 있었다. 다른 사진들도 이미 붙어있었다. 해리엇 로버츠, 안나 오길비가 애비클리닉에 머무르는 동안 파견 나온 램튼병원 수간호사. 그래, 그 활기찬 간호사와 잘생긴 심리학자. 이 사건에 새로 등장한 콤비다.

이 모든 정보를 모으느라 몇 년이 걸렸다. 하지만 시간만 충분하다면 발견하지 못할 것은 거의 없다. 롤라는 경찰에 대해서도 공부해야 했다. 책장에는 두꺼운 하드커버가 잔뜩 꽂혀있었다. 《블랙스톤 수사반장 지침서》, 《범죄학 입문: 새로운 관점》 그리고 가장 최근 구매한 베네딕트 프린스 박사의 《죽음 같은 잠: 수면장애와 꿈의 분석에 대한 법과학적 연구 입문》. 박사가 《안나 O 사건과 기타 정신세계의 수수께끼들》 이전에 썼던 첫 책이다.

롤라는 안나와 인디라 샤르마, 더글러스 뷰트가 창간했던 《엘리멘터리》의 모든 호를 소장하고 있으며, 각 호를 최소 여덟 번씩 읽었다.

조용한 사생활, 하품만 나오는 페이스북 계정, 평범한 일반인인 해리엇 로버츠는 더 쉽다. 최신 페이스북 게시물은 흔해 빠진 시골 산책 풍경과 쓸데없이 비싼 펍에서 먹은 점심 식사, 미지근한 커피 사진이었다. 남편도, 아이도 없다. 프린스 박사는 모범적인 학자 역할이다. 로버츠 간호사는 단호하고, 현실적이며 전형적인 영국 간호사 역할이다. 둘 다 자기 역할을 잘 수행하고 있었다.

롤라는 과시적인 자신감과 가식적인 미소가 돋보이는 보드 2의 프린스 박사와 로버츠 간호사를 마지막으로 한 번 훑어보았다. 그런 뒤 오른쪽으로 한 걸음 옮겨 보드 3을 바라보았다. 포스트잇 노트와 사인펜으로 휘갈긴 메모가 잔뜩 붙어있는, 자주 찾아오게 되는 보드였다. 사건이 진정 생생하게 살아있는 보드. 롤라 자신의 기억과 언론 보도, 이따금 경찰 발표 등에서 꼼꼼하게 수집한 정보들이다. 그녀는 2019년 8월 30일을 시간적으로 완벽하게 재구성하는 것을 목표로 삼았다. 그 일이 있었던 밤. 모든 것을 바꾸었던 시간대.

롤라는 입술을 움직여 가며 연대기를 다시 읽었다.

**2019년 8월 30일**

장소: 농장, 옥스퍼드셔.

등장인물:

안나 오길비(25)

에밀리 오길비(51)

리처드 오길비(52)

테오 오길비(30)

인디라 샤르마(25)

더글러스 뷰트(26)

멜라니 폭스(39)

오언 레인(48)

대니 허드슨(22)

클래라 페널 경위(35)

마지막 이름은 엄밀히 말해 등장인물이 맞다 해도 논란의 여지가 있었다. 페널 경위는 규정을 어기고 다른 누구보다 먼저 현장으로 달려갔다. 그러고는 상급자에게 밀려날 때까지 기다리지 않고 사건을 맡았다. 농장 정문에 있는 CCTV 그리고 볼보 S90 T8 플러그인 하이브리드 기종의 경찰차에 남겨진 기록으로 입증된 사실이다.

롤라는 물론 자기 자신은 포함시키지 않았다. 그녀는 공식 기록에만 등장한다.

다음으로 그녀는 나머지 타임라인을 훑어보고 그 전날, 29일로 옮겨서 다른 항목에 눈길을 주었다. '오후 4시~오전 12시: 숲'. 시간상 가장 긴 항목이기도 하지만, 롤라가 볼 때 가장 중대한 항목이기도 했다. 어쨌든 사람들이 농장을 찾아갔던 이유가 이것이었다. 농장이 악명을 떨치게 된 원인도, 은행가와 기업가 사이에서 처녀 파티, 총각 파티, 주말 가족 파티 장소로 인기가 있었던 점도 그 때문이었다.

롤라가 고용된 이유도 그래서였다. 평판 좋은 회사라면 건드리지도 않았을 저렴한 보건안전 관리사. 웹사이트 하나, 명함 한 장으로 영업 끝이었다.

손님들은 29일에 도착했다. 진흙 냄새와 술 냄새. 일행은 사냥꾼 팀, 생존자 팀 둘로 나뉘었다. 이어 게임이 여덟 시간이나 지긋지긋하게 이어졌다. 농장에 딸린 숲은 나무가 빽빽하게 우거져서 으스스하고 오싹한 관목 지대였다. 사다리와 밧줄로 '고에이프', '센터파크', 페인트 볼 서바이빙 게임을 섞어놓은 장치가 마련되어 있었다. 사냥꾼들은 좀 더 자유롭게 움직일 수 있었다. 생존자들은 아슬아슬하게 도망 다녀야 했다.

설비 관리인 오언 레인은 손님들이 도착하면 깜짝 겁을 주었다. 하지만 애당초 그것이 이 농장의 목적이었다. 최고경영자가 휴대식량을 먹으며 질질 짜는 곳, 대기업 중역들이 숲속 맨땅에서 사랑을 속삭이는 곳, 좋은 평판과 나쁜 평판이 퍼지는 곳, 계약이 성사되는 곳, 온갖 추악한 동물적인 본능이 고개를 드는 곳이었다.

단지 그날은 뭔가 잘못된 데가 있었다. 롤라는 아직도 또렷이 기억한다. 비가 퍼붓는 날씨였기 때문에 숲에는 장식이 전혀 없었다. 그래도 멜라니 폭스는 행사를 강행해야 한다고 고집했다. 오길비 가족은 패밀리 패키지를 계약했다. 여섯 명이 두 팀으로 나뉘어 셋씩 참가했고 장비와 식사 그리고 숙소(제대로 잘 수 있으면 다행이지만)를 포함한 구성이었다.

롤라는 다시 명단을 보았다. 뒤에 일어난 일을 이해하려면, 그 앞에 무슨 일이 있었는지부터 알아야 한다. 아직도 흙냄새가 콧구멍을 채

우는 것 같았다. 진흙탕 풀밭에서 부츠가 푹푹 빠졌다. 8월 29일, 그녀가 숲에서 남긴 기록은 다음과 같았다.

**생존자:**

리처드 오길비

에밀리 오길비

테오 오길비

**사냥꾼:**

안나 오길비

인디라 샤르마

더글러스 뷰트

아무도 풀지 못한 수수께끼였다. 그 여덟 시간 동안 숲에서 무슨 일이 있었기에 폭력 전과도 없는 스물다섯 살의 여자가 동료 두 명을 스무 번씩 칼로 찔러 죽였을까?
하지만 역시 아마추어의 가설은 이런 것이 문제다. 칼럼니스트들, 언론에 고개를 내미는 비평가들, 범죄 다큐멘터리 좀 봤다고 탐정인 양 떠드는 인간들은 그날 밤 그 장소에 없었다. 모든 증거를 보지 못했다.
그들에게는 수첩도 없었다. 사건 발생 직후 블루캐빈에도 가보지 않았다. 그들은 그 모든 것을 어두운 유리창을 통해 바라보았다.
아무도 이 모든 것 뒤에 숨은 비밀을 알지 못했다.

## 20             벤

인터뷰 요청에 대한 응답은 며칠 뒤 도착했다.

에밀리 오길비도 나처럼 올빼미과인 것 같았다. 이메일은 새벽 1시 30분을 약간 넘긴 시각에 편지함에 들어왔다. 메일을 클릭해서 읽으면서, 나는 살인 사건 직후 언론에 실렸던 오길비 가족의 사진과 그들의 활기찬 미소를 떠올렸다. 모두 날씬하고 건강하며 탄탄한 몸매, 볕에 그을린 피부, 진주처럼 흰 치열과 좌우 균형 잡힌 미소, 잘 단장한 머리, 값비싼 옷차림을 과시하고 있었다. 태어난 곳, 자라면서 받은 교육, 이후 선택한 경력까지 행운이 가득한 인생들이었다. 스물네 시간도 채 지나지 않아 그중 한 사람이 살인죄로 체포되었고, 1년 뒤 부모는 이혼 절차를 밟았으며, 그 6개월 뒤 테오 오길비는 마약 과용으로 거의 죽을뻔한 위기를 넘기고 남미로 이민을 떠났다. 인간의 오만함에 대한 신의 심판이었을까.

이메일은 기존 일정이 취소되었으니 오전에 세인트마거릿교회에서 만나자는 정중하고 간결한 제안이었다. 편지 끝에 에밀리 오길비는 공식 서한처럼 이름 전체를 써서 서명했다.

지친 몸을 끌고 핌리코까지 돌아갈 엄두가 나지 않아, 나는 사무실에서 쪽잠을 자고 클리닉 샤워실에서 몸을 씻었다. 오늘은 재택근무를 하겠다고 안내 팀에 이메일로 고지한 뒤 세인트마거릿교회로 향했다.

도착해 보니 의회 광장과 대법원 입구는 인적이 드물었다. 나는 빅벤과 웨스트민스터궁을 둘러보았다. 세인트마거릿교회는 웨스트민스터교회의 코트 자락에 달라붙어 체면치레하고 있는 무단 점유자 같았다.

오늘 아침 세인트마거릿교회는 한산했다. 교회 안에는 몇몇 정치가들이 면죄부를 기원하고 있었고, 예복 차림의 성직자 몇 명이 앞쪽에서 돌아다니고 있었다. 어디에 서명해야 하는지, 절을 해야 하는지, 어떤 예를 취해야 하는지 나는 전혀 아는 게 없었다. 그래서 그냥 신도석을 둘러보았다. 제단 근처에 여자의 뒤통수가 보였다. 뒤에서 봐도 에밀리가 얼마나 많이 변했는지 알 수 있었다. 법복 차림으로 상원에서 선서하는 모습, 신노동당 소속 의원으로서 재직 중이던 전성기 시절에 정당 당사에서 통화하는 모습 등, 온라인에 공개된 옛날 사진을 보면 언제나 나이보다 젊은 여자의 몸에 갇힌 중년 여성 같은 인상이었다. 하지만 드디어 외모가 실제 나이를 따라잡은 듯했다.

뒤통수가 희끗희끗했다. 에밀리는 두 손을 경건하게 맞잡고 몸을 앞으로 숙인 채 기도하고 있었다. 말 한마디로 다른 의원들의 눈에서 눈물을 뽑아냈던 그 여자라고 믿기 힘들었다. 1990년대 후반부터 2000년대 초반까지 보건부 부장관을 지내면서 정신건강 서비스를 개혁했던 인물로도 보이지 않았다. 예전의 에밀리 오길비는 열혈 정치인이었다. 하지만 지금은 비극으로 인해 열혈 광신도가 된 것 같았다. 과연 정치와 종교, 어느 한쪽에서라도 진정한 의미를 찾아낸 적이 있을까.

나는 같은 줄에 나란히 앉았다. 속세와 거리를 두고 있는 요즘이었지만, 왕년에 정치가로서 에밀리의 몸에 밴 습관은 여전한 것 같았다.

우리가 앉은 신도석은 다른 자리와 적당히 떨어져 있었고 남의 시선이 닿지 않는 구석 자리였다. 아무도 우리를 볼 수 없었다. 평생 카메라 플래시 세례를 받았던 사람이라 이것만은 확실했다.

"뭐라고 하십니까?"

에밀리는 꿈쩍도 하지 않았다. 그녀는 물러앉아 눈을 천천히 떴지만, 옆에 사람이 앉아있는 것을 보고도 놀란 기색이 없었다. "무슨 뜻이죠?"

"하느님 말입니다."

"하느님의 말씀은 그렇게 내려오는 게 아닙니다."

나는 학창 시절로 돌아온 기분으로 자리에 등을 기대고 반항적으로 주머니에 손을 찔렀다. 빈정거리고 싶은 충동을 참을 수가 없었다. "그 불쌍한 친구, 편지가 어마어마하게 날아가겠죠. 정치가들보다 더 할 겁니다."

에밀리는 내 가벼운 신성모독을 듣고도 너그럽게 미소 지었다. "그 비유에서 어긋나는 부분이 단 하나 있다면 정치가들한테는, 심지어 전직 수상이라 해도 하느님만 한 힘이 없다는 겁니다."

"설마요, 그런 말 들으면 다들 펄쩍 뛸 것 같은데요."

"그럴 겁니다."

직접 대면하니 한결 정감 가는 인물이었다. 텔레비전에서 에밀리는 언제나 딱딱했고, 타블로이드 1면에서 '진주 목걸이를 두른 피라냐'라는 인상 깊은 여성혐오를 들은 적도 있었다. 하지만 그런 겉모습도 이제는 거의 사라졌다. 눈에는 현자 같은 광채가 스쳤다. 웨스트민스터 정가는 그녀가 남작 대신 목사 칭호로 불리며 사제 교육을 받고 있다는 소식을 듣고는 충격을 받았다.

하지만 엄밀하게 이제는 성도 달랐다. 리처드 오길비와 이혼한 뒤,

에밀리는 미혼 시절 성을 다시 사용하고 있었다. 어딘가 시골 자치 위원 같은 점잖은 품위가 감돌았다. 치료실의 안나와 비교해 보니 언뜻 닮은 곳도 느껴졌다.

"메일을 받고 혼란스러웠어요." 에밀리는 이제 따뜻함이 가신 목소리로 말을 이었다. "나는 당시 수사 과정에서 모든 것을 진술했습니다. 훌륭한 이론을 지닌 수많은 전문가가 참여했어요. 그들 모두가 아무 성과도 내지 못했습니다. 냉소를 용서하시죠. 하지만 이번이라고 다를 게 있을까요?"

"그럴지도 모릅니다. 하지만 아닐 수도 있지 않습니까? 일말의 가능성을 열어주시라는 게 전부입니다."

에밀리는 달갑지 않은 말투였다. "정확히 뭘 하시려고? 이력서에 그럴듯한 사건 하나 더 추가하시려고요?"

"아닙니다. 저는 따님을 다시 살려내고 싶습니다."

## 21 벤

교회 자체가 너무 갑갑하게 느껴졌다. 우리는 카페인을 찾아 일어섰다. 스타벅스는 손님으로 붐볐기 때문에 우리는 주문한 음료를 밖으로 들고 나가서 빅토리아스트리트를 따라 다시 걷기 시작했다. 개성 없는 사무용 빌딩이 등 뒤로 지나가고, 장대한 고딕풍 풍경이 차츰 가까워졌다. 하늘에서 헬리콥터 한 대가 다우닝스트리트 근처에서 맴돌며 자동차가 줄지어 가는 모습을 촬영하고 있었다.

안나가 잠든 뒤 세상이 얼마나 바뀌었는지 새삼 충격이었다. 다우닝스트리트에는 그때와 다른 수상이 살고 있었다. 건설 현장에는 새로운 사무 빌딩이 들어서 있었다. 지난 4년 동안 세상은 많이 변했다.

에밀리는 침묵을 깼다. "다른 분들에게 없었던 새로운 게 뭐가 있는지 여쭤봐도 될까요?"

의회위원회 자리에서 단골로 사용할 만한 법률적 수사였다.

"음, 우선 저는 정신이 뇌보다 더 강력하다고 믿습니다. 다른 임상의들은 대부분 그 반대라고 생각하겠습니다만."

"거창하게 들리지만 궁극적으로는 별 의미가 없는 표현 같네요."

"그렇지 않습니다. 고대인들, 전근대인들은 알고 있었습니다. 이게

다 계몽주의 탓입니다. 우리가 정신세계를 무시하고 오로지 뇌를 고치는 데만 집요하게 매달리게 된 것은 겨우 지난 수백 년밖에 안 된 흐름입니다. 안나를 비롯해 많은 체념증후군 환자들은 자극이 아예 없는 치료 환경에 갇혀있습니다. 제 방법론은 소리, 냄새, 목소리, 촉각 등 환자의 오감을 포화시켜 과거의 안전한 기억을 되살리자는 겁니다. 이제 다시 일어나도 안전하다고 생각할 수 있도록 신체가 정신을 자극해서 깨워 일으키기를 바랍니다."

에밀리는 엄숙한 표정으로 기억을 더듬었다. "정신은 그 자체가 세계라, 지옥을 천당으로 만들기도 하고 천당을 지옥으로 만들기도 한다(밀턴《실락원》의 인용—옮긴이)."

"밀턴은 틀린 말을 하지 않았습니다."

"항상 전적으로 옳은 말만 한 것도 아니었지요. 전 대학교에서 《실락원》을 공부했습니다. 지금 생각하니 다른 세상 같네요." 에밀리는 내 선의를 마침내 인정했는지 떠보는 단계를 끝냈다. "뭘 알고 싶으신가요? 안나가 어렸을 때 우리가 사탕을 빼앗았나? 아이가 전기 소켓에 손가락을 집어넣었을 때 남편이 엉덩이를 때려 벌을 줬나? 일찌감치 잠자리에 들게 한 것이 안나가 앓는 수면 문제의 원인이었을까요?"

나는 늘 하는 희망에 대한 설교를 하지 않기로 했다. "수사기록을 확인했습니다. 제가 걱정하는 건 그런 것이 아닙니다. 현장 지도와 숲, 사냥꾼 대 생존자 게임, 왓츠앱 메시지, 칼에 대한 검식 결과도 모두 압니다. 하지만 그 어떤 기록에도 '왜'가 없었습니다."

"누가 나한테 그 답이 있다고 하던가요?"

"어머님이 모르시면, 아무도 모르겠지요."

"모녀 관계에 대해 다소 순진한 견해를 갖고 계신 거 같네요."

"스물다섯 나이에 그 사람을 가장 잘 아는 이는 그래도 부모입니다. 자식에게 그 기간은 평생이지요. 부모한테는 많은 계절 중 하나일 뿐이지만. 저는 당신이 겉으로 내보이는 것보다 더 많은 걸 아시리라고 생각합니다."

"박사님의 전처분은 그날 밤 농장에 최초로 출동한 경찰이었지요?"

"맞습니다."

에밀리는 갑자기 서글프고 무거운 표정으로 변했다. "그분한테는 유감입니다, 정말. 이 모든 일에 끌려 들어오다니. 타블로이드에 실린 내용, 온라인에 돌아다니는 저질 댓글들, 나도 다 읽었어요. 둘 다 옥스퍼드를 다녔다는 이유만으로 경찰이 개입해서 안나와 결탁했다는 둥 하는 음모론들. 그런 게 어떤 기분인지 내가 누구보다 잘 압니다."

출판사와 에이전트가 내 저서에서 안나 O 사건을 중점적으로 다루자고 제안했을 때 클래라와 다퉜던 기억이 났다. 하지만 아니, 이건 사실 왜곡이다. 당시 우리의 결혼 생활은 이미 자유낙하하고 있었다. 나는 아내에게서 멀어져 있었다. 클래라는 다른 곳에서 위안을 찾았다.

"저는 클래라와 수사 팀이 찾아내지 못했던 것을 알고 싶습니다." 나는 말했다. "보다 깊고 보다 감정적인 진실 말입니다. 사건 이후 4년이나 흘렀습니다. 이제 많은 것이 지나간 옛일이 되지 않았습니까."

우리는 의회 광장에 도착해서 대법원 건물 앞에 멈췄다. 웨스트민스터궁이 일대에 그림자를 드리웠다. 우리는 커피를 홀짝거렸다.

"언론은 안나의 성공에 초점을 맞췄습니다." 나는 말했다. "완벽한 학력고사 점수. A레벨에서 $A^+$ 세 개, 옥스퍼드에서 최우등 학점 그리고 인디라와 더글러스와 함께 차린 스타트업의 성공, 언론 사업가로서의 출발까지. 하지만 체념증후군은 성공 때문에 생기는 것이 아닙니다. 실패 때문에 일어나지요. 부재 때문에, 부족함 때문에."

"이 대화가 공식 기록에도 들어가나요?"

"저는 경찰이 아니라 심리학자입니다. 기록은 없습니다."

에밀리는 무슨 말을 꺼내려고 작심한 듯 한숨을 쉬었다. "우선 아셔야 할 건 안나는 언제나 극단적인 아이였다는 점입니다. 그 점을 이해하시면 혹시 나머지도 이해하실 수 있을지 모르겠네요. 많이들 이해 못 하죠. 하지만 그간 일어난 일을 생각해 보면, 얄궂다고 해야 할지."

"어떤 면에서요?"

"안나는 성인으로서 눈을 뜨지 못했습니다." 에밀리는 말했다. "어렸을 때는 눈을 감은 적이 없었고요. 거기서 악몽이 시작됐어요."

## 22 벤

날은 흐렸고 비가 오려는지 공기가 축축했다. 우리는 화이트홀 쪽으로 걸음을 옮겼다. 풍경은 차츰 달라져서 1990년대 미니멀리즘이 차츰 바로크풍 화려함에 자리를 내어주고 있었다. 배경에 우뚝 서있는 넬슨기둥, 트라팔가광장의 분수대, 스트랜드의 자동차 경적 소리. 유서 깊은 수도가 잠에서 깨어나고 있었다.

"그 일이 처음 있었던 건 언제였습니까?" 나는 물었다. "몽유병 환자였던 모양이군요."

에밀리는 고개를 끄덕였다. 망설이는 듯한, 심지어 두려운 듯한 기색이었다. "우리가 알기로, 맨 처음은 콘월에서 보낸 가족 휴가 때였어요."

"안나는 몇 살이었습니까?"

"아홉 살요. 오래된 여행용 밴에 아이들과 개를 태우고 출발해서 일주일 동안 작은 오두막에 묵었습니다. 이틀 동안은 괜찮았어요. 사흘째 되던 날 밤, 우리는 오두막에서 같이 영화를 봤어요. 리처드와 테오는 본드 영화를 보고 싶어 했지만, 난 안나가 그 영화를 보기에는 너무 어리다고 생각했죠. 어쨌든 그쪽이 이겼어요. 티머시 돌턴이 출연한 두 번째 본드 영화였는데 제목은 기억이 안 나네요. 온통 총, 죽음, 폭력 같은 내용이었어요."

"〈라이선스 투 킬〉." 불법 VHS 테이프로 보고 나서 돌턴의 잔혹한 세련미를 따라 하려고 노력했지만 실패했던 기억이 났다. "무슨 일이 있었습니까?"

"아무 일도 없었어요, 영화를 보는 동안에는. 안나는 무섭지 않다고 장담했어요. 테오와 리처드는 남자들끼리 으쓱거리며 흉내 내느라 떠들썩했고. 심지어 우리 개 버튼스도 즐거워했어요. 평소와 다름없이 잠자리에 들었죠. 그러다 한밤중에 느닷없이 일이 벌어졌습니다."

나는 잠자코 기다렸다. 재촉할 마음은 없었다. "안나가?"

에밀리는 상념에 잠겨 천천히 고개를 끄덕였다. 눈빛이 아련해졌다. 의회 광장이나 석상이 아닌, 콘월의 외딴곳에 자리한 작은 오두막과 20년 동안 기억에서 떠나지 않는 어둑어둑한 방을 바라보고 있는 눈빛이었다.

"부엌에서 무슨 소리가 나서 잠에서 깼어요. 문이 아직 열려있나 생각했죠. 동물 소리, 개 소리 같았어요. 내가 부엌으로 나갔을 때는 새벽 2시가 약간 지난 시각이었습니다."

"정확히 뭘 보셨습니까?"

"우리 개가 피를 잔뜩 흘리고 바닥에 쓰러져 있었어요. 부엌에 있던 식칼이 옆구리에 찔려있었죠. 안나는 거기 그냥 서있었어요."

"본드 영화처럼?"

"네. 뭐, 그랬죠." 에밀리는 나를 보았다. 이해해 주는 사람을 만났다는 안도의 빛이 눈에 어려있었다. "버튼스는 그해 전년에 안나를 문 적이 있었거든요. 응급실에 가서 꿰매야 할 정도로. 우리는 개를 보내야 할지도 모른다고 생각했어요. 그 뒤로도 안나는 개와 잘 지냈지만,

절대 가까이 다가가지는 않았습니다. 버튼스는 집안 남자들과 어울렸어요. 안나보다는 남자들의 반려동물이었죠."

"그날 밤 안나는 정확히 뭘 하고 있었습니까?"

"그냥 내려다보고 있었어요. 잠옷에 피가 튀어있었죠. 각도로 볼 때 칼을 찌른 게 안나라는 건 분명했습니다."

"안나에게 말을 거셨습니까?"

"네."

"대답도 하던가요?"

"네, 하지만 다른 사람과 이야기하는 기분이었습니다. 애의 목소리가 달랐어요."

"그리고 그다음에는?"

에밀리는 기억을 더듬지 않았다. 그녀가 너무나 잘 아는 이야기였다. 모든 문장이 자동으로 흘러나왔다. "너무 충격을 받아서 아무것도 할 수가 없었어요. 버튼스를 확인해 봤지만 죽은 게 확실했어요. 나는 안나를 현장에서 데리고 나와서 침실로 다시 데려갔습니다. 그때, 음…."

에밀리는 말을 흐렸다. 이야기는 이 순간을 향해 달려왔다. 모든 것에 그늘을 드리운 진실.

내가 대신 말했다. "그때 마침내 안나가 깨어났군요."

## 23                                                                          벤

 나는 나머지 이야기를 계속 들었지만 머릿속에 잘 들어오지 않았다. 혼란스러웠던 에밀리는 가족들을 깨우지 않았다. 그녀는 부엌을 청소한 뒤 버튼스를 정원에 안고 나가서 오두막 끝을 따라 흐르는 개울 쪽으로 향했다. 작은 구덩이를 파고 목줄이나 식별표 없이 그곳에 묻었다. 다음 날 아침, 에밀리는 버튼스가 한밤중에 도망갔다고 식구들에게 알렸다. 테오와 리처드는 수색대를 조직했다. 휴가차 근처에 와있던 이웃들도 끌어들였다. 하지만 소용없었다. 에밀리가 증거를 남기지 않으려고 구덩이를 깊이 팠기 때문이었다.
 "다음 날 아침에 안나가 기억하는 게 있었습니까?" 나는 물었다.
 "아뇨, 다른 사람들과 같이 열심히 버튼스를 찾아다녔어요. 흔히 하는 엑소시즘 이야기가 떠오르더군요. 아홉 살 난 내 딸의 몸에서 뭔가 나간 것 같았어요."
 "그러다 언제 진단을 받았습니까?"
 에밀리는 다시 말을 끊었다. "내가 한심한 엄마라고 생각하실 거예요."
 "말씀해 보십시오."
 "그때는 아직 부장관 시절이었습니다. 스캔들 냄새만 풍겼다 하면,

가족이 키우던 개가 죽은 별것 아닌 일이라 해도 다음 개각에서 언제든지 물러날 수 있었던 시절이었죠. 딸은 어렸어요. 내가 그런 애한테 폭력적인 영화를 보여준 겁니다. 그 영화에서 본 걸 그대로 따라 한 거죠. 나는 부모로서 선의로 저지를 수 있는 실수였다고 여겼습니다."

"그리고 얼마나 지나서 그런 일이 다시 있었습니까? 알고 계시는 한?"

"내가 모르는 일이 더 있었을 수도 있을 겁니다."

"네, 그럴 수도 있겠지요."

에밀리는 쓰레기통을 보더니 반쯤 빈 커피 잔을 던져 넣었다. 그녀는 외투 자락을 더 단단히 여몄다. "안나는 10대였어요, 열네 살 정도. 기숙학교에서 내게 전화가 걸려왔어요. 누가 사감 선생의 방에서 물건을 훔친다고. 그러면서 다른 우려도 제기하더군요."

"어떤 우려?"

에밀리는 다시 망설였다. 사실대로 말할까, 딸을 보호할까 망설이는 눈치였다. "안나는 항상 어딘가 좀 특이한 아이였어요. 집착이 정말 심한. 무슨 이유에선지 살인과 범죄실화에 몰두했어요. 그중에서도 특히 《인 콜드 블러드》라는 책 한 권에요."

나도 알고 있는 책이었다. 핌리코 아파트에 귀퉁이가 접힌 책이 있다. 정식 제목은 《인 콜드 블러드: 다중 살인 사건과 수사 과정을 다룬 진실한 기록》이다. 트루먼 커포티의 이 걸작은 소설적 기법을 이용해 실제 일어났던 이야기를 전달함으로써 장르 전체를 탈바꿈시켰다. 내가 가르치는 버크벡 학생들이 첫 학기 동안 법심리학 과목에 편히 적응할 수 있도록 도와주는 교재이기도 하다.

"15분 동안 반짝 명성을 얻을 수 있다면 사람이라도 죽일 인간이라고 내가 늘 농담하곤 했었습니다." 에밀리는 말했다. "자기 이름이 돋보여야 직성이 풀리는 아이였어요. 월드컵에서 우승하거나 대통령이

되고 싶은 아이. 글을 쓸 때는 그냥 좋은 작가로 만족하지 않았어요. 위대한 작가가 되고 싶다고 했습니다."

"공감할 수 있습니다."

"심지어 농장에서의 그 일이 있기 직전, 범죄실화를 소재로 한 글을 잡지에 기고하고 있었어요. 커포티와 어깨를 나란히 하고 싶어서. 브로드무어병원과 그 섬뜩한 1990년대 샐리 터너 사건에 비슷하게 집착했지요. '스톡웰 괴물' 사건 말이에요." 에밀리는 민망한 것 같더니 부끄러운 표정을 지었다. "나는 딸한테 행복한 일에 집중해 보라고 했어요, 즐거운 일에. 하지만 그런 조언은 들은 체도 하지 않더군요."

샐리 터너 이야기에 귀가 솔깃했다. 영국에서 가장 악명 높은 여성 살인범. '완벽한 가족'을 이루기 위해 자신의 의붓아들들을 살해한 어머니. 블룸은 종종 내게 브로드무어에서 일하던 시절 이야기를 들려주곤 했다. 최초의 접점이었다. 안나와 스톡웰 괴물 살인 사건이라니. 내가 예상한 것은 이런 게 아니었다. "안나가 그 글을 완성했는지 혹시 알고 계십니까?"

에밀리는 고개를 저었다. "완성하려던 참이었을 거예요. 그러다 모든 일이…."

"학교 일은 어떻게 됐습니까?"

에밀리는 한숨을 쉬었다. "사감 선생은 자기 방에 CCTV를 설치했습니다. 안나가 물건을 훔치는 모습이 발각됐죠. 눈을 분명히 뜨고 있었는데도 안나는 훔친 기억이 없다고 주장했어요. 퇴학당했지요. 아주 비싼 변호사 덕분에 스캔들이 신문에 실리지는 않았어요. 안나는 끝까지 자기 짓이 아니라고 했죠."

에밀리가 그냥 슬픈 건지, 다른 어떤 감정을 느끼는지 알 수 없었다. 죄책감도 언뜻 느껴졌다. 문득 나는 아니, 그것이, 그 정도가 아니라는 것을 깨달았다. 그보다 더 나쁜 감정이었다.

수치심이었다.

"치료를 받으려면 학교 사건에 대해 자세히 설명해야 했겠군요." 나는 말했다. "그러다 보면 소문이 언론에 흘러 들어갈 수 있고 정치 경력이 위험에 놓일 수도 있었겠지요. 그래서 이번에도 쉬쉬하고 아무것도 하지 않았다, 자식의 건강보다 정치가 우선이었으니까."

에밀리는 반박하지 않았다. "네, 냉정하게 생각하면 용서할 수 없는 짓이었지요. 하지만 10대 딸의 경범죄 한 건 때문에 가족 전체가 함께한 그 모든 노력을 위험에 빠뜨리는 건 미친 짓 같았어요."

"학교에서 사건이 발생했을 때, 어린 시절 휴가의 기억도 떠올랐습니까?"

"나는 의사가 아니라 정치가입니다. 일반적인 의미에서 안나한테 무슨 문제가 있다고 생각했어요. 테오나 안나는 놀런드대학교 출신 보모와 임시 육아 도우미들이 계속 돌보았습니다. 인터넷이 있는 시대적 환경에서 어린 시절을 보내기도 했고요. 혹시 그런 영향도 있지 않을까 생각했어요."

"그런데 왜 생각이 바뀌었는지요?"

다시 긴 침묵이 흘렀다. 에밀리는 숨을 길게 들이쉬었다.

이번 기억이 다른 것보다 유독 고통스러운 것 같았다. "모든 게 바뀐 거죠. 안나가 나를 공격하려고 했을 때."

*2019*                                                            안나의 수첩

**1월 1일**

다시 아파트에서 따분한 신년 파티. 물론 가족들은 정신없이 분주했다. 테오는 늘 그렇듯 술을 너무 많이 마셨다. 엄마는 상원 일로 바빴다. 아빠는 돈을 세고 전화통만 붙들고 있었다. 나는 인디라와 더그, 그 주변에서 낄낄거리는 친구들을 만났고 템스강변에서 시시한 불꽃놀이를 구경했다. 대관람차 옆에서 지나치게 선명한 색채가 연신 터졌다. 더그는 약에 취했다. 인디는 공감했다. 나는 따분해서 가만히 있을 수가 없었다.

2018년은 죽었다. 2019년이여 영원하라!

우리는 캠든의 셋집으로 이동했고 아침까지 술을 마셨다. 신기하게도 작년과 비슷하게 느껴지는 새해다.

다들 잠든 사이 지금 이 일기를 쓴다. 이 수첩은 엄마에게서 받은 크리스마스 선물인데, 아마 엄마 밑에서 일하는 비서 중 한 명이 웨스트민스터 선물 가게에서 샀을 것이다. 세월이 내 꽁무니를 바짝 쫓아오고 있다. 아직 내 이름으로 나온 것은 아무것도 없다. 키츠는 스물다섯 살에 죽었다. 제인 오스틴은 《오만과 편견》을 스물한 살에 썼다.

화가 라파엘은 내 나이쯤에 벌써 천재로 인정받았다. 대학교 시절 무명이었던 애들도 이제 번듯한 신문에서 칼럼니스트로 일하고 있다. 나는 독자는 몇 명 안 되고 필자 이름도 안 나가는, 폼만 잔뜩 잡은 코딱지 같은 잡지를 편집한다.

내게는 장편을 쓸만한 뚝심이 없다. 시를 쓸 영혼도 없다. 일단은 이 정도로 시작해 보자. 매주 시작할 때마다 새뮤얼 피프스처럼 여기 내 생각을 기록해 보자. 뭐라도 실제로 쓰는 작가가 되어보자. 인디라는 내가 이런 이야기를 떠들면 조롱한다. 더글러스는 허세투성이, 공작처럼 화려하고 야심만만한 광고쟁이다. 나는 일꾼, 다크호스다. 나는 이 역할을 지나치게 잘 수행한다.

아니, 올해도 다람쥐 쳇바퀴 돌듯 열두 달을 보낼 수는 없다. 살아야 할 때다. 숨을 쉬어야 할 때다. 죽어서 다시 태어나야 할 때다.

올해는 뭔가를 쓰겠다.

카르페 디엠이니 뭐니 그딴 글을.

### 1월 7일

아파트는 우리 사무실이다. 사무실이 우리 아파트다. 좋은 스타트업이 모두 다 그렇지만, 우리는 잡지를 살고 잡지를 숨 쉰다. 맥주 타임, 시에스타. 하지만 그보다 일거리와 각종 골칫거리가 더 많다.

캠든아파트의 세 동지. 인디는 평온함의 화신이다. 더그는 늘 그렇듯 더기답다. 영리하고, 현란하며, 야심이 부글부글 끓고, 가끔은 친절하다. 또 쿨하다. '자기 하인의 눈에 대단해 보이는 사람은 없다'는 말은 바뀌어야 한다. '작은 아파트에서 화장실을 같이 쓰는 사람에게 대단해 보이는 사람은 없다'로.

하지만 완벽한 헤어스타일을 갖추고 로션을 떡칠하는 20대 마케터에서 인생이 끝나는 건 아니다. 최소한 내년 생일까지는 마지막으로 축하해도 되겠지. 그 뒤에는 하나씩 올라가기만 하는 숫자와 곤두박질치는 신진대사라는 심연뿐이다. 주름살과 뱃살, 중력에 의해 점차 범인의 평범함으로 미끄러져 내려가는 과정만이 기다리고 있는 것이다.

나는 여기 앉아서 《인 콜드 블러드》를 집어 들고 수없이 읽었던 글을 다시 읽는다. 나도 이런 글을 쓸 수 있다. 돼지처럼 작은 눈에 삐딱한 페도라를 쓴 트루먼 커포티처럼 까탈스럽고 근엄한 인상을 지을 수 있다. 커포티는 《뉴욕타임스》에 실린 300단어짜리 기사를 보고 영감을 얻었다고 한다. 그러니 나도 어딘가에서 영감을 찾아야 한다.

뭔가 써야 한다.

근사한 살인 사건이 필요하다.

## 24                                    벤

부산한 화이트홀에서 돌아오니 할리스트리트는 한결 고요하게 느껴졌다. 혹시 기삿거리가 없나 냄새를 맡으러 온 프리랜서 기자와 마주칠까 봐, 나는 뒷문을 통해 애비클리닉으로 돌아왔다.

블룸은 자기 사무실에서 통화 중이었다. 내 사무실은 청소가 끝났고 환기도 다 되어있었다. 나는 책상에 앉아 마지막 사건에 대해 에밀리에게서 들은 이야기를 곰곰이 머릿속에서 정리했다. 안나의 졸업을 축하하려고 그리스로 떠난 여름 여행이었다. 에밀리는 한밤중에 잠에서 깼다. 안나는 자기 방에서 비명을 지르고 있었다. 에밀리는 문을 열고 도우려고 했다. 안나는 팔을 휘두르며 엄마를 공격했다. 안나는 눈을 뜨고 있었다. 하지만 예전에도 그랬듯 그녀는 에밀리의 딸이 아니었다. 완전히 다른 사람이었다.

나는 이메일을 확인한 뒤 블룸에게 오늘 면담의 전반부를 보고했다. 제자가 내심 걱정스러운 현자처럼, 그녀는 특유의 올빼미 같은 표정으로 앉아 나를 빤히 쳐다보았다.

마침내 블룸이 말했다. "그럼 몽유병 진단은 확실하다는 거지?"

"왓츠앱 메시지만 봐도 압니다. '미안해. 내가 죽인 것 같아.' 안나는 잠에서 깨어 시체 두 구와 자기 손에 들려있는 칼을 봤습니다. 전형적인 몽유병이지요. 아니면 메시지를 보냈을 때도 무의식 상태였던 걸지도요."

"몽유 증상은 없었지만 그냥 살인 혐의에서 빠져나가기 위해 잠을 이용했을 수도 있지."

"네." 나는 말했다. '잠자는 숲속의 공주' 진영의 핵심 논거, 가장 흔한 음모론이었다. "물론 그럴 수도 있지요."

"보다 과거에 있었던 일은?"

"우리가 알고 있는 구체적인 사건은 세 건입니다. 안나가 아홉 살이었을 때 가족끼리 간 여행지에서 있었던 일, 10대 시절 학교에서 있었던 일 그리고 갓 스물한 살이 되었을 때 안나가 에밀리를 공격했던 일."

"공통된 계기였나?"

"네, 변화나 모종의 트라우마로 보입니다. 휴가 여행, 기숙학교, 옥스퍼드를 떠난 일. 치료를 받게 되면 소문이 날까 봐 에밀리는 쉬쉬했답니다."

블룸은 고개를 끄덕이며 한숨을 쉬었다. 그녀는 두 손을 깍지 꼈다. 평소보다 더 많은 옛날 반지를 끼고 있었다. "언론에서 몽유 이론을 진지하게 제기하지 않았던 이유가 설명되는군."

"안나의 의료기록에 그 내용이 없었던 것도 설명이 되지요. 에밀리는 경찰조사 중에 문제를 제기했습니다만, 피의자에게 유리한 주장으로 간주해 소홀하게 다뤘던 것 같습니다."

블룸은 작은 받침대 위에 발을 고쳐 올렸다. 그녀를 보니 저녁마다 귀가하면 어떻게 지내는지 문득 궁금했다. 블룸은 혼자 살았다. 오랫동안 같이 지낸 파트너는 6년 전에 죽었다. 이즐링턴의 침실 두 개짜리 집에는 책이 빼곡했고, 페이지 가장자리가 모두 니코틴으로 누렇게 물들어 있었다. 블룸이 빈 공간을 돌아다니며 은퇴를 고민하는 광경을 상상해 보았다. 어쩌면 그 때문에 이 클리닉에 집착하는지도 모른다. 청중이 필요한 것이다. 노년은 그녀에게 어울리지 않았다.

"다른 건 없나?"

"부수적인 사건들, 사실 교수님이 계시던 곳과 관계가 있습니다. 사건 직전 안나는 《엘리멘터리》에 싣기 위해 범죄실화 기사를 준비하고 있었답니다. 브로드무어병원과 샐리 터너 사건을 연구하고 있었다는군요."

정적이 흘렀다. 순수하고 불편한 침묵이었다. 블룸은 뭔가 다른 생각에 빠져있다가 말했다. "샐리 터너?"

"네."

"확실해? 스톡웰 괴물 살인 사건?" 블룸의 목소리는 이제 달라져 있었다.

"왜 그러십니까?"

블룸은 아직도 허공을 응시하고 있었다. 샐리 터너라는 이름에 왜 이렇게 강한 반응을 보이는지 알 수 없었다. 물론 당연한 이유는 있다. 샐리 터너는 해럴드 시프먼 혹은 마이라 힌들리처럼 영국인들의 기억에 길이 새겨진 이름이다. 이브와 메데이아와 함께 사악한 여성성의 상징, 나쁜 계모를 대표하는 이름이다.

나는 말을 이었다. "마지막에 에밀리가 다른 걸 하나 줬습니다. 안나의 침실에 있던 개인 소지품인데요." 나는 배낭에서 작은 검정색 페이퍼백을 꺼내 들어 보였다. "에우리피데스의 《메데이아와 기타 희곡》입니다. 안나는 농장에서 사건이 발생하기 전 강박적으로 이 책을 읽기 시작했다는군요. 《인 콜드 블러드》를 이어 두 번째로 좋아하는 책이 되었답니다. 안에 연필로 달아놓은 주석도 있습니다. 에밀리는 이 책이 사건 직전, 안나의 정신상태를 이해하는 데 도움이 될 거라고 생각했습니다."

블룸의 불편한 표정은 한층 깊어졌다. 그녀는 말을 하지 않았다.

나는 블룸의 반응에 불안해졌다. 내가 뭔가 놓친 게 있었나? 지금까지 내가 한 말을 되짚어 보았다. 메데이아, 샐리 터너, 스톡웰 괴물 살인 사건.

"왜 그러십니까? 그 이름이 신경 쓰이세요?"

내가 생각의 흐름을 방해했는지, 블룸의 목소리는 날카롭고 짜증이 배어있었다. "나머지 사건들을 뒷받침하는 다른 물증이 있나, 아니면 어머니의 말뿐인가?"

"아직 없습니다. 안나의 학교에 CCTV 영상이 남아있을 수도 있겠지요."

블룸은 고개를 저었다. "학교에서는 스캔들을 묻어버리려고 영상을 바로 없애버렸을 거야."

그녀는 얼른 표정을 고쳤다. 블룸은 이런 것의 달인이었다. 옷차림, 뚱뚱함, 짧고 날카로운 위트, 감상주의에서 거리를 두려는 자세 등, 그녀에게는 연극적인 구석이 있었다. 블룸은 이제 완전히 본연의 모습으로 돌아왔다. 불안감은 말끔히 가셨다. 약점은 사라졌다.

"메데이아라." 생각에 잠긴, 관념적인 목소리였다. "악의 원형으로 역사에 등장한 여자지, 자기 자식들을 죽인 어머니. 가장 친한 친구 두 명을 죽인 여자보다 한 등급 높다고 해야겠지."

"그건 무슨 말씀입니까?" 의아함이 깊어지고 불편한 기분이 한층 나를 사로잡았다.

블룸은 내가 그 자리에 없는 것처럼 혼잣말을 이었다. "잘못된 방향으로 두 번 간다고 해서 문제가 바로잡힐까? 악은 신체에서 깨끗하게 제거해 환자를 처음부터 새롭게 조립해야 하는 심리적 암 덩어리일까? 아니면 유전적으로, 생물학적으로 물려받는 것일까? 악이란 대체 뭘 의미하는 것일까?"

지금 블룸은 불편할 정도로 강렬한 표정을 보이고 있었다. 무슨 상념에 빠져있는지 책장만 골똘히 응시하고 있었다. 그녀가 이런 식으로 말하는 목소리를 나는 거의 들어본 적이 없었다. 귀가 접힌 페이퍼백 모서리가 손바닥에 느껴졌다. 나는 펭귄클래식 판《메데이아와 기타 희곡》의 표지를 내려다보았다. 어머니와 아이, 두 인물이 주황색으로 그려져 있었다. 아이는 한 손을 뻗고 있었다. 어머니는 아이의 머리를 누르고 있었다.

정적을 깬 이는 블룸이었다. 그녀는 숨을 몰아쉬며 힘들게 중력을 이기고 의자에서 일어났다. "미안해, 벤. 하지만 볼일이 좀 있어. 기분이 별로 좋지 않군."

나는 20년 넘게 블룸을 알고 지냈다. 그녀가 먼저 내게 가보라고 말한 적은 단 한 번도 없었다.

"제가 도와드릴 일이 있을까요?"

그녀는 패잔병 같은 표정으로 나를 바라보았다. "아니, 자네는 할 만큼 했어."

블룸은 서둘러 나를 문밖으로 몰아냈다.

## 25       블룸

블룸은 거의 오후 8시 15분이 되어서야 애비클리닉을 나서기로 마음 먹었다. 하지만 그때조차도 좀처럼 문으로 향할 수가 없었다.
 블룸은 서성거리다가 우뚝 서서 내키지 않는 기분으로 다시 자리에 앉았다. 공황상태, 자기 입으로 다른 이들에게 그러지 말라고 하는 바로 그 상태였다. 공황은 투쟁 혹은 도피 반응을 불러일으킨다. 몸은 긴장하고, 사고는 흐려지며, 모든 직관은 잊힌다. 아니, 이제 이런 일을 맡기에 그녀는 너무 늙었다. 요즘은 잠도 통 잘 수가 없다. 기억이, 과거가 너무나 많다.
 벤이 에밀리에게서 들었다는 이야기의 조각만이 귓가에 메아리쳤다. 《엘리멘터리》를 위해 작업했다는 안나의 마지막 글.
 브로드무어. 샐리 터너.
 그리고 그 한 단어. 그가 그 빌어먹을 단어만 말하지 않았어도.
 메데이아.
 그럴 리가 없다. 하지만….
 블룸은 카디건 주머니에서 열쇠를 꺼내 책상 맨 아래 서랍을 열었다. 손바닥이 축축했고, 땀이 열쇠에 묻었다. 서랍이 열리고, 그녀는 손을 넣어 낡은 환자 파일 하나를 꺼냈다. 표지는 파란 판지였고, 속지에는 찻물 얼룩이 묻어있었다.

모든 의료기록은 절차에 따라 공식적으로 신고해야 한다. 요즘 이런 업무 외적인 기록은 해고당할 수 있는 중대한 규정 위반이다. 하지만 이 환자기록은 그녀의 보호 방식이었다. 그녀는 과거의 기록이 필요했다. 그녀만 해독할 수 있는 방식으로 기록한 날짜, 시간, 세션 노트였다.

블룸은 기록을 뒤로 넘겨 '1999년 7월 2일, 크랜필드병동, 브로드무어병원'이라는 제목이 적힌 항목을 펼쳤다. 그 상담은 아직도 기억에 생생했다. 환자들에 대한 기억은 보통 가물가물하다. 하지만 이 환자는 달랐다. 블룸이 브로드무어에서 최초로 맡은 사례 중 하나였다. 정신병원 분위기가 풍기고 빅토리아풍의 벽이 우뚝 솟은 병적이고 미개한 장소. 이렇게 오랜 시간이 흐른 뒤에도, 블룸은 기억 하나하나를 떠올릴 수 있었다. 이 환자는 어렸지만 항상 독특했다.

손이 떨렸다. 관절염 때문에 경련이 일어나고 실룩거렸다. 그것은 두려움이었다. 페이지를 넘기는 손끝에 서류 가장자리가 축축해지는 게 느껴졌다. 블룸은 곤히 잠든 안나가 바로 근처에 누워있다는 것을 의식했다. 이 사건은 사실과 허구를 구분하기조차 어려울 정도로 온통 소문으로 얼룩져 있었다. 이제 벤의 말을 들어보니, 위험이 되돌아왔음을 알 수 있었다.

블룸은 환자기록의 마지막 페이지를 읽었다. 그녀는 자리에서 일어났지만 외투를 찾아 입지는 않았다. 사건의 사실관계만을 계속 머릿속에서 반복했다. 농장, 칼, 시체 두 구, 오길비 가족, 출동한 경찰.

1999년 8월 30일.

2019년 8월 30일.

정확히 20년째 되는 날이다.

가능하다. 그것이 블룸을 가장 두렵게 하는 점이었다. 이 사건은 사람들이 생각하는 바와 전혀 다른 것일지도 모른다. 안나가 애비클리닉에 되돌아온 건 우연의 일치나 운이 아닌, 훨씬 사악한 무언가로 인해서일 수도 있다.

블룸은 다음 줄을 읽고 꼭대기에 적힌 이름을 읽었다. '환자 X'. 내무부에서 붙인 가명이었다. 이름이 새어 나가지 않게 하고, 비슷한 사건이 되풀이되는 것을 막기 위한 장치였다.

블룸은 사무실 문을 잠갔다. 엘리베이터를 타고 1층으로 내려갔지만 안내데스크 직원들의 인사가 눈에 들어오지 않았다. 그래, 그녀는 확신했다. 가장 깊고 어두운 영혼의 심연 속에서부터, 본능적으로 느껴졌다.

이건 어딘가 잘못되었다.

걷잡을 수 없을 만큼.

## 2019                                              안나의 수첩

**1월 14일**

부엌은 지저분했다. 음식 찌꺼기가 눌어붙은 팬, 거품이 남은 유리잔, 핏빛 볼로녜세소스가 말라붙은 수저. 더글러스의 아이폰이 그 사이에서 뒹굴고 있었다. 간밤 저녁 식사 시간에 맞춰놓은 타이머가 아직 작동하고 있었다. 더글러스의 비밀번호는 쉬웠다. 100194. 그의 생일이다.

더글러스는 독창적인 인간이 아니다.

이따금 그러지만, 나는 휴대전화를 염탐했다. 내 안에는 탐사보도 기자에 대한 선망이 있다. 나는 《타임스》, 《데일리텔레그래프》, 《파이낸셜타임스》 등 명망 높은 언론사 신규 채용에 모두 지원했다. 독자분들, 나는 다 떨어졌다. 《엘리멘터리》를 창간한 이유는 모든 훌륭한 언론 기업가가 그렇듯 통상적인 이력의 실패를 스타트업이라는 번드르르한 명목으로 숨기고 싶어서였다.

나는 더그의 전화를 계속 스크롤했다. 놀랄 정도로 스캔들이 없었다. 작업 거는 대화도 없었고, 한심스러운 동영상 시청 기록도 없었다. 나는 구린 내용이 더 많을 거라고 생각했다. 하지만 지난번 훔쳐

봤을 때는 없던 왓츠앱 그룹이 하나 있었다.

'인수 관련 논의.'

다른 참여자는 한 사람뿐이었다. 인디의 번호였다. 내 번호처럼 익숙한 번호.

나는 화면을 아래로 내려 계속 읽으며 생각에 잠겼다. 사실 무슨 이야기인지 알고 있었다. 마음속 깊은 곳에서는. 평소 두 사람이 주고받는 시선을 보았다. 내가 방에 들어설 때면 끊기는 은밀한 대화. 나는 우리 사이에 거리가 점점 더 생기는 것을 느끼고 있었다.

**인디라:** GVM 사업 담당자와 미팅 잡혔어. 오후 2시.
**더글러스:** 회계사랑 커피. 다음 주?
**인디라:** 사적인 이메일로 소통하는 게 좋겠어. RO 등을 논의하려고 공동 계정을 만들었어. 그럼 이만.

이후 대화는 비밀 이메일 계정에서 이어진 모양이었다. 혹시 내가 훔쳐볼지도 모른다고 생각한 걸까. 좀 더 염탐해서 개인 이메일 계정을 찾아내야겠다.

구글로 검색하니 GV 미디어 웹사이트가 떴다. 시애틀에 본부를 둔 새 브랜드로서 밀레니얼과 Z세대를 겨냥해, 광고를 기반으로 한 디지털 플랫폼과 회원제 구독 서비스를 결합한 서비스였다. 딱 봐도 육식동물이다. 누가 봐도 《엘리멘터리》는 초식동물이다. 인디라와 더글러스는 이 스타트업의 상업적 브레인이다. 나는 어리숙한 작가, 바람 새는 다락방에 틀어박힌 예술가에 지나지 않는다. 저임금 단순노동자로 노트북에 묶인 채 죽도록 카피나 쓰고 있는. 나는 'RO'도 검색해 보았다. 약간 음란한 속어 용례와 함께 '롤오버'라는 금융 용어의 약어가 나왔는데, '어떤 주식이나 채권에 투자했던 자금을 다른 주식이나 채권으로 재투자하는 일'이라는 뜻인 모양이다.

잘난 MBA 학위 걸친 '시티걸'답게 약어 아니면 소통을 못하는 인디라다. 돈이라면 뭐든지 하는 인간. 메시지를 보니 생각이 떠올랐다. 예전에 했던, 아주, 아주 오래전에 떠올랐던 생각들이다. 속에서 뭔가 끓어오르는 것 같아서 나는 나가서 한참이나 걸었다.

오늘 밤에는 잠을 자야 한다.

그래, 아침이 되면 모든 게 나아질 것이다.

## 1월 21일

내게는 이런 환상이 있다. 프로이트라면 '백일몽(daydream)'이라고 부를 것이다. 《히스테리 연구》는 내가 유일하게 좋아하는 프로이트 저서다. 고상한 억압에 시달리는 빈의 여자들이 티끌 하나 없는 프록코트를 단정하게 차려입고 베르크가세 19번지로 터벅터벅 찾아가는 모습이 이따금 눈앞에 떠오른다.

나는 첫 장을 펼친다. 흔히들 오해하지만 이건 프로이트가 아닌 브로이어가 쓴 부분이다. 최초의 정신분석 환자에 대한 내용이다. 나와 이름이 같다. 읽는다.

안나 O. 21세(1880)의 나이에 병을 얻었다. 이 정도의 지적 능력, 날카로운 추론 능력, 명석한 직관력을 지닌 정신세계라면 보다 도전적인 지적 자극을 자양분 삼아 성장했을 것이고, 심지어 필요로 했을 것이나, 학교를 졸업한 뒤로는 그럴 기회가 없었다. 대단히 예리하고 비판적인 상식으로 통제되는 풍부한 시적 재능과 상상력… 정력적이고 끈질기고 집요한 의지력.

내게 해당되지 않는 단어가 하나도 없는 것 같다. 1880년의 안나는 거의 140년 전의 인물이지만 책장 속에서 아직도 너무나 생생하게 살아있다. 글쓰기의 매력은 이런 게 아닐까. 어쩌면 내가 글을 쓰는 이유도 이 때문일 것이다. 안나 O는 1895년에 이 책을 읽은 최초의 독자들에게 그랬듯 오늘날의 우리들에게도 살아있는 인물이다.

정확한 순서로 정확한 단어를 배치하면 영생을 얻는다. 피와 살이 있는 인간을 문학적 올림푸스 신으로 만들 수 있다. 언어는 불로장생의 묘약이다.

지금 잠드는 것은 투쟁이다. 너무 두려워서 눈을 감을 수가 없다. 과거가 되돌아오는 것을 느낀다. 내 역사 속의 유령들이 풀려난다. 너무나 실제처럼 느껴졌던 옛 환상들이 다시 눈에 보인다. 그래서 나는 자지 않는다.

내가 평범할 수 있다면 얼마나 좋을까 생각한다.

거의 대부분은.

**1월 28일**

아파트, 거실, 가게에서 사온 샐러드와 와인이 놓인 소파. 인디라와 더글러스는 네드 광고 팀을 만난다는 이유로 나가있다. 사실 나는 그 애들이 홀본에 있는 고급 칵테일 바에서 GVM 사업 팀을 만나 마르가리타를 홀짝거리고 있다는 사실을 알고 있다. 미팅을 마치고 어느 방으로 몰래 들어가는 모습도 보인다. 아니, 또 백일몽을 꾸고 있다. 나는 편집부다. 그들은 영업부다. 영업부가 해야 하는 일을 하는 것뿐이다.

맨체스터유나이티드는 오늘 밤 실망스러울 정도로 무기력하게 졌다. 아빠와 같이 텔레비전을 보던 시절이 그립다. 우리가 같이 하던 단 하나의 일이었다. 아빠가 출장 중인 호텔 객실에서 축구를 보다가 내가 어떤 스트라이커는 무용지물이다, 새 라이트백이 필요하다고 메신저로 전술을 보내는 모습을 이따금 상상한다. 아빠는 이따금 답장도 보낸다. 아빠에게는 사람이나 자식보다 돈이 더 중요하다.

피곤하다. 몸이 너덜너덜해지고 뼛속까지 사무치는, 머리가 멍해지는 피로감이다. 눈이 퀭하다. 지난번 증상이 나타난 뒤로 얼마나 지났는지 계산해 보았다. 아이패드를 집어 들고 구글에서 '몽유병 치료'를 다시 검색했다.

인디와 더그가 바에 있는 모습을 상상했다. 피가 흥건하게 고인 땅에 쓰러져 있는 모습도. 끈적끈적한 상상이 뇌리에서 떠나지 않아서 괴롭다. 나는 일어나서 텔레비전을 끄고 인스턴트커피 세 숟가락을 듬뿍 넣어 진한 블랙커피를 만들었다. 내 방으로 돌아가서 문을 잠그고 그 앞에 의자를 대놓았다.

창문이 잠겨있는지 확인했다. 호흡법을 실행했다. 아침 햇빛이 다시 떠오르기만 바랄 뿐.

이 밤이 끝났으면 좋겠다.

## 26                                    벤

날은 이미 어두웠다. 사무실 창가에 서있는데 블룸이 퇴근하는 모습이 눈에 띄었다. 나는 외롭게 전철을 타고 집으로 돌아가기 위해 그녀가 그레이트포틀랜드스트리트를 향해 걷는 특유의 독특한 걸음걸이를 하염없이 계속 지켜보았다. 오늘 블룸의 반응은 잊을 수가 없었다. 그 폭력적인 언어, 환자를 처음부터 재구성해 내는 것이 가능하다는 언뜻 스친 확신이 아직도 귀에 생생했다.

나는 지금 여기 마지막으로 남아있는 책임 의료진이었다. 다른 간호사와 파견 근무직들은 2층에서 부산했다. 오늘 밤 입원 환자는 안나를 포함해서 모두 여섯 명이었다. 나머지는 보험 브로커, 투자은행가, 스위스인 이혼녀, 전직 내각 각료, 국제적으로 유명한 럭비선수였다. 모두 부유하지만 파파라치가 따라붙을 정도로 유명하지는 않았다. 다섯 명 모두 추적당할 위험 없이 살 수 있는 사람들이었다. 그들 중 누구도 바로 옆에 세상에서 가장 유명한 살인 용의자가 누워있다는 사실을 모르고 있었다.

안나 O, 잠자는 숲속의 공주, 신화와 현실 속의 인간.

나는 VIP 병동의 비밀번호를 입력했다. 해리엇을 다시 만나는 것이 기대된다는 사실을 그제야 처음으로 의식했다. 요즘은 통 느낄 일이 없는 가벼운 스릴감이 느껴졌다. 약간 의외였다.

 나는 문간에 서서 해리엇과 안나가 같이 있는 모습을 잠시 바라보았다. 안나의 상태에도 불구하고 두 사람 사이에는 익숙한 리듬이 느껴졌다. 환자와 간호사라기보다 마치 자매 사이 같았다. 해리엇은 안나의 얼굴을 꼼꼼히 닦아주며 다정하게 대했고, 침대에서 일어나지 못하는 살덩어리가 아닌 한 인간으로 다루었다.

 거기 얼마나 서서 지켜보고 있었을까, 시간이 흐르는 것도 잊고 있었다. 마침내 해리엇이 나를 보았다. 살짝 미소가 스치는 모습이 보였다. 그녀는 돌아서서 근무를 마무리하기 시작했다. 외투를 입고 머리를 늘어뜨린 해리엇은 작아 보였다.

 "들어가도 될까요?"

 "여긴 박사님 공간이에요. 제가 아니라."

 엄밀하게 맞는 말이었다. 하지만 간호사의 심기를 건드리지 않는 것이 금과옥조다. "그런 식으로 생각하지 않는 간호사들도 많더군요."

 "제가 그런 부류라고 생각하세요?"

 "상당수의 신경학자나 정신과의사보다 아는 게 더 많으신 건 분명합니다. 대부분 심리학자보다 더 많이 아시는 건 확실해요."

 "자신과 자신의 직업을 비하하시다니요. 그러시면 안 됩니다."

 해리엇의 정직함에 말문이 막혔다. 나는 농담이 어느새 직업에서 오는 불안감을 감추기 위한 방어막이 되었다는 것을 깨달았다. 그녀의 목소리에는 부드럽지만 단호한 데가 있었다.

 "맞습니다. 제가 왜 계속 그런 식으로 말하는지 모르겠어요."

 "자꾸 말하다 보면 거짓도 진짜가 될 수 있어요."

 "그건 정말 심리학자 같은 말이군요."

해리엇은 미소 지으며 약간 우스꽝스럽게 눈을 찡그렸다. "제가 아까 뭐라고 했던가요?"

"네, 네. 알겠습니다. 더 이상 심리학자를 비하하지 않겠습니다."

"다행이네요."

이런 종류의 동지애가 그리웠다. 특급 고객들을 상대하는 업무의 단점은 침대 옆에서 이런 농담을 주고받을 수가 없다는 것이다. 모든 게 비싸다는 것은, 모든 것이 너무 심각하다는 뜻이기도 하다. 나는 해리엇이 좋았다. 그녀는 신선하고, 새로웠고, 이 공간에 절실히 필요한 존재였다. "제가 알아야 할 게 있을까요?"

우리는 이제 업무 태세로 전환했다. 해리엇은 안나의 다리와 코어 근육운동, 수분 공급, 평소대로 옛날 텔레비전 프로그램 틀기 등 오늘의 활동을 보고했다. 병실에는 작은 세면실이 붙어있었다. 나는 손을 깨끗이 씻고 마스크와 장갑을 착용했다. 해리엇은 외투 지퍼를 잠갔지만 내가 준비를 마칠 때까지 곁에 있었다. 둘 다 직업에 충실해 말을 아꼈고, 나는 옷장에서 마지막 소도구를 꺼내고 장갑 낀 손을 작별 인사로 흔들었다. 주근깨가 난 얼굴에 다시 따뜻한 미소를 띠더니 그녀는 병실을 나섰다.

치료실은 성역 같았다. 장갑, 마스크, 깜빡이는 모니터와 관. 그 모든 것이 연극적이었다. 나는 침대 오른쪽에 놓인 작은 의자에 앉았다. 머리 위에 달린 카메라가 관음의 단계를 한층 더하고 있었다. 안나를 바라보는 나, 나를 바라보는 카메라, 이따금 우리 둘을 바라보는 해리엇.

《템페스트》에 나오는 문장이 있다. 수면 장애와 꿈 분석에 관한 내 첫 책 제목으로 썼던 문구이다. '우리는 죽음 같은 잠에 빠졌다.' 지금 적절한 구절 같았다. 나는 안나의 수척하고 평화로운 얼굴을 바라보았다. 에밀리가 들려준 이야기가 떠올랐다. 개의 몸에 박혀있던 식칼,

다음 날 수색하는 척했던 일, 안나가 기숙학교 사감의 아파트에서 계산적으로 물건을 훔쳤던 일, 아테네호텔 방에서 악마적인 분노를 터뜨리며 자기 엄마에게 가했던 무시무시한 공격.

　방법도, 이유도 알지 못한 채 제2의 인생을 살아가는 것은 어떤 기분일까. 인간이 견딜 수 있는 고통에는 한계가 있다. 어느 시점에 몸과 마음은 스스로를 보호하기 위해 동면한다. 이 병이 체념증후군이라고 불리는 데는 이유가 있다.

　휴대전화에서 신호음이 울렸다. 나는 규칙을 어기고 휴대전화를 바지 주머니에서 꺼냈다. 얼마 전 보냈던 이메일에 대한 리처드 오길비의 답장이었다. 이미 약속 시간까지 제안해 둔 개인 비서의 이메일이 참조되어 있었다. 나는 일단 그의 편지를 무시했다. 대신 에밀리 오길비가 면담 후 보낸 이메일을 열었다. 안나가 어린 시절 들었던 노래 목록이 적혀있었다. 비틀스의 〈예스터데이〉, 존 레넌의 〈이매진〉, 엘튼 존의 〈타이니 댄서〉, 에바 캐시디의 〈송버드〉. 이것은 내 치료요법 모델의 일환이었다. 《메데이아와 기타 희곡》 펭귄클래식 판도 그중 하나였다. 나는 가방에 손을 넣어 책을 꺼냈다. 침대 위에 누워있는 환자와 속지에 적힌 주석을 바라보았다.

　과거와 현재의 만남.

　〈이매진〉은 이미 스포티파이에 내려받아 두었다. 익숙한 피아노 화음이 시작되었다. 나는 모니터와 안나의 반응을 살폈다. 내 감각 이론이 옳다면, 애당초 내 진단 자체가 정확하다면 이 소리가 계속 뭔가를 일깨울 것이다. 안전, 희망, 든든함 같은 과거의 기억으로 무의식을 어루만지는 것이다. 안나는 4년 동안 아무런 자극을 받지 못했다. 그 점을 바로잡아야 할 때다.

　존 레넌의 서글픈 음성이 고요한 방 안에 울려 퍼졌다. 음악은 마치 다른 우주에서 전달된 메아리 같았다. 나는 뭐라도 반응이 보이나 모니터를 확인하고 안나의 얼굴에서 움직임을 살폈다. 하지만 미처 뭔가 나타나기도 전에 스포티파이 트랙의 음량이 줄어들었다.

전화벨이 울리기 시작했다.

무시하고 싶었다.

그때 발신자 번호에 블룸의 이름이 눈에 띄었다.

## 27                                        X

블룸 교수는 늙었다. 이건 첫 번째 유리한 점이다. 젊은 시절의 블룸이라면 그렇게 부주의하지 않았을 것이다. 아니, 당시의 블룸은 언제나 한발 앞서있었다. 애비클리닉의 전화선이 도청당하고 있다는 것을, 자기 사무실에 카메라가 설치되어 있다는 사실을, 정확히 지금 이 순간을 위해서 누군가 자신의 움직임 하나하나를 감시하며 분석했다는 점을 알아차렸을 것이다.

하지만 현실의 인간들은 너무나 엉망진창이고 실망스럽다.

노년은 최고의 인간마저 그렇게 만든다.

보안장치도 한 예다. 자택의 자물쇠와 보안시스템은 표준이다. 복제한 열쇠로 작동한다. 문이 달칵 열린다. 현관문은 소음이 없어서 불투명 유리로 된 안쪽 문 너머에서는 거의 들리지 않는다. 경보장치의 비밀번호는 쉽게 기억할 수 있는 개인적인 숫자다. 죽은 파트너의 생일. 조명이 들어오고 보안시스템이 해제된다.

내부는 너무나 익숙해서 마치 내 집에 돌아온 것 같다. 복도는 1970년대 복고풍, 벽에는 키치스러운 옛 시골 그림이 걸려있다. 가구 표면에는 먼지가 뽀얗게 내려앉아 있다. 전체적으로 장례식 같은, 빛이 부족한 음울함이 깃들어 있다. 교수의 음성이 작은 집에 메아리치다가 이따금 정적이 흐르고 움직이는 기척이 들려온다. 블룸은 통화 중이다.

안나 오길비에 대한 언급 그리고 정적.

신발은 여기서 벗어놓고 양말 바람으로 양탄자를 밟는다. 수행해야 할 업무가, 완수해야 할 임무가 있다. 손에 장갑을 끼고 있으니 문고리에 아무 흔적도 남지 않을 것이다. 칼은 신속하게, 거의 고통 없이 일을 처리해 줄 것이다. 블룸은 그 정도 배려를 받을 자격은 있다. 광폭한 살인은 아마추어나 하는 짓이다. 이건 세부사항 하나까지 계산된 일이다.

블룸의 목소리가 다시 끊겼다. 뭔가 의심스러운지 황급한 인기척이 들린다. 속도를 늦추자. 오래된 신문이 잔뜩 쌓여있는, 늘 그렇듯 산만한 서재가 바로 앞에 있고 문이 살짝 열려있다. 요즘 블룸이 깜빡거린다는 사실을 알려주는 징후다. 하지만 서재는 너무 뻔하다. 아니, 다른 곳에서 실행해야 한다. 피해자를 거실로 끌고 나와야 한다.

여기서는 기억이 위협한다. 다른 생각들도. 생각은 나중에 해도 된다. 우선 이 일부터 처리해야 한다. 블룸이 연관성을 알아차렸다. 다른 피해자들처럼 블룸도 처리해야 한다. 기초적인 논리, 원초적인 자기보호본능이다.

그래, 지금 해야 한다.

자비를 베풀 때가 아니다.

## 28 벤

통화 이후 모든 것이 빠르게 움직였다.

이미 상황이 얼마나 중대한지 느낄 수 있었다. 블룸이 내게 내린 수수께끼 같은 지시. 그 목소리에 깃든 두려움.

아니, 두려움 정도가 아니었다.

공포였다.

그래, 단순히 겁이 나는 것이 아니었다. 그보다 훨씬, 훨씬 더한 감정이었다.

나는 앞으로 형사들이 내 움직임을 하나하나 분석한다고 상상했다. 그저 무고하다는 것만으로 충분하지 않았다.

아니, 무고한 사람답게 행동해야 한다. 지금 이 순간부터는.

실수 하나면 끝장이다.

나는 어떻게 블룸의 집까지 갈까 생각했다. 우버 앱이 말을 듣지 않았다. 지하철은 너무 오래 걸린다. 나는 시간을 보고 도로가 얼마나 비어있을지 계산했다. 다른 직원들에게 지시를 남길 시간은 없었다.

나는 휴대전화와 외투를 낚아채 빈 택시가 노란 불빛을 반짝이고 있기를 기도하며 할리스트리트로 나갔다. 옥스퍼드스트리트 근처에서 택시를 잡은 뒤, 블룸의 이즐링턴 자택 주소를 기사에게 불러주었다. 그리고 애비클리닉의 당직 간호사에게 급한 일로 외출한다는 음성메시지를 남겼다.

시계를 보니 이미 늦은 시각이었다. 다시 블룸의 집으로 전화를 걸어보았지만 아무도 받지 않았다. 나는 경찰에 전화할까 고민했다. 하지만 블룸의 목소리는 완강했다. 반드시 사적으로 처리하라고 했다. 나 혼자서. 지시 내용은 분명했다.

지금 블룸을 의심할 수는 없었다.

택시는 비에 젖은 런던 중심부의 거리를 가르고 북쪽으로 향했다. 풍경은 가로등 불빛으로 젖어있었고, 가게마다 음산하게 불이 켜져있었지만 인기척은 없었다. 대화 내용을 다시 재생해서 들어보았지만 도무지 이해할 수가 없었다. 음절 하나하나 끝날 때마다 불안감만 들려올 뿐이었다. 블룸은 내가 아는 사람 중 가장 용감했다. 쉽게 공포에 질리지 않는다. 하지만 그녀의 목소리에는 두려움이 잔뜩 깃들어 있었다.

잘 들어, 벤. 당신이 해야 할 일이 있어.

이즐링턴 초입에 다다르기까지는 영원처럼 느껴졌다. 야간 도로보수 작업을 위해 세워놓은 번쩍이는 안내판이 눈에 띄었다. 신호등, 우르릉거리는 엔진 소리, 전화에서 흘러나오는 블룸의 목소리. 상황 전체에 으스스한 위협감이 배어있었다.

운전사는 우리 앞에서 꾸물거리는 차량을 향해 경적을 울렸다. 내 상체 전체가 축축하게 젖어있었다. 이제 거의 다 왔다. 알고 있다. 버지니아 블룸이 오랫동안 은둔한 런던 북부의 저택 정문까지는 이제 1분밖에 남지 않았다.

하지만 이미 시간이 너무 많이 흘렀다. 더 기다릴 수가 없었다.

"그냥 여기 내려주세요."

나는 요금을 지불하고 시간을 다시 확인했다. 블룸의 목소리가 귓전에 들렸다.

택시에서 내렸다. 공사 인부들이 차량을 통제하고 있어서 우리 뒤로 차량이 꼬리를 물고 있었고 전방은 휑했다.

택시는 떠났다. 근육이 철근처럼 묵직하게 느껴졌다. 길은 알고 있었다. 마침내 차량과 인부가 뒤섞인 산업 현장에서 벗어났다. 골목 끝까지 달려 나가니 보다 허름한 주택들이 늘어선 가로수길이 나왔다. 거의 다 왔다.

블룸의 지시를 다시 들어보았다.

파일, 파일을 찾아.

눈앞에 집이 보였다. 참나무 문짝, 그 둔중하고 고요한 평범함.

그 문 너머에 뭔가 끔찍한 게 나를 기다리고 있을 것이라는 두려움, 심지어 예감.

현관에 다다르기도 전에, 이미 뭔가 잘못되었다는 것을 느낄 수 있었다.

나는 블룸의 집 초인종을 눌렀다. 하지만 대답이 없었다. 불안감의 냄새, 위험의 냄새가 감돌았다. 머릿속에 온갖 가능성이 가득 찼다. 양탄자에 튄 핏자국, 단조로운 외관 뒤의 잔혹한 살생, 인간이 저지른 최악의 범죄들.

혹시 이렇게 끝나는 건 아닐까. 탈출하려는 살인범이 무모하게 휘두른 칼이 갈비뼈 사이에 박히는 건 아닐까. 칼이 내 목을 긋는 건 아닐까. 그저 다른 누군가를 해치우려던 범행의 부수적인 피해자로 재수 없이 같이 죽는 신세가 되는 건 아닐까. 너무나 극적이고, 너무나 진부한 상상이었다. 그냥 재수가 더럽게 없어서 죽다니. 의미 깊거나

고귀한 희생이 아니라, 그저 잘못된 때에 잘못된 장소에 있었다는 이유로 개죽음을 당하다니.

나는 다시 초인종을 눌렀다.

다시 전화도 걸어보았다. 답은 없었다.

손이 떨리고 있었다. 용기가 사라졌다. 두려웠다. 아니, 그 이상이었다. 블룸의 공포가 전염된 것 같았다. 내 존재의 모든 부분이 살아남고 싶다고 말하고 있었다. 그것은 본능, 기본적인 생명의 법칙이었다.

안에서 아무 소리가 들리지 않자, 나는 예비 열쇠를 찾아 화분 밑에 손을 넣었다.

물러나서는 안 된다. 아무리 힘든 상황일지라도, 여기 온 용건을 처리해야 한다.

내 귀에 들리는 것은 오로지 동물적인 경계심뿐이었다. 수화기 너머에서는 어린아이처럼 높고 날카로운 목소리와 긴장감이 흘러나왔다.

벤, 혹시 안나 오길비가 애비클리닉에 온 것이 단순한 우연이 아니라면? 뭔가 다른 이유가 있다면?

열쇠가 들어맞았다. 열리지 않기를 바랐는데. 나는 안으로 들어갔다. 쿰쿰한 냄새, 오래된 양탄자, 공들인 1970년대 디자인이 고스란히 보존된 제단 같은 실내였다. 점점 혼란스러워지는 기분을 느끼며 나는 큰 소리로 블룸을 불렀다. 마음속 한 부분은 여전히 평범한 설명을 기대하고 있었다. 공포가 잦아들고, 평화가 돌아오기를.

여전히 대답이 없었다.

나는 부엌을 지나 거실로 들어섰다. 문을 여는 순간, 다시 무시무시한 예감이 나를 사로잡았다. 숨이 턱 막힐 정도로 역겨운 예감이. 나도 범죄 현장에 참관해 보았고 생생한 죽음을 목격했다. 한 번 저질러진 일은 돌이킬 수 없다. 죽음은 냄새처럼 달라붙는다.

집 안 어디선가 무슨 소리가 들렸다. 쿵, 발소리. 오감이 온갖 공포를 불러냈다. 잔뜩 곤두선 이 상태에서는 범인의 뜨거운 숨결이, 서늘한 칼날의 감촉이 느껴지는 것 같았다.

하지만 지금은 이런 식으로 생각해서는 안 된다.

나는 현재에 집중했다. 다른 소리가 들렸다. 나를 기다리고 있었다. 누군가가 혹은 무언가가. 나는 어리석게도 여기 혼자 찾아온 다음 피해자다. 다시 소리. 오래된 집이 바람에 삐걱거리는 소리일 것이다. 열린 창문 또는 반쯤 닫힌 문일 것이다.

어쩌면 끈기 있게 표적을 기다리는 살인범일 수도 있다.

나는 숨을 들이쉬었다. 집중했다.

통화, 운전, 매트 아래에 있는 열쇠. 나는 전에 이 집에 왔었다. 이런 공기를 마셨다. 나는 거실로 돌아서서 안으로 들어갔다.

미처 마음의 준비가 되기도 전에 시야에 들어왔다.

블룸 교수가 내 앞에 쓰러져 있었다.

시체처럼 잠들어 있었다.

*2019*                                    안나의 수첩

**2월 4일**

다시 집에 왔다. 아니, 부모님의 대저택. 오길비성. 햄프스테드 공포의 집. 늘 그렇듯 부모님은 두 분 다 부재중이다. 혹은 부재중인 것이나 마찬가지다. 어머니는 서재에서 정치를 하고 있다. 내가 도착해도 눈썹 하나 까딱하지 않는다. 아빠는 뉴욕시에서 돈을 찍어내고 있을 것이다. 아니면 속눈썹이 완벽한 와튼스쿨 출신 금발 머리와 에펠탑에서 연애질이나 하고 있거나.

유일한 말동무는 테오뿐이었다. 프리랜서 텔레비전 진행자 생활은 쉬는 시간이 많다. 지난번 임시 휴가 이후 다시 임시 휴가란다. 나는 믿는 척했다. 테오는 내가 진심으로 믿는 척하는 척했다. 회사 인수 건 이야기가 자칫 입에서 나올 뻔했다. 하지만 남매간에 서로 약점을 보여서는 안 된다.

이건 오길비 가족의 법칙이다.

마침내 엄마가 서재에서 나와 커다란 잔에 와인을 따랐다. 테오는 메이페어의 어느 지저분한 술집으로 친구들과 함께 사라졌다. 아빠는 맨해튼에서 영상통화를 하고 있다.

나는 내 아이폰에 있는 BBC 사운드 앱에 들어가 '내 사운드' 페이지를 켰다. 그리고 저장해 놓은 프로그램을 용감하게 들어보았다. BBC 라디오4, 〈수면의 수수께끼〉. 진행자는 가이 레슈지너 박사라는 신경학자이고 수면 전문가다. 에피소드는 모두 세 편이다. '몽유', '꿈', '수면 부족과 불면증'. 마지막 두 편에는 관심이 없었다. 나는 차라리 불면증을 원한다. 꿈보다는 야경증이 문제다.

아니, 내가 두려워하는 것은 잠이다.

나는 배달 앱으로 음식을 주문하고 예전에 쓰던 가족 침실로 들어가서 침대 위에 누웠다. 머리에 압박감이 느껴지고 턱 주위가 약간 조이는 느낌이 드는 것이, 다시 증상이 찾아올 조짐인지 병이 재발하려는 것 같다. 피할 수 없는 운명.

오늘 밤에는 이 집에서 자자. 여기가 더 안전하다. 어쨌든 침실은 대비가 다 되어있으니까. 문 자물쇠는 한층 튼튼하다. 묵직한 의자가 있어서 내가 밖으로 나가지 못하도록 바리케이드를 세울 수 있다. 가구가 많기 때문에 걸려 넘어져서 멍이 들면 번쩍 정신이 들 수도 있다. 어디 있냐고 인디에게서 문자가 왔다. 메일로 주고받은 이야기에 대해 다 알고 있다, 전부 훔쳐봤다고 털어놓을까 하는 생각이 스쳤다.

하지만 그만두자. 거짓말이 훨씬 간단하다.

나는 팟캐스트 안내문을 다시 읽으며 내 안의 악마를 정면으로 마주할 준비를 했다.

마침내 재생 버튼을 눌렀다.

### 2월 11일

나는 〈수면의 수수께끼〉 첫 편을 여섯 번 들었다. 샤워하면서, 버스 안에서, 글을 쓰면서.

평생 몽유병을 앓았던 '재키' 이야기를 들었다. 재키는 일어나서 집을 나가서 눈을 뜬 채로 모터바이크를 탔다. 하지만 뇌는 계속 잠든 상태였다.

'제임스'의 야경증은 너무 폭력적이고 충격적이었기 때문에 결혼 생활이 파탄에 이르렀다고 한다.

'알렉스'는 홍수에서 사람들을 구해야 한다는 생각이었는데, 그가 눈에 보이지 않는 사람들을 물에서 구출하려는 모습을 같이 살던 친구가 목격했다.

그중 가장 충격적인 사례는 '톰'이었다. 그는 헤어진 파트너를 강간하고 유죄판결을 받았다. 교도소에서 나온 뒤 그는 '섹솜니아'라는 진단을 받았다. 성행위를 동반하는 몽유병이었던 것이다. 톰은 눈을 뜨고 있었다. 겉보기에는 완전한 의식이 있는 것 같았다. 하지만 검사 결과 그의 뇌는 비렘 사건수면 상태에 머물러 있었던 것으로 밝혀졌다.

며칠이 지났다. 이 문제에 대한 생각을 멈출 수가 없었다. 나는 위키피디아 '몽유' 페이지를 읽었다. 맨 아래 단락에 눈길이 멈췄다.

몽유 중의 행동은 자기 의지 없이 발생하기 때문에, 몽유병은 법적인 방어 수단으로 사용될 수 있다. 피고는 심신미약 혹은 심신상실로 인한 자동증(automatism, 스스로 행동을 통제하지 못한 채 무의식적으로 수행하는 행동—옮긴이)으로 기소될 수 있다. 전자는 일시적인 심신상실이나 비자발적 행위였다는 변론에 이용되어 면책 판결을 받을 수 있다. 후자는 '심신상실로 인한 특별 무죄 평결'을 받게 된다. 이 심신상실 평결이 나오면 법정에서 정신병원 보호감호 처분이 내려질 수 있다.

1963년 북아일랜드의 '브래티 대 A-G 사건'에서 전직 판사이자 고

등 법관이었던 로드 모리스가 남긴 판결도 있다. 모리스는 피고가 무의식상태에서 폭력 범죄를 저질렀다면 '그 사람에게는 그 행동에 대한 형사책임이 없다'는 말을 남겼다. 따라서 판례가 성립되었다.

아래에는 몽유와 관련한 살인 사건 목록이 있다. 나는 모두 외웠다. 면책 판결을 받은 사람들의 이름은 지워져 있다. 피고가 '심신상실로 인한 자동증'임이 인정되어 무죄판결을 받은 경우는 '보스턴의 비극(1846), 윌리스 보시어스 병장(1961), 스티븐 스타인버그(1981), 국가 대 버지스(1991), 캐나다 대 파크스(1992)' 등이 있다.

면책 판결이 내려지지 않은 목록도 있었다. '펜실베이니아 대 릭스거즈(1994), 애리조나 대 팰러터(1999), 캘리포니아 대 라이츠(2001).' 마지막 사건에서 피고의 부모는 아들이 평생 몽유병을 앓았다고 증언했다. 그래도 그는 1급 살인에 대해 유죄판결을 받았다.

마지막으로 치료감호 처분을 받은 경우다. 2001년 안토니오 니에토는 몽유 상태에서 아내와 장모를 죽였고 아들과 딸을 살해하려다 미수에 그쳤다. 그는 정신병원에 수감되었다. 2003년 줄스 로우는 아버지를 죽였지만 살인을 기억하지 못한다고 주장하며 자동증을 근거로 내세웠다. 그는 심신상실로 면책되었고 감호병원에 구금되었다.

예전에 나는 너무 두려움이 많았다. 아예 이쪽에는 생각을 끊고 현실이 아니기만 바랐다. 하지만 탐구할 만한 사례가 너무나 많았다. 우스꽝스러운 경우부터(〈몽유병 환자가 벌거벗고 잔디를 깎았다〉) 심란한 경우(〈몽유병에 걸린 여성 환자가 낯선 사람과 성관계를 가졌다〉, 《뉴사이언티스트》, 2004), 내가 얼핏 뉴스에서 본 기억이 나는 사건에 이르기까지 다양하다. 이건 《인디펜던트》에 실린 기사다.

**잠든 사이 아내를 죽인 남자가 풀려났다**

악몽을 꾸는 도중에 강도의 습격을 받았다고 믿어 아내를 목 졸라 죽인 남자가 어제 법정에서 공소가 기각되어 풀려났다. 웨일스 남부의 니스에 사는 브라이언 토머스(59)는 2008년 7월 웨일스 서부에서 휴가를 보내던 도중 아내 크리스틴(57)을 살해했다. (…) 검찰은 심신상실로 인한 무죄 평결을 더 이상 요구하지 않는다고 배심원단에게 말했다.

나는 기사 전문을 읽었다. 다른 사건에 대해서도 더 조사해 보았다. 하지만 위키피디아 페이지에 호기심을 끄는 항목이 있었다. 사건 당시 나는 너무 어렸기 때문에 기억은 나지 않는다. 하지만 범죄실화 광이라면 누구나 이름을 알고 있다. 이 사건은 최초의 타블로이드 범죄다. 악의 대명사다.

나는 마지막 단락과 짤막한 논평을 읽었다. 영국에서 수면과 관련해 발생한 살인 사건 중에서 가장 유명한 사건이다.

**1999년 국가 대 터너:** 1999년 1월 샐리 터너는 스톡웰에서 의붓자식 두 명을 부엌칼로 살해한 혐의로 기소되었다. 그녀는 범죄를 저지른 기억이 없다고 주장했고, 심신상실로 인한 자동증 혹은 몽유병을 무죄 근거로 주장했다. 들끓는 여론과 진단에 대한 검찰 측 심리 전문가들의 의견에도 불구하고, 터너는 심신상실 사유로 무죄판결을 받고 버크셔주 브로드무어병원에 무기한 수감되었다. 터너는 1999년 8월 30일, 감방에서 숨진 채 발견되었다. 검시관은 자살로 판명했다.

샐리 터너, 속칭 스톡웰 괴물.
나는 샐리 터너에 대한 위키피디아 페이지를 클릭하고는 그녀의 자살에 관한 단락을 읽었다. 날카로운 플라스틱 칼이 감방에서 발견되었고, 그 칼이 어떻게 반입되었는지 아는 사람은 아무도 없었다. 8년 뒤, 모든 여성 환자가 브로드무어에서 다른 곳으로 이감되었다. 일부는 램튼병원으로, 나머지는 런던 서부에 있는 중급 보안 감호소, 오처드로 이송되었다.

범죄실화 다큐멘터리는 이미 보았다. 그리고 내 장편의 씨앗, 트루먼 커포티에게는 《뉴욕타임스》가 있었다. 내게는 위키피디아가 있다.

내 영감의 원천, 불꽃.

마침 사건 발생 20주년. 여성, 광기, 살인, 도덕. 뉴스에 찰싹 달라붙을 만한 소재다.

샐리 터너는 자살한 것일까? 아니면 스톡웰 괴물은 타인의 손에 살해당한 것일까?

마침내 나의 이야기를 찾아냈다.

제3부

# 29

벤

블룸은 주방에 누워있었다.

맥을 짚어보지 않아도 그녀가 죽었다는 걸 직감할 수 있었다. 피, 상처, 몸 옆에 놓인 칼. 충격에 머리가 멍했다. 하지만 물리적인 증거가 필요했다. 나는 상황을 이해하려고 애쓰며 그 자리에 주저앉았다. 칼은 너무나 평범하고 빈약해 보였다. 나는 본능적으로 칼을 집어 들었다. 날이 번득였다. 매끄러운 손잡이에서 전해지는 열기, 칼날의 각도. 그래, 물리적인 증거만이 이 상황을 현실로 만든다.

영혼이 몸에서 깨끗하게 증발한 듯, 블룸의 눈은 위장할 수 없는 모습으로 번들거리고 있었다. 클리닉에서 서둘러 달려오느라 땀에 젖은 상태 그대로, 나는 그녀와 나눴던 통화를 머릿속에서 떠올렸다. 열띤 음성이 귓가에 생생했다. 마지막으로 내린 지시.

손에 여전히 쥐어진 칼을 보고, 문득 제정신이 돌아왔다.

나는 칼을 제자리에 내려놓았다.

그제야 안나 오길비가 그날 밤 농장에서 느꼈을 감정을 이해할 수 있었다. 레드캐빈 문간에 서있는 안나. 눈앞에 쓰러져 있는 가장 친한 친구 둘, 칼로 난도질당한 시체. 머릿속이 새하얗게 증발하는, 압도적인 심리적 충격을 상상할 수 있었다. 자신이 한 짓의 진면모. 자신이 저지른 범죄의 악명 높은 본질. 총 스무 군데의 자상. 찌르고, 찌르고 또 찌른 자국.

나는 주위를 둘러보며 서둘러 모든 동작을 계산해 보았다. 블룸의 지시는 분명했다. 식당 옆 부엌으로 들어가 보니 싱크대 옆에 갑 티슈가 놓여있었다. 나중에 설명할 수 없을 손자국들을 남기면 어쩌나 의식하며, 나는 휴지를 몇 장을 뽑아 손가락이 상자 옆면에 스치지 않도록 조심조심 손바닥을 닦았다.

미친 짓이다. 칼, 내 손바닥에 닿은 손잡이. 즉각 신고해야 한다. 알고 있다. 하지만 통화할 때 블룸은 확고했다.

먼저 끝내야 할 한 가지 임무가 있었다.

나는 이 집을 내 집처럼 잘 알고 있었다. 블룸의 서재는 사무실로 개조한 침실이고, 먼지 앉은 텔레비전 세트와 곰팡이 핀 신문지 더미가 있다. 순서대로 꽂힌 낡은 잡지와 하드커버, 페이퍼백이 빼빼하게 공간을 다투고 있다. 서재에 도착한 나는 벌써부터 나중에 어떻게 설명해야 할지 걱정스러워 문손잡이에 지문을 남기지 않으려고 주의했다.

자네가 찾아야 할 서류가 있어.

블룸의 금고는 책상 오른쪽 캐비닛 문 안쪽에 숨겨져 있었다. 나는 쭈그리고 앉아 휴지로 손가락을 감쌌다. 그리고 비밀번호를 입력했다. 블룸의 단골 번호. 1895. 프로이트와 브로이어가 쓴 《히스테리 연구》의 출간 연도, 현대 심리학이 시작된 시점. 의학을 바꾼 순간이다.

녹색 안전등이 켜진다. 나는 은색 문을 열었다. 블룸답게 금고 안에는 온갖 색깔과 시대의 파일이 들어차 있다.

파란 파일, 맨 밑에 깔려있는 거. 판지로 된 파일이야.

파일 제목을 확인하며 훑어본다. 땀이 흐른다. 증거를 남기면 안 된다. 블룸은 나에게 필요한 전문적 지식이 있다는 점을 알고 있었기에 이 일을 내게 맡긴 것이다. 블룸이 마지막으로 연락한 사람은 나다. 클래라와 달리, 나는 그녀에게 마지막까지 남은 진정한 친구였다.

나는 파란 파일을 꺼냈다. 표지에 빨간 볼펜으로 일련번호를 적은 블룸의 필적이 있었다. 나는 평소 강의할 때 들고 다니는, 낡고 여기저기 긁힌 데가 많지만 튼튼한 글래드스톤 가방을 갖고 있었다. 나는 파일을 가방 안에 넣고 끈으로 고정한 뒤 금고를 닫고 내가 들어온 흔적이 있는지 확인했다.

깨끗하다는 확신이 들자, 나는 휴지를 주머니에 넣고 서재를 나섰다.

나는 아까 처음 들어왔던 작은 식당으로 돌아간 뒤 전화를 꺼냈다.

무슨 이유인지는 몰라도 블룸은 자신의 비밀이 세상에 알려지는 것을 원치 않았다. 이 마지막 몇 분은 없었던 일로 해야 한다. 휴대전화 화면에서 이름이 깜빡였다. 지금 거는 이 전화가 모든 것을 결정할 수 있다.

나는 블룸의 시체를 다시 보고 결심했다.

단 한 사람만이 지금 나를 도울 수 있다.

## 30                                                          벤

30분 뒤 클래라가 도로로 진입해서 블룸의 집 바깥에 차를 세우는 모습이 보였다. 그녀가 사용하는 차량은 경찰 공용이지만 표식 없는 수사용이었다. 지난 몇 시간 동안의 트라우마가 사라지고, 비로소 온몸에서 긴장이 풀리는 것을 느꼈다.

　클래라는 숨을 한 번 들이마시더니 직업적인 태세로 전환했다. 안전하고, 탄력 있고, 침착한 분위기. 나는 언제나 매사에 감정적으로 휩쓸리고 걱정이 많은 쪽이었다. 함께 살던 동안 우리의 역할이 서로 뒤바뀐 것은 단 한 번이었다. 접시와 유리잔이 부엌 바닥에 떨어져 박살나는 소리가, 압도적인 분노의 여파가 아직도 이따금 귓가에 생생하게 들리는 것 같다. 제발 좀 먹으라고 아무리 사정해 봐도 돌아온 것은 침묵뿐, 그러다 서서히 그늘과 우울증이 지나갔다. 그녀는 다시 클래라가 되었다. 우리의 역할은 원래대로 돌아왔다. 이후 우리는 쭉 그대로였다.

　나는 추워서 덜덜 떨며 현관 앞 계단에 앉아있었다. 클래라는 삑 소리를 내며 차를 잠그고 집을 쳐다보았다. 현관문은 여전히 약간 열려있었다.

"벤?"

힘이 되돌아왔고 품위도 약간 회복했다. 나는 일어섰다. 클래라는 내가 등 뒤에 있는 풀밭에 방금 토해놓은 토사물을 보았다.

"비상 상황이라면서."

"맞아. 클래라, 블룸이…."

그제야 나는 상황을 설명했다. 통화, 택시 운전사, 집, 식당, 시체. 나는 이 소식을 신중하게 곱씹는 클래라를 바라보았다. 고통스러운 표정, 이어 그녀는 냉정함을 되찾았다. 클래라가 좋은 탐정인 이유가 바로 이것이다. 내가 못하는 방식으로 자신의 일부를 희생할 줄 안다. 사건으로부터 거리를 유지하고, 직업적인 증거와 개인적인 감정을 분리할 줄 안다.

클래라는 혼자 범죄 현장으로 들어갔다. 나는 그녀의 지시대로 밖에서 기다리며 모든 것을 다시 점검했다. 파일에 대해서, 방금 클래라에게 말한 거짓말에 대해서 생각했고, 칼을 집어 든 것 말고 또 무슨 실수를 이미 저질렀는지 곰곰이 기억을 더듬었다. 내 예상보다 더 빨리 클래라가 밖으로 나왔다. 그녀는 전화를 걸더니 능숙하게 경찰 용어를 써가며 대화하기 시작했다. 그녀의 손이 떨리는 모습이, 눈물 자국이 눈에 띄었다. 가면 뒤로 엿보이는 인간의 작은 연약함이었다.

한 시간 안에 런던시경 수사 팀이 출동했고 출입 통제선이 쳐졌다. 현장감식 차량이 도로에 늘어섰다. 클래라는 동료들과 진지한 대화에 몰두하고 있었다. 다른 경찰이 나를 경찰 표식 없는 차량으로 데려가서 차를 따라주었다.

나는 앉아서 분주한 주변 풍경을 바라보았다. 이제 곧 고통이 찾아올 것이다. 블룸은 단순한 친구 이상이었다. 클래라와 내게 그녀는 가족 같았다. 그녀 없는 세상은 상상할 수 없었다. 아니, 어쩌면 상상하고 싶지 않은지도 모른다.

마침내 클래라는 필요한 지시를 다 내린 모양이었다. 그녀는 감식용 복장을 완전히 갖추어 입고 목소리만 들리도록 마스크를 약간 내리고 있었다.

클래라는 내 옆으로 다가오더니 내가 들고 있는 찻잔을 부러운 듯 바라보았다. "곧 당신 옷도 감식을 위해 제출해야 해."

나는 고개를 끄덕였다. 이런 순간에 클래라는 최고였다. 감식에 대한 지식, 조용한 유능함, 힘든 사람들을 돌보는 따뜻한 온기. 그녀와 결혼한 일은 내 인생의 가장 큰 성취였고, 그녀와 헤어진 것은 가장 큰 실수였다. 나는 생각했던 것 이상으로 클래라를 그리워하고 있었다.

"그러지."

"우리는 당신을 경찰서로 데려가서 진술서를 받아야 해. 이해관계가 부딪칠 수도 있으니 여기서부터 수사는 다른 수사반장이 인계받을 거야."

"이해해."

형식적인 절차가 끝나고 클래라는 그대로 잠시 서있었다. 그녀는 애써 감정을 삼키고 있었다. "맙소사, 벤. 이런 일이 일어나다니 믿을 수가 없어."

아직도 충격은 너무나 생생했다. 나는 블룸의 전화에, 그 목소리에서 느껴지는 공포에, 파일을 찾으라는 지시에 사로잡혀 있었다. 무엇 때문인지는 몰라도 블룸은 뭔가를 깨달은 게 분명했다. 안나 오길비의 수수께끼에 새로운 단서가 될만한 뭔가를.

집 안에서 들려온 소음에 나는 퍼뜩 다시 현실로 돌아왔다. 블룸의 퇴락한 집에 감식반이라니, 어딘가 어울리지 않았다. 나는 블룸의 자택을 살롱으로, 전쟁 전 비엔나나 1920년대 파리의 카페 같은 곳으로 상상했다. 시인, 예술가, 심리학자, 음악가, 작가 같은 사람들에게 둘러싸여 재담을 늘어놓는 블룸의 모습이 눈에 보이는 듯했다. 오늘 밤 너무나 많은 생명이 꺼졌다. 한 시대가 끝났다.

"사인은 보이는 그대로겠지?"

클래라는 동료 기술자들을 향해 고개를 끄덕였다. 얼굴에 떠올랐던 고통은 누그러져 있었다. "병리학자가 곧 도착할 거야. 하지만 칼에 베인 상처가 깊은 것 같아. 가망이 없었어."

기억이 정적을 관통했다. 부엌칼이 바닥에 놓여있는 광경과 핏자국이 떠올랐다. 멍한 상태에서 충격이 몸을 가르고 지나갔다. 그래, 기억은 너무나, 끔찍할 정도로 또렷했다. 나는 혼란스러운 상태에서 답을 찾으려고 허리를 굽히고 있었다.

그 생각이 해일처럼 밀려왔다. 도저히 억누를 수가 없었다. 두려움이 나를 차츰 죄어와 견딜 수 없도록 고통스러웠다.

진실, 불안.

"한 가지 더 할 말이 있어." 나는 클래라를 보며 말했다. 속이 메슥거렸다. 블룸의 전화를 떠올리니, 내 행동에 대해 설명해야 한다는 기분이 들었다. 지금 무너질 수는 없다. "그 칼 말이야…."

*2019*                                                    안나의 수첩

**2월 18일**
　인디라와 단둘이 보내는 밤이다. 와인, 음식, 심심풀이 텔레비전 시청. 가까이서 보면 인디라의 얼굴은 징글맞을 정도로 좌우대칭이다. 마치 가젤같이 가볍고 날렵한 존재감이 있다. 우리 엄마는 인디라를 좋아하고 아빠도 그렇다. 두 분은 내가 좀 덜 나 같고 좀 더 인디라를 닮았으면 한다.
　창의적인 사람들이 원래 그렇지만 나도 성질이 불같다. 그래서 지킬과 하이드처럼 기분에 따라 귀가 따가울 정도로 떠들기도 하고 입을 꾹 다물기도 한다. 인디라는 러시모어 대통령 조각상이나 의회 광장에 있는 동상 같은 유형이다. 경제학 학사, 회계학 석사, 블룸버그 인턴. 언론계에서 출셋길이 펼쳐져 있다고 할 수 있다.
　인수와 관련된 최신 이메일은 이미 보아서 내용을 알고 있다. 더글러스가 약에 취한 사이 그의 계정을 훔쳐보았으니까. 변호사들, 회계사들, GVM 최고재무책임자, 거물급 남녀들, 논의한 수치, 언급된 날짜, 검토한 계약 조건.
　인디라는 내 기분이 어떤지 묻고 내 증상도 살폈다. 충혈된 눈, 수

면제, 가정의 진료 예약, 전문의 소견서. 그녀는 자물쇠나 의자, 밤마다 내가 치르는 의식에 대해서 전혀 모른다. 나의 과거, 내가 무슨 짓을 할 수 있는지 하나도 모른다.

나는 누워서 모든 게 괜찮을 것이라고 했다. 나는 거짓말을 잘한다. 나는 일찍 자리에서 일어나 내 방으로 왔다.

침대에 누운 채 수면에 대한 조사를 계속했다. 타이핑하고, 클릭하고, 스크롤했다. 수면에 관련된 병이라는 주제를 계속 파고들었다. 강제로 추방당할 위기인 스웨덴 난민 어린이가 잠든 채 깨어나지 않는다는 2017년 《뉴요커》 기사를 찾아냈다. 특히 게오르기라는 러시아인 난민의 이야기는 가슴 아팠다.

그가 원했던 것은 단지 눈을 감는 것이었다. 삼키는 일조차 그에게는 벅차고 힘겨운 노력이었다. (…) 그는 나흘 동안 아무것도 먹지 못했고 일주일 동안 완성된 문장 하나를 말하지 못했다. (…) 다음 날 의사가 게오르기의 콧구멍을 통해 비위관을 삽입해서 영양을 공급했다. (…) 게오르기는 uppgivenhetssyndrom, 체념증후군이라는 진단을 받았다.

'체념증후군'이라는 단어를 구글에 검색해 보았다. 더 많은 이야기가 나왔다.

'체념증후군: 스웨덴의 수수께끼 질병' (BBC 뉴스, 2017년 10월 26일)
'난민 어린이들에게 번진 체념증후군: 새로운 가설' (연구윤리와 의학윤리 연구센터, 2016년 2월 22일)
〈체념증후군: 긴장증? 문화권 증후군?〉 (《행동신경과학프론티어》, 2016년 1월 26일)

나는 링크를 클릭하고 계속 읽었다.

인디라와 인수 건은 머릿속에서 다 날아갔다.

오늘 밤 잠은 다 잤다.

**2월 22일**

웨스트민스터, 옛 왕궁. 다시 부모님이 서로 칼을 들었다. 정말 오래된 사연이다. 아빠는 사무실 동료 중 한 사람과 그렇고 그런 사이다. 엄마가 알아냈다. 다른 여자. 아니면 그 여자 말고 또 다른 여자든가. 엄마는 자기 정적에게 소문이 흘러들어 갈까 봐 걱정한다.

엄마는 또 나를 소도구로 이용하려고 한다.

그래서 다 같이 나왔다. 우리는 상원의회 귀빈 식당 한복판에 앉아 통통한 푸딩을 먹으며 시시껄렁한 소리를 지껄였다. 정치는 이미지다. 아빠의 여자 문제가 불거질 때마다 늘 그러듯, 우리는 행복한 가족을 연기하고 있다.

나는 지금까지 있었던 다른 여자들을 전부 머릿속에서 열거해 보았다. 이번에는 이름을 알고 싶다. 우리 핵가족 단위에 가장 최근 위협으로 등장한 그 인물의 이름을.

엄마에게 두려움에 대해서, 재발에 대해서 말할까 생각했다. 내가 얼마나 무서운지, 얼마나 무력감을 느끼는지. 하지만 엄마도 그 '다른 여자'에만 정신이 팔려있었다.

그래서 나는 입을 다물고 아무 말도 하지 않았다.

**2월 25일**

'완전 살인은 포스트모던 시대의 과업이다. 기술하라.'

나는 지금 푹 빠져있다. 잠과 살인. 수면 관련 질병. 죽음으로서의 잠 혹은 잠으로서의 죽음. 나는 내 안의 몽유병이라는 악마를, 타인의 어둠을 탐구함으로써 씻어내려 한다.

이건 잡지에 실을 장편이다. 나는 수면 범죄, 자동증, 타락한 여자, 재혼 가정, 심신상실과 여성성, 꿈의 공포, 논란의 여지가 있는 사실관계와 다중적인 진실 등, 이 시대에 강한 반향을 일으키는 모든 요소들을 종합할 것이다. 그리고 스톡웰 괴물에 대한 결정적인 사례 기록을 집대성하고자 한다.

이미 첫 번째 단서도 확보했다.

올드베일리 제1법정의 전문가 증인. 수양아들 둘을 죽였을 때 샐리 터너는 몽유 상태였다고 증언한 수면 전문가. 비렘 사건수면 전문가.

나는 그 전문가의 이력서를 다시 검토했다. 그녀는 브로드무어의 임상심리학자 자문위원, 런던 킹스대학교 임상심리학 교수, 할리스트리트에 있는 애비수면클리닉 파트너를 역임했다.

샐리 터너가 브로드무어로 이송되었을 당시 그곳 의료진이기도 했다.

증인이자 치료사, 구세주이자 감독관.

나는 그 이름을 적어놓았다.

V. 블룸 교수.

그녀는 내가 이 사건으로 들어가는 통로다.

## 31 벤

클래라는 눈도 깜빡하지 않았다. 이미 일할 때의 얼굴이었기에 일반적인 인간적 걱정거리에는 전혀 흔들리지 않는 상태였다. "무슨 말이야?"

충격은 차츰 진정되고 있었다. 사실관계가 되돌아왔다. 감각과 냄새, 기억이 밀려왔다. "방에 들어가서 시체를 봤어. 그냥 거기 누워있더라고. 그게 뭔지 선뜻 이해할 수 없었어. 처음에는 말이야. 그래서 허리를 굽혀서 칼을 집어 든 것 같아."

"집어 든 것 같다고?"

"아무 생각이 없었어. 그냥… 본능적으로."

클래라는 깊은 한숨을 내쉬었다. "혹시 칼을 닦았어?"

"아니." 사실이었다. 아니, 거의 사실에 가까웠다. "난 공황 상태였어. 칼을 들고 있다가 문득 깨닫고 제자리에 내려놓았어."

클래라는 아무 말도 하지 않았다. 내가 잘 아는 표정이었다. 감정을 지운 채, 일어날 법한 시나리오들을 조용히 정리하고 있는 것이다. 애당초 그녀에게 끌렸던 원인도, 멀어진 이유도 이런 점이었다. 클래라는 거의 초인적이면서도 돌처럼 냉정한 상태로 자신을 어떻게든 외부와 단절할 수 있는 사람이었다.

나는 침묵을 깨뜨렸다. "뭐라고 말해봐. 뭐라도."

클래라는 듣는 사람이 없는지 주위를 둘러보았다. "내가 무슨 말을 할지 알잖아."

알고 있었다. 그것은 클래라의 규칙이었다. '진실이 너희를 자유롭게 하리라'. 키티에게도 태어난 순간부터 주입한 금언. 진실에 대한 클래라의 집착이 간혹 두려울 때도 있었다. 그녀는 피해자를 위한 정의를 실현하려고 난장판을 벌였고, 강간범과 살인범이 법의 구멍을 이용해서 바깥세상에서 활보하지 못하도록 규칙을 깨뜨렸고, 피고 측 변호사와 게으른 판사, 관료들의 규정을 무시했다. 클래라는 징계 조치도, 심지어 정직당할 위험조차 감수했다. 그녀에게는 선의에서 비롯된 청교도적인 측면이 있었다. 오로지 진실만이 중요했다. 좀스러운 규칙은 개나 주라지.

"내 전처로서 말하는 거야, 친한 경찰로서 말하는 거야?"

"둘 다야." 클래라는 이중적인 입장이 불편한지 집을 흘끗 보았다. "당신이 또 징계 조치를 받게 하고 싶지는 않아."

"나는 뭉개겠다는 게 아니라 사건을 해결하겠다는 거야. 날 쫓아낼 핑계야 윗선에서 언젠가 찾아내겠지. 그런데 당신은 왜 이 집에 온 거야?"

"말했잖아. 블룸이 나한테 전화했어."

"이런 한밤중에 왜 당신한테 전화했어?"

사실대로 말할 수도 있었다. 블룸이 안나 O 사건과 관련된 파일을 개인 금고에 보관하고 있다고 내게 말했다고. 과거는 현재를 설명할 수 있는 유일한 길이라고. 그 어느 때보다 겁에 질린 목소리였다고.

하지만 나는 아무 말도 하지 않았다. 파일을 꺼낼 때 이미 결심했다. 나는 범죄 현장을 조작했고 손잡이와 표면에서 내 지문을 지웠다.

잠재적 증거를 훼손했다. 나는 이미 유죄였다. 클래라를 여기 끌어들일 수는 없었다.

"블룸은 무엇 때문인지 아주 걱정하고 있었어. 무슨 일인지는 말하지 않았어."

클래라는 고개를 끄덕였다. "수사 팀은 당신을 경찰서로 데려가서 정식으로 진술서를 받을 거야. 그런 뒤 난 집에 돌아가서 좀 쉴 거고."

"그래."

"당신이 알아서 판단할 문제야, 벤." 클래라는 달라진 눈빛으로 나를 바라보았다. 그나마 남아있는 사랑의 흔적이었다. "하지만 필요한 게 있으면 언제든지 나한테 알려."

이런 식으로 말을 나눈 것은 너무나 오랜만이었다. 어떻게 대화하는지도 거의 잊고 있었다. "킷캣은 괜찮아?"

클래라는 내가 입에 올린 별명에 퍼뜩 놀랐다. "친구 집에서 자고 있어."

나는 고개를 끄덕였다. 어색하게 끊기는 대화, 빙빙 돌리는 화제. 다시 젊은 시절로 돌아간 것 같았다.

나는 클래라가 수사 팀에게 마지막으로 지시를 내리는 모습을 바라보았다. 그녀는 다시 차에 올랐다. 킷캣은 친구 집에서 밤새도록 놀고 있을 것이다. 나는 다시 블룸의 집 쪽으로 돌아섰다. 곧 시체가 운반되어서 장의차에 실릴 것이다. 이후 얼마나 섬뜩한 일이 진행되는지 잘 안다. 소독약 냄새, 피 묻은 금속 탁자, 가운을 입고 살점을 도려내는 사람들. 문득 나는 이렇게 육체적인 언어로 블룸을 생각하는 자신을 자각했다. 내가 도대체 어떻게 된 건지.

클래라의 동료 두 사람이 마스크와 종이 감식복을 벗으며 나타나자 차라리 마음이 놓였다. 그들은 단호했지만 상냥했다. 나를 체포하지도 않았고, 주의사항을 알려주지도 않았다. 절차상 경찰서에 가야 한다고 하면서 근처 경찰차로 안내했다.

머리는 맑았다. 정신은 또렷했다.

이렇게 살아남아야 한다. 이 모든 상황에서. 오늘 밤 내가 한 모든 짓에서.

글래드스톤 가방은 아직 내 옆에 있었다.

죽기 전, 블룸은 내게 한 가지 지시를 남겼다.

나는 그 지시를 받들 생각이었다.

## 32

벤

나는 이즐링턴 경찰서에서 옷을 벗어 증거물 봉투에 넣었다. 지문도 채취했다. 평소 나는 묽은 커피와 눅눅한 비스킷이 비치된 작은 대기실에서 서성거리는 행동조사 자문위원이었다. 이제 역할이 바뀌었다. 나는 수사관이 아니라 증인, 어쩌면 용의자였다.

경찰 두 명을 상대로 정식 진술을 마치고 타이핑한 서류에 서명하는 데는 세 시간이 걸렸다. 내가 비틀거리며 톨퍼들스트리트로 나온 것은 오전 7시 30분경이었다. 나는 5분 정도 걷다가 택시를 잡고는 핌리코의 아파트 주소를 알려주었다.

택시는 출발했다. 나는 글래드스톤 가방을 확인했다.

파일은 아직 안전했다.

내 아파트 현관문에 들어서니 마치 몇 달 만에 돌아온 것 같은 기분이었다. 그제야 온갖 감정이 폭발할 듯 북받쳤다. 나는 복도 벽에 기댄 채 미끄러져 내려 마룻바닥에 주저앉았다. 뺨을 타고 흘러내린 눈물이 손가락 사이를 빠져나왔다. 간밤에 있었던 그 모든 일의 충격이 한순간 나를 무너뜨렸다.

눈물이 그치지 않았다. 어린 시절 흘리던 울음이었다. 세상의 가혹함과 불공평함에 통곡하며 눈치 보지 않고 펑펑 우는 울음. 나는 몇 시간이고 그렇게 앉아있었다. 소매가 축축했다. 블룸은 어떤 면에서 부모보다 큰 존재였다. 나는 성인으로서 사회생활을 한 대부분 시간 동안 블룸을 알고 지냈다.

배가 고프지도 않았고 일어나고 싶지도 않았다. 이대로 눈을 감았다가 블룸이 부활한 세상에서 다시 깨어나고 싶었다. 블룸은 내가 죽음을 실감하지 않게 만들어 주는 방어벽 같은 존재였다. 블룸이 살아 있는 동안에는 죽음도 먼 미래의 일이었다. 이제 그녀가 사라지니 내가 얼마나 연약한 존재인지 깨달을 수 있었다. 클래라도 마찬가지다. 블룸은 노년을 '저격수의 골목'에 자주 비유했다. 언제 어디서 죽음이 날 겨눌지 모르는 거리라고. 작은 아파트를 둘러보니 극심한 외로움이 밀려왔다. 인생은 이렇게나 짧은데, 지금까지 나는 그 삶을 얼마나 엉망으로 살아왔는가. 내 실수에 대해 다른 사람을 탓할 수는 없었다.

한참 시간이 흐른 뒤 나는 바닥에서 일어났다. 눈물을 닦고, 샤워를 하고, 옷을 갈아입었다. 나는 늘 하던 방식으로 대처하고 있었다. 완벽한 복장만 갖추지 않았지, 나는 마치 〈남아있는 나날〉의 집사 앤서니 홉킨스 같았다. 나는 언제나 근엄하게 윗입술을 꾹 누르고, 감정을 억누르며, 내면 깊은 곳의 불안감을 자잘한 집안일로 감추려는 건전하지 못한 결심으로 위안을 찾았다.

클래라는 트라우마를 극복하려는 내 방식이 식기세척기에 그릇을 넣거나 진공청소기를 돌리는 일이라고 농담하곤 했다. 나는 아파트 상태를 판단한 뒤 먼지를 털고 정리를 하는 일로 위안을 찾았다. 내 감정은 엉망진창일 수 있다. 하지만 아파트는 내 힘으로 통제할 수 있다. 해야 하는 일을 묵묵히 하는 것이 내 치료법, 프로이트의 상담용 소파였다. 심리학자로서 내 트레이드마크라고 해야 할 것이다. 대화

치료 말고 청소치료. 곤도 마리에는 저리가라다.

 포장 음식과 설거지거리 냄새가 사방에 풍기는 것이 이 집은 대청소가 필요했다. 나는 바닥에 걸레질을 하고, 침실 양탄자를 진공청소기로 청소하고, 시트를 갈고, 샤워기 주변에 있는 비누 얼룩을 미친 듯이 문지르고, 화장실 거울에서 광이 나도록 부드럽게 닦았다. 청소하는 동안 지난 밤 애비클리닉 정원에서 블룸과 같이 있었던 시간이, 내 경력을 되살리고 클래라와 킷캣에게 존경받는 계기로 이번 사건을 이용하고 싶었던 바람이 떠올랐다. 지금 생각하니 너무나 순진한 꿈이었다. 블룸은 죽었다. 클래라에게 존경받기는커녕, 클래라가 나를 구원하고 있다.

 나는 마침내 청소를 마치고 모든 장비를 제자리에 넣었다. 아파트에 혹시 도청장치가 설치돼 있지나 않나 하릴없이 천장을 바라보았다. 아직 피해망상은 가시지 않았다. 블룸의 목소리가 정적을 뚫고 들려오는 듯했다. 그 긴박하고 공포에 질린 목소리가. 블룸이 무엇을 발견했는지 몰라도 생명이 달려있을 정도로 위험한 것이 분명했다. 내가 살아있고 블룸 교수가 죽었다는 것이 믿기지 않았다.

 필사적으로 생각을 딴 데로 돌릴 무언가가 필요했다. 나는 시간을 확인하고 아침 7시 30분까지 기다렸다. 킷캣이 학교에 가기 전에 통화할 수 있을지도 모른다. 나는 휴대전화의 단축번호를 누른 뒤 신호음을 들으며 기다렸다.

 몇 초 동안 연결되지 않았다. 그러다 마치 선물처럼 신호음이 그치고 작은 목소리가 망설이며 전화를 받았다.

 "여보세요, 키티입니다."

 나는 미소 지었다. 지난 몇 시간이 사라지는 것 같았다. 충격과 슬픔이 잠시나마 잠잠해지고 무덤덤해지는 것 같았다. 내가 키티에게 이렇게 전화를 받으라고 가르쳤다. 작별인사를 하는 법을 배운 뒤로 키티가 만나는 모든 어른들에게 그 인사를 하던 모습이 기억났다. 때로 그 시절이 너무나 그리운 나머지 아침을 맞이하는 것이 버겁다. 다시 눈물이 찡하도록 눈에 고였다. 나는 사랑이 이렇게 고통스러울 줄은, 이렇게 힘겹게 사람의 기운을 빼앗을 줄은 몰랐다. 부모가 되기 전에는 제대로 걱정해 본 적이 없는 것 같았다. 직장이니 시험, 데이트 망친 일로 고민하던 것이 지금 생각하면 웃길 정도로 한심했다. 그런 것이 뭐가 중요하다고.

"아가, 아빠야."

예의를 차리던 목소리가 한결 밝아졌다. "아빠, 안녕."

"그래, 킷캣. 학교 갈 준비는 다 됐니?"

"네."

"엄마도 같이 있어?"

"엄마는 위층에 있어요."

이런 점이 이별의 고통이다. 전화로 소통하는 것이 이래서 싫다. 아이들에게는 얼굴이, 포옹이, 육체적으로 서로 소통하는 뭔가가 필요하다. 전화 통화는 너무 추상적이다. 아이의 두뇌는 아직 상황을 이해할 만큼 성장하지 못했다. 계단에서 발소리가 들리고 이제 출발할 시간이라고 킷캣에게 말하는 클래라의 목소리가 들렸다.

"엄마가 이제 가야 한대요, 아빠."

묻고 싶은 질문이 너무나 많았다. 무슨 수업을 들은 건지, 오늘은 체육 수업 날인지, 음악 수업 날인지, 무슨 과목이 가장 기대되는지, 간밤에 저녁으로 뭘 먹었는지… 그런 시시콜콜한 것들.

"그래, 아가. 아빠는 네가 아주 행복한 하루 보내기를 바란다. 많이 많이 사랑해."

"안녕, 아빠."

옆에서 클래라의 목소리가 들렸다. 전화는 아직 끊기지 않았다. 클래라는 킷캣이 학교에 가기 전에 내가 전화해서 아이를 신경 쓰게 했다고 짜증이 났을 것이다. 나는 보통 저녁에만 전화를 걸 수 있다. 한숨이 들린다. 클래라가 전화를 받으려는 찰나, 나는 질책이 날아오기 전에 끊어버렸다. 겁쟁이 같은 짓이다, 알고 있다. 클래라가 어제 나를 구해주었다. 하지만 싸우기에는 너무 피곤했다. 나는 전화를 내려놓고 아주 진한 커피를 끓인 뒤 내 작은 서재에 터덜터덜 들어가 책상 앞에 앉았다. 불가피한 일을 더 이상 미룰 수 없다.

파일.

나는 한숨을 쉬고 책상 위 액자에 넣어 건 포스터를 바라보았다. 노란색과 파란색이 선명하게 배치된 〈사이코〉 오리지널 포스터다. 속옷 차림의 재닛 리는 의심스러운 눈빛으로 어딘가를 보고 있고, 존 개빈은 웃통을 벗고 검은 털이 난 근육질의 가슴을 드러내고 있다. 꽃미남 외모에 소시오패스적인 취향을 지닌 마마보이 관음증 환자, 앤서니 퍼킨스가 옆에서 엿보고 있다. 클래라가 결혼한 뒤 법심리학자라는 내 직업에 대한 농담으로 사준 선물이었다. 주제가 주제임에도 불구하고, 이 포스터는 내 전성기를 떠올리게 한다.

나는 눈앞에 놓인 암울한 임무에 돌입했다. 글래드스톤 가방에서 파일을 꺼냈다. 파일은 소중하고 섬세했다. 이 오래된, 몇 장 안 되는 얇은 파일에는 블룸이 뭔가를 깨달은 계기가 된 특별한 뭔가가 있다. 그 목소리의 공포를 불러온 뭔가가.

어떻게든 그 이유를 알아내야 한다.

나는 파일의 일련번호를 확인했다. X389043BMH. 첫 페이지에 블룸의 트레이드마크인 빨간 펜으로 '환자 X'라고 적혀있었다. 프로이트와 브로이어가 사례 연구를 출판한 이래, 환자에게 별명을 붙이는 것은 심리학자들에게 전통이 되었다. 프로이트의 환자들은 지금까지도 상징적인 존재다. 쥐 인간, 늑대 인간, 도라, 엘리차베트 폰 R 그리고 당연히 최초의 프로이라인, 안나 O.

파일을 펼치는 순간 규칙을 위반하는 기분이 들었다. 블룸은 언제나 의료 기밀에 엄격했다. 애비클리닉의 명성은 비밀 유지에 달려있었다. 모든 신규 환자는 사생활에 대한 설문을 작성하게 되어있었다. 성생활, 어린 시절, 배변 습관, 사소한 잘못. 가십 칼럼니스트들이 꿈꾸는 내용인 경우가 많기 때문에 각 설문 내용은 철저하게 익명으로 처리되었다. 이름도, 나이도, 직업도 없었고 언제나 성별을 알아볼 수 없는 대명사가 사용되었다.

페이지에는 위스키 얼룩이 묻어있었고 담배 냄새가 풍겼다. 블룸은 언제나 과학기술을 의심해 직접 수기로 기록했다. 애매한 문단 위에는 컵 자국이 남아있었다. 셰익스피어의 잃어버린 편지나 바이런의 사라진 회고록을 찾는 학자가 된 기분이었다. 원본을 만진다는 것은 어딘가 성스러운 측면이 있었다.

나는 첫 페이지 맨 위쪽에 적힌 파일 일련번호 마지막 세 글자를 응시했다.

BMH.

나는 이것이 무엇의 약자인지 알고 있었다. 블룸의 숨겨진 과거는 애비클리닉 업무보다 더 비밀스러웠다. 서구식 심리치료로 악명 높은 곳.

한때 정신병이 있는 죄수를 수용하던 정신병원이었던 곳. 이어서는 보호시설, 오늘날에는 감호의료기관.

이 파일의 출처가 다른 곳일 리는 없다.

브로드무어병원.

사례 기록 1

# 환자 X, 일련번호 389043BMH, 블룸 V. 박사

**1999년 7월 2일**

**크랜필드병동, 브로드무어병원**

오늘은 우리의 첫 상담이다. 우리는 플라스틱 장난감과 색칠 스케치북이 있는 아동 친화 회의실에서 만났다. 10대한테는 민망할 정도로 취학 전 아동을 위한 분위기다. X는 간호사를 대동하고 일찍 도착했다. 즉각 차이점이 눈에 띄었다. 대부분 10대들은 기름칠이 필요한 새 기계처럼 축 처진 걸음걸이로 걷는다. 지나치게 긴 팔은 양옆에서 흔들거리고 등은 구부정하다. 계속 변하는 신체에 적응하고 있는, 아직 어린아이들이다.

하지만 X는 그렇지 않다. 그에게는 숨이 멎을 정도의 평정함이 있다. 물론 여전히 아이 같다. 하지만 최근의 사건들이 성장 과정을 가속한 것은 분명하다. X는 나이보다 성숙해 보인다. X의 뇌는 분명 또래에게 흔치 않은 방식으로 더 발달해 있다. 나는 X보다 수십 살이나 더 먹었지만 거의 동년배를 대하는 기분이다.

X는 자리에 앉았다. 그는 내 사무실을 둘러보다 말한다. "정신을 다루는 의사분이라고요."

나는 최선의 말투를 고민하며 잠시 기다리다 대답했다. "나는 임상 심리학자야. 잠이랑 연관된 연구를 한단다. 불면증, 몽유병, 야경증, 꿈의 분석, 이런 것들. 정신에 관심이 있니?"

관심이 있다는 것은 이미 알 수 있었다. 하지만 나는 환자의 입에 말을 떠 넣지 않는다. 어떤 사람은 공감을 원한다. 어떤 사람은 부모 같은 엄격함을 요구한다. 가장 드문 세 번째 유형은 언뜻 보기에 내게서 아무것도 원하지 않는 것 같다. 그들에게는 자신의 두뇌가 어떻게 생겨먹었는지 알고 싶다는 갈망이 있다. 단연 가장 위험한 사람들이다.

X는 얼굴을 찌푸렸다. "예전에 이런 글을 읽은 적이 있어요. '정신은 그 자체가 세계라, 지옥을 천당으로 만들기도 하고 천당을 지옥으로 만들기도 한다.' 밀턴일 거예요. 그럴듯하죠."

내 얼굴에 표정이 드러났다. 나는 감탄한 티를 냈다. X는 그 표정을 읽고 작은 승리로 받아들였다. 그 눈이 나를 판단했다.

"밀턴 좋아하니?"

"좋아한다는 단어는 지나치게 남용되고 있어요. 밀턴은 밀턴일 뿐이죠. 내가 그를 좋아하는가, 좋아하지 않는가는 아무 상관 없이."

옥스브리지 학생 같은 박학함은 하류층의 억양과 어울리지 않았다. 그런 생각이 든 것 자체가 부끄러웠다. 하지만 그것이 가장 먼저 떠오른 생각이었다. 나는 환자기록을 가지고 있었다. 어머니와 가정생활, 계부, 계부의 아들들에 대해 알고 있었다. 자살 기도, 학생들의 괴롭힘, 지옥 같은 어린 시절에 대해서도 알고 있었다. 그리고 지금은 지옥 같은 청소년기. 하지만 이런 것들을 내가 직접 확인해야 한다.

"《실락원》을 학교에서 공부했니?"

"도서관에서 찾았어요. 학교는 지루해요. 거기서 배울 게 뭐가 있나요."

"도서관에 자주 가니?"

"친구가 데려가 줬어요."

"누가 네 친구야?"

"실존적인 질문이네요. 존재론적이라고 해야 하나? 난 아직 시 코너에 머물러 있어요. 철학 코너는 안 읽었어요. 내 친구는 내 친구가 내 친구죠."

지식을 자랑하고 싶은 강박? 방어기제? "그 친구가 널 도서관에 데려간 건 언제부터야?"

"그 일이 있었을 때부터요."

나는 장단을 맞춰주었다. 이 친구가 진짜 친구인지, 풍부하고 문제 많은 상상 속의 인물인지, 트라우마로부터의 도피인지 알 수 없다. 모든 보고서에는 X가 외톨이라는 사실과 그가 저지른 반사회적 행동이 기록되어 있다. 우리 둘 다 '그 일'이 무엇인지 알고 있었다. 그날 밤, X가 선혈이 낭자한 공포의 집에서 자신을 발견했을 때다. 나는 X가 《실락원》의 낡은 판본을 들고 상상 속의 친구와 함께 조용한 도서관 구석에 앉아있는 모습을 상상했다. 책 속의 이미지가 현실 속에 나타나는 광경을 바라보는 X를.

"네 엄마가 널 도서관에 데려간 적 있었어?"

X는 미소 지었다. "엄마는 술을 마셔요. 도서관에서 술을 파나요? 엄마랑 도서관은 어울리지 않아요."

"엄마는 보통 술을 얼마나 마시지?"

"직접 물어보시죠?"

"난 너한테 묻고 있잖니."

"돌아버릴 만큼 마시나 보죠, 그게 궁금하신 거죠?"

나는 침묵을 지켰다. 물론, 나중에 후회할 것이다. 여기서는 내 권위를 분명히 내세우고 경계선을 그어야 했다. 하지만 X는 흥미로웠다. 이 나이대 애들은 대개 세상을 잘 아는 척한다. 하지만 X는 가장할 필요가 없었다. 그는 두 발 앞서서 내가 던질 다음 질문을 예상하는 것 같았다.

"네게 '돌았다'는 건 무슨 뜻이야?"

X는 이 질문이 재미있는 듯 다시 웃어 보였다. "사람들한테 '돌았다'는 말이 의미하는 것과 같아요."

"예를 들어볼까?"

"엄마는 술을 마시면 몽유병을 앓기 시작해요. 술을 많이 마실수록 더 많이. 그래서 돌아버리고, 사이코가 되고, 미치고, 정신이 나가고, 헤까닥하는 거죠. 이 중에서 고르세요."

"엄마는 항상 몽유병이 있었니?"

"네."

"엄마가 몽유병을 앓을 때는 어땠지?"

"정상처럼 보였지만 거기 없었어요. 다른 사람이 됐어요. 말씀드렸지만 미친 사람이 됐어요. 무슨 일이 있어도 반응하지 않고."

"너도 엄마가 몽유병 증상을 보이는 걸 봤니?"

"네."

"몇 번이나?"

"볼 만큼 봤어요."

보통 첫 번째 상담은 몸풀기다. 하지만 그런 식으로 X에게서 더 많은 것을 끌어낼 수는 없었다. 나는 구체적인 내용이 필요했다. "살인 사건이 발생한 날 밤에 네가 본 것도 그거야?"

"왜 그러세요?"

"궁금해서."

"네."

"확실해?"

"엄마는 내가 누구인지 몰랐어요. 멀쩡해 보였지만 제정신이 아니었어요."

"엄마는 어디 있었니?"

"침실에요."

"넌 어떻게 했어?"

X는 한숨을 쉬었다. "칼을 빼앗으려고 했어요. 그러니까 나를 공격하는 거예요. 난 도망쳐서 양아버지한테 전화했어요. 그래서 오래오래 행복하게 살았죠, 뭐."

"엄마가 널 찾으러 왔니?"

"아뇨, 그냥 그대로 있었어요."

"그 상황 속에서 엄마가 한 번도 널 못 알아봤니?"

"네."

"엄마가 침실에서 쌍둥이 중 누구라도 찌르는 걸 봤니?"

"그렇지는 않았어요."

"어떻게 엄마가 저지른 짓이라고 확신해?"

"무기를 갖고 있었으니까요. 토마토케첩을 뒤집어쓰고 있었으니까요. 아인슈타인이 아니라도 관계가 있다는 걸 알아차리지 않을까요."

나는 고개를 끄덕였다. "그렇겠구나."

내 업무는 간단하다. 사회복지과에서 다음 단계의 돌봄 방식을 결정할 때 참고할 아동 X의 심리 평가를 진행하는 것이다. 이 아동이 그날 밤 목격한 일로 인해 회복할 수 없는 손상을 입었는가, 장기간 정신적 혹은 육체적 학대를 겪었는가, 긴급한 심리적 또는 정신과적인 치료를 필요로 하는가, 충분히 회복해 새로운 신원과 위탁가정에 적응하고 교육 시스템에 다시 돌아가기에 적합한가, 과거의 자신을 뒤

*186*

로할 수 있는가.

X를 바라보며 내가 얼마나 많은 권력을 갖고 있는지 실감한다. 여기 기록 한 줄, 서명 한 번이면 아이의 미래가 달라진다. 지금은 업무적으로 필요한 거리를 유지할 수 없는, 내 평생 몇 안 되는 경우 중 하나다. 이렇게 많은 일을 겪는다는 것이, 이런 사건을 바로 옆에서 목격한다는 것이 아동에게 과연 어떤 경험일지. 나라도 상상 속의 친구를 만들어 낼 것이다. 우리 모두 그럴 것이다.

"잠이 엄마한테 어떤 영향을 끼친다고 생각하지?" 나는 물었다. "평소에 엄마는 어떠니?"

X는 계속 벽을 바라보았다. "술에 취해있고, 화가 나있고, 민망하고, 지능지수가 야만인보다 못하고, 나처럼 제대로 생각하지도 못하고."

나는 곧장 반응하지 않았다. X는 답변할 것 같다가도 물러서면서 나를 감질나게 하고 있었다. "그걸 약점이라고 생각해?"

"아니라고 생각하세요?"

잠시 사이를 둔 뒤 나는 말했다. "엄마가 몽유병 증상을 보였을 때 말이야, 어떤 변화가 눈에 띄었지?"

X가 짐짓 나를 흉내 내서 잠시 사이를 두는 것이 한결 심란했다. "짐승 같았어요. 뭔가를 죽이려고 돌아다니는 짐승. 악몽처럼요."

바늘 떨어지는 소리까지 들릴 듯한 정적이 흘렀다. 나는 주변 상황을 전혀 의식하지 못할 정도로 집중하고 있었다. 몇 시인지, 바깥이 밝은지 어두운지, 다음 일정은 어떤 업무인지. X만 있을 뿐이었다. 오로지 눈을 뗄 수 없는 눈매를 지닌 이 깡마르고 특이한 10대뿐이었다.

이건 너무나 중요한 질문이다. 이 질문에 나는 답을 내놓아야 한다. X를 해방시킬 진단이거나, 죽는 날까지 그를 따라다니게 될 진단이다.

"그럼," 나는 말했다. "네가 꾸는 악몽에 대해 말해보렴."

사례 기록 2    환자 X, 일련번호 389043BMH,
            블룸 V. 박사

**1999년 7월 7일**

두 번째 상담은 좀 더 가볍게 시작되었다. 우리는 서두를 생략했다. X는 평소처럼 조심스럽게 자리에 앉았다. 나는 첫 30초를 말없이 흘려보냈다.

나는 늘 하는 질문으로 서두를 뗐다. "오늘은 기분이 어떻지?"

"좋아요."

"잠은 잘 잤니?"

"푹 잤어요."

"이런 병원에 있는 게 무섭지는 않고?"

"아뇨." X는 이제 나를 흉내 내지 않는다. 뻔한 방식으로는.

"최근에 네 친구를 만났니?"

"네."

"그 친구한테 이름은 있니?"

"네."

나는 X의 상상 속 친구에 대해 생각해 보았다. 어깨 위에 올라앉은 악마, 심리적 쿠션. 나는 이 내용을 보고서에 포함할지 고민했다. 상상 속의 친구는 도움인 동시에 방해물일 수 있다. 사회복지과에서는 내게 판결을 내리라고 독촉하고 있었다. 재판을 받고 있는 것은 X의 어머니다. X는 아니다. 응급 상황에 대비해서 내가 대기해야 하기 때문에 상담은 브로드무어에서 진행되고 있다. 하지만 다른 사람들과 달리 X는 자발적으로 와있다. 언제든지 떠날 수 있다.

"지난번에 종종 악몽이나 나쁜 꿈을 꾼다고 했었지." 나는 말했다. "그 이야기를 좀 더 해보겠니?"

X는 지난번 상담보다 한층 더 계산적인 모습이었다. 그때는 아기 고양이 같은 외모와 달리 어른들의 온갖 화제에 통달한 것 같은 목소리 때문에 놀랐다. 오늘 X는 모든 것을 침묵으로 무마하고 있었다. 환경에 적응하고 있는 것이다. 나를 이길 방법을 찾고 있었다.

"누구나 종종 안 좋은 생각을 하지 않나요?"

나는 고개를 끄덕였다. "모든 사람이 다른 방식으로 경험하지. 너는 어떻게 경험하니?"

"이따금 사람들을 해치는 꿈을 꿔요."

"일반적인 사람, 아니면 특정인?"

"때에 따라 달라요." X의 목소리는 여전히 얼굴에 비해 훨씬 풍부한 지혜를 담고 있었다. "대체로 특정인이에요. 나를 아프게 하는 사람들에게 복수하고 싶어요. 어떤 기분인지 알려주고 싶어요. 눈에는 눈, 이에는 이. 어디 한번 맛을 봐라, 이런 거죠."

나는 메모했다. 자연스럽게 다음 질문을 생각해 낼 수 있는 여유가 생겼다. 이제 대화가 진전되고 있었다.

"널 아프게 하는 사람은 누구지?"

X는 어깨를 으쓱했다. "학교 아이들, 선생님들, 일반적인 어른들. 세상에는 개자식들이 많아요."

"선생님들이 널 아프게 했니?"
"내가 자기들보다 더 똑똑하다는 게 싫은 거죠."
"널 못살게 굴었어?"
"네."
나는 너무 눈에 띄게 캐묻지 않기로 했다. X는 움츠러들 것이다.
"다른 아이들은 어떻게 했어?"
"애들도 내가 자기들보다 더 똑똑해서 싫어해요."
"언어적으로 괴롭혔니, 육체적으로 괴롭혔니?"
X는 대답하지 않았다. 그는 문득 왼팔 소매를 걷었다. 나는 상체를 내밀고 화상을 관찰했다. 너무 명백한 반응을 보이지 않으려고 애썼다.
"이건 어쩌다가 그런 거야?"
"아이 하나가 날 붙잡았어요. 다른 애가 담뱃불로 날 지졌고요. 멍청한 새끼들. 그게 재미있대요. 선생들은 막지 않았어요."
"그 애들이 이런 짓을 하는 동안 넌 무슨 생각을 했니?"
X는 예상대로 다시 여기서 말을 멈췄다. 시간을 갖고 노는 거다.
"내가 사이코인지 아닌지 판단하려는 거죠, 안 그래요?"
나는 환자의 직설적인 말에 익숙하다. 하지만 목소리가 너무나 침착해서 잠시 당황했다. "왜 그런 말을 하지?"
"그게 선생님이 하는 일이니까요."
"그래?"
"경찰과 법원, 법을 다루는 사람들은 내가 아무에게도 위험이 되지 않는다고 선생님이 말해주길 바랄 거 아니에요. 엄마처럼 미친 짓을 하지는 않을 거라고."
"너 자신도 그게 의심스러운 것 같구나."
"난 엄마의 반쪽이니까요. 어쩌면 물려받았을 수도 있죠. 쓰레기 엄마에, 쓰레기 아이."

나는 곧바로 대답하지 않았다. X는 나와 대결하고 있었다. 나는 지침서대로 했다. 모르는 척, 이해를 잘 못하는 척했다. "몽유병이나 정신병이 유전된다고 생각하니?"

X는 미소 지었다. "의사는 선생님이잖아요."

"네 기록에 도서관에서 심리학 책을 읽었다고 되어있어. 네가 어떻게 생각하는지 듣고 싶구나. 네 친구가 책을 고르는 것도 도와주니?"

"난 광기가 위대함과 같다고 생각해요. 태어날 때부터 광인으로 태어나는 사람들이 있어요. 광기를 성취하는 사람도 있고요. 그런가 하면 광기를 억지로 떠맡는 사람들도 있어요."

"네 엄마는 어떤 부류지?"

X는 기다린다. 위장이 조여온다. "모든 사람이 엄마는 악하다고 해요. 아마 그런 식으로 태어났겠죠, 뭐. 처음부터 잘못된 상태로."

"학교에서 아이들이 못살게 굴 때 무슨 생각이 들어?"

X는 미소 짓지도, 웃지도 않는다. "복수."

"어떤 종류의 복수?"

"무력한 기분, 어떻게 할 도리가 없는 기분을 맛보게 하고 싶어요. 고통을 느끼게 하고 싶어요."

나는 메모하지 않았다. 체크리스트나 만지작거리는 관료들은 이런 부분을 가장 두려워한다. X의 가정환경과 이런 정서가 겹치면, 후회하는 것보다 안전한 게 낫다는 쪽으로 결정하는 것이다. 그렇게 해서 10대들은 이런 곳에서 지속적인 치료를 받게 된다. 교육보다 천성이 앞선다는 판단 때문에.

"그런 생각을 현실에 옮기려고 시도해 봤니?"

"아뇨." X는 대답했다. 이어 놀라운 말이 튀어 나왔다. "고통은 좋은 거예요. 뇌가 더 빨리 돌아가게 해주니까요. 사람들이 더 많은 고통을 느낀다면 아마 그렇게 멍청하지는 않을 텐데."

거의 성경과 같은 권위가 담긴 말투였다. 이 아이가 얼마나 많은 고통을 알고 있을까 하는 의문이 다시 들었다. 그 집안에 다른 어떤 비밀이 숨어있을까. 당국에서 내가 묻기를 원하는 질문들이 있다. 변호사, 사무관 같은 유형들은 그런 질문들을 빠뜨리지 않아야 자기들에게 책임이 튀지 않는다며 믿고 안심한다.

여기서는 조심해야 한다. 나는 과거의 상처를 해결하는 데 관심이 있는 치료사가 아니다. 나는 미래를 바라보는 것이 긍정적이라고 믿는다. 과거는 소설가와 역사가, 시인에게 비옥한 토양이다. 하지만 삶을 짊어지고 계속해서 살아나가려는 사람한테는 그렇지 않다.

"무엇이 그렇게 나쁜 생각을 일으킨다고 생각하지? 사람들을 해치는 꿈 말이야."

X는 대수롭지 않다는 표정을 짓는다. "난 사람들이 내게 힘을 휘두르는 게 싫어요."

"선생님들도?"

"그렇겠죠."

"집에서는 어때?"

기억은 위험한 물건이다. 알코올이나 마약, 수면 관련 해리성둔주와 결합되면 기억은 행동으로 전환된다. 퇴역 군인이 자동차 엔진 소리를 듣고 전쟁터에 돌아온 것처럼 반응한다든가, 비극을 목격한 어린아이가 어느 날 갑자기 똑같은 행동을 되풀이하는, 폭력이 폭력을 낳는 경우다.

"이따금."

"언어적인 힘, 육체적인 힘?"

"언어적인 힘. 나는 쌍둥이보다 나이가 많아요. 그 애들은 말을 잘하지만 약해요."

"양아버지가 너와 네 엄마한테 힘을 휘두르는 것이 분해?"

"네."

"양아버지나 쌍둥이에 대해서 나쁜 꿈을 꾼 적 있니?"

"네."

"왜?"

"톰은 집안의 어른 행세를 해요. 자기 힘을 과시하는 걸 좋아해요."

"톰을 해칠 생각도 해봤니?"

짜증스러운 표정. "아뇨."

"엄마가 톰을 해치겠다고 말한 적 있었니?"

"네."

"쌍둥이는?"

X는 원래대로 돌아갔다. 짜증의 기미는 사라졌다. 이제 무슨 말이든 받아들일 수 있는 평정을 회복한 얼굴이다. "술을 마셨느냐, 아니냐에 따라서 달라요."

X의 얼굴에 미소가 스친다. 나는 이 아이가 얼마나 어린지 문득 명심했다. 저 눈빛이 상대를 기만한다는 것도. 영혼은 형이상학적인 개념이지 의학적인 개념이 아니다. 하지만 부정할 수 없었다. X의 영혼은 내게 불안감을 주었다. 전에 만나본 어떤 영혼과도 달랐다.

오늘의 마지막 질문이었다. 물어야만 하는 질문.

나는 헛기침을 하고 마음을 단단히 먹었다.

그리고 말했다. "누군가를 죽이는 꿈을 꾼 적이 있니?"

사례 기록 3

# 환자 X, 일련번호 389043BMH, 블룸 V. 박사

**1999년 7월 12일**

세 번째이자 마지막 상담이다. 나는 간밤에 파일을 검토했다. 내 결정에 따라, X는 감호병원에 입소해서 추가 관찰을 받게 되거나 보호대상자로 분류될 것이다. 보호대상자로 분류되면 새로운 이름과 새로운 여권, 새로운 서류, 새로운 주소, 새로운 위탁 부모를 얻게 된다. 과거에 지녔던 신원의 흔적이 완전히 지워진다. 이전의 인물이 사라진다.

체포 당시 검찰은 피고의 생물학적 자녀의 나이와 이름, 성별을 보도하지 말라는 언론 지침을 배포했다. 종신형을 받고 브로드무어병원에 수감된 죄수와 달리 무고한 아동인 X는 별개로 관리되고 있다. 런던시경과 형사법원 내의 고위 인사들을 제외하면 아이의 자료 전체를 지닌 사람은 나뿐이다.

내게도 따로 질문 목록이 있다. 이번 주 주말까지 결정을 내려야 한다. 한 인간의 존재 전체가 내 진단과 서명에 달려있다. 나는 과거와 결별하고 새로운 이름을 지닌 X를 상상해 본다. 다른 사람에게 봉사하고 세상에 좋은 일을 하는 아이를 떠올린다. 구원, 재활, 회복. 나는 그런 것이 가능하다고 믿는다. 폭력의 순환은 끝날 수 있다. 내가 이 일을 하는 이유는 그 때문이다.

"오늘은 다른 이야기를 하고 싶구나." 나는 말했다. "네 미래에 대해 몇 가지 질문을 하려고 해. 빠르게, 머릿속에 생각나는 대로 바로 대답하면 된다."

X는 잠시 사이를 두었다. "좋아요."

X가 냉소적인지, 진심인지 나는 도무지 알 수 없다. 때로 X 자신도 확실히 모를 거라고 생각한다. "복권에 당첨되면 뭘 하고 싶니?"

"이 나라를 떠나고 싶어요. 집을 사고, 페라리를 몰고."

"내가 '사랑'이라는 말을 하면 무슨 생각이 나지?"

"애증, 사랑은 장님, 큐피드, 내게 필요한 건 사랑뿐, 화살, 포옹, 키스, 섹스, 결혼, 내 친구."

나는 멈췄다. "그 친구를 사랑하니?"

"네."

"그 친구도 널 사랑해?"

"네."

더 묻고 싶었다. 하지만 나는 X의 심리상담사가 아니다. 상상 속의 친구는 종종 좋지 않은 현상이다. 사랑은 때때로 좋은 현상이다. 어쩌면 서로 상쇄할지도 모른다. "어른이 되면 뭐가 되고 싶니?"

"지금 선생님이 앉아있는 그 자리에 있고 싶어요."

"힘을 지닌 사람?"

"지구 행성의 지배자."

"왜?"

"친구가 재미있다고 해서요. 그렇게 다른 사람들을 지배하는 권력을 가지는 게. 의사나 법률가, 정신과의사 같은 사람."

"네 친구도 의사나 법률가니?"

"그럴지도 모르죠."

이제 마지막 질문을 할 차례였다. 나는 X를 똑바로 바라보았다. "네 엄마가 저지른 짓이 잘못이라는 걸 알고 있니?"

마지막 장애물이었다. X는 일어난 일을 받아들여야 한다. 스스로 도덕적 선택을 하는 능력을 보여주어야 한다. 역사가 항상 반복되지는 않는다는 것을 증명해야 한다.

X는 무슨 생각에 빠졌는지 잠시 망설였다. "왜요?"

"그냥 대답하렴."

재판은 끝났다. 심신상실 자동증을 사유로 무죄판결이 내려졌다. X의 어머니가 여기 있는 것은 그 때문이다. X까지 여기 있는 이유도 그 때문이다.

하지만 알고 싶었다. 수수께끼가 나를 괴롭혔다.

"엄마가 사람을 죽였을 때 몽유 상태였다고 믿니?" 나는 물었다. "엄마가 피해자 두 명을 죽일 의도였다고 생각하니?"

X는 나를 보았다. 빈정거림과 솔직함 사이에 자리 잡은 그 대답은 그날 밤을 넘어 오랫동안 내 뇌리에 남았다.

"그럴지도 모르죠."

## 33  벤

나는 애비클리닉의 내 사무실로 돌아가서 두 번째로 사례 기록을 읽었다. 처음에는 통독했고, 두 번째는 분석했다. 다 읽고 나서야 손에 쥔 종이가 축축해졌다는 것을 깨달았다. 블룸은 마지막으로 이 파일을 만진 사람이다. 나는 바닥에 쓰러져 있던 그녀의 시체를 생각했다. 이 페이지에 닿은 블룸의 손가락을 상상하니, 시간을 넘어 그 온기가 느껴지는 것 같았다. 블룸이 죽었다는 사실 자체가 다시 무겁게 다가왔다. 그녀가 내게 남긴 것은 어딘가로 향하는 표지판뿐이었다. 하지만 그 표지판이 어디로 향하는지는 알 수 없었다.

안나 오, 메데이아, 샐리 터너, 환자 X.

이 사례 기록은 1999년 7월 중 아주 짧은 기간의 상담이었다. 브로드무어병원의 크랜필드병동에서 작성되었다. 여기서 블룸과 상담한 환자 'X'는 성별이 드러나지 않는 '그'로 지칭된다. 날짜와 장소, 불분명하게 언급된 내용으로 미루어 짐작할 때, 1999년 8월 사망한 샐리 터너, 별칭 스톡웰 괴물의 10대 친자 같았다. 《엘리멘터리》에 기고하려던 안나의 자료조사는 명백히 이와 관련된 내용이었다. '몽유'에 대한 언급이 여러 번 나왔다.

그 외에는 캄캄했다.

블룸은 내게 목적지가 없는 도로 표지판을 넘겨주었다.

나는 일어나서 사무실 안을 서성거렸다. 잠을 쫓으려고 커피를 끓였다. 애비클리닉 안을 걸으며 각자의 병실에서 죽은 듯 유순하게 누워있는 환자들을 둘러보았다. 마지막으로 VIP 병동으로, 고요하게 격리된 치료실로 들어섰다. 문에는 방음 설비가 되어있었다. 죽은 자의 고요함이었다. 나는 손을 씻고 장갑과 마스크를 착용한 뒤 성소에 들어설 준비를 하는 순례자처럼 칸막이를 넘어섰다.

안나와 단둘이 있을 때면 늘 다른 환자들과 같이 있을 때와 다른 기분이 들었다. 일종의 예식 같았다. 나는 서구 세계에서 안나 O 살인 사건에 대해 모르는 극소수의 인물 중 한 사람과 겨우 몇 미터 떨어져 서있었다. 안나 O 본인 말이다.

나는 병실 구석에서 의자를 집어 들었다. 손을 뻗으면 안나의 침대에 닿을 수 있을 정도에 의자를 놓았다. 나는 의자에 앉아 부드럽게 가슴을 들먹이며 호흡하는 그녀를 바라보았다. 다른 그 어느 환자보다 안나에 대해 더 많은 것을 읽었다. 마치 잘 아는 사람처럼 느껴졌다. 소리 없이 풀리는 실타래 같은 유대감이 우리 둘을 잇고 있었다.

침대 끝에 놓인 환자 파일을 집어 들었다. 해리엇의 깔끔한 필적이 페이지마다 빼곡했다. 안나가 지금까지 받은 치료를 건조하게 기록한 문서였다. 대부분은 기본적인 환자 관리였다. 비위관 영양 공급, 관절이 뻣뻣해지지 않도록 하는 운동요법, 피부에 수분을 공급하고 보습을 촉진해 욕창이나 가려움을 예방하기 위한 하루 두 번의 몸 씻기 그리고 환자가 신체를 움직이고 활동한다는 환상을 유지함으로써 궤양을 막기 위한 끊임없는 노력, 필수적인 배변 관리. 마지막으로 안나가 혹시 깨어났을 때를 대비해 인간으로서 기본적인 품위를 지킬 수 있도록 늘 양치질을 시키고 치아와 잇몸을 깨끗한 상태로 유지하는 것까지.

나는 페이지를 넘겨 다음 단계로 넘어갔다. 여기서부터는 일이 느슨해지고 약간 주관적으로 변한다. 장기적인 수면 관련 질병을 겪는 환자는 드물기 때문에, 코마 상태나 '최소의식'이 있는 환자에게 적용되는 의료 행위를 기준으로 하는 것이 최선이다.

내 치료법은 그런 기반 위에 설계된 것이다. 버크벡에서 학생들에게 늘 말하지만 전적으로 혁명적인 치료법은 없다. 의사였던 갈레노스는 프로이트보다 거의 2천 년 전에 무의식을 논했다. 아리스토텔레스는 꿈의 의미를 탐구했다. 〈길가메시 서사시〉도 그렇다. 창세기에서 꿈을 꾸는 자이자 꿈의 해석자였던 요셉은 '꿈의 해석은 하나님의 일'이라고 했을 정도로 그 분석을 신성한 것으로 간주했다.

성경에서도 꿈과 수면은 위험할 수 있었다.

안나에게 적용하는 치료법의 핵심은 감각자극, 그날 밤 농장에서 구금된 뒤로 허락되지 않았던 경험이다. 지금 그녀의 감각은 척박하고, 공허하고, 기형적이고, 뭉툭하다. 다시 일깨워야 한다.

2019년 8월의 기억을 자극해야 한다. 인디라와 더글러스에게 실제로 무슨 일이 일어났는지, 안나가 왜 여기 오게 되었는지. 몇 년 전 레드캐빈에서 그녀가 했던 행위를 명확하게 밝혀줄 기억들을 끌어내야 한다. 희망을, 어쩌면 구원을 제시해야 한다.

블룸이 죽고 난 지금, 어쩐지 나는 안나와 더 가깝게 느껴진다. 우리는 생에서도, 죽음에서도 함께 연결되어 있다. 나는 블룸의 마지막 유언을 받들어 안나를 깨우고 그 병의 수수께끼를 밝힐 수 있을 것이다. 그것이 내 동기다.

그날 밤 농장에서 실제로 무슨 일이 있었는지 알아야만 한다.

## 34　롤라

거짓말이 이제 그녀를 찾아왔다.
　이것이 잠과 꿈의 문제다. 의식은 통제할 수 있다. 문제를 일으키는 것은 무의식이다. 수면 중의 정신세계는 수많은 사건을 뒤섞고 각각의 사건에 치명적인 일관성을 부여한다. 한밤중에 퍼뜩 깬 롤라는 축축한 침대에서 땀에 흠뻑 젖은 채 갑갑한 숨을 헐떡였다.
　아마 양심의 가책 때문일 것이다.
　롤라는 밤마다 똑같은 꿈을 계속해서 꾸고 있었다.
　농장. 2019년 8월 말.
　멜라니 폭스, 가문의 장신구를 보란 듯이 주렁주렁 달고 다니다가도 돈 없다고 징징거리는 귀족 계급 히피. 농장 사업 아이디어는 대성공을 거두었고, 요즘 그녀는 파운드화와 수익률, 은행 잔고에 눈이 벌겋다. 그녀는 전자 송금보다 **빳빳한 현금**을, 이메일보다 언제든지 오리발을 내밀 수 있는 전화를 선호한다. 롤라가 멜라니 폭스와 접촉한 방식도 이런 경로였다. 멜라니 폭스는 보건안전 전문가가 필요했지만 큰돈을 들이고 싶지 않았다. 명함 한 장, 갈색 봉투 하나, 좋은 게 좋은 것이라는 상호 이해. 롤라가 의도했던 대로 물 흐르듯 흘러갔다.

농장 그 자체는 거의 중세 분위기였다. 롤라는 농민들이 땅을 경작하고, 새로운 부자들이 폐허를 순찰하며, 시체를 파먹는 요괴와 처벌이 숲을 횡행하는 광경을 상상했다. 오늘 밤, 그래, 오늘 밤에는 그런 게 넘쳐날 것이다. 대자연을 맛보겠답시고 차에서 내리는 오길비 가족을 보고 롤라는 웃음을 터뜨릴 뻔했다. 그들은 곧 쾌적한 에어컨 바람이 기다리고 있는 휘황찬란한 런던으로 쏜살같이 돌아갈 것이다.

멜라니 폭스는 은근히 들떠 보였다. 영지 관리인 오언이 모든 준비를 다 해놓았다. 롤라는 페인트 건을 확인하고 체크리스트를 점검했다. 마침내, 시간이 되었다. 농장 체험의 핵심. 보석 중의 보석.

사냥꾼 대 생존자 게임.

두 팀은 무작위로 선정하는 것으로 되어있었다. 하지만 그 말을 믿는 사람은 아무도 없었다. 농장은 카메라가 없을 뿐이지 플롯의 구심점과 갈등마다 악마 같은 프로듀서가 짠 대본이 준비된 리얼리티 텔레비전이었다. 멜라니 폭스는 서바이벌 게임에 최대한의 긴장감을 불어넣었다. 안나 대 안나의 가족 대결은 박스오피스였다.

롤라도 나머지 설정을 슬쩍 제안했다. 숲이 자체적인 신화를 갖는 것이 나중에 일어날 일에 있어 중요했다. 블로거나 인터넷 시비꾼들, 리뷰어들이 한마디씩 할 수 있는 이야깃거리를 남겨야 했다. 아니, 중요한 건 따로 있었다. 안나와 인디라, 더글러스를 한 팀에 배치하는 것. 그리고 숲 이후에 나머지 모든 일이 일어나도록 순서를 짜두는 것.

생존자들은 순조롭게 출발했다. 보건안전 컨설턴트로서 롤라는 아래쪽 게임판을 한눈에 내려다볼 수 있는 감시초소 같은 위치에 자리 잡았다. 쌍안경으로 몰래 엿보면서 참여자 한 사람 한 사람의 위치를 추적하는 역할이었다. 심각한 부상 위험이 있는 경우에만 게임을 중단할 수 있었다. 비상 상황이 생기면 롤라가 경적을 울려 오언과 인턴에게 신호를 보낸다. 그러면 그들이 숲에 들어와 참여자의 위치를 찾아가는 것이다. 하지만 이 절차는 그간 한 번도 시행된 적이 없었다. 농장과 숲의 핵심은 손님들이 야생으로 돌아가는 체험이다. 진짜 이를 악무는 사생결단, 적자생존, 다윈식의 유혈 투쟁이다.

롤라는 게임판에서 눈을 떼지 않고 야시경으로 지켜보며 나무 사이로 돌아다니는 작은 녹색 인물들을 관찰했다. 참여자 각자에게 적외선 추적기를 배급해서 롤라와 팀원들은 손님들의 위치를 작은 노트북 화면에서 정확히 파악할 수 있었다. 처음 문제가 일어날 징후는 몇 시간 뒤 들어왔다. 열 감지 지도상의 색깔이 엉키기 시작했다. 사냥꾼과 생존자가 숲 북쪽에서 나란히 서있었다. 처음에는 전형적인 전술 기동처럼 보였다. 사냥꾼이 생존자에게 천천히 접근하다가, 정지해서 관찰하다가, 느닷없이 어둠 속에서 생존자에게 페인트 탄을 맞췄다.

두 점은 겹쳤다. 그대로 몇 초, 몇 분 동안 정지했다. 달아나지도 않았고, 떨어지지도 않았다. 그때 세 번째 점이 접근했다. 다른 사냥꾼이었다. 세 번째 점은 다른 두 점과 거리를 유지한 채 몰래 바라보고 있었다. 세 점은 그 상태로 잠시 머물렀다. 롤라는 야시경으로 현장을 포착하려 애썼다. 하지만 숲은 너무 넓었다. 아마 나무에 가려져 있을 것이다. 롤라는 기다렸다. 노트북에 새로운 화면이 떴다. 세 점은 그대로였다.

몇 분이 지난 뒤, 세 번째 점은 그 자리를 떠났다. 10분이 지나고 다시 두 점도 서로 분리되었다. 아직 아무도 총을 쏘지 않았다. 이것은 게임의 규칙이 아니었다. 한 팀의 절반에 해당하는 세 명의 참여자가 규칙을 어기고 있었다. 롤라는 쌍안경을 숲 북쪽으로 향한 채 형체를 알아보려고 애썼다. 마침내 녹색 형체, 세 번째 점 사냥꾼이 숲의 바닥을 따라 달아나는 모습이 보였다. 여성, 젊은 사람이었다. 안나 아니면 인디라일 것이다. 둘 다 나중에 주역을 맡게 되어있다. 지금 일이 꼬이면 곤란하다.

롤라는 그 뒤로 한결 열심히 관찰했다. 다음 단계는 시간 순서가 빡빡하게 짜여있기 때문에 오류가 생기면 안 된다. 잠시 정지하고 정적이 흐르는 '폐허'의 식사 시간이다. 그런 뒤 각 팀은 시계 바늘처럼 정확하게 오두막으로 물러가야 한다. 1초라도 낭비하면 안 된다. 아무도 대본을 모르고 있기 때문이다. 안나도, 에밀리도, 리처드도, 테오도, 인디라나 더글러스도.

그들은 오늘 밤이 무엇인지 모르고 있었다.

게임은 곧 무시무시한 현실로 돌변할 것이다.

그리고 끝났다. 롤라는 잠에서 깨어났다. 그녀는 일어나 앉았다. 몸은 땀으로 젖어있었다. 그녀는 숨을 헐떡거리면서 마음을 진정하고 도시의 어둠과 커튼 사이로 새어 들어오는 가로등 불빛에 적응했다. 오늘 밤 꿈은 유난히 생생했다. 숲과 농장, 열 감지 지도, 손님들, 앞으로 일어날 일에 대한 기대감.

롤라는 일어나서 아래층으로 내려간 뒤 보드 앞에 앉아 이 모든 것의 대칭을 생각했다. 그녀는 안나의 수첩을 집어 들었다. 블루캐빈에서 처음 이 수첩을 본 장면이, 일이 터진 뒤 그 짜릿한 순간이 떠올랐다.

누구도 자신이 한낱 게임의 말에 지나지 않는다는 사실을, 그날 밤의 움직임 하나하나가 모두 미리 작성된 대본이었다는 사실을 모르고 있었다.

첫 단계는 아름답게 실행되었다.

이제 최후의 심판이 남았다.

*2019* 　　　　　　　　　　　　　　안나의 수첩

**3월 3일**

런던도서관. 낡은 책들, 흠집 난 책상, 맛없는 커피. 인디라와 더그가 너무나 많은 것들을 누리고 있는 동안, 나는 세인트제임스광장의 내 행복한 공간에 처박혔다. 벽에 걸린 저 모든 파란 명판. 마차와 프록코트 차림의 정치가들이 으리으리한 에드워드풍 디너파티에 모이는 광경이 눈에 보이는 것 같았다. 나는 역사 속을 방랑하고 있다.

여기는 내 살롱, 내 아틀리에, 내 스튜디오다. 나는 독서실 중 한 곳, 유명인들이 즐겨 찾는 서가에 자리 잡았다. 먼 과거로 빠져들었다. 1999년 2월, 20년 전. 내게는 영국도서관 서고에서 찾은 신문 스크랩이 몽땅 있다. 나는 V. 블룸 교수가 《영국정신의학저널》, 《더랜싯 정신의학》, 《정신분석과심신의학》, 《세계정신의학》, 《심리의학》 등의 학술 저널에 쓴 글을 전부 읽었다.

스톡웰 괴물 사건에 집중해야 한다. 그래, 이것이 당면한 과제다. 하지만 대부분 작가가 그렇듯 나는 쉽게 곁길로 샌다.

나는 점점 내 상태에 대한 전문가가 되어가고 있다. 어설픈 제목에도 불구하고 《신경윤리학》에 실린 어느 글이 눈길을 끌었다. 〈당신이

잠든 사이: 수면장애의 과학과 신경생물학 및 사건수면 중의 폭력에 대한 법적 책임성이라는 수수께끼〉. 1987년, 케네스 파크스라는 사람에 대한 내용이었다. 파크스는 22킬로미터 넘게 운전해서 처가에 간 뒤 장모를 살해하고 장인도 죽이려 했지만 미수에 그쳤다. 사건이 일어나고 파크스는 경찰에게 자기가 '누군가를 죽였을지도' 모른다고 '생각했다'고 말했다. 변호사는 그가 몽유 상태였다고 주장했다. 배심원단은 그를 믿었다. 파크스는 살인과 살인미수 혐의에 대해 무죄판결을 받았다.

저자는 '악투스 레우스(범죄 자체)'와 '멘스 레아(범행 의도)'의 차이점을 논한다. 유죄 판결을 내리려면 양쪽 다 있어야 한다. 멘스 레아가 없다는 사실이, 몽유병을 방어 사유로 내세운 무죄판결을 내리는 가장 흔한 이유다.

글 내용 중에서 내 자료조사의 다음 단계에 단서를 제공하는 단락이 나왔다. 저자는 몽유병 환자인 용의자와 그 피해자 사이의 관계를 주목한다.

이 점은 또 한 가지의 골치 아픈 예외로 이어진다. (…) 그들은 당연히 몽유병 환자와 가까운 위치에 있었다. 그러나 일반적으로 몽유병 환자는 피해자에 대해 잘 알고 있으므로 범죄 동기에 대한 의심이 있을 수 있다. 이런 상황에서는 몽유병 환자와 피해자 사이의 관계를 철저히 조사해야 할 것이다.

샐리 터너와 의붓아들 둘이 그랬다.
이 건은 나의 대표작이 될 것이다.
더그와 인디라, 회사 인수 공모라는 배신에 대한 매서운 조롱이 될 것이다.

스톡웰 괴물에 대해 더 많은 정보를 알아낼 시간이다.

**3월 11일**

웨스트민스터궁의 퓨진 룸. 엄마는 기분이 안 좋았다. 다음 개각 때 그림자내각에서 쫓겨날 것이라고 생각하고 있었다. 엄마는 국민의 하인 연기를 잘한다. 하지만 나는 더러운 비밀을 알고 있다. 엄마가 원하는 건 다우닝스트리트 10번지, 세계의 제왕 자리다. 야당은 패배자나 하는 짓이다.

엄마는 늘 그렇듯 공식 개인 비서를 통해 나를 소환해 근황을 물었다. 엄마는 두 가지 이유로 굳이 웨스트민스터궁을 고집한다. 첫째, 언론 따위 때려치우고 직업 정치인이나 정당 대변인으로 정계에 입문하라고 설득하려는 노골적인 정치적 유도다. 둘째, 그렇게 나를 자랑함으로써 미래의 정치가 집안의 대모로 자리매김하려는 것이다. 그렇게 하면 본인의 이미지를 부드럽게 하는 데 도움이 될 테니까. 자식 사랑이 넘치는 어머니로. 진주 목걸이를 두른 피라냐 이미지와는 단절하고.

나는 GVM 인수 배신 건과 스톡웰 괴물에 대한 내 조사를 엄마에게 말하고 싶었다. 하지만 여느 정치가처럼 엄마는 세상을 자기 자신의 연장으로 바라본다. 나는 크리스마스카드와 선거운동을 위한 소품이다.

엄마는 묻지 않았다. 나는 말하지 않았다. 내가 거기 간 것은 그 때문이 아니었다.

가족은 묘한 존재다. 샐리 터너는 알코올의존증 사실을 숨기고 있던 스톡웰의 전문 간호사였고, 이전 관계에서 낳은 10대 자식을 두고 있었다. 그녀는 1998년 봄, 현지 사업가였던 톰 콘웰을 만났다. 가을에 그들은 각자 자식을 데리고 살림을 합쳤다. 샐리와 그녀의 생물학적 자식 그리고 톰과 그의 두 아들이었다. 톰은 사기죄로 교도소에 갔다 온 적이 있는 구린 인물이었다.

양아들 둘은 샐리를 좋아하지 않아서 아버지와 그녀를 떼어놓으려고 했다. 샐리 본인도 결손가정 출신이었고, 이후 법원 자료에 따르면 '완벽한 가정에 대한 강박적인 욕구'를 가지고 있었다. 그러나 그 완벽한 가정에는 양아들이 끼어들 자리가 없었다. 톰이 친아들들 때문에 자신을 버리고 떠나면 어쩌나 두려웠던 샐리는 톰이 출장 간 틈을 타서 계산적이고 냉혈한 폭력을 저질렀다. 침대에 있던 양아들 둘을 칼로 찔러 죽이고, 몽유 상태였기 때문에 범행에 대한 기억이 없다고 주장한 것이다.

피고측 변호인이 주장한 사연은 딴판이었다. 샐리 터너는 자신이 꿈꾸던 관계가 최악의 악몽이었다는 사실을 곧 깨달았다. 톰 콘웰은 합법적인 사업가가 아니라 마약상이었다. 그는 거래를 위장하는 주소로 샐리의 공영주택을 이용하는 '뻐꾸기' 사업을 벌였다. 증언에 따르면 심지어 톰은 아들 둘을 운반책으로 이용했다. 아들들은 끊임없이 샐리에게 언어적인, 육체적인 학대를 가했다. 톰은 개입하지 않았다. 샐리는 이미 마음이 멀어지고 있었다. 술을 많이 마시다 보면 사건수면 증상도 잦아진다. 살인이 벌어진 날 밤, 샐리는 자신이 양아들에게 잔인하게 폭행당하고 있다고 믿었다. 그녀는 깊은 몽유 상태에서 정당방위를 했다고 주장했다.

이런 집에 비하면 오길비 가문은 화목 그 자체다.

20분 정도 같이 있다가, 엄마가 공적 업무로 상원에 호출되었다. 기자들이 우리가 함께 있는 장면을 목격했다. 나는 엄마 쪽으로 톡톡 튀는 젊음을 과시해 주었다. 이제 내가 여기서 할 일은 다 끝났다. 엄마는 내 뺨에 키스하고 늘 하는 작별인사를 늘어놓았다. 나는 가족 보안 출입증으로 혼자 길을 찾아 밖으로 나갔다.

그런 뒤 나는 피커딜리의 해처드서점을 둘러보고 기사를 계속 조사했다. 그러다가 애비수면클리닉과의 연관 관계를 하나 더 발견했다. 《죽음 같은 잠: 수면 장애와 꿈의 분석에 대한 법과학적 연구 입문》, 베네딕트 프린스 박사 저, 캠브리지대학교 출판부 출간.

나는 책날개의 저자 약력을 읽었다.

프린스 박사는 세계적으로 유명한 애비수면클리닉의 시니어파트너 겸 심리학자로서 할리스트리트에 있는 병원에서 법심리 분야를 이끌고 있다. 프린스 박사는 여러 감호정신병원에서 조무사로 잠시 일하다가 오픈대학교에서 수면 장애와 꿈 분석 전문 법심리학자로 훈련받았다. 그는 세계 각지에서 강연 활동을 이어가고 있으며 현재 런던 버크벡대학교에서 강의하고 있다. 이 책은 그의 첫 번째 책이다.

셰익스피어를 인용한 제목이 눈에 띄었다. 하지만 내 주의를 끈 것은 다른 점이었다. 감호정신병원. 블룸 교수와 같은 경력이다. 스톡웰 괴물과의 공통된 연결고리다. 하지만 프린스는 당시 조무사에 불과했을 것이다. 의료진은 아니었을 가능성이 높다. 어쩌면 브로드무어병원이 아니었을 수도 있다.

오후 내내 책을 읽고 나니 프린스 박사에게 묘하게 이끌렸다. 자료 조사를 좀 더 해보았다. 약간 흐트러진 미모, 인간 정신의 어두운 측면에 대한 집착. 대담, 강연, 팟캐스트. 나는 그가 출연한 팟캐스트를 내려받아서 그의 목소리를 계속 들었다.

아파트로 돌아온 뒤에도 엄마를 만난 여운이 계속 따라다닌다. 전에 몽유 증상이 어떻게 시작되었는지 나는 기억하고 있다. 천천히, 조심스럽게 다가오다가 갑자기 폭발한다.

내 몸은 잠을 갈망한다. 내 정신은 잠을 두려워한다.

잠은 마녀의 시간이다. 몽매한 그림자다. 이드, 짐승, 무의식의 영역이다. 나는 나 자신의 정신세계가 두렵다.

죽음 같은 잠.

나는 그것을 원한다.

## 35       벤

눈, 귀, 코. 시각, 청각, 후각.
 내 이론이 정확하다면, 청각치료만으로는 충분하지 않을 것이다. 안나의 눈이 감겨있으니 시각적 자극은 불가능하다. 하지만 코와 후각은 아직 작동하고 있을 것이다.
 오늘 치료실에 들어서면서 나는 시험할 물건 두 개를 갖고 갔다. 둘 다 에밀리 오길비가 다시 이메일을 보내 어린 시절 즐겨 듣던 음악과 비슷한 맥락으로 추천한 것들이었다. 옆면에 샤넬 로고가 박힌 흰 판지 상자 그리고 켄싱턴에 있는 꽃집에서 구한 보라색 꽃다발이었다. 둘 다 안나의 어린 시절을 연상시키는 물건이라고 했다. 나는 꽃을 꽃병에 넣어 안나의 침대 옆에 두었다. 그리고 침대 위에 허리를 굽혀 샤넬 향수를 안나의 목 양쪽에 두 번씩 뿌렸다. 어머니의 향수, 이따금 그녀 자신이 뿌리던 향수.
 향은 강렬했다. 클래라가 밤에 외출 준비를 하던 모습이, 진하고 매혹적인 향을 풍기던 작은 병이 떠올랐다. 코마 상태의 환자에게는 감각자극 실험요법이 일반적인 치료다. 하지만 이 경우 너무 점진적으로 보였다. 내 방법론은 감각에 과부하를 가해서 충격을 통해 감각을 하나씩 잠에서 깨우자는 개념이었다. 배터리가 방전되면 전기 충격으로 엔진에 시동을 걸듯 안나의 감각을 깜짝 놀라게 하고 싶었다.

다음에는 배낭에서 헤드폰을 꺼냈다. 나는 10대 초반에 안나가 좋아했던 음악 목록을 가지고 있었는데, 그것으로 보다 강렬한 경험을 시도해 보기로 했다. 나는 헤드폰을 내 아이폰에 동기화하고 스포티파이를 연 뒤 아동기와 사춘기의 접점이었던 2000년대 버블검 팝 메들리를 틀었다.

나는 헤드폰을 안나의 귀에 씌워주고 편안하게 위치를 조정했다. 아직 샤넬 향수 냄새가 풍겼다. 흰 백합, 보라색 프리지어, 파란 베로니카, 보라색 리시안셔스, 유칼립투스와 피스타치오 꽃향기도 이제 병실에 그윽했다.

음악, 향.

이제 마지막 감각, 마지막 느낌 차례다.

테일러 스위프트의 경쾌한 기타 곡이 헤드폰에서 흘러나왔다. 나는 의자를 앞으로 끌어당겼다. 왼손으로 오른손에 꼈던 장갑을 벗겼다. 미리 손톱 끝을 바싹 자르고 깨끗하게 박박 닦은 손이었다. 해리엇의 간호 외에, 안나는 4년 동안 제대로 된 촉각을 느낀 적이 없었다. 피부에 피부가 닿는 느낌. 기본 중의 기본인 인간의 욕구. 어떤 영장류도 그것 없이 살아갈 수 없다.

나는 심호흡을 했다. 머릿속에서 울리는 겁쟁이의 목소리를 흔들어 지웠다. 오른손을 뻗어 안나의 왼손을 잡았다. 차가울 거라고 생각했다. 하지만 안나의 손은 예상보다 따뜻했고, 내가 설명할 수 없는 방식으로 살아있었다. 그녀는 그 안에 있었다. 안나의 뇌는 활동하고 있었다. 몸도 마찬가지였다. 단지 뇌와 신체 사이의, 정신과 나머지 부분 사이의 교량에 문제가 있을 뿐이었다. 살아있는 죽음은 실제 죽음보다 훨씬 나빴다.

나는 그녀의 손을 계속 붙잡고 있었다. 손가락을 움직여 피부를, 안나의 손바닥을, 손가락을, 손가락 사이의 골을 미끄러지듯 쓸었다. 내 손길은 부드러웠지만 단호했다. 로맨틱하다거나 성적인 느낌은 없었다. 차라리 원초적인 느낌이랄까. 자연 다큐멘터리에서 두 영장류가 서로 몸에 붙은 이를 잡아주는 장면에서 느껴지는, 공통의 인간으로서 기본적인 의식, 상대 영장류의 존재를 확인하는 행위 같았다.

나는 몇 분 더 그녀의 손을 잡고 있었다. 그런 뒤 마지막 몸짓, 가장 연극적인 부분으로 넘어갔다. 웃음소리, 헛기침 소리, 혀 끌끌 차는 소리가 어딘가에서 들려오는 것 같았다. 그래도 인간은 평균적으로 자기 얼굴을 한 시간에 스물세 번 만진다. 하루에 368회다. 나는 가져온 여러 가지 깃털로 안나의 얼굴을 건드리기 시작했다. 처음에는 가볍게, 다음에는 간지럽고 장난스럽게 쓸었다. 그런 다음 더욱 세게, 따끔거리게, 잠에서 깨어 손으로 쳐내고 싶을 정도로 짜증스럽게 눈 주위와 뺨을 쓸었다. 안나의 얼굴에 기능적이거나 의료적인 행위가 아닌 이런 식의 자극이 마지막으로 가해진 것이 언제일까.

나는 안나가 반응을 보이는지 계속 앉아서 지켜보았다. 이것은 심리적인 동시에 육체적인 질병이다. 치료도 마찬가지여야 한다. 나는 베르크가세 19번지의 작은 상담실에서 프로이트가 발견했던 초창기 돌파구를, 환자의 이마에 손바닥을 올리고 대화치료를 개발하기 시작한 순간을 떠올렸다. 정신과 물질, 머리와 심장, 뇌와 신체.

마침내 가장 대담한 시도를 할 차례다. 너무나 단순하고, 너무나 기묘한 행위. 만지기, 소리, 냄새. 이제 말을 할 차례다. 안나가 깨어있는 것처럼, 세상에서 가장 자연스러운 일인 것처럼 말을 걸어야 한다. 나는 최소의식상태 환자를 위한 지침서를 다시 연습했다.

첫 번째, 내가 누구인지 밝힌다.

두 번째, 오늘 있었던 일에 대해 이야기한다.

세 번째, 환자가 모든 것을 듣고 있을 수 있다는 사실을 의식한다.

가장 중요한 네 번째, 환자에게 사랑과 지지를 보인다.

그렇게 나는 시작했다. 안나가 다시 온전한 인간으로 돌아오려면 환자 취급하는 짓을 그만 두어야 한다. 내게 안나는 그 이상이어야 한다.

마치 안나와 내가 블룸의 유지를 이어갈 수 있는 유일한 사람인 것처럼 다시 가냘픈 유대감 같은 것이 파르르 느껴졌다. 우리는 세상을 상대로 뭉친 팀 같았다. 이 방법은 우리의 작은 비밀이었다. 나는 블룸이 남긴 사례 기록과 자택에서의 끔찍한 살인 현장을, 그 파일이 내 앞에 잠들어 있는 여자와 도대체 어떤 관계가 있을까 생각했다.

안나는 이 수수께끼를 풀 수 있는 내 유일한 희망이다. 그녀는 황금 같은 정보원이다.

프린스 왕자와 잠자는 숲속의 공주.

나는 헛기침을 하고 말했다. "안녕하세요, 안나. 저는 베네딕트 프린스 박사라고 합니다."

## 36 클래라

그들은 늦게 출발했다. 벤의 아파트까지 운전하는 길은 악몽 같았다. 5분 정도 갔을까, 키티가 제일 좋아하는 장난감을 집에 두고 왔다는 것을 알아차리는 바람에, 도로 돌아가서 다시 출발하느라 더 지체되었다. 최근 여러 번의 밤샘 때문에 클래라의 생체 시계는 엉망진창이었다. 그녀는 교통법규도 제대로 모르면서 전동스쿠터를 타고 있던 덩치 큰 남자와 하마터면 부딪힐 뻔했다. 앞 유리창을 향해 고래고래 고함을 지르려다가, 문득 키티가 옆자리에 앉아있는 것을 떠올리고 클래라는 입속으로 소리 없이 욕설만 중얼거리고 말았다.

최후의 난관은 핌리코에서 주차 공간을 찾는 일이었다. 벤의 새 아파트를 교도소에 비유하는 것은 사실 심한 말이다. 그래도 교도소에는 컴벌랜드스트리트보다 훨씬 편리한 주차 시스템이 있다. 동네를 세 바퀴나 돈 뒤 클래라는 벤의 아파트에서 5분이나 떨어진 곳에 손톱만 한 주차 공간을 찾았다. 휴대전화를 확인하니 벤에게서 전화가 세 번 와있었고, 수사 팀에서는 회의 일정 때문에 이메일이 몇 통이나 와있었다. 여덟 시간씩 푹 자던 머나먼 옛날이 그리웠다. 한때는 늦잠을 자던 때도 있었는데.

클래라는 키티를 차에서 내리고 준비물을 모두 챙겼는지 확인했다. 친구에게서 빌린 벤의 아파트는 처칠가든스에서 멀지 않은 스투코 건물 꼭대기 층이었다. 엘리베이터는 고장 나있었다. 현관에서는 눅눅한 습기 냄새가 풍겼다. 아파트 자체는 작고, 별다른 특징이 없었으며, 대체로 낡은 이케아 가구뿐이었다. 키티는 여기 오면 항상 들떠서 실내 장식 따위 신경 쓸 틈도 없다. 하지만 클래라는 이 공간에서 풍기는 이혼한 아빠 분위기가 마음에 들지 않았다. 저녁마다 할 일이 없는 중년 남자 냄새가 풍겼다.

그들은 꼭대기 층에 도착했다. 오늘은 합의된 양육 일정에서 드물게 어긋난 날이었다. 보통 벤은 주말에만 키티를 데리고 있었다. 하지만 요 이틀 동안 클래라는 회의 때문에 출장 일정이 있었다. 도우미보다 벤에게 맡기는 것이 더 싸다. 더 재미있기도 하다. 벌써 아빠와 아이가 늘 그렇듯 자연스럽게 인사를 나누는 목소리가 들렸다.

"안녕, 아빠."
"안녕, 킷캣."
"오늘은 무슨 차예요?"
"깜짝 선물이야."
"무슨 깜짝 선물?"
"그걸 말해주면 깜짝 선물이 아니지."
"감자칩도 있어요?"
"그럴 수도 있고."
"감자칩 좋아요."
"아빠도 알지."

아빠가 틀림없이 기름에 튀긴 감자를 줄 것이라는 생각에 들떠 키티가 달려가는 소리가 들렸다. 클래라는 하룻밤 잘 준비물을 챙긴 가방을 계단 위로 다 옮긴 뒤 후련하게 복도에 대충 던졌다.

"어째서 커다랗고 높은 목소리로 감자칩이라는 단어가 들리는 거지?"

벤은 가방을 집어 들어 부엌 안에 들여놓았다. "아래층 이웃. 그 사람이 늘 외는 주문이 있어. 차 한 잔 줄까?"

벤은 평범한 아버지 같은 말투를 쓰려고 지나치게 노력하고 있었다. 평소보다 목소리는 컸고, 태도는 짐짓 과장되어 있었다. 클래라는 차를 준비하는 그의 손이 떨리는 것을 알아차렸다. 얼굴은 창백했고 핼쑥해 보이기도 했다. 클래라는 무슨 말을 할까 생각하다가 입을 다물었다. 이제 더 이상 부부 사이가 아니다. 워낙 오랫동안 감정적으로 솔직하지 않았던 관계였다. 지금 새삼 시작하기는 너무 어려웠다.

물이 다 끓어서 주전자가 낮게 달그락거리는 소리가 부엌을 채웠다. 머그 두 잔은 이미 탁자 위에 놓여있었고, 홍차도 미리 들어있었다. 클래라는 벤이 잔 두 개에 물을 따르고 삐걱거리는 부엌 탁자 옆 의자를 끌어당기는 것을 보았다.

그녀는 시계를 보았다. "정말 가봐야 해."

"5분만. 나를 위해서 있으라는 게 아니야. 공짜 비스킷 먹고 가라고."

클래라는 미소 짓다가 문득 웃음기를 지웠다. 첫 데이트 때가 떠올랐다. 벤은 영리하고, 어색하고, 수줍음이 많았다. 그는 언제나 클래라에게는 행복이 너무 잘 어울린다고 말하곤 했다. 그날 밤이 아니었더라면, 안나 O 사건이라는 무거운 짐이 없었더라면 결혼 생활이 달라지지 않았을까 하는 생각이 이따금 들 때가 있었다. 그 사건이 모든 것을 바꾸어 놓았다. 수사반장이라는 압박, 전설적인 런던시경 살인수사반, 일과 육아 말고는 아무것도 할 여유가 없었던 일정.

클래라는 자리에 앉아 그날 처음으로 숨을 내쉬었다.

그녀는 잠시 머물기로 했다.

# 37            벤

나는 부엌에서 홍차 두 잔을 끓이고, 양쪽 잔에 우유를 붓고, 불안정한 손길로 저었다. 내 몸은 초조해서 안절부절못하고 있었다. 나는 진정하려고 기를 썼다. 피, 블룸, 안나 같은 어두운 생각들이 전혀 예상치 않았던 순간 불쑥 튀어 나와 뇌리를 스쳤다.

숨을 쉬자. 들이쉬고, 4초 동안 멈추고, 내쉬고, 다시 4초 멈추고. 이걸 박스 호흡법이라고 한다. 네이비실에서 전투 직전에 시행하는 호흡이라고 한다. 심장박동이 느려졌다.

과거를 잊자. 현재를 살아내자.

몇 달 동안 기다렸던 순간이었다. 평일 동안 킷캣을 혼자 데리고 있는 드문 기회였다. 클래라는 브라이턴에서 회의가 있고 (공동체의 참여와 갱 관련 폭력을 주제로 한 아주 진지한 세미나가 잔뜩 있는 모양이었다) 내가 부모 역할을 하게 된다. 아파트는 미리 청소해 놓았다. 냉장고도 가득 채웠다. 스피커에서는 편안한 음악이 흘러나오고 있다. 클래라가 이 아파트를 싫어한다는 사실은 알고 있다. 그녀를 나무랄 수는 없다. 하지만 보란 듯이 해내야 한다. 자잘한 것 하나하나가 중요하다.

나는 초콜릿이 잔뜩 덮인 비스킷 한 봉을 꺼내 클래라에게 건넸다.

그녀는 두 개를 먹고 찻잔을 들었다. 나는 그녀가 차를 마시는 습관을 잘 알고 있다. 왼손으로 손잡이를 잡고, 오른손으로 머그의 온도를 확인하고, 두 번 길게 숨을 불어 식힌 다음, 혀가 델 정도로 뜨거운 차를 조심스럽게 홀짝 마신다. 이렇게 차를 함께 마시는 친밀한 순간과 연인의 오목한 손에 대해 읊는 캐롤 앤 더피의 시구가 있다. 클래라가 언젠가 휴대전화에서 읽어주었다. 나는 아직도 한 줄 한 줄 기억하고 있다.

나는 킷캣이 거실에서 노는 소리 쪽으로 턱짓을 했다. "우리 아가씨가 계시는 동안 내가 알아야 할 게 있나?"

클래라는 문을 바라보았다. "요즘도 한밤중에 잠에서 깨. 그리고 학교 공부도 힘들어."

"내가 다시 이야기해 볼게."

"지난번 대화가 썩 잘된 것도 아니면서. 왜 사진 속의 사람들이 연기하고 있는 거라고 했어?"

"생각나는 핑계가 그것뿐이었어." 나는 클래라가 눈썹을 치켜 올리며 비스킷을 다시 한 입 베어 무는 것을 보았다. "부검 결과는 나왔나?"

침묵이 흘렀다. 슬픔이 가슴을 죄었다. 보통 때였다면 클래라는 당신 일이나 잘하라고 대답했을 것이다. 하지만 오늘 그녀는 업무적인 이야기로 옮겨갈 수 있어서 차라리 마음이 놓이는 것 같았다. 클래라는 나를 응시했고, 문득 내가 그녀의 눈에 어떻게 보일까 하는 생각이 들었다. 빌어먹을 손의 떨림이 좀처럼 멈추지 않았다. 최근 있었던 모든 일들 때문에 기가 다 빠진 것 같았다. 마치 인간의 기본적인 의사소통을 다시 습득하고 있기라도 한지 동작 하나하나가 낯설었다.

"중요한 건 없어." 클래라는 말했다. "자상이 열 군데라는 것을 확인했어. 칼날 자국과 상처가 모두 서로 부합했고."

클래라가 입을 열지 않자 내가 대신 입을 뗐다. "그럼 농장 살인을 그대로 따라 한 거 아냐?" 나는 말을 고르며 잠시 끊었다. "블룸은 인디라 샤르마와 더글러스 뷰트가 살해당한 방식 그대로 살해당했어."

클래라는 분명 더 말하고 싶지 않은 것 같았다. "그 회색 속옷 바람으로 경찰서에 있던 당신 모습이 끝내줬다는 소문을 들었어."

어두운 유머였다. 늘 그랬다. 이것이 우리의 결혼 생활의 리듬이었다. "내 옷을 돌려준다는 뜻이야?"

"그럴 리가 있나. 어딘가 창고에 보관될 거야."

"주의해야겠군. 범죄 현장이 될 가능성이 있는 곳에는 좋은 셔츠를 입고 가는 게 아닌데."

"카리브해로 도주하지만 않는다면 괜찮을 거야."

나는 미소 지었다. 이것도 결혼 생활의 추억이 담긴 농담이었다. 클래라는 케이맨제도대학교에서 날아온 방문연구원 제안을 받아들여서 카리브해에서 수면심리학을 가르쳤다면 얼마나 좋았겠냐고 늘 나를 놀리곤 했다. 이후 그 광경은 내 단골 판타지가 되었다. 케이맨제도로 옮겨가서 세븐마일비치의 가장 아름다운 바닷가에서 '내 집 짓기' 프로젝트를 진행하는 꿈. 5층 건물, 자급자족이 가능하고 드는 돈에 비해 효율도 대단히 뛰어난 집. 럼도 내가 직접 만든다. 클래라는 그곳 경찰서에서 자문 일을 한다. 킷캣은 아침부터 저녁까지 바닷가에서 마음껏 뛰어논다. 나는 시간강사 일을 하면서 책을 쓴다.

거기서 늙어가고, 손주들이 처음 바다에 발을 들이는 모습을 지켜보고, 모래성을 쌓으면서 우리의 마지막 나날을 보낸다. 집 옆에 작은 임시 크리켓 경기장도 만든다. 지금은 불가능한 꿈이 되었지만, 아직 완전히 포기하지는 않았다. 그 환상은 너무나 많은 것을 상징하고 있었다. 그랜드케이맨이라는 한 폭의 꿈은 내가 아직 희망을 품고 있는 이유 중 하나다.

"브로드무어에서 했던 업무에 대해 블룸이 당신한테 말한 적 있었나?" 나는 대화를 이어갔다. 목소리가 작게 목에 걸렸다. 세븐마일비치에서 살아가는 행복한 가족의 오래된 꿈은 때로 나를 갉아먹는다. 그 가족과의 이별은 실패처럼 느껴진다.

"브로드무어? 아니, 왜?"

"그냥 블룸의 옛 서류를 정리하다가. 신경 쓰지 마." 나는 표정을 다시 가다듬었다. 그럴듯하게 거짓말을 말하기에는 너무 나이를 먹었다.

"그 여자는 아직 못 깨웠어?"

블룸의 파일 생각만 하느라, 잠시 후에야 나는 클래라가 안나에 대해 말하고 있다는 것을 깨달았다. 나는 그 조롱하는 듯한 말투를 무시했다. "내 이론이 옳다면, 과거의 기억과 감각에 노출시켜서 안나를 깨울 수 있을 거야. 책, 영화, 음악, 냄새, 촉각. 하지만 곧바로 성공할 수는 없어. 도널리에게 몇 달은 걸릴 거라고 해뒀어."

클래라는 두 번째 비스킷을 집어 들었다. "당신 업무는 안나를 구출하는 것이 아니라 잠에서 깨우는 일이야. 잠자는 숲속의 공주니 뭐니 하는 그 변태적인 남성 칼럼니스트들도 지긋지긋한데, 번쩍이는 갑옷을 입은 프린스 왕자의 키스로 살아나는 이야기까지는 필요 없어."

"요즘 같으면 왕자는 제명당할 거야. 어디 명단에 등록되겠지."

"난 진담이야."

"나도 그래. 그런 왕자는 이 땅의 모든 공주들한테 위험인물이야. 꺼지라고 해. 더러운 자식."

"그냥 업무를 수행하는 것만으로 충분할 때도 있어, 벤."

클래라의 말이 맞았다. 나도 알고 있었다. 하지만 그 수수께끼는 내 뇌리에 단단히 발톱을 박고 있었다.

"죽은 사람은 잊고, 살아있는 사람한테 집중하자고." 클래라는 비스킷을 다 먹고 부엌 탁자에서 일어났다.

"살아있기도 한 동시에 죽어있기도 한 사람은?"

클래라는 힘을 내라는 듯 내 어깨 위에 손을 얹었다. "당신 딸이나 잊지 마. 비스킷 고마워."

나는 클래라가 떠나는 모습을 지켜보았다. 같이 텔레비전을 보다가 킷캣은 도저히 가만히 있지 못하고 감자칩을 달라고 조르기 시작했다. 우리는 죄짓는 기분으로 살금살금 패스트푸드점에 가서 버거와 프라이, 바나나밀크셰이크를 시켜 나눠 먹었다. 잠자리에 드는 시간을 놓고 늘 하는 협상이 시작되었다. 밤늦게 킷캣이 세 번째 재촉에 간신히 자러 간 뒤에야, 나는 겨우 텔레비전 앞에 다시 자리를 잡고 손님방까지 소리가 들리지 않도록 볼륨을 낮추었다.

오늘 밤 영화는 전쟁 통에 제작된 유명하지 않은 작품이지만 히치콕이 개인적으로 아꼈던 〈의혹의 그림자〉였다. 이야기는 테레사 라이트라는 인물에게 조셉 코튼이 연기한 카리스마 있는 삼촌이 찾아오면서 전개된다. 연쇄살인범이 돌아다니고, 테레사는 차츰 조셉이 괴물이라는 사실을 깨닫게 된다.

영화는 나를 안정시켜 주지 않았다. 블룸의 살인 사건을 너무 많이 연상시켰다. 연쇄적으로 사람을 죽이는 살인범이 우리 사이에 숨어있다. 누군가 블룸의 자택에 침입해서 칼로 그녀를 살해했다. 블룸의 파일에 기록된 환자 그리고 1990년대 말 브로드무어라는 정신적 황무지와 관련된 인물.

좀 더 밝은 내용의 영화를 보는 건데.

나는 킷캣의 방에 접근하는 발소리와 부엌 바닥에 흩어지는 핏자국을 상상하며 잠을 이루지 못했다. 깜빡 잠이 들었지만, 뻔히 보이는 장소에 온통 섬뜩한 위협이 가득 찬 꿈을 꾸었다. 선로에 시체가 떨어지고 비밀이 은폐되는 광경을 보았다.

새벽 3시 반이 조금 지나 잠에서 깨었다. 밖에서 무슨 소리가 들렸다. 인기척인지 바람 소리인지 알 수 없었다. 시야를 어둠에 적응했다. 그림자가 벽에 길게 늘어져 있었다. 불안감은 조금도 가시지 않았다. 손의 떨림도 나아지지 않았다. 약을 먹든지 해야 할 것 같았다. 나는 일어나 불안정한 마룻장을 밟지 않으려고 조심하며 발끝걸음으로 아파트를 가로질렀다. 킷캣의 방문 앞에 섰다.

이건 습관이 되었다. 악몽이 너무 무시무시해질 때 위안을 찾는 것이.

다시 기억이 뇌리를 스쳐 지나갔다. 블룸의 집, 현관문, 무슨 일이 있다는 직감 그리고 바닥에 쓰러진 시체와 그 아래 고인 피. 갑자기 그 문과 킷캣의 문이 겹쳤고, 나는 그때와 지금을 의식적으로 구분하지 못하고 동물적인 공포에 질려 딸의 방문을 벌컥 밀고 들어갔다. 숨을 몰아쉬며 방 안을 둘러보았다.

아무것도 없었다.

나는 다시 완전히 제정신을 차렸다. 눈을 깜빡이고, 문지르고, 초점을 다시 맞췄다.

킷캣은 잠들어 있었다. 숨을 들이쉴 때마다 바르르 떨리는 작은 코가 보였다. 아이는 잠든 채 이불 밑에서 한쪽 다리를 찼다. 내 딸은 살아있었고, 세상모르게 잠들어 있었다. 평화로웠다. 나는 잠시 그대로 서서 지켜보고 있다가 아이를 깨우지 않도록 조심하며 조용히 방을 나섰다.

한심했고, 통제가 안 된다는 기분이 들었다. 이기적이라는 생각, 다시 부끄러웠다. 나는 평소처럼 사소한 일을 하기 시작했다. 하품하고,

진한 커피를 끓이고, 부엌 상판을 다시 닦고, 바닥에 떨어진 빵가루를 치웠다. 진공청소기도 꺼내고 싶었지만 그건 참았다. 나는 작은 아침 식사가 놓인 탁자에 앉아 킷캣의 방문이 똑바로 보이도록 문을 열어놓았다.

나는 밤새도록 그렇게 보초를 섰다.

이 사건이 얼마나 내게 영향을 끼치고 있는지 이제야 알 수 있었다. 내 머릿속을 얼마나 엉망진창으로 헤집고 있는지.

나는 찬장에서 초콜릿비스킷 한 봉지를 꺼냈다. 커피도 더 마셨다. 잠을 설쳤다는 것은 다른 에너지원이 필요하다는 뜻이다. 나는 스스로에게 그렇게 말했다. 카페인, 설탕. 나는 새벽이 오기를 기다렸다. 무슨 소리가 날 때마다 퍼뜩 놀라고, 소음 하나하나에 벌떡 일어났다. 공포란 이런 기분이었다.

광기도.

나는 침실 문을 주시했다. 블룸의 집을, 그녀의 성소에 침입한 살인범을 생각했다. 누가 돌아다니는지 몰라도, 무슨 위험이 도사리고 있는지 몰라도, 이렇게 하는 것만은 누구도 막을 수 없다. 내게는 한 가지 엄중한 책임이 있었다. 내가 기꺼이 목숨을 바칠 수 있는 대상이.

나를 해치러 오는 건 상관없다. 하지만 나 하나다. 다른 사람은 안 된다.

무슨 일이 있어도 딸만은 지켜야 한다.

## 38  벤

다른 날, 다른 상담 시간이었다.
 이른 시각. 킷캣은 클라라의 집으로 돌아갔다. 나는 대신 안나와 같이 있었다. 안나는 이제 내게 매일 빠뜨리지 않는 의식 같은 것이 되었다.
 "안녕하세요, 안나." 나는 말을 시작했다. 익숙해지다 보니 민망함은 날마다 줄어들었다. 나는 크고, 또렷하고, 권위 있는 목소리로 말했다. "당신은 지금 런던 한복판에 있는 방에 누워있습니다. 아름다운 아침이에요. 축축하고, 싸늘하고. 밀크티 한 잔과 따뜻한 버터를 바른 토스트 한 장이 필요한 그런 날이군요."
 나는 할리스트리트를 내려다보는 창가에 앉아있었다. 얇은 커튼이 프라이버시를 보호해 주었다. 안나는 너무나 비쩍 말라 죽은 사람 같았다. 하지만 그것만은 생각해서는 안 된다. 산 사람 대하듯 말을 걸어야 한다. 살아있고, 숨을 쉬고, 지각이 있으나 인간적인 교류를 거부당하고 있는 인간. 머릿속에 갇힌 채, 몸에 의해 보호되고 있는 사람.
 "제 딸 킷캣이 제 집에서 지냈습니다." 나는 고요한 방을 향해 말하고 있다는 것을 다시 의식하며 말했다. "요전 날에는 버거와 프라이,

밀크셰이크를 사줬어요. 설탕을 잔뜩 섭취하게 했지요. 언젠가 영양 불균형으로 문제를 겪으면 아마 근본 원인은 저 때문일 겁니다."

혼자 말하고 답변을 듣지 못한다는 것은 여전히 이상한 기분이었다. 하지만 여기 혼자 있고 싶은 것은 그 때문이었다. 아침 일찍 혹은 밤늦게 마지막 일정으로 여기 들러서 침대 옆에 앉아 이야기하는 일이 잦아지고 있었다. 제3자가 있으면 분위기가 달라질 것이다. 여기서 안나와 같이 있으면 나는 책임 의료진도, 슬퍼하는 동료도, 상처받은 남편도, 당황한 아버지도 아니었다. 마침내 나 자신이 될 수 있었다. 그럼에도 불구하고 누군가 지켜보고 있다는 기분은 완전히 사라지지 않았다. 해리엇이 유리 너머에서 나를 바라보는 모습이 떠올랐다. 꼼짝도 하지 않은 채, 숨 막힐 만큼 고요하게 내 비밀을 훔쳐보듯 들여다보던 시선. 그런 상상을 하니 흥분되기도 하고 불안하기도 했다.

"아시겠지만, 우리는 기본적인 감각자극 기법을 시도하고 있습니다. 텔레비전, 음악, 차츰 늘어가는 촉각, 과거에 맡았던 향기를 통해 자물쇠를 풀어보려는 겁니다."

나는 침대로 돌아갔다. 정신분석 초창기에 분석가는 환자의 눈에 보이지 않는 자리에 앉았다. 최고의 분석가는 말을 거의 하지 않았다. 대부분 환자만 말했다. 지금 우리는 서로 자리를 바꿔 앉은 것 같았다. 나는 연상작용을 통해 생각나는 것들을 안전한 치료실에서 자유롭게 풀어놓고 있었다. 안나 쪽이 말 없는 분석가였다.

나는 의자를 당겨 앉았다. 지나치게 치료사 같은 말투를 쓰지 않으려고 노력했다. "가능한 다른 치료요법에 대한 이야기도 솔직하게 말씀드리고 싶습니다, 안나. 난 당신이 내 말을 듣고 치료법에 동의할 수 있을 거라고 믿어요. 그럴 기회를 드리고 싶습니다."

회의적인 사람들이 입을 모으는 목소리가 들리는 것 같았다. 이건 심리학이다. 치료사가 잠든 여자에게 대답을 기대하기라도 하듯 말을 걸다니. 하지만 그들에게 환자는 언제나 환자일 뿐이다. 수술대 위에 놓인, 살과 피가 있는 추상일 뿐이다. 반면 심리학자에게 있어 환자는 질감이 있는 구체적인 존재다. 사소하고 개인적인 별난 부분들이 그에게는 전부다.

"우리는 감각자극 훈련과 대화치료를 계속할 겁니다. 이 치료와 약물을 병행하는 방법도 고려할 수 있습니다. 전 세계적으로 체념증후군의 증례가 워낙 드물어서 문헌은 별 도움이 되지 않습니다. 하지만 그것도 선택지 중의 하나입니다."

불편한 기분이 들었다. 안나에게 나는 솔직해야 한다. 스티븐 도널리, 법무부, 앰네스티 탄원, 단짝 친구 두 명을 살해한 혐의로 안나를 법정에 세우려는 화이트홀의 노력에 대해서도 털어놓는 게 솔직할 것이다. 앰네스티가 유럽인권법원에 제소한 청원 일정이 다가오고 있다. 법무부는 그전에 결과를 요구하고 있다.

나는 시계를 보았다. 해리엇이 올 때까지 아직 5분이 남았다. 나는 에밀리가 준 책을 집어 들었다. 검은색 표지에 에우리피데스의 《메데이아와 기타 희곡》이라는 제목이 새겨져 있었다. 이 책에 대해 이야기했을 때 블룸이 보였던 반응과 그 이후의 행동을 생각했다.

이 책에는 뭔가가 있다.

나는 서론을 펼쳐 안나가 연한 연필로 밑줄을 그어놓은 구절을 읽었다. 안나가 기억할 만한 구절이 필요했다. 안나에게 의미가 있을 만한 구절. 이 구절이 괜찮아 보였다.

나는 내용을 읽었다.

마라톤과 살라미스는 문명화된 가치를 야만적인 세상에 확립하고, 성장시키는 것은 오로지 그리스 문화의 선도자인 자신들에게 달려있다는 사실을 아테네인들의 의식 세계에 생생하게 각인시켰다.

동그라미가 쳐진 단어는 '마라톤'뿐이었다. 이상했다. 무작위적이었다. 이 텍스트는 마라톤 전투를 언급하고 있다. 기원전 490년, 아테네 대 페르시아. 에우리피데스가 태어나기 10년 전이다.

텍스트를 보고 안나를 보니 예전의 의혹들이 모두 다시 떠올랐다. 내가 지푸라기를 잡고 있는 게 아닐까? 잠자는 숲속의 공주라고 경계하는 사람들의 말이 맞는 게 아닐까? 안나가 눈을 뜨고, 피에 젖은 단짝 친구 둘의 시체를 보고, 자기 손에 단단히 쥐어진 살인 무기를 보는 모습을 상상해 보았다. 의도했건 아니었건, 안나는 그 둘을 죽였다. 몽유, 약물, 술. 그 어떤 맥락도 범죄 자체를 제거하지는 못한다. 저 작고 부드러운 손은 무고해 보이지만 사실 살인범의 손인 것이다.

소리가 정적을 깨뜨렸다. 업무용 휴대전화에서 일정 알림이 울리고 있었다. 나는 화면을 보고 오늘 오전 두 번째 일정을 확인했다.

이제 안나의 아버지를 만날 시간이다.

*2019* 안나의 수첩

**3월 18일**

차갑다. 검다. 텅 비었다.

나는 잠에서 깨어났다. 그냥 아파트 밖이 아니었다. 아예 건물 바깥이었다.

도로 포장. 고르지 않고, 쓰레기가 여기저기 널려있었다. 나는 잠옷 바람이었고 지금은 3월이다. 날씨가 궂었다.

분명 꿈을 꾸는 것이리라. 하지만 나는 그렇지 않다는 사실을 알고 있었다.

몽롱하게 잠기운이 다시 찾아왔다. 나는 눈을 깜빡이고, 침을 삼키고, 기침을 하고, 다시 눈을 깜빡였다. 피곤했다. 나는 인디라와 더그, GVM 인수 건, 엄마, 아빠, 스톡웰 괴물, 브로드무어, 프린스 박사, V. 블룸 교수에 대해 생각하고 있었다.

거리 위, 열쇠는 없었다. 이건 악몽이었다. 가족 휴가 때, 학교 기숙사에서. 두 번 다 지금처럼 춥고 몸이 떨렸다. 나는 건물 밖으로 쫓겨나 있었다. 휴대전화도 없었다. 같이 사는 친구도 없었다. 영하의 날씨였다.

또 몽유 증상을 겪은 것이다.

지금 중요한 것은 오로지 생존이었다. 우리 아파트 아래위에 다른 호가 있다. 초인종을 누르고 들여보내 달라고 부탁할까 생각해 보았다. 하지만 아파트 자체도 잠겨있을 것이다. 신문 헤드라인이 눈에 보이는 듯했다. '남작의 딸이 런던의 거리에서 반벌거숭이로 발견되다.' 엄마는 펄펄 뛰겠지. 테오는 웃을 거고. 인디라와 더그는 나를 잡지에서 쫓아내고 이 일을 핑계 삼아 GVM 인수 건을 마무리 지으려 할 것이다.

두 블록 건너편에 매일 스물네 시간 영업하는 작은 카페가 있었다. 이른 아침 출퇴근하는 직장인들로 붐비는 곳이었다. 나는 그곳으로 들어갔다. 상황에 대해 거짓말을 하고 공짜 커피를 한 잔 얻어냈다. 정말 우스꽝스러운 기분으로 창가에 웅크리고 앉아 노출이 심한 잠옷에 쏟아지는 음흉한 시선들을 무시했다. 카페에서 전화를 빌려 긴급 열쇠 수리공을 부르고 아파트에 들어가서 비용을 지불하겠다고 약속했다.

8시 30분, 수리공에게 300파운드를 뜯겼다. 아래층 이웃이 나를 보았지만 별다른 말은 하지 않았다. 침실에 들어오니 기숙학교에서 같이 지내던, 고상하지만 얄밉기 짝이 없는 공주님들이 나를 조롱하는 목소리가 다시 들리는 것 같았다. 밤이 되면 악마적인 본능이 나타나는 불쌍하고 운 나쁜 아이. 나는 다른 사람이 되어가고 있다. 완전히 새로 태어난 다른 사람.

과거의 나로 되돌아간 것 같다.

늑대, 좀비.

분에 못 이겨 한밤중에 홀로 울부짖는.

**3월 25일**

린던도서관. 일주일이 지났다. 하지만 구글 뉴스는 뜨지 않는다. 트위터나 인스타그램에도 소식이 없다. 수치스러운 단신 기사도, 내가 아침 식사 중인 카페 손님들 사이에서 민망한 잠옷 차림으로 쭈그리고 있는 모습을 휴대전화로 찍은 저화질 사진도 보이지 않는다.

샐리 터너, 그러니까 스톡웰 괴물에 관한 자료를 모으는 걸 잠시 중단했다. 오늘은 직업적이라기보다 개인적으로 탐정 노릇을 수행해야 해서다. 나는 학생 모드로 돌아가서 서고를 둘러보았다. 몽유병에 대한 책을 한 아름 찾았고, 깔끔한 《히스테리 연구》 단행본도 찾았다. 옛 친구에게 돌아가는 기분이다.

프로이트와 브로이어의 서문에 나오는 구절이 항상 마음에 남는다.

우리는 오랜 세월 동안 극히 다양한 히스테리의 형태와 증상에서 그것을 촉발한 원인(문제의 현상을 최초로, 종종 그 몇 년 전에 일으킨 사건)을 찾았다.

페이지를 훑어보며 계속 넘기니 내가 좋아하는 또 하나의 구절이 나왔다. 책 후반부에서 프로이트가 쓴 글귀다. 그는 '환자가 겪은 고통의 사연과 질병의 증상 사이에 있는 친밀한 관계, 다른 정신병의 일대기에서는 나타나지 않는 관계'에 대해 이야기한다.

정신병의 일대기. 나도 나 자신의 상태에 대해 이런 식으로 접근해야 한다. 최초로 증상이 발현되었던 순간으로 되돌아가서 그 증상을 촉발한 원인을 찾아야 한다. 어린 시절 내가 잠들었던 장소와 다른 곳에서 잠을 깼던 그 불안정한 순간, 내게 말썽 부리지 말라고 했던 엄마, 나를 믿지 않았던 아빠, 수사와 경험이 일치하지 않았던 순간.

땀에 흠뻑 젖은 잠옷 바람의 그 어린 소녀가 안쓰럽다. 시간을 가로질러 그녀에게 다가가서 다 괜찮다고 말해주고 싶다. 너는 정말 침대에서 눈을 감았지만, 어떻게 아래층까지 왔는지 기억이 없는 상태로 눈을 다시 뜬 거라고.

너는 스스로 통제할 수 없는 정신에 갇혀있는 거라고.

하지만 20년이 지난 지금, 다시 증상이 시작됐다.

밤에 내가 어떤 존재가 되는지, 무슨 짓을 저지를지 두렵다.

내 안에 잠들어 있는 어두운 생각들이 두렵다.

## 39  벤

벨그라비아 이쪽 동네의 집들은 다 똑같아 보인다. 주택들이 쉽게 하나로 섞인다. 나는 체스터광장을 따라 내려가며 맞는 번지수를 찾았다. 예상했던 요소들이 모두 다 있었다. 석고처럼 흰 건물 정면, 으리으리한 기둥, 검은 현관문으로 이어지는 작은 계단, 반짝이는 은제 노커, 짧은 잔디 정원. 마치 랩으로 곱게 싸서 실제로 사용하지 않는 듯한 분위기를 자아내는 풍경이었다.

문을 두드리자 스페인 억양을 쓰는 가정부가 나왔다. 그녀는 인테리어 디자인이 웅장한 응접실로 나를 안내했다. 나를 봐달라는 듯한 가구와 거추장스러운 커튼. 여기는 실제로 그 안에서 살기보다는 쳐다보며 감상하기에 더 적합한 방이었다. 바닥에는 양탄자가 깔려있었다. 방 한가운데 커피 탁자가 놓여있고, 서재 꾸며주기 부업까지 할법한, 메이페어에 있는 그 멋진 서점들에서 산 양장본 몇 권이 그 위에 널려있었다.

피카소에 대한 책 한 권, 뉴욕의 명소에 대한 책 한 권, 베르비에에 대한 책 한 권이 눈에 띄었다. 나는 정신없이 바쁜 서점 직원이 고객의 요청을 받고 필요한 책을 찾아내는 모습을 상상할 수 있었다. 분명

리처드 오길비는 뉴욕에서 장기간 체류하고, 베르비에에서 휴가를 보내고, 피카소 원본을 한때 소유했거나 지금도 소유하고 있을 것이다. 어쩌면 이 책들은 단조로운 일상에 매력적인 환상을 더하는 역할을 담당하고 있을 것이다. 나는 거기 서있다가 문이 삐걱 열리는 소리를 듣고 돌아보았다.

금융가이지 정치가가 아니었지만 리처드 오길비는 전처보다 더 연극적이었다. 에밀리가 비극에 휩쓸린 어머니의 모습이었다면, 리처드는 대조적으로 카멜레온 같은 인상이었다. 약간 길게 기른 희끗희끗한 머리카락과 햇볕에 가무잡잡하게 태운 피부에는 배우 같은 구석이 있었다. 맞춤 재단한 셔츠, 모카신. 스타일에 관해 조언을 구해야 할 것만 같았다.

"리처드 오길비입니다." 그는 내 손을 잡았다. "수면의사분이시지요. 잘 오셨습니다. 자, 자, 앉으세요."

"감사합니다."

"당신이 찾아갔다는 말을 에밀리한테서 전해 들었는데, 하느님에 대해 무슨 불경한 언사를 하셨다지요? 살아서 무사히 헤어진 게 놀랍습니다."

나는 크림색과 금박이 섞인 소파에 앉았다. 그는 맞은편에 앉았다. "하느님이야 제 불경한 언사 정도는 얼마든지 감당하실 정도로 커다란 분 아니십니까."

리처드는 나를 향해 미소 지었다. "오랫동안 결혼 생활을 하다 보면 이런 충격을 겪게 됩니다. 20년, 심지어 30년 뒤에 깨어나 보니 자신의 반쪽이 낯선 사람인 거요. 에밀리가 언젠가 개 목걸이를 차고 아침 기도를 이끌게 될 거라고 진작 누가 그랬다면… 음,《셜록 홈스》에 이런 상황에 잘 어울리는 대사가 있는데."

"네." 나도 제일 좋아하는 대사였다. "불가능한 요소를 모두 제거하고 나면, 그 뒤에 무엇이 남든, 아무리 개연성이 낮다 해도, 그것이 진실일 수밖에 없다."

 그는 웃으며 고개를 끄덕였다. 눈빛에는 소년 같은 반짝임이 있었다. 4년 동안 딸을 애통해하며 지낸 사람 같지 않았다. 호랑이처럼 정력적인 느낌이 불편했다.

 "처음 만났을 때 에밀리는 담배를 하루 서른 개비 피웠고, 술고래였고, 정치에는 관심이 전혀 없었고, 저메인 그리어를 거의 금욕적이라고 생각하는 사람이었어요. 어쨌든 1980년대였으니까. 뭐, 저는 자본주의를 전복하고 소련군이 버킹엄궁을 점거해야 한다고 생각했습니다. 3년 뒤 나는 투자은행가가 되었지요. 번갯불에 콩 볶듯이 결혼하고 후회했어요. 혹시 결혼하셨습니까? 실례지만 성함이…."

 "프린스입니다. 베네딕트 프린스. 아뇨, 아내와 저는 이혼했습니다."

 "그럼 내 말이 무슨 뜻인지 아시겠군요."

 서술문이었지 질문이 아니었다. 이미 나는 리처드가 나를 갖고 놀고 있다는 것을 알아차리고 있었다. 이것은 그의 만남이었지 내 만남이 아니었다. 고객이든, 동료든, 아이든, 그는 다른 사람 위에 군림하는 데 익숙한 사람으로 보였다. 그는 승자의 미소를 띠고 있었다.

 "어쨌든," 리처드는 말을 이었다. "에밀리한테서 박사님이 시도하고 있는 새로운 기법에 대해 들었습니다. 감각에 부하를 거는. 유명인들이 다 찾아간다는 할리스트리트의 그 클리닉에서 일하시지요. 이름이 뭐더라?"

 "애비클리닉입니다."

 "그렇지요. 그래서 이 새로운 방법은?"

 "제가 법심리학 저널에 기고했던 기능성신경학적장애 치료에 대한 논문을 기반으로 한 방법입니다. 약어로 FND라고 부르지요."

리처드는 역시 별 관심이 없는 표정으로 고개를 끄덕였다. "네, 나도 읽었습니다. 심신증이라고 하던가요. 전부 그 애의 머릿속에 문제가 있다고 생각하십니까?"

나는 움찔했다. "사실 체념증후군은 아직 우리한테 수수께끼입니다. 다발성경화증, 알츠하이머, 운동신경질환… 심지어 파킨슨병도 마찬가지입니다. 신경학자들은 사실 이런 병들의 원인을 몰라요. 완전히 설명할 수도, 치료할 수도 없습니다. 체념증후군도 비슷합니다."

"그 방법이 통할 확률이 얼마나 될까요? 난 워낙 퍼센트를 좋아합니다. 감을 잡을 수 있도록 데이터를 좀 알려주시죠."

"저는 따님이 인생에 희망을 되찾지 못하면 깨어나지 않을 거라고 생각합니다." 내 어조는 평정하고 단호했다. 내 말투가 약하면 설득력도 약해질 것이다. "안나가 다시 깨어나도록 도우려면, 안나에게 살아갈 이유를 주어야 합니다. 애비클리닉에 들어온 일은 긍정적인 첫걸음이라고 생각해요. 음악, 영화, 촉각, 냄새, 대화 같은 이전에 경험했던 요소들을 다시 접하게 해주는 것도 좋은 방법입니다. 전 부인께서 안나의 몽유병에 대해 이미 알려주셨는데요, 저는 따님의 기분과 행동에 대해 좀 더 알고 싶습니다. 안타깝지만 퍼센트는 아무도 확실히 모릅니다. 치료는 몇 주째 계속 하고 있습니다. 곧 결과가 나오기 시작할 거라고 확신합니다. 아마, 아주, 곧."

"전처는 몽유병이 많은 걸 설명한다고 생각합니다."

"살인을 설명할 수 있을지는 모르지요. 하지만 그게 반드시 체념증후군을 설명하지는 못합니다. 어떤 차원에서든, 안나가 자신이 저지른 짓을 자각하고 있지 않았다면."

리처드는 새로운 존경의 눈빛으로 나를 바라보았다. "아, 네. 진퇴

양난이지요. 안나가 자신의 범행에 대해 자각하고 있지 않았다면, 굳이 잠들 이유가 없었겠지요. 자각했다면, 살인을 저질렀을 때 잠들어 있었다고 말할 수 없고. 어느 쪽이든 그 애한테는 끝장이군요."

"그렇습니다." 리처드는 자기 자식을 마치 물건처럼 입에 올리고 있었다. 안나를 치료하면 할수록 나는 그녀에게 보호 본능을 느꼈다. 세상은 그녀의 평판을 짓밟았다. 가족은 아직 그 여파에서 헤어 나오지 못하고 있다. 해리엇과 나는 그녀에게 남은 단 두 명이었다. 나는 안나와 세상 사이의 문지기였다. 현대적인 감수성으로 볼 때 아무리 후지다 해도, 나는 안나를 보호하고 해방시키겠다고 맹세한 동화 속의 왕자였다.

"더글러스 뷰트와 인디라 샤르마는 얼마나 잘 알고 계셨습니까?" 나는 물었다.

리처드는 얼굴을 찌푸렸다. 순간 동작이 멈췄다. "이따금 집에 드나들곤 했습니다. 왜 그러시죠?"

"그들을 어떻게 생각하셨습니까?"

"더글러스는 괜찮은 친구 같았습니다. 인디라는 잘 모르겠군요. 몇 마디 말을 섞지도 않았습니다."

안나의 친구들, 특히 인디라 이야기가 나오자 그는 예민해지는 것 같았다. 법적인 문제를 두려워하는 것 같기도 했다. 인디라가 어떻게 그를 불쾌하게 했는지 궁금했다. 나는 휴대전화를 꺼내 적당한 영상을 찾았다. 모험이었지만 꼭 필요했다. 내 이론을 설명하는 유일한 길이었다.

"간호사 중 한 사람이 안나가 〈예스터데이〉 노래에 반응하는 모습을 보았습니다. 전처분께서도 안나가 어렸을 때 피아노로 연주해 주곤 했다고 하셨고요. 가사가 서글프기는 하지만 저는 그 곡이 안나의 정신세계에서 무의식적인 의미가 있다고 믿습니다. 다른 말로 희망이지요. 우리는 안나한테 극단적인 감각자극 프로그램을 시행하고 있습니다. 그 모든 총체적인 힘이 따님을 차츰 수면 위로 끌어 올릴 겁니다. 하지만 그러다 마침내 가장자리를 넘어서게 하는 건 아마도 작은 사건, 계기가 아닐까요." 나는 휴대전화를 건넸다. 영상이 재생되기 시작했다. 노래, 모니터, 안나의 얼굴에서 명멸하는 움직임.

나는 한 박자 기다렸다가 말을 이었다. "모두가 살인 사건 당일 '농장'이나 그전 몇 시간 동안 '숲'에서 무슨 일이 있었는지 집중했습니다. 하지만 저는 보다 깊은 원인이 있다고 생각합니다. 농장 이전 몇 달 전 심각한 몽유 증세를 일으켰던 어떤 일이 그날 밤의 사건과 겹쳐지면서 이렇게 오랜 시간 체념증후군으로 전개된 거라고요. 뭔가가 모든 희망을 깨뜨린 겁니다. 그 원인을 찾지 못하면, 따님은 절대 깨어나지 못할 수도 있습니다."

리처드는 이제 무표정한 얼굴로 영상에서 본 모습을 곱씹고 있었다. 그는 휴대전화를 내게 돌려주었다. 안나의 영상이 그의 거만한 자아에 구멍을 낸 듯했다. 자식의 고통 앞에서 무력한 아버지, 패배자의 모습이었다.

그는 평정을 회복했다. "정확히 뭘 알고 싶으신 거요?"

# 40 벤

리처드와의 만남이 끝난 뒤, 나는 핌리코에 돌아갈 기분이 아니었다. 나는 체스터광장을 떠나서 할리스트리트로 걸어갔다. 리처드 오길비가 말해준 모든 것들을 곰곰이 생각해 보았다. 아버지와 딸에 대해서 생각했고, 지난 주말 아파트를 떠나던 순간 돌아보며 바라본 키티의 마지막 눈빛이 떠올랐다.

나는 뒷문을 통해 애비클리닉에 들어섰다. 클리닉 안에서는 시간이 정지했다. 결혼 생활 중 최악의 순간에, 나는 이 벽 안에서 동면했고 집에서 휘몰아치고 있던 감정의 폭풍이 존재하지 않는 척했다. 클래라의 전화에서 그 문자를 발견했던 주말이 기억났다. 발신자는 '병원'이라고 저장되어 있었다. 나는 그 남자가 누구인지 궁금해하며 몇 달 동안 나 자신을 고문했다. 뇌신경외과의사나 신경학자 혹은 수면 심리학에 경멸을 품고 있는 인물일 것 같았다. 분노와 배신감이 마음에서 떠나지 않았다.

나는 30분 동안 내 사무실에 들어박힌 채, 리처드와의 만남에 대한 보고서를 작성했다.

다음과 같이 요점을 정리했다.

- 리처드는 안나의 몽유병에 대해 전혀 모르고 있다가 학교에서 퇴학당하는 사건이 발생했을 때 에밀리에게 들어서 알게 되었다고 했다.
- 리처드는 딸이 치료를 받으면 자칫 정치적 스캔들로 번질 수 있다고 생각한 이가 자신이라고 주장했다. 그는 시간이 안나의 수면장애에 최고의 약이라고 생각했다.
- 리처드는 안나가 옥스퍼드를 졸업한 뒤 《엘리멘터리》를 창간했을 때 회의적이었지만, 딸의 사업이 정신을 높이 샀다고 주장했다.
- 리처드는 이따금 딸과 소통하는 것이 힘들었다고 인정했다. 하지만 어린 시절부터 전통처럼 관람했던 맨체스터유나이티드 축구 경기를 통해 유대감을 느꼈다고 했다.
- 리처드는 안나가 자료조사 목적으로 브로드무어에 여러 번 방문했다고 주장했다.
- 리처드는 안나가 브로드무어 기사와 관련된 정보원과 접촉할 때 사용할 깨끗한 노트북을 사야 한다는 이유로 자신의 신용카드를 사용했다고 말했다. 2019년 그 운명의 밤 이후 노트북도, 정보원도 나타나지 않았다.
- 리처드는 안나의 새로운 자료조사가 스톡웰 괴물과 관련되어 있으며 그녀가 희곡 〈메데이아〉를 광적으로 읽었다는 에밀리의 증언을 확인해 주었다.

나는 요점을 저장하고 암호화했다. 그런 뒤 책상 서랍을 열고 안나가 가지고 있던 《메데이아와 기타 희곡》 책을 꺼냈다. 나는 페이지를 다시 들추어 보았다. 마지막 부분의 한 구절에서 눈길이 멈췄다.

이 일 이후로 그 어떤 것이 기묘하거나 끔찍할 수 있을까?
오, 열정과 고통으로 가득한 여자의 침대여.
그 어떤 사악함과 그 어떤 슬픔을

네가 이 땅에 불러왔느냐!

나는 이 구절을 되뇌며 커피 한 잔을 더 끓였다.
간병인이 야간 근무를 하고 있었다. 하지만 나는 해리엇의 주근깨 가득한 미소를, 그녀와 함께 안나를 돌보던 시간을 생각했다. 수면에 초점을 맞춘 세상에는 독특한 친밀함이 있다. 내 생각에 갇혀 혼자 시간을 보내는 것이 너무나 피곤했다. 갑자기 다른 인간에게 속내를 털어놓고 고백하고 싶다는 충동이 일었다.
해리엇은 안나를 계속 유지해 주는 사람이었다. 시트를 갈아주고, 환자에게 옷을 입히고 씻어주는, 아무도 알아주지 않는 일을 수행했다. 그녀는 보안이 엄격한 정신병동의 벽 안에서 살아왔고, 호흡했으며, 블룸의 파일을 일반인이 알아들을 수 있는 언어로 통역하고 색깔과 맥락을 부여할 수 있는 사람이었다. 수수께끼를 풀 수 있는 사람이었다.
사무실 일반전화가 울렸다. 나는 마지못해 수화기를 들었다.
"여보세요?"
나는 컵에 우유를 따르고 저었다.
"프린스 박사님, 2층 VIP 병실입니다. 바로 오셔야겠습니다."

# 41　벤

 분주한 일정이 멈춘 애비클리닉에는 고요함이 내려앉았다. 불가능하지만, 가능한 일이었다.
 간병인의 전화.
 프린스 박사는 VIP 병실로.
 마치 유체 이탈을 경험하듯, 나는 사건을 내려다보고 있는 나 자신을 보고 있었다.
 계단을 달려 내려가서 급히 항균 세정 그리고 입장. 침대 옆에 서있는 간병인. 치료실은 어쩐지 싸늘하게 느껴졌고 나는 셔츠 바람으로 온 것을 후회했다. 감염 가능성을 차단하기 위해 얼음처럼 차가운 물로 손을 씻었기 때문이다. 어쩌면 물리적인 것이 아닌 다른 이유일지도. 병실에는 내가 한 번도 느껴본 적이 없는 고요함이 깃들어 있었다.
 "언제 그랬습니까?"
 간병인은 긴장하고 초조해 보였다. 그녀는 기침을 하고 대답했다. "저는 개인적인 전화를 받으러 나갔던 참이었습니다. 다시 들어와서 검사 결과를 확인하려는데 모니터에 떠있었습니다."
 "확실해요? 잘못 본 건 아니겠지요?"

간병인은 망설이지 않았다. 목소리는 강하고 분명했다. "확실합니다."
"얼마나 지속되었습니까?"
"다시 말씀드리지만, 정확한 건 불가능⋯."
나는 필요 없다는 뜻으로 손을 저었다. "최대한 추정해 보세요."
"몇 분 정도. 제가 박사님께 전화드렸을 때는 멈췄던 것 같습니다."
"같다는 말은 확신할 수 없다는 걸로 들리는데요."
"확실히 멈췄습니다."
"저한테 전화한 뒤로 제가 도착하기 전까지 다시 보이지는 않았지요?"
"네."
"평소와 다른 일을 하고 있었나요?" 나는 물었다. "아주 사소한 거라도 좋습니다. 음악, 움직임, 발화, 촉각. 뭐라도 안나가 반응할 만한 것이 있었습니까?"
"확실히 모르겠습니다."
"생각해 보세요. 계기가 있었을 겁니다."
간병인은 곰곰이 생각하기 시작했다. 올바른 방향으로 슬쩍 밀어주고 싶었다. 하지만 암시는 여기서 치명적일 수 있다. 나는 그 사건 직전에 정확히 무슨 일이 있었는지 이해하고 싶었다. 간병인이 내게 전화하기 직전에.
마침내 간병인은 뭔가 기억했다. "텔레비전을 켰습니다. 스코어를 확인하려고요."
객관적이고 냉정한 것이 내 역할이다. 나는 감정을 드러내지 않으려고 애썼다. 개인적인 전화, 업무 중 텔레비전 시청. 그런 건 나중에 문제 삼아도 된다. "무슨 경기였죠?"
간병인은 민망한 것 같았다. "그냥 시시한 건데요."
"아니요, 시시한 건 없어요. 솔직하게만 대답하시면 됩니다."

그녀는 한숨을 쉬었다. "첼시 대 맨유. 맨유 승에 돈을 약간 걸었거든요. 돈을 벌었는지 확인하고 싶어서요."

리처드가 안나와 함께 맨체스터유나이티드 게임을 시청했다고 했던 것이 기억났다. 아버지의 불륜을, 부모의 약점을 알기 전에. 그 경기들은 어린 시절과 흥분, 늦은 취침 시간, 자신의 영역을 넘어서는 세상의 수수께끼를 상징할 것이다. 이 점을 미처 생각하지 못했던 나 자신이 한심했다.

"경기는 진행되고 있었습니까?"

"네, 그걸 보고 전 텔레비전을 껐습니다."

나는 내 이론이 맞기를 바랐다. 지금까지 책, 음악, 영화, 꽃, 향수, 깃털, 발화를 시도했다. 이 아름다운 게임은 그 치료적 접근의 논리적인 연장선이었다. 나의 정당성을 입증하는 결과였다. 프린스 박사의 치료법이었다.

나는 안나를 필요로 한다. 안나도 나를 필요로 한다. 그 특별한 끈이 우리를 연결한다. 온 세상에 오로지 우리 둘뿐이다.

그래도 아직 다른 걱정거리가 있었다. 그녀를 잠에서 깨우는 것이 감옥 문을 잠그는 결과를 낳지 않을까. 치료하고 싶은 것이지 벌을 주려는 게 아니라는 맹세를 배신하는 꼴이 되지 않을까. 그것은 의식하지 못한 채 저질렀던 범죄로 누군가를 감옥에 보내려는 국가를 돕는 일이다. 역사의 잘못된 편에 서는 것이다.

나는 침대 옆에 서서 안나를 내려다보며 간병인에게서 걸려왔던 전화를 다시 떠올렸다.

그 말이 모든 것을 바꾸어 놓았다.

"환자가 방금 눈을 떴습니다."

*2019*                                           안나의 수첩

**4월 1일**

    브라스리제델, 피커딜리서커스. 인디라의 생일이었다! 우리는 빨간 부스에 앉았다. 세계대전 당시 파리풍이었다. 베이커스트리트에 있던 특수작전집행부에 가입해서 낙하산을 타고 비시 정권기 프랑스에 뛰어들었던 여자들의 이야기를 떠올리며, 내가 적진에 투입된다면 얼마나 잘 해낼 수 있을까 생각해 보았다.

    밴드 연주가 흘렀다. 사랑에 빠진 연인들이 서로 끈적한 눈길을 보냈다. 아파트에서는 시시한 음악이 흐르고 더 시시한 친구들이 모여 의무적인 파티가 열릴 것이다. 하지만 오늘 밤은 우리뿐이었다.

    우리는 술을 마셨고, 인디라가 내 선물 포장을 뜯었다. 나는 아직 그녀가 GVM과의 비밀 회합에 대해 털어놓기를 바라고 있었다. 내 가장 친한 친구 두 명이 왜 내 등 뒤에서 내가 설립한 회사를 팔아넘길 음모를 꾸미고 있는지. 인디라는 나를 따돌린 것이 더그의 생각이었다고 이야기할 것이고, 나는 충격받은 척하다가 이해하는 척할 것이다. 세상에 맞서는 건 오로지 우리 둘뿐. 나는 몽유 증상에 대해, 다시 일이 생기면 어쩌나 하는 두려움에 대해 털어놓을 것이다. 인디라는

내 두려움을 덜어줄 것이다. 우리는 함께 웃을 것이다. 질서가 되돌아올 것이다.

하지만 인디라는 아무 말도 하지 않았다. 대신 우리는 술을 너무 많이 마셨다. 나는 스톡웰 괴물 이야기를 했다. 인디라도 샐리 터너 사건을 기억하고 있었다. 사회의 가장 큰 금기를 깨뜨린 여자에 대한 본능적인 격분, 두 아이를 죽인 양모, 천륜을 거스른 죄.

카페를 나선 뒤, 우리는 취한 채 가로등 불빛에 비친 도시를 함께 거닐었다. 나만 거짓말을 술술 늘어놓을 줄 아는 건 아니다. 인디라도 겉으로 전혀 티가 안 난다. 눈도 깜빡이지 않고 발을 바꿔 디디거나 헛디디지도 않는다. 아파트로 돌아오는 동안에도 나는 기다렸다. 하지만 우리는 그냥 비틀비틀 집 안으로 들어갔다. 우리는 포옹하고, 한숨을 쉬고, 각자 방으로 들어갔다. 거창한 결전도, 새벽의 결투도 없었다.

나는 처음으로 내가 인디라를 전혀 신뢰하지 않는다는 것을 깨달았다. 심지어 좋아하지도 않는다는 것도. 하우스메이트들은 이렇게 적이 된다. 솔직히 정면으로 부딪힐 용기가 없지만, 이런 작은 쿠데타나 영역 다툼을 피하기에도 너무 머리를 굴린다.

그래, 물론 술 때문일지도 모른다. 하지만 서로 포옹하는 한순간, 나는 인디라가 싫었다. 거짓말, 가식. 고전적인 미모와 잘 빠진 몸매가 있다고 나를 납작하게 눌러줄 수 있다고 생각하는 것하며, 그래봤자 내가 어쩔 거냐고 생각하는 것하며. 인디라는 내가 너무 순진해서 아무것도 모른다고 생각한다.

방에 돌아와서 나는 다시 《신경윤리학》 학술지에 실린 샌님 같은 기사를 찾아 계속 머릿속에서 떠나지 않았던 단락을 읽었다. 아리스토텔레스의 《윤리학》에서 나온 예시였다. 범죄 행위가 누구의 책임인가 하는 내용이었다.

아리스토텔레스는 주정뱅이의 예를 들었다.

술에 취한 사람이 취한 상태에서 자발적으로 혹은 온전한 능력으로 행동하지 않는다 해도, 그는 취하기로 선택했을 때 자발적으로 혹은 온전한 지적 능력으로 행동한 것이므로 그 행동에 대한 책임을 져야 한다. 개인이 통제할 수 있는 영역인 과도한 알코올 섭취나 기타 요인으로 인해 사건수면 증상이 촉발된 경우가 그 예라고 할 수 있다.

고대에서 현대로. 샐리 터너 사건이 생각났다. 알코올은 그녀의 사건수면 증상을 자극했다. 그녀는 살해 직전, 며칠 동안 술을 많이 마셨다. 자신의 광기를 스스로 촉발시킨 것이다.

나는 스스로와의 약속을 어기고 오늘 밤 술을 너무 많이 마셨다.

나는 노트북을 닫았다. 침대에 누웠다. 알코올은 몽유 증상을 촉발한다. 불면증도 그렇다. 이 악마는 나를 살려두지 않을 것이다. 나는 잠과 제정신 사이에 갇혀있다. 잠을 자도, 잠을 자지 않아도, 나는 파멸이다.

머리끝부터 발끝까지 파멸이다.

**4월 8일**

오늘도 아파트다. 계속해서 파고든다.

실제 사건을 다룬 글로 돌아갔다. 샐리 터너의 유령.

나는 스톡웰 괴물 사건과 연관된 신문 스크랩을 훑어보았다. '새로운 여론조사: 스톡웰 괴물에게 교수형을 처하라는 여론이 74퍼센트《선》, 아동 살인마를 법정에 세워라《데일리익스프레스》, 괴물 엄마가 재판을 받는다(《데일리메일》), 터너는 두 명을 살해한 범행에 대해 몽유병을 변론 근거로 내세웠다(《타임스》).'

나는 내무부와 법무부, 런던시경, 서부런던 국민의료서비스 및 보건부에 추가로 정보공개청구를 했다. @AnnaO 트위터 계정을 통해 기타 추가적인 단서를 수소문했다. 구체적인 내용을 언급하지 않고 그냥 브로드무어 내부의 정보원을 찾는다고만 적었다.

물론 장난 메시지가 쪽지함을 가득 채웠다. 하지만 그중 하나가 흥미를 끌었다. 나는 계정명을 보고 피식 웃었다.

독창적이지는 않지만 눈에 띄었다.

나는 첫 번째 메시지를 열었다.

@PatientX.

# 42     롤라

 그것은 다른 무엇보다 흥미를 끌었다. 그녀는 온라인에서 모든 강의를 들었고 팟캐스트 강연까지 몇 개 다운로드했다. 자칭 안나 O 유산 큐레이터로서 롤라는 마지못해 그를 인정했다.
 수많은 시행착오를 겪었지만 베네딕트 프린스 박사는 이 일의 적임자로 보였다.
 롤라는 이제 그를 잘 알고 있었다, 아니, 그렇다고 생각했다. 스트레스를 받았을 때 그는 초췌한 표정을 짓고, 피곤할 때 광대뼈가 파르르 떨린다. 가까이서 직접 관찰해 보니 한층 흥미로웠다.
 롤라는 지금 애비클리닉 뒷문에서 다른 누군가와 계속 진지한 대화를 나누고 있는 그를 주의 깊게 지켜보고 있었다. 이런 행동에 대해 '스토킹'은 너무 험악한 단어다. 롤라는 '수사'라는 단어를 훨씬 선호한다. 경찰이나 사립 탐정들이 항상 하는 일, 정탐 기술 전체를 가리키는 용어다. 프린스 박사는 사진보다 실물이 훨씬 괜찮았다. 어딘가 살짝 서툰 구석이 오히려 매력적이었다. 금발과 갈색이 섞인 머리카락, 보수적으로 잘 차려입은 패션 감각, 타이를 매지 않은 셔츠, 거슬리지 않는 면바지, 긁힌 데가 있는 첼시부츠, 금요일이라 캐주얼한 차림, 항상 삐딱하고 완벽한 미소.

그래, 이건 어쩌면 롤라가 밤낮으로 해온 모든 일들이 그렇듯, 그 하룻밤의 트라우마를 제대로 극복하지 못한 데서 비롯한 집착일지도 모른다. 하지만 사실 그녀는 확신해야만 한다. 안나 O에 대한 수사 전체는 처음부터 잘못되었다. 언론이 쏟아낸 그 모든 선정적인 헛소리 속에서 안나는 인간이라기보다 신화가 되었다. 프린스 박사도 마찬가지는 아닐지 그녀는 확인해야만 했다.

지금 그의 뒤를 밟는 것도, 이번 수사에 이렇게 접근하는 이유도 그 때문이었다.

롤라는 벤이 다른 인물과 대화를 마치는 모습을 보았다. 여자, 역시 애비클리닉 직원이었다. 밤에 일하는 조무사 같다. 청소부와 안내원, 전산직원, 배달부 등과 마찬가지로 이 드라마의 조연이다. 포스터에 이름이 오를 정도로 화려한 스타는 아니다. 하지만 프린스 박사는 잡무를 맡는 직원들을 유혹하는 것을 좋아한다. 두 사람은 각자의 길로 갔다. 간호사가 옆에 없으니 의사는 약간 고독하고 비극적인 분위기를 풍겼다. 간호사가 그를 돋보이게 했다. 시시한 간호사가 대단한 인정을 받지는 못하겠지만.

롤라는 대화를 열심히 엿들었다. 오늘 밤 무슨 일이 있었는지 분위기를 파악할 정도로는 충분했다. 무슨 일이, 스물네 시간 관찰되고 있는 안나와 관련해서 뭔가 돌파구가 있었던 것은 분명했다. 그 조무사는 열심히 지켜보겠다고 다짐했다. 프린스 박사는 다시 안으로 들어갔다. 꼭대기 층에는 아직 불이 켜져있었다.

롤라는 자기 휴대전화를 꺼냈다. 지켜보는 사람이 없는지 확인한 뒤, 그녀는 개인 소장용으로 조용히 프린스 박사의 사진을 찍었다.

그날 밤의 진실은 아직 밝혀져야 한다. 롤라 자신의 역할이 역사에서 지워지게 내버려 둘 수는 없다.
　죄지은 자들이 죗값을 치러야 할 것이다.
　다른 게시물을 올릴 때가 됐다.

## 43      벤

내가 꿈꾸던 순간이었다.
　하지만 현장은 냉정할 만큼 익숙했다. 안나의 눈은 감겨있었다. 몸은 침대 위에 굳어있었다. 여분의 팔다리처럼 몸에서 튀어 나온 튜브와 전선이 이리저리 얽혀있었다.
　나는 침대로 다가가서 늘 앉던 대로 의자에 앉았다. 최소의식상태에서 벗어나는 환자에 대한 검사는 간단하다.
　첫째, 환자가 단순한 명령을 따를 수 있는가?
　"안나, 프린스 박사입니다, 베네딕트. 왼쪽 손을 쥐어보세요. 한번 움직여 보세요. 할 수 있겠어요, 안나?"
　어른이 아이 대하는 목소리였다. 하지만 이건 관객이 있기 때문이었다. 안나와 단둘이 있던 치료 시간에는 보다 친밀한 어조를 썼지만, 지금 그랬다가는 프로처럼 들리지 않을 것이다. 치료사는 전문인이다. 플래카드를 들고 다니는 안나 응원 팀이 아니다.
　"벤…."
　해리엇의 음성에 나는 퍼뜩 놀랐다. 그녀의 근무시간은 몇 시간 전에 끝났다. 야간 간호사에게서 전화를 받은 뒤 나는 해리엇에게도 문자로 소식을 알렸다. 하지만 이렇게 일찍 도착할 것이라고는 예상하지 못했다. 세척한 손과 팔이 아직 젖어있었다.

"여기 지갑을 두고 갔어요." 그녀는 말했다. "지갑을 찾으러 돌아오는 길에 문자를 받았습니다."

"타이밍 완벽하네요."

나는 다시 침대를 돌아보았다. 안나의 왼손에서 퍼뜩 움직임이 보였다. 나는 다른 사람들에게 움직이지 말라고 말한 뒤 기다렸다.

그러다, 마침내, 다시 분명한 경련이 일었다. 안나의 왼손이 움직이고 있었다. 눈꺼풀 주위에서도 가벼운 떨림이 보였다.

나는 두 번째 질문을 시도했다. 최소의식상태 환자에 대한 일반적인 절차였다.

"안나, 제 말이 들린다는 걸 알고 있습니다. 몇 가지 더 물어볼 게 있어요. 머리를 오른쪽으로 기울여 보겠어요?"

가장 쉬운 동작이었다. 나머지 팔다리는 너무 오래 누워 지낸 탓에 움직일 수 없을 만큼 굳어있었다. 하지만 머리는 베개 위에서 굴릴 수 있을 것이다. 옆에서 해리엇의 기척이 느껴졌다. 세상은 고요해졌다.

"안나, 내 말이 들리면 머리를 옆으로 기울여 봐요. 할 수 있어요, 안나."

코치나 학교 체육 선생처럼 격려하는 말투였다. 하지만 연구 결과를 보면 확인하는 것이 가장 중요하다. 이름을 지속적으로 되풀이하고, 격려하고, 환자가 안전하다고 느꼈던 어린 시절의 리듬과 확신을 모사하는 것이 도움이 될 수 있다.

"저기 보세요…."

해리엇은 정찰병이자 부관으로서 전투 대형의 작은 변화를 감지하고 상부에 보고하는 역할을 맡고 있었다. 나는 다시 안나에게 집중했다. 다른 생각에 정신이 팔리지 않도록 노력했다. 유심히 지켜보니 안나의 머리가 아주 조금 오른쪽으로 기울어졌다. 거의 눈에 띄지 않을 정도였다. 하지만 분명 움직임이었다.

"좋아요, 안나. 아주 잘했어요. 여기는 애비수면클리닉, 안전한 곳입니다."

해야 할 몇 가지 검사가 더 있었다. 다음 단계는 안나가 물건에 손을 뻗거나 스스로 주도하는 행동을 할 수 있는지 지켜보는 것이었다. 정신과 몸의 연결고리가 정상화하고 있는지 확인하는 게 중요했다. 생각이 동작으로 전환되어야 하는 것이다. 이 모든 과정이 쌓이다 보면 안나는 마침내 눈을 뜰 수 있을 것이다. 한 번, 두 번, 지시에 따라. 계속 소통해야 한다.

"안나, 아주 잘하고 있습니다. 이게 거의 다 됐어요. 이제 몇 가지 질문을 더 하겠습니다…."

나머지 절차를 진행했다. 수없이 상상한 순간이었기 때문에 자동적으로 질문이 흘러나왔다. 나는 안나에게 얼굴을 만져보라고 했다. 기다리다가, 다시 지시하고, 그녀의 오른손이 더듬더듬 상체로 올라가는 모습을 홀린 듯 지켜보았다. 눈은 아직 감겨있었다. 잠에서 깨었다는 징후는 겉으로 보이지 않았다. 하지만 그녀의 뇌는 아직 활동하고 있었다. 그 안 어딘가에 안나가 있었다.

다음으로 나는 MRI 기계가 있는 4층으로 안나를 옮길 준비를 하라고 해리엇에게 지시했다. 기능적 MRI는 남아있는 뇌 기능을 측정하는 데 사용된다. 안나의 결과를 다른 최소의식상태 환자 및 체념증후군 환자들의 검사 결과와 비교할 수 있을 것이다.

나는 해리엇과 다른 간호조무사들이 안나를 옮길 준비를 하는 동안 기다렸다. 나는 라디오 진행자처럼 목소리를 부드럽게 내려고 노력했다. 안나가 지금 일어나고 있는 일 때문에 겁을 먹지 않아야 했다. 그녀의 정신이 투쟁-도피 반응을 보이기 시작하면 수면 상태에서 깨어날 가능성은 다시 사라질 것이다.

"안나, 프린스 박사입니다. 아주 잘하셨습니다. 이제 MRI 장비가 있는 4층으로 당신을 옮길 겁니다. 거기 가면 뇌 활동을 측정하고 치료가 어느 정도 진척을 보였는지 더 확실히 알 수 있습니다. 몇 가지 질문을 더 하면 이제 곧 끝납니다. 아주 잘하고 있어요, 안나. 이제 거의 다 됐습니다. 잠들지 말고 계속 깨어있어야 합니다, 안나."

에밀리나 리처드 오길비에게 개인적으로 연락할까 생각해 보았다. 하지만 혹시라도 실망하게 되면 아예 무소식보다 더 고통스러울 것이다. 일단은 기다리는 게 낫다.

우리는 다음 층에 도착했다. 해리엇과 간호조무사, 기술자가 MRI 장비를 준비하고 있었다. 나는 모니터 앞에 자리를 잡았다. 안나의 몸이 기계 안에 부드럽게 들어갔다. 엄밀히 말해 MRI 검사는 신경과의사들의 일이다. 나는 내 영역을 넘어서서 경계를 침범하고 있었다.

하지만 내 환자를 빼앗길 수는 없다. 규정 따위 개나 주라지.

나는 마이크 쪽으로 입을 가져다 대며 부드럽고 든든한 목소리로 말했다.

"안나, 이번 질문은 약간 다릅니다. 이번에는 다양한 것들을 상상해 보겠습니다. 상상할 수 없거나, 아무 생각이 나지 않더라도 걱정하지 마세요. 아주 잘하고 있어요, 안나." 나는 마이크를 손으로 덮었다. 물을 한 모금 마셨다. "좋습니다… 이제 가장 좋아하는 스포츠를 하던 모습을 상상해 보세요. 어린 시절, 차를 마시러 집 안에 들어가기 전에 정원에서 연습하던 때를."

2분이 흘렀다. 나는 기다렸다. 지켜보았다. 기록했다.

"다음은 어린 시절의 집 안을 걸어 다니는 상상을 해보세요. 햄프스테드의 집. 모든 방들. 부엌, 거실, 당신의 침실, 욕실, 찬장. 손으로 표면을 쓸어보고, 목소리와 이런저런 소리를 들어보세요."

똑같은 과정이 이어졌다. 기다리고, 지켜보고, 결과를 기록했다.

"이제 안나, 다른 걸 상상해 봅시다. 글을 쓰는 게 어떤 기분인지 상상해 보세요. 당신만의 그 특별한 기술 말입니다. 페이지에서 언어가 천천히 만들어지는 느낌. 상상력의 무한한 가능성. 글쓰기가 당신에게 어떻게 느껴지나요? 거기서 어떤 뿌듯함을 느끼나요?"

이번에는 해리엇의 신호를 기다릴 필요가 없었다. 모니터에서 결과를 볼 수 있었다. 이번 결과는 아까의 움직임과 함께 체념증후군 치료의 획기적인 이정표가 될 것이다. 내 책은 속편이 나와야 할 것 같았다. 다큐멘터리, 강연. 나는 평생 이 연구로 먹고살 수 있을 것이다.

"마지막으로 안나. 어머니와 아버지, 오빠의 이름을 부르는 상상을 해보세요. 이름, 별명, 다 같이 있을 때 서로를 부르는 호칭. 가족 넷 말입니다. 그 이름을 머릿속에 떠올려 보세요. 혀에서 맛이 느껴질 때까지 그 이름을 곱씹어 보세요."

신경과의사들과 진짜 의사들이 비웃는 소리가 다시 들리는 것 같았다. 상관없었다. 구레나룻을 좀 더 맵시 있게 기르고 환자를 대하는 태도가 좀 더 유들유들할 뿐, 그들 역시 의학에 대해 유물론적이고 육체적인 관점만을 고수하는, 빅토리아시대 정육업자와 다를 바가 없었다. 그들은 기능성 질환을 주술사의 전공 분야로, 돌팔이와 사제의 영역으로 치부했다.

나는 해리엇을 돌아보았다. 필요한 결과는 모두 얻었다. 내가 질문을 던졌을 때 안나의 두뇌 활동이 현격하게 증가했다는 점은 문외한이라도 알 수 있었을 것이다. 그녀는 깨어나고 있었다.

해리엇은 MRI 기계를 바라보았다. "다시 옮길 준비를 할까요?"
"아주 조심스럽게."
"황색 프로토콜로 전환할까요?"
나는 대답하지 않았다. 황색 프로토콜은 수면 상태에서 깨어났다는 것을 가리키는 약어였다. 지침이 전환되면 다른 모든 절차도 동시에 진행되어야 한다. 직계가족에게 고지하고, 법무부에 연락하고, 보도 자료를 보내고, 기타 등등.
그것은 어마어마한 결정이었다.
나는 심호흡했다. 내가 버크벡에서 수업할 때 가르치는 두 가지 사례 연구가 있었다. 무니라 압둘라는 여자는 자동차 사고를 당한 뒤 27년 동안 코마 상태였다. 그녀는 네 살 난 아들을 보호하려다 최소의식상태로 빠져들었다. 그렇게 거의 30년이 지난 뒤 그녀는 바이에른의 한 전문 클리닉에서 깨어났다. 이유는 허탈할 정도로 간단했다. 병실에서 싸움이 벌어졌는데, 환자는 자기 아들이 다시 위험에 처했다고 느낀 것이다. 그녀의 첫 마디는 "오마르". 아들의 이름이었다. 마지막으로 환자가 아들을 본 것은 네 살 때였다. 지금 아들은 서른두 살이었다. 그 강렬한 모성 본능이 거의 30년의 깊고 깊은 수면 상태를 깨뜨린 것이다. 그것이 환자를 다시 살려냈다.
두 번째 사례 연구는 테리 윌리스라는 아칸소 출신의 미국인 환자였다. 1984년에 그가 몰던 트럭이 다리 밑으로 떨어졌는데, 그는 19년 동안 최소의식상태로 지내다가 2003년에 깨어났다. 의식이 돌아왔을 때 환자는 자기가 아직 10대라고 생각했다. 그는 엄마를 찾고 펩시 한 캔을 청했다. 코넬대학교의 연구진이 이 사례에 대해 《임상조사저널》에 획기적인 논문을 발표했다. 윌리스의 단기기억력은 심하게 손상되어 있었다. 19년이라는 시간차에도 불구하고 그는 아직도 1984년이라고 믿었다.

사고 이후, 말 그대로 시간 속에 갇힌 것이다.

갑자기 펜과 종이를 찾아서 세세한 상황이 기억에서 가물거리기 전에 얼른 기록하고 싶다는 충동이 밀려왔다. 내 이론이 통했다. 램튼에서 있었던, 설명할 수 없던 사건이 반복되었다. 내가 그 저널에 발표한 논문에서 구축한 가설에 최초의, 가장 극적인 사례가 생겨난 것이다. 나는 과거의 유물을 사용해 환자를 현재로 되돌렸다.

해리엇은 점검을 마쳤다. "자, 결정하셨습니까?"

당직 간호사는 밖으로 나갔다. 문이 스르륵 닫히며 무균 환경을 유지했다. 아직 추웠다. 나는 이제 MRI 기계에서 다시 바퀴 침대로 옮겨진 안나를 바라보았다. 그녀의 두뇌는 각성 상태와 싸우고 있었다.

"벤… 황색 프로토콜로 전환할까요?"

나는 다음에 떠오른 생각을 굳이 말로 표현하고 싶지 않았다. 자칫 징크스가 생길 수 있었다. 대신 나는 그냥 거기 서서 안나에게, 눈 주위의 움직임에 집중했다. 천천히, 아주 고통스럽게. 양쪽 눈꺼풀이 올라가기 시작하면서 또렷, 날카로울 정도로 밝은 흰자가 나타났다.

우리 앞에서 펼쳐지고 있는 의학의 기적에 영적인 차원이, 전에 없던 생명력이 있기라도 한 듯, 소리 없는 감각이 병실을 가득 채웠다.

침대 발치에서 환자와 일직선상에 선 채로, 나는 안나 오길비의 눈동자를 똑바로 바라보고 있었다.

*2019* 안나의 수첩

**4월 15일**

런던도서관. 저널리즘은 취재원이 중요하다. 나도 여기서 하나 낚았다.

환자 X.

물론 막다른 골목일 수도 있다. '환자'라는 수식어에는 문제가 잔뜩 있다. 어느 정도 믿을만한 사람이라는 것은 그간의 서신을 통해 확인했다. 하지만 지금은 그 모든 게 무너질 수도 있는 순간이다. 브로드무어는 큰 시설이다. 수백 명의 환자, 천 명에 가까운 직원이 있다. 하지만 다른 선택의 여지가 없다. 내 패를 공개해야 한다.

나는 가장 최근에 수정한 글을 다시 검토했다.

저는 1999년 샐리 터너 사건에 대한 기사를 작성하기 위해 자료조사 중입니다. 그녀는 1999년 올드베일리 법정에서 심신상실로 인한 자동증 사유로 무죄판결을 받고 브로드무어에 무기한 수감되었습니다. 이후 1999년 8월 자신의 감방에서 시신으로 발견되었습니다. 보안 수준을 생각하면, 그녀가 어떻게 플라스틱 칼을 손에 넣었는지 알고 싶습니다. 샐리 터너가 자살

했는지 혹은 브로드무어 직원의 도움이나 방치로 사망했는지? 브로드무어 내부에서는 그녀를 어떻게 바라보았는지? 그 사건은 왜 다른 많은 사건과 달리 유독 언론의 주목을 받았는지? 기사에 보탬이 될 사소한 내부 정보나 일화가 있다면 큰 도움이 되겠습니다.

나는 마지막으로 메시지를 읽어보았다. 약간 서투르고 조금 필사적이었지만 지금은 뭔가 쓸만한 것이 필요했다. 감호병원 내부에서 정보원을 얻는다는 것은 돌에서 피를 얻어내는 것과 같은 일이다. 단서가 필요했다.
나는 심호흡했다.
'발신' 버튼을 눌렀다.

**4월 22일**
이건 새로운 일이다. 이미 존재하는 기사를 편집하는 것과 같다. 나는 거미줄을 걷어내고, 표면을 닦아낸다. 미켈란젤로의 그 말이 생각난다.

모든 돌덩어리 안에는 조각이 들어있다.

조각가의 일은 창조가 아니라 발견이라는 뜻이다.
나는 웹사이트를 확인했다. V. 블룸 교수를 소개하는 페이지를 읽었다. 내게는 정보원이 한 명 있다. 더 필요하다.
내 앞에 애비수면클리닉이 있었다. 양쪽으로 할리스트리트가 이어진다. 이제 길을 건너고, 초인종을 누르고, 대기실에서 기다려야 한다. 나는 그들에게 몽유병 환자 이력에 대해서, 내 머릿속에 있는 환상에 대해서 털어놓을 계획이었다. 그런 뒤 샐리 터너에 대한 질문을 던질 생각이었다.

당시 누가 터너를 치료했는지?

블룸 교수는 왜 올드베일리 법정에서 피고측 변론에 나섰는지?

20년 전, 브로드무어 크랜필드병동에서 실제로 무슨 일이 있었는지?

경계와 보안 규정이 그렇게 엄격했는데 샐리 터너는 어떻게 감방에 칼을 반입했는지?

비가 내리기 시작했다. 환자들과 직원들이 새로 칠한 문으로 드나들고 있었다. 자동차들이 도로를 쌩쌩 달렸다. 혹시 폭력적인 상상을 고백하면 경찰에 신고당하는 게 아닐까. 내가 블룸 교수를 무작정 찾아가서 취재할 정도는 되는지, 그냥 지푸라기라도 잡으려는 건지 갈등이 일었다.

나는 몇 분, 아니, 몇 시간 동안 거기 머물렀다. 비가 그쳤다. 새로운 메시지가 나를 구했다. @PatientX에게서 온 답장이었다. 글이 유창했고 믿음이 갔다. 나는 그가 하는 말을 믿었다. 아니, 믿고 싶었다. 이쪽이 더 위험했다.

나는 답장을 읽었다.

안녕하세요, 내가 있었던 곳은 크랜필드는 아니었습니다. 하지만 1999년, 샐리 터너 사건 당시에 브로드무어에 있었어요. 크랜필드에는 침상이 열한 개밖에 없었습니다. 가장 작은 병동이었어요. 하지만 사건이 워낙 떠들썩하다 보니 터너에게 전용 구역이 할당되었다는 소문이 있었습니다. 의료진의 지시에 따라 특별한 철창을 만들었다는 말을 들었어요. 아무도 구체적인 건 몰랐습니다. 하지만 간호사 몇몇은 터너가 브로드무어에서 진행되는 심리 '실험' 대상이라는 이야기를 들었다고 했습니다. 그 소문이 사실인지 아닌지 확인된 바는 없었습니다. 내가 들은 건 실험의 제목뿐이었어요. 당시에는 어디에서 유래한 명칭인지 몰랐습니다. 나중에 나와서 찾아보았지요. '메데이아'라는 이름이었습니다.

**4월 29일**
이제 눈을 떴다. 하지만 내가 있는 곳은 거실이 아니었다. 나는 복도에 있었다.
눈이 새벽빛에 적응했다.
내 앞에 문간이 있었다. 더그는 베개에 침을 흘리며 한심하게 잠들어 있었다. 알코올과 대마의 독한 냄새가 떠돌았다. 잠시 뒤에야 이해할 수 있었다. 나는 눈을 깜빡여서 잠기운을 털어냈다. 수면에서 완전히 벗어났다. 오른손에 쥐어진 물건의 감촉이 느껴졌다.
더그는 아직 자고 있었다. 나는 무슨 일이 있었는지 상황을 추측했다. 내가 일어나서 침실 문을 여는 모습을 상상했다. 부엌에서 물건을 들고 살금살금 나오는 모습을.
적당한 순간을 기다리는 모습을. 어떻게 할지 고민하는 모습을.
이게 현실일 리가 없었다. 하지만 나는 꿈을 꾸고 있는 게 아니었다. 이건 야경증이 아니었다. 다시 몽유 증상이었다.
심지어 전보다 더 나빴다.
내 오른손에는 칼이 쥐어져 있었다.

## 44 에밀리

 기도에 대한 응답 같았다. 얄궂은 일이었다. 아침기도 시간에 휴대전화는 엄격하게 금지되어 있었다. 하지만 에밀리는 전화의 전원을 끈 적이 없었다. 새로운 소식이 전해질 가능성은 언제나 있었다. 전화를 끈다는 것은 패배를 인정하는 일이다.
 전화벨 소리를 들은 20대 부목사가 불쾌한 눈빛으로 이쪽을 흘끗 보았다. 에밀리는 전화를 끄고 기도를 계속해야 한다는 것을 알고 있었다. 그러나 발신자를 확인하니 처음 면담하기 전에 저장한 이름이 눈에 띄었다.
 프린스 박사(애비).
 "실례하겠습니다." 그녀가 기도를 중간에서 끊자, 부목사와 청중들은 혼란스러운 몸짓을 보였다. 에밀리의 말이 예배당의 경건한 분위기를 깨뜨렸다. 그녀는 교회 사무실 문으로 사라졌다. 목사가 서둘러 나서서 기도를 이어가는 목소리가 들렸다.
 시간은 특이한 존재다. 엄지손가락으로 화면을 닦았던 기억이 났다. 교회 사무실 바깥 양탄자의 뽀송뽀송한 느낌도 기억났다. 그 뒤로는 사건들이 희미하게 끊겼다. 자신이 택시를 얼마나 오랫동안 기다렸는지, 세인트마거릿교회에서 애비클리닉까지 얼마나 걸렸는지 기억을 떠올릴 수가 없었다. 휴대전화 연락처에서 '리처드'라는 이름을 본 장면이 기억났고, 그에게 전화해야 한다는 것은 알고 있었지만, 어떻게 전화를 거는지 알 수가 없었던 장면도 기억났다. 그저 베네딕트 프린스의 듣기 좋은 음성만 귓가에서 계속 반복되고 있었다.

최대한 빨리 애비클리닉으로 오셔야 할 것 같습니다. 안나 말인데요….

택시가 있었다. 명소와 관광객, 차량들이 뒤섞인 런던 중심가가 차창을 스쳐 지나갔다. 에밀리는 전자결제 앱으로 서둘러 택시비를 지불하고 할리스트리트에서 휘청거리며 내렸다. 팔다리가 후들거리고 당 수치가 떨어지는 느낌이었다. 물론 시간은 계속해서 흘러갔다. 프린스 박사가 1층에서 기다리고 있었다. 늘 가던 3층이 아니라 4층으로 황급히 올라갔다. 기능적 MRI 검사에 대한 설명을 들었고, 미신 같지만 다시 눈을 감을 수도 있으니 지금 안나를 옮기는 것은 꺼려진다는 설명도 들었다.

말이 귀에 들어오지 않았다. 그저 긴장감이 감돌았다. 마지막으로 안나가 보았던 에밀리는 지금과 다른 사람이었다. 2019년의 에밀리 오길비는 최전성기였다. 그림자내각의 일원이었고, 야당 내 거물이었으며, 중요한 정부 직책을 맡기 직전이었다. 비서진, 수행원, 동료 여행자, 추종자, 지지자, 심지어 팬도 있었다. 예전의 그녀에게는 남편이 있었고, 누가 봐도 번듯한 자식이 둘 있었다. 오늘 에밀리는 아침기도회에서 스무 살 어린 남자에게 질책을 들었다. 지금 그녀는 독신이었다. 아들은 지구 반대편으로 날아갔다. 에밀리는 안나가 알던 사람이 아니었다.

다른 걱정거리도 있었다. 입에 내지 않는 걱정. 안나가 잠에서 깨어나지 않는 것이 아니라, 잠에서 깨어났다는 사실이었다. 그녀가 기억해 낼 모든 것들이었다.

그리고 눈앞에, 안나가 있었다. 아니, 차라리 안나 흉내를 내는 누군가라고 해야 할까. 아픈 안나, 지금은 딸을 생각해야 했다. 힘이 하나도 없는 팔다리, 떡 진 머리, 해골처럼 마른 몸, 퀭한 분위기. 아픈 안나는 수십 년은 더 나이 들어 보였고, 아직 젊은데도 늙어가고 있었다. 하지만 그건 왠지 중요하지 않았다. 걱정, 언론, 질문들, 죄책감, 이 모든 것은 일시적으로 잠잠해졌다. 에밀리는 4년 만에 처음으로 눈을 뜬 자신의 아이를 보고 있었다. 기억이 밀려왔다. 자기 전에 읽어주던 동화책, 함께 누워 뒹굴던 명절, 학교에서 옮아온 감기, 크리스마스 아침, 깜짝 생일 선물… 하나하나가 단조롭고 행복했던 소통의 끝없는 순환.

에밀리의 눈물이 안나의 얼굴에 떨어졌다. 그녀는 눈물을 닦아주었다. 손을 그대로 두고 딸의 뺨을 어루만지자 눈이 반응했다.

안나의 인격이 천천히 모든 것에 겹쳐졌다. 얼굴에 다시 영혼이 깃들었고, 생명의 기적이 두 사람 앞에 일어났다.

"안녕, 우리 딸." 에밀리는 말했다. "잘 돌아왔어."

## 45  에밀리

에밀리는 안나의 손을 잡았다.
 너무나 오랫동안 기다려 온 순간이었다. 어머니와 딸의 재회. 고개를 들어보니 프린스 박사와 해리엇, 간호사가 치료실에 들어섰다. 뭐라 적당한 할 말을 찾기 전에 그녀는 불쑥 말해버렸다. "뭐라고 해야 할지 모르겠어요."
 프린스 박사는 미소 지었다. "굳이 무슨 말을 하실 필요는 없습니다."
 "사과를 드려야겠어요. 솔직히 박사님의 방법이 효과가 있을 거라고 생각하지 않았습니다."
 "솔직히 그건 저도 마찬가지였습니다. 하지만 지금은 아직 회복의 초기 단계입니다. 궁극적인 목표는 안나가 의식을 완전히 되찾고 잠에서 깨어나는 것입니다. 그 부분은 계속 경과를 지켜봐야 합니다."
 에밀리가 묻고 싶지 않은 질문이었다. 하지만 어쩔 수 없었다. "이제 어떻게 될까요? 재판 말입니다."
 프린스 박사는 간호사를 돌아보았다. 둘 다 불편해 보였다. "안타깝지만 그건 저희가 전혀 개입할 수 없는 문제입니다." 박사는 말했다. "우리의 임무는 환자를 돌보는 일입니다. 하지만 의료적인 문제가 완전히 해소될 때까지는 아무 일도 일어나지 않을 거라고 약속드릴 수 있습니다."

"그렇군요." 너무 머리가 멍해서 달리 할 말이 떠오르지 않았다. 하지만 정치적인 의제가 다른 모든 것을 어떻게 우격다짐으로 밀어내는지 에밀리는 잘 알고 있었다. 법무부는 안나를 법정에 세우기를 원한다. 그들은 자기들의 의지를 관철할 것이다.

해리엇은 에밀리의 낙담한 모습을 보고 입을 열었다. "안나와 단둘이 조용히 있게 해드리겠습니다. 필요한 게 있으시면 말씀하세요."

에밀리는 고개를 들고 자신이 어디에 있는지 기억해 냈다. "감사합니다." 이번에는 그저 단순한 예의가 아니라 진심에서 우러난 말이었다. "정말 모든 것에 대해 감사드려요."

프린스 박사와 해리엇은 치료실을 나섰다. 문이 닫히는 소리가 들렸지만, 에밀리의 시선은 딸에게 굳게 고정되어 있었다. 안나가 태어나기 전에 배웠던 이런저런 사실들이 떠올랐다. 인간의 안구는 출생 이후 눈 주변의 다른 모든 것이 성장하는 동안에도 거의 변하지 않는다. 이것은 너무나 특이하지만 무엇보다 아름다운 진실 중 하나였다. 그래서 아기들은 왕방울 눈이지만 커가면서 차차 비율이 맞춰진다. 에밀리는 병원 분만실에서 안나와 눈을 처음 마주쳤던 순간을 기억하고 있었다. 그 단순한 소통의 마법. 안나의 눈이 피로해질 때까지, 에밀리는 하염없이 딸을 바라보고 있었다. 워낙 오랫동안 잠들어 있었기 때문에 눈꺼풀이 묵직해 보였다. 깨어있으려고 애쓰는지 눈을 깜빡이기도 했다.

잠기운이 전염되는 것 같았다. 에밀리는 소독한 치료실을 둘러보았지만 밤의 어둠이 두 사람을 삼키고 있었다. 그녀는 이것이 일회성이 아니기를, 안나가 다시는 영원히 잠들지 않기를 기도했다. 이전의 에밀리는 언제나 온건한 낙관주의자였지만, 지금은 순간마다 어떤 새로운 삶의 잔인함이 닥쳐올지 알 수 없다는 것이 두려웠다. 안나가 깨어났다가 다시 잠들어 버리는 것을 보아야 한다면, 아예 깨어나지 않은 것보다 못할 것 같았다.

에밀리는 자리에 앉았다. 처음 느꼈던 짜릿함이 차츰 가셨다.

대신 과거가 다시 끼어들었다. 잠은 너무나 위험하게 느껴졌지만 유혹적이었다. 에밀리는 현실과 꿈 사이에서 부유하는 자신을 느꼈다.

묻어버리려고 노력했던 기억들.

더 이상 눈을 뜨고 있을 수가 없었다. 이 순간을 소망하느라 너무 많은 에너지를 써버렸기 때문에 감정이 너무 벅찼다.

어딘가로 굴러떨어지고 있었다. 맨 처음으로 돌아가고 있었다.

농장. 그래, 그렇지.

과거로 빠져들고 있었다.

농장은 에밀리의 생각이었다. 그것이야말로 비극적인 아이러니였다. 숲도 마찬가지였다.

그때 에밀리는 모처럼 한 가족처럼 지내고 싶었다. 시골의 진흙탕에서 웃고, 시답잖은 짓을 하고, 잠깐이나마 어른들의 세계에서 벗어나 동심의 즐거움을 다시 느낄 기회를 얻고 싶어서.

숲의 현실은 좀 따분했다. 테오와 안나가 잠들기 전에 자주 읽어주던 두 편의 동화 〈스왈로 탐험대와 아마존 해적〉 혹은 〈쓰레기 더미의 스틱〉 같지는 않았다. 팀 배정도 약간 운이 나빴다. 에밀리는 안나가 가족 그룹에 속했으면 했다. 하지만 생존자 팀이 먼저 출발했다. 바람 부는 시골 공기는 효과가 있는 것 같았다. 리처드는 전화와 아이패드 중독증을 떨치고 시장의 움직임 하나하나를 관찰하는 일에서 해방되어 몇 달 만에 처음으로 본모습을 되찾는 것 같았다.

숲의 나머지 기억은 세월의 흔적에 묻혀 흐릿했다. 리처드와 두 번째 인물을 보았던 기억, 뇌리에서 늘 떠나지 않던 생각이 떠올랐다. 이혼과 새 출발로 인해 이제는 무의미해진, 그 옛날 집착이었다. 하지만 그래, 기억이 났다. 휴대전화가 진동하더니 새 왓츠앱 메시지가 들어왔다. 엄밀하게 말하면 두 개의 휴대전화가 각자 울린 것이었다. 에밀리는 깊이 잠들지 않았다. 잠에서 깨어 더듬더듬 휴대전화를 찾아 메시지를 읽었다. 새벽 그 시간에는 메시지의 내용이 잘 이해되지 않았다. 화면에 뜬 작은 글자, 하나하나 놓고 보면 무해하지만, 합쳐놓으면 치명적인 단어들.

*미안해. 내가 죽인 것 같아.*

나머지는 비교적 또렷하게 떠올랐다. 처음에는 가슴을 옥죄는 초조함이 밀려왔다. 어머니, 보호자로서의 본능적인 반응이었다. 지금조차도 뭐라 표현하기가 불가능했다. 극도로 목이 졸리는 감각이라고 해야 할지, 목구멍에서 시작해 머리와 다리로 번져가는 숨 막힘이었다. 안나와 테오가 슈퍼마켓에서 길을 잃었을 때, 한눈판 사이 아이들이 차도에 뛰어들었을 때 느꼈던 공포였다.

거기 필적할 만한 것은 없었다. 결혼도, 기도도. 삶의 표면이 사라졌다. 그리고 삶의 속살이 그대로 노출되었다. 한순간 모든 것을 빼앗길 수 있다는 자각이었다. 건강검진 결과가 나와서 의사와 진료 예약을 잡을 때, 직계가족을 찾아 경찰에게서 연락이 온다거나 할 때 느끼는, 인간의 가식을, 모든 것을 마음대로 통제할 수 있다는 오만한 환상을 우주 전체가 비웃는 듯한 기분.

에밀리는 리처드를 깨웠다. 그는 신음하며 돌아누웠다. 그녀는 그에게 전화를 보여주었다. 그는 안경을 썼다. 두 사람은 함께 메시지를 읽었다. 본능이 충돌했다. 그들은 일어나서 어제 입었던 옷과 재킷을 주위 입고 어둠 속으로 오렌지캐빈을 나섰다. 기억하는 한, 둘 다 아무 말도 없었다. 너무 오랫동안 결혼 생활을 했고, 너무 많은 것을 보았다. 둘은 늪지의 풀밭을 지났다. 테오의 오두막은 왼쪽에 있었다. 녹색이었나, 노란색이었나? 안나의 오두막은 똑바로 앞쪽이었고, 인디라와 더글러스가 쓰던 레드캐빈 옆쪽이었다.

하지만 다른 걱정도 있었다. 에밀리는 이제 기억이 났다. 아무것도 몰랐던 그 마지막 몇 초가. 그녀는 리처드를 바라보았다. 무장하지 않은 그는 너무나 다른 사람이었다. 아르마니 슈트도, 완벽한 고급 평상복도 걸치지 않고 장신구도, 운전사도, 펀드매니저의 화려한 일상에서 묻어나온 어떤 화려함도 없는, 멋쟁이가 아닌 그.

그 사람이야말로 에밀리가 결혼한 남자였다. 세상 모든 일에 대해 자기 의견이 분명하지만 소설 속 당나귀 'EO'처럼 유약함이 눈빛에서 엿보이는, 오만하고, 약간 부스스한 경제 전문가. 예쁜 여자 앞에서 얼굴을 붉히고 키스가 서툴던 학생. 에밀리는 그보다 연애 경험이 많았다. 바람 난 남편을 둔 배신당한 아내라는 미래 따위는 꿈도 꾼 적이 없었다. 예전의 리처드, 그녀의 리처드는 결코 그런 유형이 아니었다. 성공이 그를 변화시켰다.

블루캐빈에 다가가면서 에밀리가 했던 생각은 그런 것들이었다. 시시하고 저열한 질투심이었다.

리처드는 블루캐빈 문간에 도착해서야 입을 열었다. 그는 단호하게 노크하고 소리쳤다. "안나! 아빠다. 안나, 문 열어봐라."

대답이 없었다.

"안나! 엄마랑 같이 메시지를 봤어. 장난은 재미없다, 안나. 문 열고 나와봐. 화 안 낼 거다. 안전한지 확인해야겠다."

역시 대답은 없었다.

리처드는 문을 가늠했다. 에밀리도 고개를 끄덕였다. 이제 유일한 길이었다. 안나는 안에서 약에 잔뜩 취해 자기 토사물에 질식했을 것이다. 아니면 다시 몽유 증상으로 사고를 쳤는지도 모른다. 개 사건이나 학교 사건, 휴가 때처럼.

"안나, 들어간다."

리처드는 손잡이를 흔들어 보고 문을 밀어 열었다. 생각보다 문이 쉽게 안으로 열리는 바람에 그는 작은 오두막 안으로 넘어질 뻔했다. 에밀리는 안나가 침대나 바닥에 쓰러져 있을 거라고 생각했다. 하지만 블루캐빈은 비어있었다. 작은 의자 위에 옷가지가 아무렇게나 걸쳐져 있었다. 아무도 없었다.

비어있었다.

리처드는 그래도 수색했다. 에밀리는 휴대전화를 꺼내 안나에게 전화를 걸었다. 소리가 들려왔지만 너무 희미했다. 리처드도 들었고 에밀리는 어디서 벨 소리가 울리는지 귀를 세웠다. 계속 휴대전화를 울리면서 수색했지만 소리는 이 오두막 안에서 나는 것이 아니었다. 전화벨 음악 소리와 함께 왓츠앱 메시지의 정확한 표현이 그제야 이해되기 시작했다.

둘 다 입 밖에 내지 않았다. 그 생각은, 보호자로서의 애매한 걱정이 아니라 진짜 생각은, 너무나 차갑고 끔찍했다.

미안해. 내가 죽인 것 같아.

대신 두 사람은 달리기 시작했다. 이전의 삶을 뒤로 하고 달리기 시작했다. 행운이 눈앞에 기다리고 있는 것처럼, 달아나기 전에 잡아야 하는 것처럼.

레드캐빈에 도착했을 때, 굳이 경고하거나 소리칠 필요는 없었다. 리처드는 아주 잠시 망설이다가 더듬더듬 손잡이를 찾았다. 이전의 삶이 영원히 끝났다는 사실은 너무나 분명히 알 수 있었다. 너무 늦었다. 이전의 모든 것들, 만남과 결혼, 아이들, 설레도록 좋을 때나 끔찍하게 나쁠 때. 그 모든 것들은 그저 전편에 불과했다. 그들이 지상에서 보낸 시간은 오로지 이 일로 기억될 것이다. 오로지 이 일로 평가될 것이다.

에밀리가 가장 먼저 본 것은 시체였다. 사람들은 피를 언급했지만 그것은 나중에서야 눈에 들어왔다. 아직 어두운 시각, 달빛만 현장을 비추고 있었다. 하지만 오두막은 작았기 때문에 움직이지 않는 세 사람이 공간을 가득 채웠다. 순간 에밀리는 그들이 잠들었다고 생각했다. 인디라와 더글러스는 각자 침대에 누워있었다. 둘 다 얼굴을 아래로 하고 있었고, 뒷모습의 굴곡이 눈에 띄었다. 더글러스는 웃통을 벗고 있었다. 인디라는 잠옷 차림이었다. 안나는 두 사람 사이 바닥에 누워있었다. 아이들이 어렸던 시절, 친구들이 집에 와서 자고 가는 날이면 손님 침실에서 재우던 때가 떠오르는 풍경이었다. 안나는 한밤중에 몰래 친구 방에 들어가서 파티를 벌이곤 했다. 다음 날 아침에 에밀리가 가보면 아이들은 반쯤 빈 초코바 포장지와 침낭, 베개 사이에서 밤새 서로 엉켜 잠들어 있었다.

"에밀리."

리처드의 음성이 에밀리의 망상을 깨뜨렸다. 그녀가 잘 아는 말투였다. 그쪽을 바라보니 리처드는 자기 앞에 펼쳐진 광경이 무엇인지 이해하고 충격에 사로잡힌 채 침대 옆에 서있었다. 현장에 기묘하게 그어진 파편 같은 줄무늬도 차츰 이해되기 시작했다. 줄무늬는 우연이 아니었다. 수면과 죽음은 너무나 구별하기 힘들었다. 학창 시절, 그리스신화 수업 시간에 공부했던 내용이 에밀리의 머릿속에 떠올랐다. 히프노스는 잠의 신, 쌍둥이 형제인 타나토스는 죽음의 신이다.

둘 다 햇빛이 들어오지 않는 하계에서 산다.

줄무늬는 피였다.

"안나! 안나!"

여기는 하계가 분명했다. 지옥이 이런 풍경이 아니라면 달리 무엇일까? 리처드는 허리를 굽혀 딸의 맥을 짚어보고 숨소리가 들리는지 귀를 대어보고 있었다.

"살아있어! 에밀리, 안나는 살아있어!"

희망으로 뱉은 말이었다. 하지만 에밀리의 절망은 깊어졌다. 리처드보다 먼저 본 적 있는 광경이었다. 시체, 안나의 손에 쥐어진 칼, 피투성이 오두막을 보니 콘월의 휴가지에서 있었던 그날 밤의 사건이 머릿속에 선명하게 되살아났다. 딸은 도움이 필요한 환자였다. 쉬쉬한 사람은 에밀리 자신이었다.

다시 다른 장면으로 넘어갔다. 시간이 흐른 뒤였다. 농장에는 경찰차가 잔뜩 와있었고 푸른 경광등 불빛이 명멸했다. 에밀리와 리처드는 입고 있던 옷을 벗고 경찰에서 지급한 회색 옷으로 갈아입은 채 응급의료진의 점검을 받고 있었다. 그때 한 여자가 도착했다. 아직 젊어 보이는 중년이었고 출산으로 찐 살이 남아있었다. 잠이 부족해서인지 눈매는 푸석푸석했다. 그녀는 신분증을 들어 보이더니 템스밸리 경찰에서 나온 클래라 페널 경위라고 자신을 소개했다. 그리고 에밀리에게 어떻게 된 일인지 진술해 달라고 요청했다.

그때 두 사람은 미리 서로 말을 맞춰놓고 있었다. 어느 정도로만. 안나에게서 왓츠앱 메시지를 받았다, 블루캐빈에서 잠들어 있는 안나를 발견했다, 옆에 칼이 놓여있었다, 공격당한 것 같았다, 도와주려고 했기 때문에 옷에 핏자국과 섬유가 남아있는 것이다, 안나는 분명 살아있었지만 깨어나지 않았다, 그래서 구급차를 불렀다….

"그럼 옆 오두막은 어떻게 된 겁니까?" 페널 경위는 물었다. "그쪽 상황을 처음 알아차린 건 언제죠?"

"그 뒤에요." 에밀리가 말했다. "한참 뒤에. 그때 경찰을 불렀습니다."

# 46  에밀리

얼마나 오랫동안 거기 앉아있었는지 알 수 없었다. 반쯤 잠든 채, 과거에 푹 파묻힌 상태로.

이제 그녀는 깨어났다. 하품을 했다. 기억이 났다. 이 순간은 그 어떤 말로도 충분하지 않았다.

고통도 느꼈다. 놓쳐버린 그 모든 순간들. 하찮은 불안감과 잦은 말다툼, 너무나 비슷하고 너무나 달랐던 그들 사이에 있었던 까칠한 마찰. 누군가 앞으로 무슨 일이 있게 될지 미리 알려줬다면, 차라리 그녀는 죽어버렸을 것이다. 하지만 어쨌든 지금도 그녀는 계속 살아가고 있었다. 안나는 아직 여기 있다. 에밀리는 계속 싸우고 있었다. 운명은 가족을 완전히 부수지는 못했다.

시간 감각이 완전히 사라졌다. 몇 분이 흘렀을까, 몇 시간이 흘렀을까. 프린스 박사가 어깨에 손을 얹으며 밖에서 할 말이 있다고 했다. 간호사 해리엇이 쟁반에 차와 비스킷, 휴지를 가지고 왔다. 그들은 치료실에 있는 안나와 겨우 몇 미터 떨어지지 않은 자리에 앉았다. 정적이 울려 퍼졌다.

마침내 프린스 박사가 말했다. "몇 가지 기본적인 절차상의 문제를 알려드려야 할 것 같습니다."

에밀리는 그의 말투에 긴장했다. 건조하고 삭막한 언어들이었다. 지금 그녀의 기분과 상충되는 말이었다. 지금은 기적, 신성한 통찰력, 인생을 바꿀 수 있는 환희의 순간이었다. 에밀리는 차를 마셨다. 초콜릿비스킷을 씹었다. 다시 지상으로 내려오기 위해 애썼다.

"그래야지요." 그녀는 말했다. 모든 것이 유체 이탈 경험처럼 느껴졌다. 이러다 다시 아무것도 보이지 않는 캄캄한 밤중에 깨어날 것 같았다.

프린스 박사는 말을 이었다. "아시다시피, 애비클리닉은 법무부와 협력할 의무가 있습니다. 어느 정도는 저희 재량으로 타이밍을 조절할 수 있긴 합니다만, 안나는 엄밀하게 말해 여전히 정부가 신병을 보호 중인 상태입니다. 그쪽에 알리지 않은 상태로 너무 오래 지체할 수는 없어요."

에밀리는 다시 고개를 끄덕였다. 프린스 박사에게는 동정심이 있었다. 이제 알 것 같았다. 그는 에밀리의 편이었다. 안나의 편이었다. 그는 이 일을 인간적으로 처리하려는 것 같았다. "네."

"안나의 각성 상태가 얼마나 갈지, 다시 최소의식상태로 돌아갈지 아직 확실하지 않습니다. 계속 깨어있게 된다면 저는 법무부에 연락해야 하는데 이후 상황 전개는 법무부에 달려있습니다."

때로 에밀리는 자신이 한때 정치가였다는 사실, 타인의 삶을 하느님처럼 좌지우지했다는 사실을 잊고는 했다. 지나치게 후끈한 사무실에서 넥타이를 풀어헤친 관료들이 마우스질 한 번으로, 이메일 한 통으로 딸의 운명을 결정짓는 모습이 눈에 보이는 것 같았다. 그녀는 자신이 각료로서 결정했던 사안들을, 그 결정을 묵묵히 기다리던 평범한 사람들을 생각해 보았다. 당시 자신의 무심함에 수치심까지 느껴졌다.

에밀리는 다시 차를 한 모금 마셨다. "어떻게 예측하시지요? 안나가 다시 최소의식상태로 빠져들 가능성은 얼마나 될까요?"

프린스 박사는 의자에서 불편하게 고쳐 앉았다. "데이터가 아직 고르지 못합니다. 체념증후군에 대한 연구가 아직 충분히 이루어지지 않아서 이런 유형의 기능성신경학적장애에 대한 표본이 부족합니다. 하지만 세심한 관찰과 치료가 계속되면 안나의 각성 상태도 유지될 거라고 믿습니다."

그의 말투는 어딘가 거슬렸다. 에밀리는 사람들이 말을 얼버무릴 때 눈치가 빨랐다. "확실하지 않으시군요?"

"부활 같은 이야기는 경이롭습니다만 의료 현실은 훨씬 냉정합니다. 라자루스식의 소생은 공상과학에 더 가깝죠. 안나는 4년 이상 잠들어 있었습니다. 그 기간이 신체와 정신에 남긴 영향은 분명 작지 않을 겁니다."

에밀리는 관련된 책과 블로그를 모조리 읽었고 팟캐스트도 들었다. 모든 사례 연구에 환했다. "정확히 어떻게요?"

"외상후기억상실증에 대해 얼마나 아십니까?"

그녀는 한숨을 쉬었다. 두려워하던 단어. "약간."

"거의 모든 기록에서, 오랫동안 잠들었다가 깨어난 환자는 일종의 외상후기억상실증을 겪었습니다. 어떤 환자들은 빠르게 회복되었죠. 몇 주, 몇 달, 심지어 몇 년이 걸린 환자도 있고요. 몇몇 사례에서는 단기기억 손상이 너무 심해서 외상후기억상실증이 사실상 영구적으로 남았습니다."

"1980년대의 미국 트럭 운전사 같은 경우?"

"테리 윌리스, 네. 그 사람은 사고에 대한 기억이 없었고, 자기가 여전히 1984년에 살고 있다고 믿었습니다. 2003년에 깨어났다는 사실에도 불구하고요."

"그럼 안나도 자기가 오랫동안 잠들어 있었다는 걸 자각하지 못할 거라고 생각하세요?"

"안나의 경우는 외상성뇌손상이라기보다 기능성신경학적장애입니다. 비기질성 질환의 경우에는 확실히 알거나 예측하는 것이 더 어렵습니다. 하지만 이것도 모친께서 마음의 준비를 하셔야 하는 부분이라고 생각합니다. 부친도요. 깨어나는 것이 잠드는 것보다, 아주 현실적인 면에서 훨씬 더 큰 외상을 남길 수도 있습니다."

입안이 바삭거렸다. "정확히 어떤 준비를 해야 할까요?"

프린스 박사는 친절하게 그녀를 바라보았다. "안나의 머릿속에서는 지난 4년이 아예 없었을 가능성이 높습니다. 그녀에게는 아직 2019년인 거죠."

생각하기조차 너무나 끔찍한 생각이라, 에밀리는 기다렸다.

"안나는 인디라와 더글러스가 아직 살아있다고 생각할 수도 있어요."

## 47  벤

 다음 열두 시간이 모든 것을 결정할 것이다. 내 경력과 재정적 보상, 킷캣과 클래라의 존경을 받을 수 있느냐, 체념증후군에 대한 내 이론이 교과서에 실리느냐, 이 모든 것이 안나가 눈을 계속 뜨고 있느냐 마느냐에 달려있다. 지금보다 더 나은 삶이 내 눈앞에 오락가락하고 있었다. 어쩌면… 어쩌면 그 오랜 야심이 정말 실현될지도 모른다.
 나는 모니터를 바라보았다. 사무실을 서성거렸다. 언제 법무부에 알릴지 고민했다. 눈을 뜨느냐, 눈을 감느냐. 얼마나 오랫동안.
 모든 것이 단순한 계산에 달려있었다.
 하지만 지금은 다른 두려움이 나를 덮쳤다. 그래도 안나는 살인범이었다. 가장 친한 친구 두 명을 살해한 냉혈한이었다. 나는 두 명의 목숨을 앗아간 살인마에게 감정적인 애착을 갖고 있었다. 나는 스스로 안나를 응원하기로 선언했다. 그녀가 잠들어 있을 때, 해결해야 하는 의학적 퍼즐일 때는 그렇게 하는 게 어렵지 않았다. 하지만 지금 안나는 바로 옆에 누워있는 법적 시한폭탄이나 다름없었다. 안나가 깨어나고 흰자위가 보인 순간 마법은 마침내 풀렸다. 조심해야 한다.
 스물네 시간이 경과하자, 해리엇에게서 안나가 눈을 계속 뜨고 있다는 보고가 들어왔다. 이 순간 이전까지는 추가 검사를 진행하는 것이 너무 위험했다. 나는 사무실을 나서서 손을 씻고 치료실로 들어갔다. 안나의 눈은 감겨있었다. 가슴에서 초조함이 밀려왔다.

"정신이 들었다가, 깼다가 합니다." 해리엇이 말했다. "그냥 이름을 불러보세요."

나는 심호흡을 했다. "안나," 나는 침대로 다가가며 말했다. "애비 수면클리닉의 프린스 박사입니다, 안나. 지금 기분이 어때요?"

천천히, 눈의 흰자가 보였고 에메랄드색 둥근 눈동자, 검은 홍채가 확장되었다. 안나의 피부는 종잇장처럼 얼룩덜룩했다. 아직 목소리는 내지 못했지만 오랫동안 사용하지 않아서 목구멍이 쉬고 말라 있을 것이다. 대신 그녀는 눈을 깜빡이면서 나를 찾았다. 작게 경련하듯 얼굴이 움직였고, 콧구멍과 튼 윗입술 사이가 굵고 싶은 듯 애벌레처럼 일그러졌다.

"정말 잘했습니다, 안나. 몇 가지 질문이 더 있는데 그것만 마치면 오늘은 끝입니다. 어때요?"

새로 의식을 찾은 환자에게 시행하는 유명한 검사로 '글래스고혼 수척도', 약어로 GCS라는 것이 있다. 눈 뜨기 반응, 언어 반응, 자발적 운동 반응. 이렇게 세 가지 개별적인 기능을 살펴보는 검사다. 결과는 각각 숫자로 표시된다. 수치가 낮으면 결과가 없는 것, 숫자가 높으면 상당한 진전이 이루어진 것을 의미한다. 해리엇이 기록자로 내 옆에 서있었다. 첫 번째 기능 검사는 이미 끝났다.

"눈 뜨기 반응은 아주 좋았습니다, 안나. 자발적으로 눈을 떴어요. 이건 GCS 점수상 4점에 해당됩니다."

해리엇이 기록했다. 나는 두 번째 검사, 지시에 대한 언어적 반응으로 넘어갔다.

"자, 안나. 이번에는 어려울 겁니다. 목소리를 다시 사용할 수 있는지 확인하고 싶습니다. 제가 셋까지 세면, '안나'라고 말해보세요."

거의 견딜 수 없는 긴장감이 감돌았다. 안나는 4년 이상 성대를 사용하지 않았다. 언론을 통해 그녀의 글이나 사진은 알려져 있었다. 하지만 영상이나 음성 녹화는 거의 보도된 적이 없었다. 모든 사람이 그녀의 얼굴을 알았다. 하지만 목소리를 아는 사람은 거의 없었다.

"하나, 둘, 셋…."

해리엇은 물 한 컵을 갖고 있었다. 그녀는 혹시 안나가 물이 필요한지 지켜보며 기다렸다.

안나가 자신의 보호막 안으로 다시 움츠러들 위험을 감수할 수는 없었다. 나는 다시 물어봐야 할지, 나중에 시도해야 할지 갈등했다.

그때 안나가 움직였다. 입술이 천천히 떨어졌다. 혀끝이, 혈색이 좋지 않은 입안의 젖은 피부가 보였다. 나는 안나가 겁먹지 않도록 조심하면서 무슨 소리든지 놓치지 않으려고 몸을 한층 기울였다.

뭔가 들렸다.

희미하고 거친 쉰 소리, 공기가 폐와 입에서 풋 하고 새어 나오는 소리였다. 마치 성인의 발음이 자리 잡기 전 유아기에 발음을 훈련하듯이, "아" 하는 소리가 들린 것 같았다.

나는 해리엇에게 3점을 주라고 지시했다. 1점(반응 없음)과 5점(지각능력이 뚜렷하고 응답도 가능)의 중간이었다. 코마 환자는 보통 총 8점 이하다. 안나는 7점이었다. 1점만 더 주면 글래스고혼수척도상 안나는 더 이상 최소의식상태가 아니라고 법무부에 통보할 수 있다.

세 번째 기능검사로 나는 이전보다 복잡한 지시를 시도했다. 나는 안나에게 오른팔을 들어보라고 했다. 눈이 파르르 다시 달혔다. 나는 그녀의 이름을 불렀다. 지시문도 반복했다. 자발적인 움직임이 있는지 기다렸다. 마침내 나는 그녀의 오른팔이 침대 이불에서 들어 올려졌다가 다시 툭 떨어지는 것을 확인했다.

"여기도 4점." 나는 해리엇에게 말했다. 운동 반응에서는 6점이 지시를 완전히 따른다, 1점은 반응이 없다는 의미다.

해리엇은 총점을 계산했다. "합계 11점입니다."

GCS 11점이라면 이제 변명의 여지가 없었다. 나는 현재 정부에서 신병을 보호하고 있는 안나 오길비가 의식을 회복했다고 법무부에 고지할 의무가 있었다. 에밀리와 나누었던 대화가 떠올랐다. 나는 해리엇을, 그녀가 아직 들고 있는 물 잔을 보았다. 스티븐 도널리와의 첫 만남이 기억났다. 결국 나는 죄를 묻기 위해 안나를 치료한 것인가.

"다 끝났나요?" 해리엇은 간결하게 물었다. 그녀 역시 긴장된 분위기를 느끼고 있었다.

"아직. 물을 마시게 해보세요. 성대를 촉촉하게 유지해 주어야 합니다."

"그럴까요?"

"네."

해리엇은 안나를 침대에서 일으키고 물을 마시게 했다. 그 모습을 지켜보다가 나는 메모를 집어 들고 외상후기억상실증에 관련된 내용을 펼쳤다. 최초 진단을 내리기 위해 필요한 기본적인 질문 목록을 읽었다. 시간과 공간, 사람에 따라 분류되어 있었다.

이름이 무엇인가?

오늘은 무슨 요일인가?

오늘은 몇 년도인가?

이어서는 보다 개인적인 질문이 뒤따랐다.

사고 이전 마지막 기억은 무엇인가?

무슨 일 때문에 여기 왔는가?

외상후기억상실증 환자는 대답할 수 없을 것이다. 기억상실증이 차츰 회복되면 환자의 대답은 천천히, 보다 정확해진다. 기억상실증이 오랜 기간 지속되면, 기억은 영원히 사라진다.

글래스고혼수척도에서 높은 점수를 기록한 환자는 거의 재판을 받을 수 있는 상태다. 하지만 급성 외상후기억상실증 환자는 그럴 수 없다.

이것이 일시적으로 빠져나갈 수 있는 면책 수단이다. 나는 마음먹었다. 안나를 법무부에 넘겨서 종신형을 선고받게 하고 싶지 않았다. 아니, 최소한 지금 당장은.

나는 해리엇이 물을 마시게 하는 동안 기다렸다. 그런 다음 침대 옆에 가서 섰다.

"다시 프린스 박사입니다, 안나. 한 가지 질문이 더 있어요." 나는 잠시 사이를 두고 헛기침을 한 뒤 질문을 던졌다. "당신의 풀네임을 다 말해보세요."

# 48  벤

다음 날 아침, 나는 법무부의 스티븐 도널리에게 전화를 걸었다. 나는 한숨도 자지 않았다. 몽롱하게 비틀거리며 샤워기 밑에 들어가서 내 몸을 두드리는 물줄기를 맞으며 서있었다. 욕실 거울 앞에 서보니 눈 밑에 검은 멍이 들어있었다. 먹은 것이 별로 없었다. 피부는 건조했다. 커피와 설탕, 무엇이라도 먹고 하루를 버텨야 했다.

어두운 집착이 떠돌고 있었다. 늦은 밤 집으로 돌아오는 길에 누군가 나를 지켜보고 있다는 느낌이 분명 들었다. 스토커, 아니면 집요한 언론이리라. 나는 평소와 다른 길로 가 전철을 타고 핌리코의 아파트로 돌아갔다. 누군가의 발소리가 내 발소리와 장단을 맞추는 소리가 계속해서 울렸다. 나는 통증을 잠재우기 위해 진통제를 복용했다.

블룸이 죽기 전 마지막 순간도 혹시 이렇게 시작된 게 아닐까. 전철에서 느껴지는 시선, 뒤를 밟는 발소리. 그러다 현관문이 열리고, 칼날이 번득인 게 아닐까. 그렇게 생각하니 속이 메슥거렸다.

안나가 눈을 떴을 때 모든 것이 바뀌었다. 죽은 사람이 부활했다. 유령이 다시 피와 살이 있는 인간으로 변했다. 이제 판돈은 한층 커졌다. 수수께끼는 더 풀기 힘들어졌다.

과거가 현재로 변했다.

존루이스카페에서 기다리고 있으니, 스티븐 도널리가 평소대로 정부 관용차를 타고 소리 없이 나타나 은밀하고 초조한 기색으로 자리에 앉았다. 지난번보다 더 말라 보였다. 몸이 비옷에 파묻혀 있었고 우산이 머리를 압도하는 것 같았다. 그는 차도, 커피도 사양했다. 이번에는 비스킷에 손도 대지 않았다.

"전부 다 말씀해 주시죠." 그는 말했다.

나는 하나도 빼놓지 않고 자세히 설명했지만, 시간 순서는 약간 애매하게 남겨두었다.

"직계가족도 찾아왔습니까?"

"네, 보호자 자격으로 에밀리 오길비에게 고지했습니다."

도널리는 짜증을 삼켰다. 언짢은 얼굴이었다. "우리한테 제일 먼저 알리셨어야지요. 그렇게 하지 않으신 건 보안 프로토콜 위반입니다. 지금 얼마나 큰 모험을 하신 건지 모르고 계실 거예요."

내가 두려워하던 질문이었다. 하지만 무시할 수 없었다. 에밀리도 딸의 침대 옆에서 똑같은 질문을 했다. "그럼 이제 어떻게 됩니까?"

"이 사건을 당신에게 맡겼을 때 약속했던 대로 정확히 될 겁니다. 그쪽은 의료를 맡고, 우리는 법률을 맡는 겁니다. 재판 날짜가 정해질 거고, 앰네스티가 개입해서 안나를 영원히 풀어주기 전에 법원이 법에 따라 판단할 겁니다."

"단 한 가지 문제가 있습니다." 내가 말할 순간이었다. 이것은 안나를 애비클리닉에 잡아두고 영원히 감방에 처박히지 않도록 막는 길이었다. 치유하는 사람으로서의 맹세를 실천하는 것이었다. 나는 즉흥적으로 이유를 만들어 내고 있었다. 하지만 성공할 가능성은 희박하나마 있었다. "외상후기억상실증을 겪고 있는 사람을 재판에 회부할 수는 없습니다."

 도널리는 한 대 얻어맞은 표정이었다. "누가 안나가 외상후기억상실증을 앓고 있다고 했습니까?"

 "제가 진단했습니다. 워낙 오랫동안 잠들어 있었기 때문에 예상했던 상황입니다."

 "그런 진단을 할 자격이 되시는지?"

 "차고 넘친다고 말씀드리죠."

 가장 어려운 부분이었다. 외상후기억상실증은 정의하는 것이 어렵기로 악명 높다. 단기적인 기억상실부터 장기적인 공백까지 증상도 다양하다. 안나는 이제 막 4년간의 잠에서 깨어났다. 이 변화만으로도 두뇌가 흐려지기 충분하다. 하지만 그냥 물러앉아서 안나가 교정체제에 휩쓸려 들어가도록 내버려 둘 수는 없었다. 외상후기억상실증은 내가 쓸 수 있는 유일한 카드였다. 시간을 조금 더 벌어줄 것이다. 그 뒤에는 누가 알겠나.

 "회복하려면 시간이 얼마나 걸릴까요?"

 "그건 대답하기가 불가능합니다. 상황에 달려있어요."

 "알겠습니다." 도널리는 의자에서 몸을 내민 채 심각하게 나를 쳐다보았다. "그렇게 되면 당신과 당신 가족이 위험을 감수하셔야 할 겁니다."

 내 가족이라니, 그 말에 정신이 번쩍 들었다. "어째서요?"

 "안나와 같이 보내는 시간이 길어지면 길어질수록, 특히 이제 잠에서 깨어났으니 말입니다, 박사님이 더 많은 위험에 처하게 됩니다. 굳이 설명드릴 필요가 없을 정도로 뻔하지 않습니까? 우리 팀은 안나 O 사건에 대한 온라인 모니터링을 실시하고 있습니다. 안나 O에게 달라붙은 것은 팬이 아닙니다. 광들이에요. 또라이, 싸이코, 사회에서 밀려난 극단주의자들. 위험한 사람들입니다. 아주 위험해요. 안나가 약물을 주입받고 여기 애비클리닉에 강제로 구금되어 있다고 믿는 음모론자들입니다. 지금까지는 댓글만 쓰고 있습니다만 곧 행동에 옮길지도 모릅니다."

간밤에 전철에서 나를 따라온 발소리가 떠올랐다. 미행당하고 있다는 느낌. 도널리는 나를 위협하려 하고 있었다. 그건 분명했다. 하지만 그의 경고는 진실에 닿아있었다. "애비클리닉이 표적이 될 수도 있다고 생각하십니까?"

도널리는 코웃음을 쳤다. "이미 블룸이 살해당했잖아요. 우리는 범인이 안나와 가까운 사람이라고 생각합니다. 알고 있던 사람 말입니다. 우리는 안나를 죽이고 싶어 하는 사람들이 있다는 사실을 알고 있고, 안나를 데리고 있는 사람을 죽이려 드는 사람도 있다는 걸 알고 있습니다. 안나가 깨어나자마자 법무부에 연락을 달라고 말씀드린 데는 이유가 있어요. 그렇게 하지 않으신 건 본인의 목숨을 위험에 내맡긴 겁니다. 안나가 형사법 체제 안으로 들어가면 도청장치도 있고 무장 경비도 붙일 수 있습니다. 안나가 여기 오래 있으면 있을수록 당신이 더 취약해집니다."

"제 가족도?"

도널리는 나를 응시했다. "살인범이 돌아다니고 있어요, 프린스 박사. 우리 중 누구도 안전하지 않습니다. 당신과 당신의 가족도 포함됩니다."

## 2019　　　　　　　　　　　　　　　안나의 수첩

**5월 6일**

오길비타워스. 햄프스테드. 그 사건 이후 일주일이 지났다.

몽유 증상. 내 손에 쥐어져 있었던 칼. 더그의 침실로 다가갔던 일. 내 행동의 무시무시한 논리. 나는 삶을 바꾸어 놓을 수 있는, 구원받지 못할 상황을 아슬아슬하게 비켜갔다.

내가 정말 잠든 사이에 그를 죽이려고 했을까?

정말 내가 그런 짓을 할 수 있는 인간일까?

무의식적인 욕망이 현실로 나타났을 것이다.

그 사건. 그래, 이제 나는 그 일을 '사건'이라고 부르고 있다. 엄마는 그림자내각 일로 출장 중이다. 아빠는 다시 한번 참회하고 집으로 돌아왔다. 서재에서 하는 일 없이 시간을 보내고 계신다. 이번에 만나는 아빠의 '다른 여자'가 누구인지 아직 궁금하다. 지난번과 똑같은 '다른 여자'인지, 새로운 여자인지. 내 머릿속에는 다른 여자들이 한가득 들어있다.

나는 어린 시절 쓰던 옛 침실로 물러가서 문을 잠갔다.

의자 두 개. 바닥에 날카로운 물체의 흔적. 여기 있으면 나는 덜 위험한 존재다.

더그가 왓츠앱으로 자꾸 메시지를 보낸다. 인디라는 전화를 걸어서 걱정스러운 음성메시지를 남겼다. 여름호 《엘리멘터리》에 실을 광고는 준비됐는데 아직 기사가 전혀 없다. 마감이 코앞까지 다가왔다. 목차, 페이지 구성, 모든 것이 내 장편에 달려있다. 하지만 나는 아직 한 글자도 못 썼다.

대신 수면 앱을 다운받았다. 수면 전문가. 백색소음을 내는 사운드 기계. 시베리아의 숨결. 비가 오려나. '몽유병'이라는 앱도 찾았다. '경고음과 진동'으로 '당신의 걸음과 위치를 추적해서 잠을 깨워주고' '당신과 주변 사람들의 안전을 약속한다'는 앱이다.

운명 같은 표현에서 잠시 눈길이 멈추었다. '당신의 걸음과 위치를 추적'. 나는 앱을 지웠다. 커피를 마셨다. 아침에 사형당하지 않고자 끝없이 이야기를 이어가던 셰에라자드가 된 기분이었다.

나는 국민의료서비스 홈페이지로 돌아가서 몽유병을 유발하는 모든 요인들을 꼼꼼히 읽었다. '스트레스, 불안, 알코올, 진정제. 몽유병은 어떤 나이에도 시작될 수 있지만, 아동에게서 더 흔히 발생한다. 다섯 명 중 한 명의 어린이가 최소한 한 번 이상 몽유 증상을 경험한다. 대부분 사춘기가 되면서 증상에서 벗어나지만, 성인이 될 때까지 남아있는 경우도 가끔 있다.' 나는 다시 그런 어린이다. 잠옷이 땀에 젖은 채 어리둥절하고, 혼란스러운 눈으로 두리번거리는 소녀.

나는 내 문제를 무시했다. 20년 전, 브로드무어의 크랜필드병동 독방에 수감되었던 샐리 터너로 돌아갔다. 입소문으로 전해진 암호, 메데이아. 자신의 아들들을 죽인 그리스신화의 여신.

나는 다시 든든한 길잡이 위키피디아로 돌아갔다.

기원전 5세기, 에우리피데스의 비극〈메데이아〉는 이아손이 크레온왕의 딸 글라우케와 결혼하기 위해 10년간 결혼 생활을 했던 메데이아와 헤어지면서 벌어지는 이야기다. 메데이아가 낳은 이아손의 아들들은 코린토스에서 추방당하게 된다. 이에 복수하기 위해 메데이아는 독이 든 선물로 글라우케를 죽이고 자신이 낳은 이아손의 아들들을 살해한 뒤 아테네로 도망친다.

두 여인, 두 범죄. 이아손은 다른 여자에게로 가기 위해 메데이아를 버리고 그녀의 가족을 추방했다. 톰 콘웰은 샐리 터너를 이용했고 자신의 아들들이 그녀를 겁박하도록 방임했다.
그들 둘에게는 프로이트가 말하는 '유발 원인'이 있었다. 심리적 상태를 초래한 사건, 감정적 계기, 변연계의 과잉 작동.
투쟁이냐, 도피냐. 몽유 증상의 엔진인 공포.
나도 똑같을까. 나 역시 그런 짓을 저지를 수 있을까.
질문은 간단하다.
내가 가장 두려워하는 것은 무엇인가?

**5월 16일**
침실 문에서 노크 소리가 들렸다.
나는 글을 쓰고 있었다. 수도승 모드였다. 헤드폰을 끼고, 문을 닫고, 세상에서 격리된 채로.
나는 브로드무어에 대해 자료조사를 더 많이 했다. 샤워를 아무리 해도 깨끗하다고 느껴지지 않았다. 이야기가 내게 달라붙었다. 나는 도덕이나 관습 외부의 세상에 들어서고 있었다.
다시 노크 소리. 엄마가 문을 열었다.
2009년으로 시간 여행을 한 것 같았다.

엄마는 내 숙제를 검사했다. 그림자내각의 각료가 아니라, 캐주얼한 청바지와 셔츠 차림의 엄마 모드였다. 격려하는 얼굴이었다.

엄마는 내 침대 끝에 앉았다.

요즘 기분이 안 좋아 보였어, 우리 딸.

그래, 또 그런 대화다.

나는 나머지를 듣는 척했다. 엄마는 휴가를 무슨 상으로 받았다고 했다. 가족 모두 도시를 떠나 주말을 보낼 수 있는 초대권이었다. 업무 전화나 마감, 스트레스 없이 예전처럼 오붓한 시간을 보낼 수 있는 기회였다. 여름의 끝자락, 8월 즈음일 거라고 했다.

신선한 공기, 아름다운 자연.

웹사이트는 없는 모양이었고 안내 책자가 있었다.

엄마는 책자를 침대 위에 내려놓았다. 내 이마에 키스하고 계속 집에 있을 생각이면 오븐에 셰퍼드파이가 있으니 먹으라고 했다.

오늘은 엄마스러운 말과 행동을 모조리 빠뜨리지 않고 챙겨야 직성이 풀리는 모양이었다.

엄마는 예전처럼 문을 조용히 닫고 나갔다.

나는 책자를 집어 들었다.

사진은 없었고 검은 배경에 흰 글자뿐이었다. 미니멀리즘, 약간의 아방가르드풍.

휴가지에서 즐길 수 있는 활동이 죽 적혀있었다. 상류층 전용 마케팅 냄새가 풀풀 풍겼다. 수수께끼의 초대 그 자체도 그랬다.

나는 표지에 찍힌 평범한 제목을 다시 보았다.

농장에 오신 것을 환영합니다….

## 49 벤

 농장에 가보자고 처음 제안한 사람이 누구인지 애매했다.
 하지만 농장은 안나 오길비 이야기와 그날 밤 일어났던 사건에서 워낙 큰 비중을 차지했다. 무시한다는 것이 불가능했다.
 해리엇은 가본 적이 없었고 나도 마찬가지였다. 안나의 상태를 이해하고 다음 단계의 치료로 넘어가려면 한 번은 가보아야 했다. 안나를 치료하는 업무의 일환, 오로지 직업적인 관심이라고 주장할 수도 있었다. 하지만 나는 그것이 절반의 진실이라는 점을 알고 있었다.
 보다 깊고, 보다 개인적인 아픔이 있었다. 나는 안나와 너무나 가까웠다. 그날 밤의 사건들을 이해해야 했다. 경찰도, 범죄 현장 수사관도 아니지만 이해하고 싶었다. 엄밀하게 말하자면 나는 민간인 컨설턴트였다. 하지만 나는 정신세계의 형사다. 물질세계에서 정신적인 단서를, 공간과 시간 속에 흩어져 있는 행적을 발견할 수 있다고 믿는다.
 이것은 내 영역의 일부다.
 수수께끼를 풀자. 불가사의를 파헤치자.
 나는 범죄 현장을 맛보고, 느끼고, 걷고 싶었고, 물리적인 공간에 침잠해서 어떤 최후의 단서를 얻어낼 수 있을지 알아보고 싶었다. 그

때까지는 쉴 수 없었다.

  이혼 후 나는 전철과 버스, 렌터카 생활을 계속하고 있었다. 구닥다리 포드 몬데오는 아직 클래라가 가지고 있었다. 한편 해리엇은 간호사 급여로는 기름값도 못 댄다고 했다. 그녀 역시 열차와 전철, 버스, 뚜벅이 신세였다.

  우리는 렌터카 업체에서 차를 빌린 뒤, 다음 토요일 꼭두새벽에 프랜차이즈 카페에 모여 커피와 함께 아침을 대충 때웠다. 도로는 음산했고 대체로 평화로웠다. 서부 런던을 벗어난 후 자동차는 시꺼먼 도시를 뒤로하고 코츠월드를 향해 완만하게 경사진 누런 들판과 옹이 진 나무, 세찬 바람에 떨어진 낙엽 속을 달렸다.

  애비클리닉 안에 있으면 친밀감을 느낄 수 있었다. 하지만 그 벽 밖으로 나오니 우리는 다시 이방인이었다. 30분이 지나서야 해리엇과 나는 다시 긴장을 풀고 편하게 대화를 나눌 수 있었다. 우리는 클리닉 바깥의 생활에 대해 이야기했다. 최소한 지금은 안나 이야기도 하지 않았다. 나는 킷캣과 있었던 일화를 들려주었다. 해리엇은 넷플릭스 리얼리티 쇼를 한꺼번에 몰아서 시청한다, 신파적일수록 좋다고 고백했다. 세 번째 묻자, 그녀는 감호병원에서 자신이 경험한 일을 바탕으로 한 범죄소설 줄거리를 들려주었다. 쑥스러운 것 같았다. 나는 호기심이 일었다. 그녀는 화제를 돌려 클래라에 대해, 왜 헤어졌냐고 물었고 나는 적당히 사연을 편집해서 들려주었다.

  마침내 내비게이션이 고속도로를 벗어나 숲길로 우리를 안내하면서 도착지에 거의 다 왔다고 알렸다.

  언론이 왜 그렇게 관심을 가졌는지 벌써 알 것 같았다. 물론 나도 사진을 수없이 보았다. 하지만 재현된 이미지는 이 고딕풍의 음산함을 담아내지 못했다. 제대로 된 도로라고 할 수 없을 정도로 울퉁불퉁하고 좁은 흙길을 한참 가자 농장이 나왔다.

렌터카는 낯선 땅에서 덜컹거리며 힘들게 나아가다 물러나기를 반복했다. 오프로드 차량을 빌리는 게 나았을 것이다. 해리엇도 동의했다. 걸쭉한 진흙탕에서 바퀴가 미친 듯이 헛도는 광경이 벌써부터 눈에 보이는 듯했다. 나는 렌터카를 길가에 세우고 시동을 껐다. 수백 년 전으로 되돌아가는 수밖에 없었다. 엔진과 타이어는 무용지물이었다. 지금은 두꺼운 외투와 장화가 유일한 해결책이었다. 전적으로 도보에 의지해서 들어가야 했다.

"상상보다 더 험한 곳이네요." 해리엇이 말했다. "풍경도 대단치 않고요. '브라이즈헤드'보다는 〈반지의 제왕〉에 나올 것 같아요."

나는 축축한 양말만 신은 발을 장화에 밀어 넣은 뒤 외투 지퍼를 올렸다. 그리고 일어나서 진흙탕 길과 그 너머 버려진 부지를 바라보았다. "살인 사건 뒤에 폭스 가족이 땅을 방치했나 보군요. 범죄실화 광들한테는 순례지가 됐겠습니다."

어디를 둘러봐도 썩은 풀과 진흙, 퇴비, 시골이었다.

"아주 잘 가꾼 순례지는 아니군요."

"그렇죠."

"들어갈까요?"

우리는 걷는 내내 침묵을 지켰다. 킷캣이 플라스틱 빨대로 밀크셰이크를 빨아들일 때 같은 잘팍거리는 소리가 발밑에서 났다. 나는 전화를 꺼냈다. 신호 감도는 좋지 않지만, 경찰의 수사 파일에 들어있던 2019년 8월 30일 아침의 농장 건물 배치를 기록한 PDF 지도를 띄우기에는 충분했다.

나는 오른쪽을 보며 황량한 현실과 지도를 대조했다. "뒤쪽의 나무는 숲이 시작되는 지점입니다. 왼쪽은 4년 전 손님들이 식사를 했던

'폐허'라는 지점이고요. 그리고 여기서 곧장 전방으로 숲 바로 앞에 오두막들이 배치돼 있습니다. 안나가 묵었던 블루캐빈, 인디라와 더글러스가 묵었던 레드캐빈, 테오 오길비가 썼던 그린캐빈 그리고 에밀리와 리처드 오길비의 오렌지캐빈."

색이 바래고 늘어진 테이프가 길 쪽에서 이어지는 출입구를 막고 있었다. 경찰용도, 그렇다고 아무렇게나 친 것도 아닌 그 테이프는 이 사건 전체를 상징하는 듯했다. 4년은 어떤 장소가 완전히 사라지지는 않더라도 충분히 쇠락할 만한 시간이다. 건물 배치 윤곽은 아직 분명했다. 한때 멋진 아우구스투스풍 시골집의 일부였던 돌무더기 폐허는 살인 사건 당일 밤과 거의 비슷한 모습으로 서있었다. 지붕을 댄 싸구려 자재가 무너지고 날아간 자리에 커다란 구멍이 보기 흉하게 밖으로 드러나 있었다. 내부는 사람이 살 수 없는 상태였다. 하지만 숲은 유물처럼 남아있었다.

갑자기 내가 개미처럼 작아지는 것 같았다. 숲 입구에는 고목들이 우뚝 서서 흔들리고 있었다. 머나먼 과거부터 영국을 지켜본 나무들이었다. 이 나무들은 그간 무엇을 보았을까. 위키피디아에는 내전 당시 폭스 가문이 겪은 고충에 대해 적혀있었다. 18세기 초, 상술이 뛰어났던 가문의 한 일원이 영지를 구하고 팔라디오풍의 화려한 장식으로 가득 찬 집을 지었다. 뒤이어 이 땅을 떠맡은 재미없는 정장 차림의 폭스 가문은 반짝 융성하나 싶다가 최후의 몰락을 겪으며 서서히 중산층으로 기울어 갔다.

해리엇과 나는 거기 서서 이 모든 것을 둘러보았다. 우리는 이 순간 세상에서 유일한 두 사람이었다. 다른 아무것도 존재하지 않았다. 여기는 이야기가 시작된 장소였다. 이 땅이 모든 것을 바꾸어 놓았다. 여기 서있는 것만으로도 감개무량했다. 나는 이 땅을 저주했지만 동시에 눈을 뗄 수가 없었다.

"어디서부터 시작할까요?" 해리엇이 물었다.

나는 빛을 확인하고 경내를 둘러보았다.

"따라오세요." 내가 말했다.

## 50                                                      벤

여기 말고 시작할 곳은 없었다. 고고학 탐정과 마찬가지로 심리 탐정 역시 단순히 증상만이 아니라 원인을 진단해야 한다. 레드캐빈과 블루캐빈은 증상이었다. 숲이라는 어두운 세계도 아마 그럴 것이다. 하지만 우리는 여기서 시작해서 길을 찾아야 했다.

광활하고 고적한 공간이었다. 나무는 서로 공간을 다투며 빽빽하게 우거져 있었다. 가지가 머리 위에서 일종의 지붕을 이루고 있었다. 비틀리고 옹이 진 늙은 참나무 둥치는 어쩐지 사람 형상을 닮아있었다. 발밑에 있는 흙에는 진흙과 자갈, 낙엽이 섞여있었다. 들어가기 전에 성호를 긋거나 속으로 기도를 올려야 할 것 같은 기분이었다. 뒤돌아보니 렌터카는 아직 진흙탕에 빠져있었다. 나는 주머니를 확인했다. 하지만 숲속에서는 어차피 신호가 터지지 않을 것이다. 마치 고래 뱃속에 들어간 요나처럼 우리가 숲속으로 향했다가 어둠에 빨려 들어가 다시 나오지 못하는 상상이 뇌리를 스쳤다. 나는 심호흡을 하고, 눈을 감고, 한 발을 다른 발 앞에 내딛었다.

"사람들이 돈을 내고 이런 짓을 한다고요?"

해리엇도 뒤따라왔다. 장화가 진흙탕에 계속 달라붙었다. 벌써 한

번 넘어졌는지 무릎 주위와 청바지 위쪽까지 갈색 진흙이 온통 굳어 있었다. 해리엇도 겁에 질린 눈으로 숲을 바라보았다. 여기는 해리엇의 안전지대 바깥이었다. 그녀가 발 디뎌본 적 없는 낯선 땅. 내키지 않는 눈빛을 보니 이 풍경이 그녀가 잊고 싶은 기억을 떠올리게 한다는 것을 알 수 있었다. 학교 크로스컨트리 소풍, 별로였던 가족 캠핑 여행, 온통 진흙탕에 화장실은 부족했던 한심한 음악 페스티벌, 이런 것들. 젊음은 멀리서 봐야 반짝이는 법이다.

해리엇은 약간 숨이 가빠 걸음을 멈추고 어둠에 적응하려고 노력했다. "수백 파운드를 하수도에 내려버리는 것보다 더 잘 쓰는 방법은 많이 있을 텐데."

나는 미소 지었다. "수천 파운드 단위일 겁니다."

"여기가 그 악명 높은 숲이군요."

"네."

"귀신 들린 숲 같아요. 시간을 거슬러 올라간 것 같네요."

"투쟁하거나 도피하거나. 포식 동물로서의 인간. 우주시대이지만, 석기시대의 두뇌가 남아있는 겁니다."

피해망상이 가슴을 죄는 것이 느껴졌다. 야생 한복판에서 나뭇가지 바삭 부서지는 소리, 발소리가 들리는 것 같았다. 등 뒤를 돌아보고 싶은 충동이 일었지만 참았다. 공포는 머릿속에서 시작돼 온몸으로 전염된다. 수많은 정신장애는 원시의 숲에서 기원을 찾을 수 있다. 동화나 신화에서 숲이 독특한 상징으로 작용하는 이유도 그 때문이다. 집을 떠나 숲으로 들어가는 행위는 안락함과 어린 시절의 트라우마를 떨치고 성인기의 야생으로 들어선다는 것을 은유한다.

제대로 된 도구나 준비 없이 그 문턱을 넘었다가는 정신이 쉽게 붕괴될 수 있다. 때로는 위험을 제대로 인식하지 못하고, 가끔은 그 위험을 떨쳐내지 못한 채 끝없이 곱씹는다. 우리 인류는 이런 공간에서 생존하는 방법을 배워왔다. 현대 사회의 불안은, 생존 본능과 21세기적 스트레스 사이에 놓인 애매한 중간 지대에서 자라난다. 나는 마치 사냥당하는 기분이었다.

"아직 이해가 안 됩니다." 나는 말했다.

"뭐가요?"

우리는 숲속으로 계속해서 깊이 들어가고 있었다. 어둠이 짙어졌다. 나뭇가지 사이로 빛이 스며들어 오고 있었다. 소리는 우리를 조롱했다. "자칭 탐정이라는 인간들이 주장하는 이론 말입니다. 숲에서 무슨 일이 일어났기 때문에 안나가 그 이후 곧장 두 사람을 살해하게 되었으리라는 주장이요. 숲이 없었다면 아무 일도 없었을 거라는."

"동의하지 않으세요?"

"시간 순서로는 가능하겠지요. 단지 심리적으로 그럴 가능성이 있을까 의심스럽다는 겁니다."

"뭔가 끔찍한 일이 일어났다, 그 일로 안나가 큰 충격을 받았다. 그럴 수 있겠죠. 저는 감호병원에서 비슷한 사연이 있는 환자들을 봤어요."

"그중에서 이전에 정신병 진단을 받은 적이 있는 사람은 몇 명이었습니까?"

해리엇은 내가 너무 순진하다는 듯 가볍게 놀랐다. "감호병원에 들어와 있다는 사실 자체로 알 수 있지 않을까요."

"네, 하지만 안나는 다릅니다. 정신병력이 없었어요. 그래서 말이 안 된다는 겁니다. 평범한 사람은 하룻밤 사이에 혹은 몇 시간 사이에 괴물로 둔갑하지 않습니다. 아무리 몽유병을 치료하지 않고 방치했다고 해도요."

"안나 오길비가 원래부터 정상이었다는 것도 가정이죠. 말하는 게 평범해 보인다고 해서 머릿속이 평범하게 돌아간다는 뜻은 아니지 않을까요. 시프먼이 좋은 예죠."

영국인들이 항상 떠올리는 연쇄살인범. 성심껏 환자를 치료하는, 믿음직하고 따분한 시골 의사인 동시에 영국 역사상 최악의 연쇄살인범이었다. 시프먼의 범행은 완전히 다 밝혀내지도 못했다. 겉보기에 평범한 사람이었지만 비범한 두뇌를 지닌 사람이었다.

"아리스토텔레스가 많이 말했던 오류 추리죠. 추론 과정이 타당하지 않아서 타당하지 않은 결론에 도달하는 것. A가 B 이전에 발생했으니, A는 B의 원인임이 분명하다. 사냥꾼 대 생존자 게임이 살인 사건 이전에 있었다, 그러므로 숲에서 있었던 일이 살인 사건을 초래했을 것이다. 그럴듯하지만, 논리적으로는 말이 안 되는 겁니다."

해리엇은 개똥철학에 감탄하지 않았다. 내 맨스플레인이 피곤한 말투였다. "계속하세요, 천재 박사님. 그럼 박사님 대안은 뭔가요?"

나는 입꼬리를 살짝 올렸다. 해리엇에게서 이런 면은 전에 본 적이 없었다. 신랄하고 희미하게 빈정대는 말투. 간호사 역할을 맡아서 환자를 돌보는 진부한 말만 강요당하지 않는 모습이었다. "제가 달리 대안이 있다고 말한 적은 없습니다."

"안나가 숲 때문에 갑자기 충격을 받은 게 아니었다면 사전에 계획한 범행이었겠지요. 의식적으로 범행을 저지를 의도가 있었다는 뜻이에요."

나는 다시 멈췄다. 일행 모두가 이 숲에 있는 모습을 상상해 보았다. 에밀리, 리처드, 테오, 안나, 인디라, 더글러스. 그들이 페인트 건을 조작하며 어둠 속을 뚫어지게 쳐다보는 모습이 보였다. 게임의 법칙에 따르면 생존자들이 먼저 출발했다. 사냥꾼들은 각자 생존자들을 하나씩 맞춰야 이긴다. 확률상으로는 생존자들이 유리했다. 모든 것이 사냥꾼들과 그들의 전략에 달려있었다. 함께 협력할까, 각자 목표물을 추적할까? 팀워크가 승리할까, 개인의 독립심이 승리할까? 팀으로서 얻을 수 있는 이점은 언제쯤 집단이 주는 피로감을 넘어설까?

나는 나무를 바라보았다. 그들이 비밀을 알려주었으면 하는 마음이 굴뚝같았다. 안나 O 신화에 먼지가 쌓여 세상 사람들에게 잊힌 뒤에도 나무들은 이 자리에 있을 것이다. 저 둥치 안에는 수많은 역사가 숨겨져 있었다.

산들바람과 나뭇가지 스치는 소리, 시작도 끝도 없는, 형용할 수 없는 소리만이 가득했다. 어린 시절 이후 처음으로 차가운 공포가 나를 사로잡았다.

나는 얼른 여기서 빠져나가고 싶은 마음에 돌아섰다. 이 황량한 풍경에서 도망치고 싶었다.

"벌써 꼬리를 빼시려고요?" 해리엇이 빈정대듯 웃으며 말했다. 또 저 말투, 거의 누나 같은 말투였다. 서로 가시 돋친 농담을 던지며 마지막 남은 치즈케이크 한 조각을 놓고 싸우는 가족의 식탁을 상상할 수 있었다.

나는 다시 심호흡을 했다. 길이 어디로 이어지는지 앞을 바라보았다. "10분만 더 둘러봅시다. 그런 뒤 다음으로 넘어가죠."

## 51 벤

레드캐빈.

이름에는 아주 많은 것이 달려있다. 그런 면에서 안나 O 이야기는 운이 좋았다. 나는 늘 '레드캐빈'을 에드거 앨런 포의 단편 제목이나 〈나사의 회전〉 같은 독특한 작품들과 나란히 등장하는 헨리 제임스 후기작으로 생각하고는 한다. 그 두 단어에는 너무나 깊은 수수께끼가 담겨있다. 뇌리에서 떠나지 않고 독자들을 이끈다.

현실은 예상대로 그렇지 않았다. 우리는 그 음산한 아름다움에 불안한 기분으로 숲속 산책을 마쳤다. 나오는 길을 찾느라 한참 헤매다 보니 농장 건물 쪽이었다. 여기서 조금만 걸으면 오두막이었다. 전화를 확인했지만 신호는 없었다. 범죄 현장에는 전에도 와본 적이 있었다. 죽음은 언제나 현장에 금지된 공간이라는 낙인을 남긴다. 사망이라는 강렬한 악취가, 그 아래 감춰진 악의 분위기가 감돈다.

더 있고 싶지 않았다. 단 1초도.

오두막은 모두 버려진 목조건물이었는데, 여기저기 틈이 벌어지고 관리하는 손길도 없어서 주변 진흙탕 속으로 서서히 주저앉고 있었다. 벽마다 낙서투성이였다. 오른쪽에는 #안나를위한정의, 반대쪽에는 #교도소에처넣어라 편에 선 사람들의 흔적이 있었다. 흙탕물에 젖은 출입제한 테이프와 감식용 비닐 커버 등 최초 경찰수사에 사용된 물건들도 아직 눈에 띄었다.

해리엇과 나는 어느 오두막이 레드, 블루, 그린, 오렌지인지 내 휴대전화에 띄운 PDF 지도를 열심히 들여다보았다. 8월 30일 새벽의 사건들을 정확히 재구성하는 것이 우리 순례의 마지막 순서였다.

"둘 중 누가 안나 역할을 할까요?" 해리엇이 혐오스럽기도 하고 재미있기도 한 듯 어두운 농담조로 물었다. 내가 생각했던 만큼 예민한 사람은 아니었다. 문득 해리엇이 간호사라는 사실이 떠올랐다. 아마 내가 평생 본 것보다 더 다양한 인간 군상을 구경했을 것이다. 유머는 생존을 위한 수단 중 하나다. 살인범과 피해자가 훨씬 더 생생하다는 것만 빼면, 흡사 잭 더 리퍼 관광 투어 같은 느낌이었다.

안나의 머릿속에 들어가 보고 싶었다. 그녀의 발자취를 그대로 뒤밟고 싶었다. 문자 그대로, 동시에 심리적인 의미에서. "제가 안나를 맡겠습니다." 나는 말했다. "당신은 부모님 역할을 해주세요."

해리엇은 눈썹을 치켜 올렸다. "나이가 안 맞지만 할 수 없지요. 피해자 두 명은 어떻게 하죠?"

"유감스럽지만 잊어버려야죠. 준비됐습니까?"

우리는 각자 자리를 잡았다. 나는 블루캐빈으로 걸어가서 안을 살폈다. 레드캐빈만큼 망가진 상태는 아니었지만 그래도 비슷한 낙서와 음침한 메시지로 더럽혀져 있었다. 안나의 이름 위에 자기 이름을 써놓은 관광객도 있었다. 그것들은 마치 소셜미디어의 아날로그 버전 같았다. '지옥에나 가라', '독극물 사형이나 당해라', '불태워라' 같은 여성혐오와 막말이 거침없이 적혀있었다.

나는 시간이 될 때까지 기다렸다. 나를 안나라고 생각하면서, 닫혀

있는 블루캐빈의 나무 문을 어깨로 밀고 들어갔다. 안나가 마지막으로 깨어있었던 순간을 최대한 그대로 경험하고 싶었다. 안나의 이야기를 영화로 제작한다는 소문이 기억났고, 할리우드 배우가 자료조사 명목으로 여기 와있는 것이라고 상상했다.

나는 휴대전화에 띄워놓은 경찰의 수사기록에서 사진 하나를 클릭해 열었다. 안나가 발견된 새벽, 블루캐빈에서 촬영한 현장 사진이었다. 안나는 침대 위에서 자고 있었다. 오른손에는 잉크 자국이 있었다. 하지만 노트북이나 펜은 발견되지 않았다. 침대와 다른 가구는 재판을 앞두고 증거물 보관소 같은 곳에 옮겨졌기 때문에 이제 여기에는 없었다. 하지만 색깔이 바래서 마치 유령처럼 걸려있는 태피스트리라든지 일부 장식물은 남아있었다.

시계가 정확한 시각을 가리켰다. 나는 시작했다. 상상력을 이용해야 한다. 8월 29일 자정 무렵은 칠흑처럼 캄캄했을 것이다. 안나와 일행들은 숲에서 개고생을 마치고 돌아와 폐허에서 함께 저녁을 먹었다. 그런 뒤 모두가 각자의 오두막으로 물러갔다. 정확한 범행 시각은 밝혀지지 않았다. 우리가 알고 있는 것은 모두 추정이다. 나는 부풀어서 뻑뻑한 블루캐빈의 나무 문을 비집고 나갔다. 이제 나는 안나다. 걸음을 옮길 때마다 진흙과 잔디에서 절걱거리는 소리가 났다. 숲이 두런거렸다. 4년 전 농장에는 '폐허'의 조명과 다른 오두막의 촛불이 반짝거리고 있었을 것이다.

내 앞에 레드캐빈이 보였다. 안나는 지금 이 순간 무엇을 느끼고 있었을까?

문득 그 생각이 스쳤다. 나는 레드캐빈에 집중했다. 쩍 달라붙는 발을 다른 발 앞에 내려놓았다가 다시 들어 올렸다. 몸이 떨렸다. 힘이 들어서 호흡이 흔들렸다. 지금 우리는 노력하고 있었다. 의식적인 노력. 레드캐빈은 언뜻 봤을 때보다 멀리 떨어져 있었다. 땅은 물렁거리며 살아있었고, 발가락 사이를 비집고 올라와 발을 놓아주지 않으려 했다. 오두막이 한층 가까워졌다. 하지만 여전히 거리가 있었다. 심장박동이 빨라졌다.

나는 밀었다. 내 몸을 의식적으로 앞으로 움직였다.

시간이 흘러가고 있었다.

마침내 나는 레드캐빈에 도착했다. 지금이 어둡다는 사실을 분명히 기억해야 한다. 먼지가 둥둥 떠다니는 이 희뿌연 햇빛 대신 칠흑같은 어둠이어야 한다. 오두막 문도 닫혀있을 테니 그 문을 연다는 것은 보다 위험하고, 시끄럽고, 한순간 남의 귀에 들릴 수도 있는 모험이었을 것이다. 나는 문을 붙잡고 힘껏 연 뒤 잠시 문간에 섰다. 그날 밤 두 침대가 있었던 자리를 그려보았다. 문간이 오두막 내부와 얼마나 가까운지 가늠해 보았다.

정말 두 사람이 이 소리를 듣고도 그대로 잠들어 있었을까? 둘 중 누구라도 문이 삐걱거리는 소리에 깨지 않았을까? 안나가 혹시 저녁을 먹는 동안 음식에 뭔가를 집어넣었을까?

나는 시각을 확인했다. 등 뒤를 돌아보니 해리엇이 그린캐빈에서 묵묵히 기다리고 있었다. 두 사람이 들판 한가운데서 끔찍한 살인 사건을 연기하고 있다니. 이건 B급 코미디, 저질 취향이다. 아니, 이렇게 문간에 서있으니 슬래셔 영화의 한 장면 같았다. 싸구려로 시작했다가 극히 불편하고 어두운 무언가로 빠져드는, 주류에서 벗어나 컬트의 영역으로 도망치는 그런 영화.

그 느낌이 다시 나를 건드렸다. 숲에서와 마찬가지였다. 이건 잘못됐다는 기분. 여기에는 병든 업보가 도사리고 있었다. 창창한 인생이 펼쳐져 있던 두 젊은이가 처참하게 살해당한 장면을 재현하려니 순간 순간이 버거웠다. 사건은 가벼운 오락거리가 되어버렸다. 끝없는 언론 보도는 진짜 현실을 잠재웠다. 하지만 바로 그 현장에 서있으니 핑계는 사라졌다. 나는 한 걸음 더 나아가 오른손으로 상상 속의 칼을 쥐고 칼의 궤적을 떠올렸다. 한 번, 두 번, 그렇게 스무 번을 내리꽂을 때까지 교향곡처럼 고조되는 광경을. 범행은 저질러졌다.

이제 어떻게 해야 하지? 전혀 예상치 못했던 질문이었다. 살인은 계획적이거나 충동적일 수 있다. 그리고 그에 따라 범인이 이후 어떤 행동을 취할지 결정된다. 하지만 나는 얼어붙었다. 상상 속의 칼은 아직 내 손 안에 있었다. 피에 젖은 시체가 내 뒤에 있었다. 나는 옷을 내려다보고, 빳빳하고 흰 셔츠와 재킷 안감까지 튄, 여드름처럼 뺨에 묻은 피를 상상했다. 한 번 닦으니 피는 사라졌다.

나는 돌아섰다. 비틀거렸다. 바깥은 아까보다 쌀쌀했다. 범행을 저지르고 나니 블루캐빈은 아까보다 더 멀어 보였다. 성인 남녀 두 명이 피도 눈물도 없는 손길에 살해당했다. 우스운 기분이었지만 죄책감 때문에 내 발길은 한층 더 무거웠다. 깨뜨려서는 안 되는 금기를 최초로 깨뜨린 순간의 어마어마한 허탈감. 나는 살인범에 관한 글을 많이 읽었다. 첫 번째 살인은 이후의 어떤 범행보다도 압도적으로 끔찍하다. 살인이라는 행위 자체와 살인범이 되는 것, 추방자이자 쫓겨나는 자가 되는 것은 전혀 다른 문제다. 후자는 단 한 번 일어날 수 있다. 영혼에 낙인이 찍히는 것이다.

시간을 확인해야 한다는 생각이 났다. 다음 발을 잘못 내려놓는 바람에 진흙탕에 앞으로 고꾸라질 뻔했다. 이제는 의식적인 노력이 아니라 실존적인 노력이었다. 어떤 사람이 이 순간에 깨어나지 않을 수 있을까. 수면 상태였기 때문에 트라우마도 무감각해졌을까. 그래, 어쩌면.

나는 블루캐빈의 문을 더듬더듬 열고 안으로 들어갔다. 무대는 너무나도 현실 같았다. 그곳에서 다시 돌아오니 마치 인간으로 떠났다가 내 속에 악마를 지니고 되돌아온 듯한, 끔찍한 심리적 타격이 느껴졌다. 안나는 이 모든 것을 매끄럽게 실행했을지도 모른다. 하지만 내 면 깊은 곳에서는 정신이 깨어있었을 것이다. 흔적을 남겼을 것이다.

나는 숨을 쉬었다. 정신을 차렸다. 이건 재연이다. 나는 범죄를 저지르지 않았다. 어쨌든 오늘은. 나는 내 앞에 놓인 침대와 그 침대 위에서 무너지는 안나의 모습을 상상했다. 이제 마지막 장면이 남아있었다. 모두가 잊어버린 장면. 왓츠앱으로 가족에게 보낸 그 운명적인 문자 메시지. 미안해. 내가 죽인 것 같아.

나는 전화를 꺼냈다. 왓츠앱에 들어가서 해리엇과 채팅하는 화면을 눌렀다. 텍스트를 쓰고 전송 버튼을 누르는데 어딘가 찜찜한 기분이 들었다. 그 모든 가정이 흔들리고 있었다. 정말 수면 상태에서 그런 메시지를 보낼 수 있었을까? 가능하기는 했다. 사례 중에는 자고 있을 때 차를 몰고 복잡한 경로를 따라갔던 환자도 있다. 하지만 안나가 보낸 메시지 안에는 의식적인 의도가 들어있다. 사과하고, 범행을 인지하고 있다. 죄책감은 지각이 있다는 것을 전제로 한다. 안나가 그 순간 깨어있었다면, 아마 그 이전부터 깨어있었을 것이다. 자신이 무슨 짓을 하고 있는지 정확히 알고 있었을지도 모른다.

메시지를 전송했다는 표시가 떴다. 나는 전화를 주머니에 넣었다. 침대가 있던 위치로 향했다. 거기서 기다리고 있으니 해리엇이 진흙탕을 밟으며 다가오는 소리가 들렸다. 에밀리와 리처드 오길비도 그날 밤 수수께끼의 메시지를 받은 뒤 이렇게 이 오두막에 왔다. 생각보다 오래 걸린 것 같았다. 이제 부모가 보였다. 머리카락이 헝클어지고 눈이 충혈된 모습. 지난 25년 동안 부모로서 가슴을 쓸어내려야 했던 많은 사건이 있었을 것이다. 사고, 아슬아슬한 고비, 마약, 알코올, 자라면서 맞닥뜨리는 온갖 막다른 골목들, 가까스로 재난을 피하고 일화로 정리된 그 많은 기억들, 웃어넘길 수 있는 일들.

하지만 이 마지막 메시지는 아니었다.

미안해. 마약을 과용한 것 같아.

미안해. 차가 박살 났어.

미안해. 임신한 것 같아.

이런 사건이라면 얼마든지 살아남을 수 있다. 악몽일 수는 있겠지만, 살아남을 수는 있다.

하지만 이건 아니다. 절대로, 이건 아니다.

사람들은 늘 묻는다. 안나가 유죄인가에 대해서. 나는 지금, 여기서, 그 답은 확실히 '그렇다'라는 것을 깨달았다. 법적으로 단죄할 수 있는가는 다른 문제다. 안나는 가장 근본적인 의미에서 유죄였다. 그녀가 칼을 휘둘렀고, 그 행동으로 동료 두 명이 죽었다. 그녀는 언제나 그 결과를 안고 살아가야 할 것이다. 죄책감은 영원히 그녀의 일부일 것이다. 내가 안나를 깨운 세상은, 안나가 뒤에 남겨두고 온 세상과 달랐다.

"10분 이내예요." 해리엇의 목소리에 나는 퍼뜩 놀랐다. 걸어오느라 그녀의 뺨은 붉게 상기되어 있었다. 애비클리닉에서의 소심함과 사회적인 어색함은 전혀 없었다. 황야로 나왔으니 박사나 정신과의사, 신경과의사를 윗사람으로 대할 필요가 없을 것이다. 나는 이런 해리엇이 더 좋았다. 간호복 차림의 해리엇보다 사무실 밖의 해리엇이. "오렌지캐빈에서 블루캐빈까지는 사실상 1분도 안 걸려요. 땅이 이렇게 질퍽거리지 않았다고 가정하면. 게다가 더 빠른 걸음으로 급히 왔다면."

나는 눈을 감았다. 생각을 멈췄다. 생각은 내 머릿속의 다락방에 단단히 갇혔다. 현실로 돌아가자.

현재, 여기, 지금.

"어떻게 생각하세요?" 해리엇이 말했다. "까놓고 이야기해 보죠. 뭔가 번쩍하지 않나요? 뇌세포가 획획 돌아가지 않아요?"

여기서 너무 오래 있었다. 죽은 사람을 살려내려고 영계를 어지럽힌 듯한 공포가 다시 엄습했다. 이건 실수였다. 오두막 밖은 차츰 어두워져 가고 있었다. 심오한 악이 이 벽 안에, 이 땅에서 일어난 끔찍한 사건들에 오염된 저 숲속에 도사리고 있다는 기분이 들었다.

"유령이라도 보신 것 같아요." 해리엇은 이제 걱정스러운 말투였다. 호기심에 넘치는 관광객 대신 다시 간호사가, 동정심 어린 익숙한 목소리가 되돌아왔다.

나는 웃어 보였다. 있는 힘을 다 짜내야 했다. 시간을 다시 확인했다.

"네, 그런 것 같습니다."

# 52              벤

교회는 가득 차있었다. 찬송가도 불렀다. 사람들의 시선은 거기 무슨 징조처럼 놓여있는 관에 집중되었다. 관은 블룸에게 너무 작은 것 같았다. 우리를 놀라게 하려고 마지막 장난을 친 게 아닐까, 블룸이 느닷없이 깨어나지 않을까 하는 생각이 스쳤다. 하지만 뚜껑은 굳게 닫혀있었다. 부검은 끝났고, 검시관은 시체를 돌려주었다.

버지니아 블룸은 마침내 안식할 수 있었다.

나는 다시 메모에 정신을 집중했다. 손에 닿은 독서대는 차갑고 거칠었다. 헛기침을 하니 그 소리가 사방의 오래된 돌벽에 메아리쳤다.

"블룸 교수님은 전형적인 기독교인이 아니었습니다." 추도사 마지막 부분에 다다르자 나는 약간 긴장이 풀렸다. "하지만 그분은 인간에 대한 진실한 믿음을 갖고 있었습니다. 무엇보다도 구원을 믿었고, 구원받지 못할 인간은 없다고 믿었습니다. 오늘 여기 오신 많은 분들은 버지니아의 학술적 성취를 잘 알고 계실 것입니다. 고인은 애비클리닉에서 수면심리학 분야를 선도하는 연구를 수행하면서, 눈을 감지 못해서 혹은 눈을 다시 뜨지 못해서 삶이 망가진 사람들의 인생을 바꾸었습니다."

나는 잠시 멈춰서 근사한 옷차림으로 서있는 애비클리닉 직원들이 있는 쪽을 바라보았다. 클래라도 있었고 킷캣도 있었다. 나는 마음을 추스렸다. 블룸은 외동딸이었고 자식을 갖지 않았다. 하지만 대신 친구와 동료, 지인을 수집하듯 곁에 두었다. "하지만 수면이 인간에게 제2의 삶이듯, 버지니아에게도 제2의 삶이 있었습니다. 옷차림은 독특했을지라도 고인은 교회의 살림을 돌보고, 자원봉사도 하며 지역사회를 받치는 든든한 기둥이었습니다. 버지니아의 믿음은 미묘했지만 아주 심오했습니다. 그분은 행동으로 말하는 사람이었습니다. 버지니아가 남긴 인상적인 표현이 있는데, 인간이 누리게 하려던 것이 아니었다면 신이 뭐 하러 재미를 창조했겠습니까?"

가벼운 웃음소리가 청중에게서 흘러나왔다. 교회 전체에 웃음이 가득 번졌다.

"무엇보다도 고인은 인간을 포기하지 않았습니다. 직업인으로서, 친구로서, 타락한 것을 개선하는 일, 아픈 사람을 고치는 일, 부서진 것을 복구하는 일이 자신의 엄숙한 의무라 여겼습니다. 그것이 버지니아의 신조였습니다. 많은 이에게 버지니아는 일상의 영감이었습니다."

나는 다시 교회를 둘러보았다. 그래, 이제 그 매력을 알 수 있었다. 교회는 신이 부재했던 '농장'과는 정반대에 있는 공간, 희망과 자비가 깃든 장소였다. 남의 집에 너무 오래 미적거린 손님을 대하듯 정적이 감돌았다. 나는 메모를 챙기고 구두 가죽과 나무 스치는 소리를 삐걱삐걱 내며 강단에서 내려왔다.

나는 청중석 앞줄로 돌아와서 애비클리닉 임원들과 나란히 앉았다. 초저녁부터 마티니를 마시면서도 의외로 항상 단단한 영적인 내면을 갖고 있었던 여자에 대해, 이제 사제가 찬양을 읊을 순서였다. 블룸은 그렇게 괴짜였다. 인간을 분류하는 딱지를, 타인을 상자 안에 집어넣는 것을 싫어했다. 모순을 사랑했다.

　사제의 쉰 목소리는 거의 귀에 들어오지 않았다. 블룸이 자택에 쓰러져 있던 모습이 눈앞에 떠올랐고, 파일에 대해 수화기 너머에서 황급히 당부하던 목소리가 들리는 듯했다. 나는 환자 X에 대한 블룸의 설명과 안나 O 사건과의 연결고리에 대해 생각했다. 어느덧 예배가 끝나고 가족들과 직장 동료들, 친구들은 모두 마을회관으로 가 미지근한 음료수와 눅눅한 종이 접시에 담은 샌드위치를 먹었다. 그동안에도 생각이 머릿속에서 떠나지 않았다. 나는 장례식 진행자에게 초대장이 없는 문상객은 받지 말라고 단단히 일렀다. 이것은 철저히 사적인 자리였다.

　나중에 장례식이 끝난 뒤 클래라와 킷캣과 나는 인근 공원으로 갔다. 더 이상 우리는, 우리 셋이 아니었다. 그래도 이제는 그게 맞는 것 같았다. 킷캣은 정글짐을 기어오르며 놀았다. 클래라와 나는 벤치에 앉아 테이크아웃 커피를 마시며 그 모습을 지켜보았다. 나는 클래라에게 최근 갔던 여행에 대해 이야기했다. 이후 모든 것이 시작된 바로 그 장소에 대해.

　"농장은 요즘 방치되고 있다고 들었어."

　"대낮에도 무섭더군." 나는 커피를 한 모금 마셨다. "어둠 속에서는 어땠을지 상상조차 못 하겠더라고."

　"혜성처럼 떠오른 새로운 생각은 없었어?"

　"두 오두막 사이에서 안나의 입장과 시간 순서를 그대로 재현해 보려고 노력했어. 우선 나는 안나가 블루캐빈으로 걸어서 돌아갔다고 생각하지 않아. 누군가의 도움이 없었다면 절대 불가능했을 거야."

　"어떻게 확신해?"

　"확신할 수는 없어. 그냥 직감이고, 논리적으로 추측할 때 그렇다는 거야. 그런 짓을 저지른 다음 블루캐빈에서 레드캐빈까지 돌아가려면 정말 큰 노력이 필요했을 거야."

"안나가 범행 당시 의식이 있었을 수도 있겠다는 뜻이군."

"누군가 다른 사람이 안나를 옮기는 데 관여했거나."

그 순간 킷캣이 우리 둘을 놀라게 했다. 아이가 요즘 새로 배운 장난이었다. 살금살금 등 뒤로 다가왔다가 전혀 예상치 못한 순간 갑자기 나타나는 것이다.

"누구를 옮겨요, 아빠?"

클래라는 이야기하지 말라는 뜻으로 눈살을 찌푸렸다. 우리는 너무 공개적으로 떠들고 있었다. "그런 거 아니야, 아가."

"잠자는 공주님 이야기?"

이제 내가 클래라를 쳐다볼 차례였다. 아이에게 그 이야기를 하지 않기로 합의했던 것이다. "잠자는 공주님?"

킷캣은 그녀를 바라보며 다른 데 정신이 팔려있었다. "잠자는 공주님은 나빠."

"그게 다야?"

킷캣은 뭔가 잘 이해되지 않을 때 늘 그러듯 옷을 잡아당기며 고민스러운 표정을 지었다. "아빠가 나쁜 공주님을 낫게 해줄 거라고 엄마가 그랬어요."

아이는 그녀에 관심을 잃고 대신 모래밭으로 달려갔다. 나는 방금 들은 말을 해석하려고 노력했다.

"왜 아이가 안나 오길비 이야기를 하는 거야?"

클래라는 정말 화가 났을 때 항상 그랬듯이 나를 노려보았다. "정신 차려, 벤. 누구나 인터넷을 해. 당신 이름이 적힌 음모론 블로그를 본다고. 이젠 아이들까지 이야기를 나눠. 이 일에는 대가가 따를 거야. 당신과 안나한테."

　나는 모래밭에서 노는 킷캣을 바라보았다. 블룸의 장례식에 대해서, 점점 커지는 안나에 대한 내 집착에 대해서 생각했다. 온라인 협박이 섬뜩한 현실이 되는 상상이 떠올랐다. 농장의 냄새가 아직 내 곁을 떠나지 않았다. 이 모든 것은 나의 소망과 정반대 결과를 낳았다. 클래라는 그 어느 때보다 내게서 멀어지고 있었다.

　나는 나 자신과 가족에게 무슨 짓을 하고 있는가.

　왜 그만둘 수가 없는가.

*2019*                                      안나의 수첩

**6월 3일**

캠튼의 아파트. @PatientX와 일주일 동안 메시지를 주고받았다. 시간대는 분명 그리니치표준시 같다. 문법을 보면 교육 수준이 높은 사람이 치료를 받은 뒤 다시 사회로 나와 새로운 인생을 시작한 것 같았다. 내용은 알쏭달쏭했다.

최신 대화를 다시 읽었다.

@PatientX: 친구로서 조언 하나 할게. 공적인 영역에서는 아무것도 찾지 못할 거야. 정보공개청구에 시간 낭비하지 마.

@ElementaryMag: 내가 그걸 했다는 건 어떻게 아세요? 정부에서 일하세요?

@PatientX: 어디에 초점을 맞춰야 하는지 내가 말했잖아. 크랜필드병동. 거기 승인된 방문객 명단을 봐.

@ElementaryMag: 그건 어떻게 얻을 수 있을까요?

@PatientX: 더 노력해 봐, 안나. 방법을 생각해.

@ElementaryMag: 그게 기사에 무슨 도움이 될까요? 거기 무슨 정보가

있는데요?

나는 기사의 도입부를 썼다. 결론부도 몇 단락 완성되었다. 이제 필요한 것은 샌드위치 속이다. 고기가 필요하다.

선택지를 생각해 보았다. @PatientX를 직접 만나보아야 한다. 이쪽을 아래로 내려다보면서 가르치려고 드는 말투가 기분 나쁘다. 정보공개청구 건을 몰래 알아본 점도 그렇다. 하지만 일단은 그가 필요하다. 나는 브로드무어와 엄마, 샐리 터너, 블룸 박사에 대해 생각했다. 아빠와 아빠의 수수께끼 같은 다른 여자에 대해 생각했다.

더 노력해 보자. 생각하자.

나는 @PatientX가 남긴 마지막 메시지를 읽었다.

**@PatientX:** 이 모든 일의 배후에 누군가 있어, 안나. 눈을 떠. 샐리 터너에게는 자식이 있었지. 그 후보를 찾고, 이야기를 찾아봐. 사냥할 시간이야.

### 6월 10일

브로드무어병원, 버크셔.

런던에서 60킬로미터 넘게 떨어진 위치. 나는 병원의 역사를 읽었다. 괴물들이 환한 대낮에 불쑥 튀어 나오는 이야기였다. 1863년, 범죄를 저지른 정신병자들을 가두는 수용소로 '브로드무어'가 설립되었고, 1949년까지 내무부에서 관리했다. 이어 '브로드무어감호소'로 공식 명칭이 변경되었고, 1960년에 보건부로 관리 책임이 넘어가면서 '브로드무어병원'으로 다시 개명했다. 지금은 이름부터 따분한 서부 런던 국민의료서비스공단 산하에 있다. 등골이 오싹한 공포물이 하품 나오는 관료주의로 변신한 156년간의 이야기다.

브로드무어병원은 사진보다 더 육중하고 더 보기 흉한, 빅토리아 풍 빨간 벽돌 건물들이 넓은 경내에 늘어선 곳이었다. 국민의료서비스를 상징하는 파란 안내판에 다다르자 양쪽으로 높다란 담장과 보안 시설이 이어져 있었다. 나는 이곳에 대해 이야기를 많이 들었다. 세상에서 가장 악명 높은 범죄자 정신병원. 사상 최악의 연쇄살인범들이 수용된 곳. 가장 극단적인 정신상태를 연구한 선구적 병원. 범죄실화 역사에서도 한 줄을 차지하는 이름이다.

　생물학적 자식 후보. 대부분의 음모론에는 신물이 난다. 그렇게 깔끔한 매듭 하나로 정리되는 범죄수사는 거의 없다. 하지만 @PatientX의 마지막 메시지는 머릿속에서 떠나지 않았다.

　샐리 터너에게는 자식이 있었다. 그녀의 죽음이라는 퍼즐을 메울 마지막 조각 하나였다. 그렇다면 논리적으로 샐리 터너의 친자가 그녀를 죽였다는 뜻일까? 혹, 샐리가 스스로 목숨을 끊을 때 사용했던 플라스틱 칼을 몰래 반입하는 것을 도왔다는 뜻?

　자식 후보를 찾아라. 이야기를 찾아라.

　너무나 많은 의미가 있을 수 있다.

　이 이야기와 관련된 이름들을 죄다 찾아보던 중, 무시할 수 없는 용의자 한 사람이 눈에 띄었다. 샐리 터너의 친자 후보. 당연히 이름은 바뀌었을 것이고, 샐리 터너와 관련한 모든 연결고리가 세상에서 지워졌을 것이다. 여권, 운전면허, 국민보험번호. 하지만 그 10대 아이가 병원에 수용된 샐리 터너를 찾는 기분이 어땠을지 충분히 상상할 수 있었다. 용의자, 아니, 친자 용의자라고 부를까. 그는 브로드무어와 그 안에 있는 악마들에 대한 악몽을 아직도 꾸고 있을까. 스톡웰 괴물만큼 악명 높은 어머니를 두었다는 사실에 어떻게 대처하고 있을까?

　나는 자료조사를 다 했다. 다른 보건부 소속 기관들처럼 브로드무어도 자료를 보관하는 방식을 뒤늦게 디지털로 전환했다는 사실을 알고 있었다. 1990년대 후반의 두꺼운 환자기록들은 버크셔기록보관소에서 운영하는 아카이브센터에 보관되어 있다. 역사 연구가나 범죄 전문가, 심리학자 등 아카이브를 방문하는 사람들은 정문에서 등록을 해야 한다. 방문객들은 고등교육기관의 승인을 얻거나 아카이브와 직접적인 관련이 있는 전직 직원의 허가를 받아야 한다.

나는 기다리면서 열람 관련 규정을 죽 읽었다.

브로드무어병원(전. 브로드무어 임상 정신병자 수용소)의 진료 및 비진료 기록은 1958년 제정된 공공기록물법에 따라 버크셔기록보관소의 연구를 위해 보존되어야 한다. 열람은 2000년 제정된 정보자유법과 보건부의 〈보건기록 요청 지침(2010)〉에 따른다.

나는 줄 끝에 섰다. 따분해 보이는 직원이 내 이름과 소속기관을 물었다.

"저는 오길비 남작을 대신해서 왔습니다." 나는 허가증을 제출했다. 엄마의 상원의원 문장이 찍힌 종이에 타이핑한 문서였다. 내가 끝에 엄마의 서명을 위조했다. 서류를 보면 엄마가 1997년부터 2005년까지 보건부 부장관을 역임했다는 사실을 알 수 있었다. 포트폴리오에는 정신건강 서비스와 브로드무어, 램튼, 애슈워스 등 세 곳을 감독했다는 내용도 들어있다. 오길비 남작은 회고록을 준비하면서 공식 기록을 참조할 생각이다. 나는 자료조사원으로서 오길비 남작 대신 아카이브를 참조해도 좋다는 허가를 받았다. 전부 거짓말이었다. 하지만 그럴듯했다.

직원은 천천히 내용을 읽었다. 몇 분 뒤, 그는 안경을 내리고 입을 약간 내밀더니 들어가도 좋다고 손짓했다. 나는 다른 자료조사원 네 명과 합류했다. 우리는 넓은 중정을 지나 브로드무어 경내 서쪽으로 안내되었다. 그제야 다시 숨을 쉴 수 있었다.

버크셔기록보관소 아카이브센터는 동굴처럼 널찍하고 난방이 과했다. 콧수염을 기른 남자들이 환자의 두개골 크기를 측정하던, 웅장한 19세기 도서관을 떠올리게 하는 실내였다. 섬뜩하고 악취 나는 분위기가 감돌았다. 우리가 자료를 찾기 시작하자 경비 한 사람이 옆에 서 망을 섰다. 나는 오른쪽에 걸린 작은 자료 배치도를 참조해서 처음에는 시대로, 이어 장소로 검색 범위를 좁혔다. 나는 1990년대 후반 크랜필드병동에 관한 정보를 찾고 있었다.

종이 폴더를 수없이 뒤졌지만 '메데이아'가 언급된 자료는 없었다. 하나도. '블룸'을 검색하니, 자잘한 다큐멘터리 필름과 V. 블룸 교수가 브로드무어에서 자문 임상심리학자로 재직하던 시절 수백 명의 환자를 언급한 서신 자료가 있었다. 마지막으로 나는 '터너'를 찾아보았다. 그러자 27번 상자가 나왔다. 상자의 눅눅한 구석에 놓인 한 장의 서류에 내가 찾던 정보가 있었다. 자문 임상심리학자 V. 블룸 박사가 전문가 및 법의학서비스과장에게 보낸 타이프 친 메모였다. 내용은 다음과 같았다.

**발신:** V. 블룸 박사
**수신:** DSFS (SHU)
**제목:** 환자 8637892CRAN
**날짜:** 1999년 6월 2일

지난번 부서별 회의에서 제안된 보안요건강화 안건에 관해서, 저는 논의했던 특별 프로젝트를 위해 예산을 5퍼센트 인상해 줄 것을 요청합니다. 이 환자에 대한 여론과 언론의 지대한 관심을 감안할 때, 특별 프로젝트는 신중하게 진행하는 것이 바람직하며 (진행될 경우) 정보 공유도 내부적으로 최소화하는 것이 좋겠습니다. 저는 간호사 두 명으로 구성된 소규모 팀으로 충분합니다. 프로젝트에 대한 보고는 DSFS와 CD만 공유하기로 요청합니다. 이 메모에 대한 후속 논의는 직접 만나서 이어가겠습니다. VB.

1999년 6월 2일. 샐리 터너가 아직 올드베일리에서 재판을 받고 있던 시점에 발송된 메모였다. DSFS는 전문가 및 법의학서비스과장, CD는 진료과장이었다. 아직 정식 명칭이 정해지지 않았더라도 '특별 프로젝트'란 분명 '메데이아'를 뜻했을 것이다. 나는 진료과장의 이름을 찾으려고 다른 서류들을 뒤졌다. 하지만 예산에 관한 편지 하나에서 나온 이름은 법의학서비스과장이 전부였다. '스티븐 도널리'라는 사람이 서명한 편지였다.

서류는 아카이브실 밖으로 반출할 수 없었다. 나는 서류 내용을 외웠다. 다른 파일도 계속 훑어보았다. 모두 페이지 안에 '제41조 면제'라는 쪽지가 들어있었다.

할당된 시간이 끝나자 우리는 다시 건물 밖으로 안내받았고 다시 정문 데스크로 돌아왔다. 나는 휴대전화를 찾아서 내가 외웠던 내용을 메모 앱에 최대한 기록했다. 그리고 정보자유법의 제41조 면제가 무엇인지 구글에서 찾아보았다.

**제41조 면제:** 정보가 기밀로 제공되어서(의료기록이나 임상정보) 그 공개가 개인정보침해로 민사소송의 대상이 될 수 있는 경우, 정보공개청구 대상에서 예외이다.

나는 앱을 닫았다. 새 메시지가 와있었다. 전에 내가 보낸 제안에 대한 @PatientX의 답장이었다. 내 황금 같은 정보원, 내부 고발자.
메시지는 평소보다 더 짧았다. 그냥 이렇게만 적혀있었다.

**17일. 오전 10시.**

내 요청은 현실이 되었다.
결국 직접 만나게 되었다.

## 53 벤

할리스트리트, 애비클리닉.

장례식 후에도 일상은 계속되었다. 내 공포와 피해망상은 여전했다. 그래도 어느 정도 희석된 채 매일하는 업무 속에 묻혀있었다.

돌파구가 마련되기까지는 몇 번이나 상담을 거쳐야 했다. 본격적인 외상후기억상실증이든, 오랫동안 잠들었다가 다시 깨어나서 단기적으로 일상에 적응하는 기간이든, 안나의 기억상실은 예전의 기억이 표면으로 올라오는 데 시간이 걸릴 것이라는 점을 의미했다. 그러나 안나의 꿈속 세계는 훨씬 쉽게 접근할 수 있을 것이고 또 생생할 것이다. 그것은 지난 4년 동안 그녀가 살아왔던 세계다. 안나는 농장에서의 그날 밤 이후 몽환적인 내면세계 속에서 존재했다. 꿈은 기억의 관문이 될 수 있다.

내가 시작할 지점도 그곳이었다.

회복은 점진적이었다. 성대는 쇠퇴했고, 에너지는 고갈되어 있었으나 식단은 매일 바뀌고 양도 늘었다. 처음에는 몇 분 정도 깨어있는 것이 전부였지만, 어느 순간 한 시간 이상 눈을 뜨는 날도 생겼다. 더듬더듬 파편처럼 말을 내뱉다가 차츰 복잡한 문장을 구사했다. 어휘도 천천히 늘었다.

안나가 회복하는 모습을 지켜보면서 나는 계속 갈등했다. 내 직업적인 의무는 안나를 법정에 설 수 있는 상태로 만드는 것이었다. 하지만 윤리적인 의무는 안나를 가능한 한 오래 여기 클리닉에 계속 두는 것이었다. 도널리는 나와 가족에 대한 위협을 들먹이며 나를 겁박했다. 그러나 어떤 면에서는 그 반대가 사실이었다. 안나가 클리닉에 있는 한 경찰이 우리를 둘러싸고 보호해 주지 않나. 세상에서 가장 유명한 살인 용의자에게 아무 일도 없도록 법무부가 만전을 기할 것이다. 하지만 안나가 일단 교정 시스템으로 이감되어 재판을 기다리게 되면 당국은 나와 클리닉에서 손을 뗄 것이다.

도널리는 다른 의사에게 진단을 받아볼 수도 있다. 하지만 나는 이미 너무 많은 것을 알고 있다. 외상후기억상실증 진단 하나로 안나를 영원히 클리닉에 잡아둘 수는 없다. 나도 그렇게 순진하지는 않다. 하지만 단서를 연결시킬 시간을 벌 수 있다. 블룸이 죽기 전에 무엇을 발견했는지 알아낼 시간을.

몇 주만 더 있으면 희망이 생길 것이다. 그리고 우리가 발견했듯, 희망은 상상보다 훨씬 더 단단하다.

몇 주가 지난 뒤에야 나는 제대로 된 정신분석 상담을 위해 치료실에 들어갔다. 해리엇은 안나를 베개에 기대 앉혀놓고 나갔다. 안나는 여전히 유령처럼 핼쑥했다. 햇빛이 절실히 필요했다. 우리는 마주 보았고, 나는 안나의 표정을 읽으려고 애썼다. 하지만 그 얼굴에는 어딘가 묘하게 수수께끼 같은 데가 있었다. 안나의 얼굴은 불길할 정도로 고요했다. 마치 영웅적인 자제력을 연기하는 배우처럼 보였다. 화가의 작업실에 앉아있는 모델 같기도 했다. 눈은 예외였다. 눈빛은 너무 자의식이 강했고, 고요함조차 계산했거나 연습한 것 같았다.

나는 문이 닫힐 때까지 기다렸다. 블룸의 장례식 뒤로 뭔가 변했다. 이제 내가 여기 책임자였다. 안나 문제에 대한 집착에 고삐를 죌 사람이 없었다. 그녀는 살인자이자 의학적 수수께끼다. 이렇게 정상을 벗어난 존재들, 바로 이런 사람들이 내가 이 일을 계속하는 이유였다.

나는 평소대로 시작했다. 내 이름, 애비클리닉, 매일 같이 반복하는 몸 상태 확인. 오늘은 지금껏 내가 준비한 것 중 가장 까다로운 상담 시간이었다. 안나에게 모든 진실을 알려주면 그녀의 정신은 다시 동면할지도 모른다. 에밀리나 다른 방문자에게는 과거의 불특정한 사건에 대해서만 이야기하라고 단단히 일러두었다.

나도 가볍게 시작할 수 있도록 방향을 잡았다. 나는 할리스트리트에 있는 애비수면클리닉의 의사다, 안나, 옥스퍼드셔의 어떤 사건 이후 당신은 오랫동안 여기 환자로 입원해 있었다, 그 뒤로 당신은 줄곧 깊은 잠에 빠져있었다, 우리의 임무는 당신의 회복을 돕는 것이다, 이번 상담도 그런 노력의 일환이다, 질문할 것이 많다, 하지만 우선 천천히 시작하도록 하자….

내 사무실 벽에는 세상에서 가장 보편적인 꿈들을 망라한 차트가 걸려있다. 이가 빠지는 꿈, 누군가에게 쫓기는 꿈, 화장실을 찾을 수 없어서 무력한 꿈, 공공장소에서 벌거벗고 있는 꿈, 시험 준비가 안 된 꿈, 어딘가로 날아가는 꿈, 안전망 없이 떨어져 내리는 꿈, 통제할 수 없는 차량 안에 갇혀있는 꿈, 아무도 사용하지 않은 빈방을 우연히 발견한 꿈, 어딘가에 지각하는 꿈.

꿈은 우리의 가장 어두운 비밀 통로, 심지어 가장 어두운 기억으로 향하는 고속도로다. 안나의 꿈은 모든 문을 여는 열쇠가 될 수 있다.

나는 지금까지 인내심을 갖고 접근했다. 4년 동안 잠들었다가 깨어난 이에게는 그만큼 조심스럽게 다가가야 했다. 하지만 안나의 목소리에 힘이 돌아온 모습을 보고, 오늘 나는 모험을 시도해 보았다. "꿈에 대해 이야기해 보세요, 안나. 무슨 꿈을 꿉니까?"

안나의 목소리는 아직 굵게 쉬어있고 발음을 배우는 아기처럼 어색했다. "숲에서 시작해요."

"어떻게 숲이라는 걸 압니까?"

"어두워요. 사방에 나무가 있어요."

"꿈에서는 항상 똑같은 숲인가요?"

"네."

꿈속의 숲. 두 명을 살해했던 그날 밤 농장의 숲. 나는 다시 안나를 찬찬히 바라보았다. "당신은 뭘 입고 있지요?"

"아웃도어 복장이에요. 빨간색 같아요. 그리고 파란색도."

"기분이 어때요?"

"악마가 내 몸에 숨결을 불어넣는 것 같아요."

"숲에서는 무슨 일이 일어나지요?"

안나는 이제 눈을 감았다. "난 뭔가를 들고 있어요."

나는 숨을 멈추고, 다시 들이쉬고, 기다렸다.

"칼이에요."

나는 목소리를 평정하게 유지하려고 애썼다. 기대하는 티를 조금도 내지 않으려고 했다. "그래서 무슨 일이 있죠?"

안나는 말을 이었다. "내 손이 피에 젖어있어요. 하지만 상처는 없어요. 나는 숲 가장자리로 달려가요."

"숲 너머에 무엇이 있는지 알고 있습니까?"

"네, 마라톤이라는 마을이에요."

"그 뒤에는 무슨 일이 있죠?"

"숲 가장자리에서 불빛이 보여요. 그 순간 꿈이 끝나요."

나는 다시 기록했다. 안나가 표면으로 다시 떠오를 수 있도록 잠시 여유를 주었다. 그녀는 천천히 눈을 떴고, 실내의 불빛에 눈을 몇 번 깜빡였다.

"꿈이 매번 똑같은 패턴인가요?" 나는 물었다.

"네."

숲, 칼, 피, 자유를 향해 달리기.

"이제 자유연상을 시도해 봅시다." 나는 말했다. "제가 단어 하나를 말하면, 처음 생각나는 걸 말해보세요."

안나는 피곤한 듯 고개를 끄덕였다.

나는 노트를 내려다보았다. 각각의 상징마다 글머리 기호가 표시되어 있었다. "숲. 제가 이 단어를 말할 때 자동으로 머릿속에 떠오르는 것이 뭔가요?"

안나는 한숨을 쉬었다. "위험."

"칼?"

"피."

"마라톤?"

"진실."

나는 다른 사람들이 이 상담 녹취록을 읽으며 꿈이 살인과 어떤 관계가 있을 수 있을까 질문하는 모습을 상상할 수 있었다. 하지만 나는 안나의 정신세계의 결을 있는 그대로 따라가야 했다. 상징적인 진실은 문자 그대로의 진실로 이어지는 문지기이다.

안나는 하품을 했다. 눈에 잠기운이 가득 찼다. 문득 그녀는 조용히 말했다. "어디서 박사님을 본 것 같아요."

나는 미소 지었다. "대부분 최소의식상태 환자는 급성 외상후기억상실증과 피해망상을 겪습니다. 아주 흔한 증상이에요. 저는 지난 몇 달 동안 당신을 치료했습니다. 하지만 클리닉 밖에서는 만난 적이 없어요. 저는 애비클리닉의 시니어파트너입니다."

오늘은 이것으로 충분했다. 나는 유리창 밖으로 손짓했다. 잠시 후 밖에서 실시간 모니터 영상을 지켜보고 있던 해리엇이 들어왔다. 그녀가 얼마나 들었을까. 이것이 얼마나 위험해질 수 있을까.

해리엇은 안나에게 진정제를 놓았다. 나는 안정 상태를 알리는 그래프가 모니터에 뜰 때까지 기다렸다. 그런 뒤 병실을 나서 내 사무실로 돌아갔다.

안나의 꿈이 아직 뇌리를 맴돌고 있었다.

## 54  클래라

기대하던 메시지는 아니었다. 최소한 이런 식은. 스티븐 도널리는 법무부 법무심의관이다. 그런 사람의 일정은 몇 달, 때로 몇 년 전부터 미리 정해져 있을 것이다. 일개 경위는커녕 경찰서 간부급에게도 직접 메시지를 보내지 않는다. 하지만 이메일은 분명 그의 계정이 보낸 것이었다. 시간과 장소, 이야기를 나눌 때까지 아무에게도 이 만남에 대해 말하지 말라는 요청이 적혀있었다.

클래라는 평소 절차대로 모두 점검했고 메시지가 진짜라는 것을 확인했다.

페티프랑스 102번지에 있는 법무부 본부 동쪽 현관에 도착하니 하급 공무원이 나와있었다. 그가 클래라의 전화를 가져갔다. 그녀는 방문객 패스를 받고 4층에 있는 보안 회의실로 향했다.

도널리는 이미 와서 기다리고 있었다. 악수도, 커피 접대도 없었다. 안나 O 사건은 화이트홀 내부에서 여전히 드라마 제목을 딴 '프로젝트 다운튼'으로만 언급되고 있었다. 클래라는 회의 용건이 무엇일까 궁금했다. 누가 애비클리닉의 보안 규정을 어기고 안나를 공격하려 했나? 안나가 깨어났다는 소식이 기자들 귀에 들어갔나? 아니면 혹시 생각만 해도 온몸이 오싹한 그런 시나리오는 아닐까. 키티, 학교, 무슨 사건이 있었다는 이야기?

"위장한 건 죄송합니다." 도널리는 입을 열었다. "하지만 문제가 생겼습니다. 상당히 심각해요. 앉으시지요."

도널리는 탁자에 놓인 마닐라 폴더에서 서류 몇 장을 꺼냈다. 그중 한 장을 클래라에게 건넸다.

"꿈 분석에 대한 전남편분의 작업에 대해 얼마나 알고 계십니까?"

클래라는 잘못 들은 게 아닌가 생각했다. 하지만 도널리는 진지했다. "그 주제에 대해 그 사람이 책을 쓴 적이 있죠. 버크벡에서 가르치는 과목 중 하나이기도 합니다."

"그렇군요, 근데 왜 그러시죠?"

"우리는 프린스 박사가 안나의 꿈을 분석하는 상담 내용을 추적 관찰하고 있습니다. 피고는 반복되는 꿈에 대해 이야기하면서 '악마가 내 몸에 숨결을 불어넣는 것 같다'고 했습니다. 일반적으로는 크게 신경 쓸 일이 아니겠습니다만." 도널리는 파일에서 다른 종이를 꺼냈다. "하지만 슬프게도 이번 사건은 어느 모로 보나 일반적인 경우가 아닌지라."

클래라는 두 번째 서류를 보았다. 맨 위에 국방부의 공식 문장이 찍혀있었다. 그 아래에는 포턴다운 국방과학기술연구소의 로고도 있었다.

"솔즈베리 독극물 사건 이후 포턴다운은 거리에서 유통되는 마약, 스코폴라민을 추적하고 있습니다."

"강간 약물 말씀인가요?"

"그런 용도로도 쓰이지요. 스코폴라민은 뇌의 신경세포를 차단해서 피해자의 단기기억을 무력화시킵니다. 최악인 건 혈액 내에서 몇 시간 안에 흔적도 없이 사라진다는 겁니다. 체내에서 검출하는 것이 매우 어렵습니다."

"그럼 다른 용도는 뭔가요?"

"스코폴라민은 식물 기반의 향정신성 알칼로이드입니다. 보라체로나무의 씨앗에서 추출하는데 외관상으로는 코카인과 비슷한 흰 가루입니다. 냄새가 전혀 없고 맛도 없습니다. 알코올과 병용하면 특히 강력해지지요. 아주 소량을 사용하면 파킨슨병, 알츠하이머, 멀미, 수술 후 구역질 등의 흔한 증상에 효과가 있습니다. 하지만 1그램 정도의 미량만으로도 한 무리의 사람들을 죽일 수 있습니다. 피해자는 최면 상태에 빠집니다. 좀비처럼 행동하고, 자유의지가 사라지고, 암시에 쉽게 넘어가고 종종 마비, 환각, 심장발작을 일으키죠. 절도나 납치 같은 범죄에 정신을 조종하는 약물로 사용합니다. 피해자는 사건 후 완전히 기억을 잃어버리죠."

"당시 안나 오길비가 스코폴라민에 중독됐을지도 모른다는 건가요?"

"'악마'와 '숨결'이라는 단어 때문에 키워드 경고가 떴습니다. 아실지도 모르지만, 거리에서 스코폴라민을 지칭하는 흔한 속어가 있습니다."

이제 알 것 같았다. "악마의 숨결."

"네." 도널리는 파일에서 다시 종이 한 장을 꺼내 클래라에게 건넸다. "이건 버지니아 블룸의 자택 현장을 감식한 최신 보고서입니다. 미량의 스코폴라민이 서재 금고에서 발견되었습니다. 또한 감식 결과 블룸의 서재 금고 옆에서 프린스 박사의 머리카락 한 올이 발견되었습니다."

클래라는 이야기가 흘러가는 방향이 마음에 들지 않았다. "시체를 발견한 사람은 벤이었어요. 놀랄 일은 아니지 않습니까."

도널리는 파일을 다시 확인했다. "진술서에서 프린스 박사는 블룸의 집 복도와 거실 말고 다른 곳에 간 적이 있느냐는 질문을 여러 번 받았습니다. 그는 간 적이 없다고 세 번 대답했습니다. 또한 프린스 박사는 칼을 집어 들었다는 사실을 인정했습니다."

"정말 벤이 블룸의 죽음에 무슨 관련이 있다고 생각하시는 건 아니겠죠?"

"내 업무는, 유일한 업무는, 앞으로 있을 재판의 무결성을 보존하는 것입니다. 안나가 약물을 복용했거나 프린스 박사가 경찰에 거짓말을 했을지도 모른다는 의혹이 제기되면 모든 것이 위험해집니다."

"왜 저한테 이런 이야기를 하십니까?"

"왜냐하면 지금 이 상황 전체에서 내가 신뢰할 수 있는 사람은 당신뿐이기 때문입니다. 사이버수사대는 프린스 박사의 개입 사실을 처음 퍼뜨린 블로그가 애비클리닉 내부 인물과 관련 있다는 증거도 확보했어요. 이용자는 @Suspect8이라는 아이디로 활동합니다."

"그 사람은 누구죠?"

"@Suspect8 블로그를 호스팅하는 서버에서 가상화폐 거래를 추적했습니다. 살인 사건이 있었던 날 밤, 멜라니 폭스가 농장에 고용했던 엉터리 보건안전 컨설턴트와 관련이 있더군요. 우리는 '롤라 리지웨이'라는 사람과 @Suspect8이 동일인이라고 믿습니다. 이 건과 관련된 정보를 온라인에 게시할 수 있었다면, 그 인물은 피고가 애비클리닉으로 이송되었다는 사실을 알고 있었던 다섯 명 중 한 사람일 겁니다."

클래라는 듣고 있었지만 무슨 뜻인지 이해가 잘 되지 않았다. "누가 알고 있었습니까?"

도널리는 오른손으로 한 사람씩 꼽았다. "우리 둘. 현재 에밀리 셰퍼드라는 이름을 쓰고 있는 최근친 보호자 에밀리 오길비." 그는 잠시 사이를 두었다. "당신의 전 남편. 그리고 처음부터 안나와 같이 있었던 한 사람이 있습니다."

클래라의 입술까지 이름이 올라왔다.

존재감 없이 늘 곁을 지키는 천사 같은 도우미.

해리엇.

*2019*　　　　　　　　　　　　안나의 수첩

**6월 17일**
다이애나 기념 분수. 하이드공원.
나는 일찍 도착했다. 평일이었다. 하늘은 비를 뿌렸다. 하이드공원은 사람이 빽빽하다기보다는 분주한 분위기였다. 나는 지난 주 내내 탐사보도 기자들이 적진에 잠입해서 취재한 사연들을 읽었다. 옛날 영화에 나오는 스파이들이 누가 엿듣지 못하게 하려고 수돗물을 트는 것처럼, @PatientX도 혹시 녹음을 피하기 위해 물소리가 들리는 장소를 고른 걸까.
접선자는 오늘자 《타임스》를 들고 분수대 근처 벤치에 앉아있었다. 합의한 신호 그대로다. 그는 예상보다 어려 보였다. 모든 수사는 기본적인 법칙을 따른다. 절대 실명을 사용하지 말 것, 기본적인 외모에 변형을 가할 것(금발이면 짙은 색 니트 모자를 쓰거나, 두꺼운 뿔테 안경을 쓴다거나, 굽 높이를 높여서 키를 헷갈리게 하거나), 휴대전화에서 배터리를 빼놓고 선불 폰을 쓸 것. 런던의 모든 언론대학원에서 가르치는 기본 원칙이다. 그래도.
나는 벤치에 앉았다. 접선자는 내게 오늘 만남을 녹음하고 있느냐고 물었다. 이것이야말로 성공과 실패를 가르는 순간이다. 기사를 위해, 잡지를 위해, 인수 희망을 위해, 내 미래의 재정 상황과 경력을 위해 나는 거짓말을 하기로 결심했다. 그때 첫 번째로 묘한 일이 일어났다. 접선자는 다른 선불 폰을 꺼내 내게 건넸다. 자기는 진짜 접선자가 아니라 대역이라는 것이었다. 여기서 기다리고 있으면 추가 지시가 내려온다고 했다. 이후 남자는 일어나서 떠났다.

잠시 불편한 기분이 들었다. 제대로 흘러가고 있는 것 같지 않았다. 나도 그대로 일어나려는 순간 선불 폰이 진동했다. 미리 띄워놓은 보안 메시지 앱에 새로운 메시지가 하나 떴다. 나는 메시지를 읽었다.

**PATIENTX:** 당신은 부주의했어, 안나.

또 가르치려고 드는 말투. 이게 함정이 아닌가 하는 의심이 들었다. 섬뜩한 기분이 들면서 목덜미가 축축해졌다. 답장을 쓰는 손바닥에 땀이 배어나왔다.

**나:** 직접 만나는 거라고 생각했는데.
**PATIENTX:** 아직 당신을 신뢰해도 되는지 모르겠어.
**나:** 왜요?
**PATIENTX:** 미행을 붙이고 왔으니까. 남자, 키는 180센티미터가 훌쩍 넘고, 몸무게는 90킬로그램대. 유모차를 밀고 있어. 파란 코트는 멋지군.

나는 휙 돌아앉아 근처에 있는 다른 관광객들을 바라보았다. 온라인 기사에서 하라는 대로 전부 다 했는데. 가게 유리창에 비친 풍경을 확인한다, 멈춰 서서 신발 끈을 묶는다, 빙빙 돌아서 약속 장소로 간다, 왔던 길로 되돌아간다. 이제 어떻게 해야 할지 알 수 없었다. 내가 미처 못 보고 놓쳤을 수는 있었다. 그래, 내 뒤에 185센티미터, 90킬로그램 정도 되는 남자가 어린 아기를 태운 유모차를 앞에 세워놓고 있었다. 그는 커피를 마시며 휴대전화를 스크롤하고 있었다. 동료나 아내 같은 사람은 보이지 않았다.

파란 코트는 멋지군….

그렇다면 환자 X는 나를 볼 수 있다. 근처에 있다는 뜻이다. 그냥 내가 아파트에서 나오는 모습을 봤을 수도 있다. 어쨌거나. 할 일 없는 사람이 할 일 없는 장난을 쳤는데 내가 어리석게도 말려든 거다. 하지만 지금 나는 여기 와있었다. 더그와 인디를 물리치고 GVM에 내 잡지가 인수당하는 걸 막으려면 이 기사를 반드시 출간해서 편집권을 강하게 주장할 수 있어야 했다.

나는 물러서지 않기로 했다. 강하게 나가자.

**나:** 허풍이군요. 미행은 다 확인했어요. 따라온 사람은 없어요. 직접 만나서 정보를 더 주겠다고 약속했죠. 당신이 약속을 안 지킨 거예요. 10초 안에 뭔가 주지 않으면 이건 여기서 끝내는 걸로 하죠.

나는 기다렸다. 이 정보통이 이대로 가버리면, 내게 남는 것은 막다른 골목에 부딪힌 정보공개청구와 썩어가는 파일 안에 들어있던 오래된 메모 한 장뿐이었다. 나는 머릿속에서 다섯까지 세었다. 그때 앱 맨 윗줄에 '입력 중'이라는 신호가 보였다.

**PATIENTX:** 아카이브에서 우리가 이야기했던 걸 찾았나?

**나:** 방문 기록은 없었어요. 하지만 블룸이 전문가 및 법의학서비스과장한

테 보낸 메모를 찾았습니다. 날짜가 부합해요. 브로드무어에서 계획하는 특별 프로젝트에 대한 이야기였어요. 이게 메데이아일까요?

PATIENTX: 맞아.

나: 왜 블룸은 5퍼센트 예산 인상을 요청했을까요?

PATIENTX: 메데이아 실험은 돈이 많이 들었으니까. 자기 예산이 필요했겠지. 일반적인 정부 예산과 별개로. 여차하면 부정할 수 있도록.

나: 왜요?

PATIENTX: 왜라고 생각해?

나: 메데이아 실험은 어떤 내용이었나요?

PATIENTX: 블룸의 학술논문을 읽어봤나?

나: 일부는. 이해할 수 있는 한에서요.

PATIENTX: 〈메데이아 방법론: 인격과 사건수면〉이라는 글을 읽어봐. 블룸의 초창기 학술논문이야. 디지털로 변환되지는 않았어.

나: 어떻게 이렇게 많은 걸 알고 있죠? 당신은 누구예요?

PATIENTX: 심카드를 꺼내고 집에 가는 길에 전화를 버려. 안 버리면 내가 다 알아. 다음에는 다른 사람 데리고 오지 말고. 잘 가, 안나.

대화는 끝났다. 누군가 보고 있다는 육감이 엄습했다. 이 북적이는 공간 어딘가에 한 쌍의 눈이 내게 고정되어 있었다. 내가 알아낸 것을 전부 다 털어놓고 공유할까 고민했다. 하지만 나는 참았다. 두려움이 다시 내 피부를 긁었다.

나는 커피를 사서 버리고 빈 컵에 휴대전화를 넣었다. 집으로 가는 길에 커피 컵을 쓰레기통에 버렸다. 계속 주위를 살폈다. 악의가 감도는 브로드무어의 빅토리아풍 건물과 메모에 타이핑되어 있던 건조한 언어들, 정보원이 내 정보공개청구에 대해 알고 있었다는 사실에 대해 생각했다.

난생 처음으로 나는 내가 완전히 이해하지 못하는, 평소의 경계선을 훨씬 넘어선 뭔가에 접하고 있었다. 광기와 악이 지배하는 세상, 만나는 순간마다 위험이 도사리고 있는 곳.

나는 아파트로 돌아가지 않았다. 전철을 타고 햄프스테드로 갔다. 오늘 밤에는 안전이 필요했다. 안전한 집. 엄마가 부엌 탁자에 앉아있었다. 안전한 품을 찾아 달려가는 아이처럼 엄마를 꼭 껴안고 싶었다. 엄마가 안쓰러웠다. 엄마는 아빠보다, 다른 여자보다, 이 모든 모욕적인 가식보다 더 나은 것을 누릴 자격이 있는데.

엄마는 내게 미소 지었다. "오, 웬일이니?"

하루가 끝나지 않기를 바라며, 나는 엄마와 가까이 있고 싶어서 부엌에 머물렀다.

오늘 밤은 혼자 있어서는 안 된다.

악마들이 부르는 소리가 들려왔다.

## 55 벤

그들이 나를 체포하러 왔을 때, 나는 안나와 같이 있었다.

적절한 상황이었던 것 같다. 내 끝은 내가 시작한 곳.

나는 치료실에 혼자 있었다. 안나는 깨어있다기보다 잠들어 있었다. 나는 더 이상 말하지 않고 그냥 앉아서 지켜보았다. 침묵의 밤샘 기도였다.

어차피 전부 멀쩡하지는 않지만, 나는 히치콕 영화에 나오는 그나마 제정신인 주인공에 늘 나를 이입했다. 나는 〈오명〉이나 〈북북서로 진로를 돌려라〉 혹은 〈나는 결백하다〉에서 그레이스 켈리에게 구애하는 캐리 그랜트였다. 하지만 내 영혼의 어두운 밤이 찾아오니, 내가 혹시 착각했던 것이 아닌가 하는 의문이 들었다.

나는 턱시도를 말끔하게 차려입고 항상 여자를 손에 넣는 주인공이 아니었다. 나는 〈현기증〉의 제임스 스튜어트였다. 나는 킴 노박을 환상으로 만드는 비틀린 계획으로 자신의 상처를 치유하려는, 내면이 망가진 전직 형사 스코티였다. 침대에 누워있는 안나를 보고 있으니 내 존재가 산산이 부서져 양탄자 위에 흩어진 듯한 기분이 들었다.

나는 무너지고 있었다. 이 사건에 왜 이렇게 점점 더 집착하고 있는지 이성적으로 설명할 길이 없었다. 왜 이렇게 비윤리적으로 경계를 모호하게 흐리고 있는지. 하지만 안나와 같이 앉아있으면 블룸의 시체와 내가 손에 쥐었던 칼, 그 몇 시간의 피와 트라우마를 생각하지 않을 수 있었다. 내가 그날 밤 정말로 했던 짓을, 내가 택했던 행동을, 모르는 척 연기하는 것을.

해리엇은 오전 근무가 아니라서 웬일로 얼굴을 볼 수 없었다. 우유를 넣은 영국식 차를 놓고 앉아있으니 할리스트리트 바깥을 오가는 희미한 자동차 소리가 들려왔다. 나는 오늘 학교에 있을 킷캣의 모습을 상상했고, 다음 주말 일정에 대해 왓츠앱으로 보낸 메시지에 클래라가 왜 답장을 하지 않는지 의아했다.

소리가 들려온 것은 바로 그때였다.

시작은 혼잡한 소음이었다. 타이어 마찰음, 건물 바로 앞에서 나는 요란한 브레이크 소리. 한 대 이상이었다. 택시다. 어쩌면 구경꾼들의 시선을 피하려고 뒷문을 이용해 달라는 요청을 무시한, 1급 유명 인사의 경호원이었을지도 모른다. 밖에서 자동차 문이 요란하게 닫히는 소리가 들렸다. 진격하는 군대 같은 발소리. 쿵쿵.

나는 창가로 다가가 보았다. 빛 때문에 안나가 깨지 않도록 조심스럽게 커튼을 쳤다. 애비클리닉 현관을 내려다보니 경찰차 두 대가 밖에 서있었다. 세 번째 암행수사용 차도 바로 뒤에 서있었다. 정복경찰과 범죄수사대, 기병대와 사격수.

공황이 여기서 시작되었다. 본능적이고 동물적인 공포.

나는 그들이 올 것이라는 사실을 너무 뻔히 알고 있었다.

나는 잡히고 싶지 않아 밧줄을 긁어 먹는 쥐새끼였다.

누가 나를 봤을 리는 없었다. 간밤에 여기서 잤으니 건물을 출입한 기록도 없다. 건물 평면도와 비상구도 내 손바닥 안이다. 하지만 경찰 역시 마찬가지일 것이다. 내가 도망친다면 더 많은 정복경찰이 잡으러 올 것이다.

공황은 쓸데없는 생각을 불러일으킨다. 클리닉 안 어딘가 숨어있다가 밤중에 도망쳐서 런던 시내로 숨어 들어갈 수도 있다. 나는 인간 심리의 허점과 약점을 이용해 경찰을 속일 수 있는 법심리학자다. 환풍기 통로에 기어들어 간다거나, 엘리베이터 통로에 매달린다거나, 어린 시절 영화에서 자주 봤던 온갖 쓸데없는 장면들이 떠올랐다.

하지만 안나 O 사건은 너무 잘 알려져 있다. 탈출해 봤자 무익할 것이다. 클래라와 킷캣에게 피해가 돌아간다. 탈출은 내가 유죄라는 뜻이다.

발자국 소리가 계속 들려왔다. 떠들썩한 목소리.

운명은 서서히 나를 죄어오고 있었다.

신사적인 노크 소리는 없었다. 잠시 밖에서 기다리는 인기척이 느껴졌다. 나는 마지막으로 안나를, 내 파멸의 현장을 한번 둘러보았다. 그때 치료실의 모든 프로토콜을 어기고 벌컥 문이 열렸다. 구깃구깃한 정장과 달걀 얼룩이 묻은 타이가 보였다. 때 묻은 비닐 신분증도 보였다. 입에서 커피 냄새를 풍기는 따분한 사복형사가 버지니아 블룸 살해 혐의와 수사 방해 및 공직자 기밀 엄수법 위반 혐의로 나를 체포한다는 익숙한 대사를 읊었다.

나는 아래층으로 끌려갔다. 직원들이 파도처럼 갈라져서 길을 터주었다. 의아하게 찌푸린 표정, 수치스럽다는 눈빛들이 보였다. 나는 동정하거나 무시해야 할 존재였다. 내 지위는 바뀌었다. 나는 동족들에게 공격받고 일시적으로 부족 밖으로 내쫓긴 존재였다.

우리는 1층 대기실로 나왔다. 데스크를 지키는 직원들이 믿기지 않는다는 듯 아연한 눈빛으로 바라보았다. 왓츠앱 메시지에 답장을 보내지 않았던 클래라가 떠올랐고, 킷캣이 학교에서 이 소식을 들었을까 하는 생각도 스쳤다.

지금까지 나는 그냥 아빠였다. 재미있고, 안아주고, 늦게 데리러 올 때도 있고, 파스타와 토스트를 만들어 줄 때 약간 과하게 익히는 아빠. 하지만 지금부터 나는 킷캣에게 다른 존재가 될 것이다. 더 이상 의지할 수 없는, 구멍과 허점투성이의 성인 남자. 이제 아이에게 더는 날 부모로서 무결한 존재라고 주장할 수 없었다.

정신을 차리고 이 악몽을 두뇌의 구석으로 밀어내고 싶었다.

하지만 우리가 바깥에 주차된 경찰차로 나가는 순간, 기다리고 있던 카메라 플래시가 처음 펑 터졌다. 기자들이 이미 체포 정보를 듣고 몰려와 있었다. 호기심 많은 관광객들이 눈앞에 펼쳐진 아수라장을 보고 걸음을 멈추었다. 나를 주인공으로 한 서커스였다.

내가 알던 내 인생은, 다 끝났다.

## 56 벤

신문 1면마다 사진이 대문짝만하게 실렸다. 피할 수 없는 관문, 잔인한 결말.

소셜미디어의 마법에 실려 눈 깜짝할 사이에 내 얼굴이 전 세계로 퍼졌다. 해리엇 역시 버지니아 블룸 살해 혐의와 수사 방해 공모 혐의로 자택에서 체포되었다. 우리 둘 다 동시에 기습적으로 체포되어 비슷한 운명을 겪었다. 소셜미디어에 헤드라인이 바이럴로 퍼져나갔다. 신문, 타블로이드, 유튜브, 소셜미디어 스타, 군중들이 일제히 와글거렸다.

이후 나는 그 시기의 열띤 보도를 돌아보고, 우리의 파멸을 시간순으로 정리해 보았다. 《데일리메일》 온라인에 첫 번째 인물 소개가 올라온 건 불과 30분도 채 되지 않았을 때였다. '10시 뉴스'는 체포 소식을 오늘의 주요 뉴스로 다뤘고 다음 날 조간신문에는 사진이 실렸다. 인터넷은 순식간에 안락의자 탐정들로 폭발했다.

우리는 새로운 '보니와 클라이드'였다. 연인이자 공범, 의심으로 둘러싸인 악마적인 한 쌍이었다.

안나 오길비.

베네딕트 프린스.

해리엇 로버츠.

세 이름은 온라인 역사에 길이 남게 되었다.

퍼트니경찰서의 조사실은 인스턴트커피 냄새와 이따금 샤워장 냄새가 풍기는, 회색 신발 상자 같은 공간이었다. 지난 몇 시간은 아직 현실처럼 느껴지지 않았다. 의심과 취소, 삭제의 시대다. 혐의는 결코 사라지지 않는다. 인터넷에 박제된 채 영구히 살아남아 새로운 세대가 등장할 때마다 새로이 발견될 것이다. 죄가 입증되지 않을 수도 있다. 하지만 일이 이렇게 되었으니 유죄로 간주하는 것이 기본이다. 결백은 20세기에나 통용되던 말이다.

조사를 담당한 형사는 두 명이었다. 그중 하나가 음흉한 미소를 지으며 주로 이야기를 끌고 갔다. 쇼맨이었다. 뭘 하나 알아낼 때마다 호들갑을 떨며 온갖 화려한 수사로 열변을 토했다. 다른 하나는 조용히 앉아서 기록하고 시계를 확인하는 말 없는 교수형 집행인이었다. 내 옆에는 학생 같은 정장과 소매에 니코틴 얼룩이 묻은 셔츠 차림의 국선변호사가 앉아있었다.

첫 번째 형사가 말했다. "해리엇 로버츠와 같이 일한 지 얼마나 됐습니까?"

내가 지금 할 수 있는 일은 하나뿐이었다. 조사실 거울 반대편에 앉아있는 처지였을 때 반복해서 들었던 대사였다. "할 말 없습니다."

"해리엇 로버츠가 @Suspect8 블로그를 운영할 때 도움을 줬습니까?"

"할 말 없습니다."

"그 여자가 대중의 관심을 끌기 위해 안나 건에 당신이 참여하게 됐다는 사실을 누설할 때 도움을 줬습니까?"

"할 말 없습니다."

"해리엇 로버츠가 2019년 8월 29일 '롤라 리지웨이'라는 이름으로 멜라니 폭스와 보건안전 컨설턴트 계약을 체결했을 때 당신이 도움을 줬습니까?"

"할 말 없습니다."

"안나 오길비가 2019년 램튼병원에 입원했을 때 해리엇 로버츠가 거기 고용될 수 있도록 도움을 줬습니까?"

"할 말 없습니다."

"여러 감호병원에서 조무사로 일하면서 의료 경력을 시작하던 시절에 해리엇 로버츠를 만났습니까? 그 여자가 1999년 브로드무어에서 견습 간호사로 일하던 시절에는?"

브로드무어에 해리엇이 있었다. 1999년, 샐리 터너. 나는 이 소식을 곰곰이 생각했다. "할 말 없습니다."

"안나 오길비는 왜 당신을 전에 본 것 같다고 했지요?"

나는 잠시 사이를 두었다. 이건 안 좋다. 아니, 그보다 더하다. 경찰은 환자와의 상담 기록을 샅샅이 분석한 모양이었다. 나를 유죄로 몰 만한 사실관계를 충분히 확보했을 것이다. 나는 블룸의 지시와 파일에 대한 내 거짓말, 서재, 그날의 동선에 대해 생각해 보았다.

"프린스 박사?"

하고 싶은 말은 너무나 많았다. 안나 오길비가 전에 나를 어디서 본 것 같다고 한 이유는 '전이'라는 현상 때문이다. 환자의 감정이 상담자에게 옮겨가는 것이다. 가족과 친구, 연인에 대한 분노. 그 모든 것이 순간적으로 상담자에게 투사된다. 안나는 방 안에 있던 나를 자신의 꿈과 합체시키고 있었다.

하지만 나는 그냥 이렇게 말했다. "할 말 없습니다."

형사가 히죽 웃는 것이 보였다. 나는 조사실의 청회색 벽만 바라보앉다.

"행동조사 자문위원으로 일할 때, 스코폴라민이라는 약물을 접했습니까?"

그들이 무슨 생각을 하고 있는지 알고 있었다. 꿈을 분석할 때 안나는 악마가 자신에게 숨결을 불어넣는 것 같다고 했다. 스코폴라민을 지칭하는 속어는 '악마의 숨결'이다. 상담을 도청하고 있었을 것이다. 함정에 내 발로 걸어 들어간 셈이다. "할 말 없습니다."

"버지니아 블룸을 살해하기 전에 스코폴라민을 투여했습니까?"

"블룸의 서재에 있던 금고 근처에서 당신의 DNA가 들어있는 섬유뭉치와 미량의 스코폴라민이 검출된 점도 그것 때문이었을까요?"

웅크리고 앉아서 금고를 열고, 파일을 꺼내던 내 모습이 떠올랐다. 블룸의 지시대로였다. 나는 아주 조심했다. "할 말 없습니다."

함정이었다. 이것이야말로 피할 수 없는 마지막이었다. 올가미와 발판이 나를 기다리고 있었다. 나는 내 악몽 속에 갇혀있었다. 누군가 나를 영원히 지옥에 빠뜨리기 위해서 지난 몇 달의 파편들을 의도적으로 배치한 것이다.

"8월 30일, 옥스퍼드셔 버포드의 농장에서 안나 오길비에게 범행을 시키기 위해 스코폴라민을 사용했습니까?"

"할 말 없습니다."

"해리엇 로버츠가 램튼병원에서 일자리를 얻을 때 그리고 애비클리닉으로 자리를 옮길 때 그 여자를 추천하는 이메일을 보냈습니까?"

이메일. 내 컴퓨터에 누가 심어놓았을 수도 있다. 분명 존재할 것이다. 내가 상상했던 것보다 더 계산적이었다. "할 말 없습니다."

이어 최후의 일격이 나왔다. 악몽의 절정이었다. 위협이 극한으로 치닫는 순간이었다.

"@PatientX라는 아이디를 사용하는 소셜미디어 익명 계정과 당신이 관련되어 있다는 증거가 어째서 당신 아파트에서 나왔을까요?"

브로드무어, 메데이아, 환자 X…. 모두 블룸의 파일에서 읽었던 내용이었다.

그래, 모두 거기 있었다.

"할 말 없습니다."

나는 거미줄 한복판에 걸려있었다. 나는 미궁을 더듬더듬 빠져나가는 테세우스였다.

"범행 당일 밤, 농장에서 직접 만나자고 약속하는 메시지를 @PatientX라는 아이디로 안나 오길비에게 보낸 이유는 무엇입니까?"

레드캐빈 문간에 서서 거기 쓰러져 있던 시체들을 상상했던 순간이 떠올랐다. 언어는 너무나 허약했다. 하지만 내가 가진 것은 그뿐이었다. 말한다는 의식조차 없이, 내 입에서 흘러나오는 말이 들렸다.

"할 말 없습니다."

*2019*                    안나의 수첩

**6월 21일**

오길비타워스 제2부. 엄마가 돌아왔다. 아빠는 출타 중이다. 나는 어린 시절 사용하던 침실 안에 틀어가서 바리케이느를 쳤다. 정교한 보안장치도 잊지 않았다. 잘 때는 침실 문을 잠근다. 발가락을 찧기 딱 좋은 위치에 의자 두 개를 놓아 출구를 봉쇄한다. 책, 신발, 그 외 눈에 띄는 것이면 뭐라도 침대와 문 사이의 경로에 배치한다. 방에서 나가려면 아픔을 느끼지 않을 수 없다. 좋은 일이다.

아프면 잠에서 깰 것이다. 아픔은 나를 죄에서 구원하는 카타르시스가 될 것이다. 모두 아주 카톨릭적이다. 몽유병 환자들의 오푸스데이. 엄마는 걱정한다. 드디어 뭔가 이상하다는 걸 눈치챈 것 같다. 테오가 들러서 은둔자 같은 내 행태를 보고 놀렸다. 인디라와 더그의 보안 이메일과 텍스트를 원격으로 몰래 확인했는데 GVM 계약은 계속 진전되고 있었다. 내가 없다는 것이 그들에게는 유리하게 작용하고 있다. 짜증이 솟구친다. 그 둘에 대한 증오도.

나는 커튼을 쳐놓은 채 침실에 앉아있다. 아직 기사는 한 단어도 쓰지 못했다. 내가 무슨 짓을 하게 될지 너무 두렵다. 잠든 채 걸어 다

니며 손에 묻은 피를 씻는 맥베스 부인이 생각난다.

**의사:** 눈을 뜨고 계시잖아.
**시녀:** 네, 하지만 감각은 닫힌 상태로….
**의사:** 이렇게 비정상적일 데가 있나. 잠의 은혜를 받는 동시에 깨어있는 사람처럼 행동하다니!
**맥베스 부인:** 침대로, 침대로. 누가 문을 두드리네. 들어와, 들어와, 들어와, 들어와. 손을 이리 줘. 이미 저질러 버린 일은 돌이킬 수 없어.

추가 정보공개청구. 내무부, 법무부, 보건부, 영국 국민의료서비스, 교정본부. '메데이아'라는 키워드가 들어있는 정보는 없었다. 공식 기록이 존재하지 않거나, 너무 민감한 키워드라 정보공개법상 공개 자료에 포함되지 않는다는 뜻이다.

애비클리닉 밖에서 진을 치고 기다리는, 구식 취재 방식을 동원해 볼까도 생각했다. 무작정 블룸을 기다렸다가 직접 묻는 거다. 겁쟁이처럼 물러나지 말고. 나는 1990년대 후반 브로드무어 크랜필드병동에서 일했던 사람들을 더 찾아보았다. 하지만 거기서 일했다고 공개적으로 밝힌 사람들은 거의 없었다. 워낙 악취를 풍기는 곳이니.

대신 나는 블룸이 오래전 집필한 학술논문을 읽으며 그녀의 머릿속에 들어가 보려고 했다. 샐리 터너, 일명 스톡웰 괴물처럼 악명 높은 환자에게 어떤 종류의 심리 실험, 학술적인 용어로 '개입'이 진행되었을지 이해할 필요가 있다. @PatientX가 말하는 특별 프로젝트는 어떤 것인지.

샐리 터너의 친자 용의자도 누구인지 계속 궁금했다. 존재했다는 사실은 알려져 있지만 이름이 밝혀지지 않은 인물. @PatientX의 주장에 따르면 이 모든 일의 배후에 있다는 인물. 결국 그것이 문제의 핵심이다. 그 인물이 누구인가에 모든 것이 달려있다는 느낌이 든다. 그것을 알아내면 다른 모든 것도 따라올 것이다.

공개하기에는 너무 민감하거나 명예훼손의 소지가 있는 이름일 것이다. 친자로 의심되는 사람들의 목록을 줄여나가는 내 방식은 완전히 합법적이라고 할 수 없었다. 하지만 최근 발견한 한 앨범으로 인해 일련의 생각이 꼬리를 물고 떠올랐다. 이후 나는 그 생각의 갈래를 따라가고 있다. 완전히 틀린 방향인지도 모른다. 아닐 수도 있다. 이건 증거를 찾기 위한 육감이다.

일단 추가 증거를 확보하기 전까지는 내가 임의로 정한 암호명으로 부르겠다. 문자 그대로이기도 하고 위장술이기도 한 고전적인 암호다. '마라톤.'

자료를 두 시간 더 읽었다. 그리고 의자, 신발 등 모든 것을 제자리에 배치한 뒤 나는 침대에 누워 눈을 감았다. 행복한 생각을 떠올리려고 노력했다. 피도, 시체도 없다. 칼도 없다. 메데이아도, 맥베스 부인도 없다. 나는 다시 무지와 지식의 경계에 서있는 어린아이다. 아빠와 같이 맨체스터유나이티드 경기를 보고 있다. 아니면 엄마가 치는 피아노를 듣고 있다. 아무 생각도 없고, 행복하고, 자유롭다.

나는 시계를 되돌릴 것이다. 이 병을 낫게 할 것이다.

이미 저질러 버린 일은 돌이킬 수 없어.

## 6월 24일

캠든아파트. 기분이 한층 나아졌다. 이 공간의 악마를 마주하는 것도 도움이 된다. 부엌칼은 제자리에 놓여있다. 아파트는 청소되어 있다. 인디라와 더그는 부엌 탁자에 앉아서 노트북으로 《엘리멘터리》

여름호 데이터를 분석하고 있다. 최근 구독자를 확보하기 위한 노력이 성과를 거두었다. 광고 수익이 올랐다. 가판 판매 부수도 조금 증가했다. 구독 취소율은 4퍼센트 아래로 떨어졌다. 독자 만족도는 최고에 달했다. 크리에이티브 디렉터이자 최고 콘텐츠 담당자, 즉 내가 불안증과 광장공포증을 보이고 있는 가운데 이루어 낸 성과다.

친구들은 내 감기에 대해 물었다. 나는 거짓말을 잘한다. 더그도, 인디도 그 사건에 대해서는 모르고 있다. 알고 있는 사람은 나뿐이다. 내가 20센티미터짜리 부엌칼을 다른 사람의 몸에 찔러 넣기 직전까지 갔다는 사실은. 이건 둘이서 비밀 음모를 꾸민 데 대한 뒤늦은 복수다. 피 튀기는 살인 사건의 진상.

나는 소지품을 풀었다. 다시 행복한 하우스메이트 연기를 했다. 인디라는 품위 있고 평온하다. 더그는 통화하느라 바쁘다. 고객들, 거래처들. 지금 인수 건에 대해 정면으로 부딪혀 볼까? 아니, 나는 그러지 않았다. 음식을 먹고, 웃고, 마셨다. 혹시 둘이 사귀는 게 아닌가 하는 생각이 들었다. 숫자의 달인인 로마 여신 인디라가 미소년 마케터와 사랑에 빠졌다면?

한편으로는 일상이 다시 평소대로 돌아가기를 원하는 마음이 있다. 친구들은 여전히 내 친구들이다. 그 사건은 그저 정신 차리고 잠에서 깨라는 (문자 그대로가 아니다) 경고에 지나지 않을 것이다. 수면이 더 이상 위험하지 않고 예전처럼 둔하고 편안한 시간이 될 수 있기를.

하지만 나는 광기가 서서히 축적되는 것을 느낀다. 마녀들의 외침이 들린다.

선한 것은 악한 것, 악한 것은 선한 것.
안개와 탁한 공기 속에 떠다닌다.

**6월 27일**

런던도서관. 집필을 시작했다. 여름호 인쇄 일정은 뒤로 밀렸다. 인디라와 더글러스는 당연히 펄펄 뛰었다. 더그는 술을 들이붓고 약에 취해 떠들어댔다. 인디는 그보다 훨씬 구리다. 표정과 몸짓으로 마음에 안 드는 티를 잔뜩 낸다. 말은 한 마디도 하지 않는다. 수천 가지 미묘한 공격으로 화났다는 것을 느끼게 한다. 정말 기분 나쁘다.

둘은 구독자 취소가 증가할까 봐 무서운 거다. GVM이 손을 떼고 《엘리멘터리》 인수 건을 파투 낼까 봐 걱정하는 거다. 맘대로 하라지. 콘텐츠가 왕이다. 내가 《엘리멘터리》 브랜드다. 내가 없으면 저쪽에는 아무것도 없다. 그게 저쪽의 실수다. 저쪽은 왕이 아니라 그저 신하다. 반란을 꾸미는 신하. 왕좌를 쥐고 있는 건 여전히 내 손가락이다.

나는 워드 문서를 불러냈다. 화면 전체를 선택하고 폰트를 '타임스 뉴 로먼'에서 '가라먼드'로 바꾼 뒤 서두를 읽었다.

신문 헤드라인을 장식하는 범죄실화 사건에는 대체로 두 가지 요소가 빠지지 않는다. 천사 같은 소녀와 괴물 같은 남성이 그것이다. 소엄 살인 사건, 밀리 다울러, 매들린 맥캔. 목록은 계속된다. 하지만 이번 《엘리멘터리》 여름호는 이 모든 사건 이전에 일어났던 범죄실화를 심층 취재했다. 그것은 벌저 사건의 충격과 측량할 수 없을 정도로 사악한 시프먼 유죄판결 사이에 끼인 최초의 타블로이드 범죄였다. 넷플릭스나 BBC 다큐멘터리도 없었다. 하지만 곧 달라질 것이다. 그것은 인류 역사상 가장 피비린내 나는 100년이었던 20세기의 끝을 알린 사건이었다. 여기에는 이 전환기의 특징이 고스란히 담겨있다. 인쇄 신문과 다섯 개 텔레비전 채널, 폴더 폰이 마지막 불꽃을 태우던 시기. 사건 하나가 온 나라의 관심을 사로잡을 수 있던 아날로그 시대였다. 이 글은 스톡웰 괴물이라는 명칭으로 범죄실화 역사에 남은 샐리 터너의 재판에 관한 이야기다. 터너가 체포되어 유죄판결을 받고 병원에 감금되었다가 사망한 것은 모두 1999년, 한 해 동안 일어났던 일이다.

하지만 이 여름호 장편이 탐구하는 내용은 피와 잔인한 폭력에 머무르지 않는다. 우리는 폭력적인 범죄가 어떤 후유증을 남기는지 들여다보았다. 터너 살인 사건이 발생하기까지의 사실관계는 이미 잘 알려져 있다. 샐리 터너에게 새로 생긴 남자, 뻐꾸기 사업, 마약 거래, 폭력적인 가정에서 자라나 어머니 역할을 맡게 된 양모, 그녀를 괴롭히는 두 명의 의붓아들. '완벽한 가정'을 이루고 싶었던 샐리의 비극적인 소망, 피비린내 나는 종막, 몽유병이라는 변호 사유와 '심신상실 자동증' 판결.

판결이 나온 뒤 샐리가 무기한 브로드무어병원에 수용된 이후 몇 달은 그렇게 잘 알려져 있지 않다. 그녀는 브로드무어의 가장 민감한 병동, 크랜필드에 구금되었다. 독방을 사용했고, 사건수면을 전공한 자문 임상심리학자이자 터너 재판에서 전문가 증인으로 나섰던 버지니아 블룸 박사의 감독으로 심리 개입 프로그램, 암호명 '메데이아'가 시행되었을 때 그 실험 대상으로 이용되었다. 실험이 시작되고 몇 달 후, 샐리 터너는 독방에서 시체로 발견되었다.

그녀는 정말로 자살한 것일까? 혹시 그보다 더 사악한 사연이 있는 것은 아닐까? 여름호 5면에 실려있는 기사 전문을 읽으면 이런 의문은 물론 수많은 다른 질문에 대한 해답도 찾을 수 있을 것이다.

나는 기사를 나직하게 소리 내어 읽어보았다. 끝에서 두 번째 줄을 다시 읽었다. 지금까지 내가 이 이야기에 그렇게 이끌렸던 것도 이것 때문이었을까? 나는 샐리 터너를 아바타로 이용하고 있었다. 아무리 괴물 같다 해도, 샐리 터너의 행동을 이해한다면 나 자신의 행동도 이해할 수 있을지 모른다.

나는 샐리 터너의 생물학적 자식이자 어쩌면 그녀를 죽인 장본인일지도 모르는 용의자 마라톤에 대해, 그들이 살았던 삶에 대해 생각해 보았다. 충분한 증거 없이 이런 사람의 이름을 기사에 게재했다가는 잡지가 파산할 수도 있다. 명예훼손 소송을 당해 초상집이 될 것이다. 일단 마라톤은 나만의 비밀이다. 더그나 인디가 내 일기장을 훔쳐보고 특종감을 훔쳐가면 곤란하다. 친자의 진짜 이름은 내 머릿속에만 있다. 증거를 충분히 확보할 때까지는 어디에도 기록을 남기지 않을 것이다. 직감만으로 모든 것을 잃을 수는 없다.

나는 워드 문서를 저장했다. 보안 메시지 한 통이 도착했다. 일주일 동안 침묵을 지키던 정보원이 돌아왔다.

나는 진실에 한 걸음 다가가고 있었다.

나는 @PatientX의 메시지를 열었다.

# 57 벤

경찰조사가 잠시 중단되었다.

녹화는 멈췄고, 나는 다시 유치장으로 돌아왔다.

문이 닫혔다. 내 손은 아직 떨리고 있었다.

바닥에 쓰러진 블룸의 시체가 눈에 보였고, 기묘하다 싶었던 점이 이제 이해가 됐다. 현장에는 몸싸움의 흔적이 없었다. 모든 것이 티끌 하나 없이 너무나 깨끗했다.

나는 현재로 돌아왔다. 경찰이 확보한 증거를 꼽아보았다. 블룸의 금고 근처에서 발견된 미량의 스코폴라민, 해리엇 로버츠를 램튼병원에 추천하는 이메일, @PatientX라는 아이디를 사용하는 소셜미디어 계정과 내가 관련되어 있다는 디지털 증거.

경찰 입장에서는 충분하다. 검찰에게도 충분하다. 배심원단이 버지니아 블룸 살해, 수사 방해, 공직자 기밀 엄수법 위반 등 서로 다른 세 건의 범죄에 대해 내게 죄가 있다고 판단하기에도 충분하다. 첫 번째 범행에 대한 형량은 종신형이다. 첫 번째와 두 번째, 세 번째 범행이 모두 합쳐지면 가석방 없는 종신형이다.

생각이 너무나 많았다. 나는 다시 해리엇을 생각했다. 그녀는 그동안 이 모든 일의 한복판에 있었고, 안나를 치료하는 내내 천사처럼 침대 곁을 지켰던 단 하나의 상수였다. 그녀가 체포되었다는 점은 경찰이 뭔가 확실한 단서를 잡았다는 뜻이었다. 사건 전체가 하염없이 늘어나고, 뒤집혀서 더 이상 아무것도 이해할 수가 없었다.

해리엇, 대체 무슨 짓을 한 거지?

악마의 숨결도 생각났다. 범죄 학술지에는 스코폴라민에 대한 수많은 이야기들이 있다. 특히 강력하고, 특히 악명 높은 정신 지배 약물. 그중에서도 유독 충격적인 이야기들은 너무나 끔찍하다. 약물을 복용한 상태에서 자기 아기를 낯선 사람에게 넘긴 엄마 이야기, 장기를 적출당한 사람들 이야기, 수백 명의 미국 관광객이 멕시코에서 약에 취해 강간과 절도 피해를 입었다는 이야기. 아마 블룸과 가장 유사한 사례는 남편이 죽으면 스코폴라민으로 과부들의 정신을 지배한 뒤, 산 채로 죽은 남편 곁에 매장해서 사후세계로 동반 여행을 떠나게 한다는 남미 부족의 고대 신화일 것이다.

스코폴라민은 거의 모든 것을 할 수 있었다.

학구적인 내용부터 선정적인 내용까지, 온갖 인물 소개 글이 돌아다니고 있을 것이다. 기자들은 버크벡대학교 유튜브 강의부터 내가 출간한 단행본까지 가능한 모든 정보를 파헤칠 것이다. 유혈이 낭자한 현장 묘사에 오프더레코드 경찰 증언까지 곁들일 것이다. 살해 무기에서 내 지문이 발견되었다, 법무부를 속여 안나를 애비클리닉으로 이송하게 해서 수사에 개입했다, 관음적인 살인범이다 등등.

더 많은 이야기가 풀릴 것이다. 법무부 특별위원회는 안나가 클리닉에 이송된 경위와 법무부의 개입 여부에 대해 정식 조사에 착수할 것이다. 내부무는 내가 행동조사 자문위원으로 참여한 모든 사건을 검토하라고 런던시경에 지시할 것이다. 언론은 내가 예전에 가르쳤던 학생들, 전혀 모르는 사람, 조금 알고 지냈던 사람까지 찾아가서 나에 대해 인터뷰한 뒤 타블로이드와 일간지, 폰트와 판형을 가리지 않고 판매 부수에 혈안이 되어 대서특필할 것이다.

자리에 앉아있을 수가 없었다. 나는 독방을 쳇바퀴처럼 돌았다. 옷 깃을 잡아당기니 기름때와 땀이 묻어나왔다. 물과 음식이 필요했다. 속이 꾸르륵거리고, 쓰리고, 울렁거렸다. 여기서 나가고 싶었다. 오늘 은 도무지 끝나지 않는 것 같았다.

내 가장 큰 공포가 모두 걸려있었다. 결혼 생활, 아버지로서의 역 할, 미래에 대한 꿈, 공동양육권을 가질 수 있다는 희망…. 모든 것이 애비클리닉 밖에서 찍힌 사진 때문에 산산조각 났다.

무슨 일이 생기든, 나는 지금 피의자다.

일평생 같은 시간이 흐른 뒤, 단 한 통의 전화가 허락되었다. 경비 한 사람이 나를 복도에 설치된 유선전화기로 데리고 나갔다. 대화하 고 싶은 사람은 단 한 명뿐이었다. 이런 상황에도 불구하고, 내가 그 녀에게 그러하듯 여전히 내 옆에 서주는 사람이었다.

"벤?"

목소리를 듣는 순간, 눈물이 울컥 쏟아질 것 같았다. 지난 며칠 동 안 쌓인 감정이 너무나 버거웠다. 따뜻한 가정에서 추방당해 지옥 같 은 감옥에 갇힌 초등학생처럼 거기 선 채 흐느끼고 싶었다.

"응." 나는 말했다. "나야, 전화받아 줘서 고마워."

"어떻게 견디고 있어?"

클래라는 체포 전에 미리 연락을 받았을 것이다. 그래서 내 왓츠 앱 메시지에 답장을 보내지 않았던 것이다. 클래라도 내게 불리한 증 거를 보았을까. 정말 그녀도 내가 미량의 스코폴라민 외에, 단 하나의 실수 외에 어떤 증거도 남기지 않고 완벽하게 블룸을 죽일 수 있었을 것이라고 믿고 있을까.

"괜찮아. 잘 있어." 나는 거짓말을 했다. "유치장은 그리 나쁘지 않아. 구치소가 힘들 거야. 그전에 다들 정신을 차리기를 바라야지."

"그럴 거야."

나는 클래라의 대답을 분석했다. 나를 안심시키려는 말투였다. 그냥 적당한 위로에 그치려는 것 같지는 않았다. "전부 엉터리야." 나는 말했다. "2에 2를 더하고는 5라고 우기고 있어."

"알아. 벤, 당연히 알고 있어."

다시 눈물이 치밀어 올랐다. 클래라가 지금 같이 있어준다면 얼마나 좋을까? 우리가 헤어지지 않았다면 얼마나 좋을까? 그날 밤 클래라가 농장으로 출동하지 않았고, 안나 오길비와 그 가족들이 우리 인생에 끼어들지 않았던 평행세계가 사실이라면 얼마나 좋을까?

"킷캣 거기 있어?"

잠시 침묵. "응, 여기 있어. 벤…."

나는 거절당할 때까지 기다리지 않았다. "바꿔주겠어? 그냥 잠깐만…. 약속할게. 목소리만 듣고 싶어."

"글쎄, 그게…."

뭔가 움직이는 소리가 들리더니, 멀리 떨어진 곳에서 외치는 목소리가 수화기에서 흘러나왔다. "아빠!"

소용없었다. 눈물이 흘러나왔다. 입술 위에 떨어진 물방울의 뜨겁고 짭짤한 맛이 느껴졌다. 내 삶을 붙잡고 있던 손이 미끄러지는 것 같았다. 나는 허물어지고 있었다. 내 안의 모든 조각들이 무너지고 틈새마다 갈라지고 있었다.

나는 눈을 감고 숨을 쉬었다. "안녕, 아가."

클래라가 포기하고 수화기를 킷캣에게 준 것 같았다. 목소리가 한층 크고 또렷하게 들렸다. "언제 또 와요, 아빠?"

나는 클라라가 내 부재를 설명하기 위해 만들어 냈을 이야기를 상상해 내려고 노력했다. "곧 갈 거야. 금방 가. 아빠는 네가 너무 보고 싶어."

"나도 아빠 보고 싶어요."

"학교는 어떠니?"

"나는….."

높고 명랑한 킷캣의 목소리가 한 음절 흘러나오는 순간, 전화가 뚝 끊겼다. 경비가 시간이 다 됐다는 뜻으로 전화 부스 밖을 두드리고 있었다. 이 일상적이고 무정한 폭력 앞에서 나는 거의 제정신을 잃을 뻔했다. 인간의 형체조차 남지 않을 때까지 경비를 패고 싶었다. 이렇게 화가 나고 무력한 기분이 들었던 적은 없었다.

지금부터는 모든 것이 이렇게 될 것이다. 나는 깨달았다. 인간으로서의 내 존엄은 체포당하면서 애비클리닉에 남겨졌다. 내 인권은 일시적으로 사라졌다.

세상의 눈에 나는 이미 죄인이었다.

# 58 롤라

결국 이렇게 끝나는구나.
 이미 고통도 차츰 둔해지고 있었다. 최악의 일이 일어났다. 곧 아무 것도 느끼지 못하게 될 것이다. 오른손에 힘이 빠졌다. 가위가 바닥으로 떨어지는 소리가 들렸다.
 왠지 그녀는 이런 생활이 영원히 계속될 것이라고 생각하고 있었다. 그 모든 역할을 연기하는 일은 짜릿했다.
 낮에는 천사 같은 간호사 해리엇.
 밤에는 안락의자 탐정 롤라.
 온라인 세상에서는 @Suspect8.
 이런 삶이야말로 인생에 의미를 주었다. 매주 일상에 흥미를 더했다. 왜 안나 오길비만 이 사건에서 주목받는 유일한 사람이 되어야 하나? 공평하지 않았다. 하지만 다시 생각하면, 원래 인생은 공평하지 않았다. 학교 선생들과 부모, 심술궂게 조롱하던 급우들의 목소리가 귓가에 아직 쟁쟁했다.
 어떤 사람들은 아름다움과 매력을 후광처럼 두르고 태어난다. 안나 오길비는 별 근심 없이 순탄한 인생을 살아온 사람이었다. 멋진 정치가 엄마와 넥타이를 매지 않는 금융가 아빠 사이에서 태어나 그 덕으로 명성까지 쉽게 얻은 부잣집 딸. 자유주의적이고 예술적인 척하는 영국식 기숙학교, 신성한 옥스퍼드 캠퍼스를 거쳐, 소규모 잡지사 하나쯤 충분히 일으켜 세우고 언론 사업가 행세를 할 수 있는 스타트업 자본.

여전히 이따금 자기 자신을 해리엇이라고 생각하고 있었지만, 롤라는 후회하지 않았다. 전혀. 기회가 생기면 언제든지 또 할 것이다.

그녀는 돌처럼 단단한 침대 위에 앉았다. 텔레비전 다큐멘터리에서 구금실 내부를 본 적 있었고 신문에서 읽기도 했다. 하지만 현실은 훨씬 누추했다. 벽, 바닥, 공기 자체도 얼룩지고 때가 묻은 것 같았다. 자연 상태로 되돌아온 기분이었다. 이곳은 콘크리트 야생, 돌의 정글이었다. 문명의 법칙은 여기서 적용되지 않았다. 무법천지였다.

잠시 그녀는 자신이 체포되었다는 소식이 어떻게 언론에 보도되고 있을지 상상해 보았다. 경찰과의 심문 내용도 복기했다. 지금 중요한 건 그런 게 아니었다. 아니, 아무것도 중요하지 않았다.

나머지는 원래부터 모두 제자리에 있었다.

그녀는 자신의 마지막 메시지를 표현 그대로 읊을 수 있었다. 예약 발신 설정을 해두었으니 지금쯤 도착했을 것이다. 곧 범죄실화 역사에 길이 남게 될 첫 번째 줄.

제 이름은 해리엇 롤라 로버츠입니다. 이것은 제 완전한 자백서입니다….

그래, 그녀의 이름은 언제나 거기 있을 것이다. 아무도 그 자리를 빼앗지 못할 것이다. 그녀는 당시 브로드무어에서 간호사로 일했다. 그날 밤 해리엇은 농장의 보건안전 컨설턴트였다. 헌신적인 의료전문가로서 아무도 맡지 않으려고 하는 환자를 정성껏 돌보았고, 심지어 악명 높은 안나 O를 따라 램튼병원에서 애비클리닉까지 따라왔다.

세상은 그녀를 과소평가했다.

모든 사람이 늘 그랬다.

한 사람만 제외하고. 이 모든 것이 사실 그 사람을 위한 일이었다.

롤라는 마지막으로 독방을 둘러보았다. 이미 정신이 흐릿해지고 있었다. 그녀는 물러앉아 침대에 발을 올린 뒤 반듯이 누워 천장을 올려다보았다. 매트리스 표면에 피가 뚝뚝 떨어졌다. 핏자국은 다른 얼룩과 합쳐졌다.

그녀는 브로드무어의 독방에 있던 샐리 터너를 상상했다.

레드캐빈에서 죽은 듯 잠들어 있던 인디라와 더글러스.

그녀는 눈을 감았다. 자백서는 지금쯤 온라인상에 올라갔을 것이다.

해냈다. 같이 합의한 대로. 고통은 거의 사라졌다. 살아가는 일의 상처도.

잠이 손짓하고 있었다.

*2019* 안나의 수첩

**8월 24일**
피커딜리의 브라스리제델. 이 일기를 마지막으로 쓴 지 몇 주 만이다. 오늘 우리는 다시 전시 중 지하실 재즈 바 같은 분위기로 돌아왔다. 세련된 외관에 공습이 임박한 듯한 긴장감이 감도는 공간. 이번에는 두 사람이 아니라 세 사람이다. 더글러스가 이 자리를 제안했고, 인디도 동의했다. 나도 무엇을 하려는지 알고 있었다. 중대 선언일 것이다.

나는 아직도 그들의 이메일을 훔쳐보고 있었다. GVM이 《엘리멘터리》에 정식 제안서를 보냈다는 사실을 알고 있었다. 그릭스트리트에 사무실을 두고 청바지 차림으로 근무하는 지식재산권 담당 변호사들이 고용되었다는 점도. 변변찮은 공유오피스에서 회계사랍시고 일하는 노마드족들이 이 건을 담당하고 있다는 것도. 그렇다면 이제 나만 남았다. 설립자, 크리에이티브 디렉터, 최고 콘텐츠 궂은일 담당자. 인디와 더기가 힙한 동네를 돌아다니며 광고주들과 저녁 식사 자리를 누리는 동안, 매일 같이 꾸역꾸역 노트북 앞에 눌러앉아 있어야 하는 신세.

샴페인을 주문했다. 더그와 인디라는 맞은편 소파에 나란히 앉았다. 나는 반대편의 딱딱한 의자에 혼자 앉았다. 밴드가 음악을 연주했다. 내가 아무것도 모르는 척해야 하는 제안을 듣기 위해 불려온 기분이었다. 놀란 척하는 연기가 필요했다.

인디라가 입을 열었다. 우리 중 외교관이니까. 나 잘났소, 하는 저 말투. 《엘리멘터리》 브랜드를 사겠다는 제안이 들어왔다며 그녀는 운을 뗐다. 잡지, 트레이드마크, 우리가 소유한 구독자 데이터, GVM은 시애틀에 있는 신생 언론사다, 소셜미디어와 디지털 마케팅 그리고 팟캐스트를 능숙하게 사용하지만 포트폴리오에 뭔가 다른 것을 편입시키고 싶어 한다, 괜찮은 제안이다, 마침내 스타트업 회사에서 벗어나 제대로 소호 사무실로 들어갈 수 있다, 아파트에서 나오자, 허리띠 동여매는 짓 그만두고 열정 성공 신화도 그만 쓰자, 제대로 된 언론사로 다시 시작해 보자….

이번에는 더글러스가 말을 받았다. 인디라가 우아한 외교관이라면 더그는 세일즈맨, 광고쟁이, 술꾼, 화끈한 싸움꾼, 끈질긴 판매술의 달변가다. 이런 머리 아픈 일로 널 방해하고 싶지 않았다, 너는 워낙 할 일이 많지 않나, 우리도 놀랐다, 워낙 좋은 제안이라, 현금이 들어온다, 브랜드의 자율성을 유지하되 후방에서 지원하는 조직을 모두 공유하는 거다, 우리 둘은 '디렉터' 자격으로 GVM에 들어간다, 너는 크리에이티브 디렉터 직함을 유지하면서 콘텐츠 쪽에서 독자적으로 일한다, 이 정도면 윈윈 조건이다, 좋지?

나는 기다렸다. 샴페인이 도착했다. 더그와 인디라는 잔을 들었다. 우리는 하우스메이트로 잡지를 시작했다. 인디라와 더그는 잡지가 부가가치세를 내기 시작했을 때 기업등록소에 유한회사를 등록하고 따분한 재정 문제를 모두 처리했다. 나는 콘텐츠 때문에 스트레스를 받고 있어서 디렉터로서 산더미 같은 서류 작업을 같이 하기는 힘들었다.

나는 조금 더 기다렸다. 시간이 흘렀지만, 계속 기다렸다….

내 실수가 얼마나 웃기지도 않은 한심한 것이었는지 그제야 전모를 깨달을 수 있었다. 청소년기 후반의 사소한 실수로 성인으로서의 인생을 십자가에 매달아 버리다니. 나는 형식보다 우정에 의지했다. 그러려니 여겼다. 희망했다. 믿었다. 모든 것을 똑같이 공유한다는 둥, 사업이 잘돼서 '다음 단계'로 넘어갈 때는 서로 자세히 상의한다는 둥, 언젠가 주고받은 메시지 내용만 믿고 있었다.

그들은 내게 의견을 묻는 것이 아니었다. 이미 결정된 일이었다.

내게는 회사 매각 대금의 3분의 1을 받을 법적인 권리가 없었다. 그들은 내 아이디어를 훔쳤다. 내 사업을 훔쳤다. 그래놓고 회사를 팔아서 자기들만 이익을 챙긴 것이다. 나를 배제했다. 내게는 아무것도 주지 않았다.

나는 어리석었고, 어렸고, 순진했고, 다른 데 정신이 팔려있었다.

나는 배신을 두려워했다.

하지만 이건 훨씬, 훨씬 나빴다.

# 59 벤

하다못해 양까지 세었다. 여전히 나는 깨어있었다.

읽을 것도, 볼 것도 없어서 나는 대신 다른 기억을 불러냈다. 클래라가 언제나 농담거리로 삼는 기억이었다. 수신함에 저장되어 있던 이메일 주소와 제목. 다른 인생을 약속했던, 결국 택하지 않은 길을 제시했던 그 내용이 눈앞에 생생하게 떠올랐다.

프린스 박사님

최근 수수께끼의 질병에 관한 박사님의 저서와 꿈의 분석에 대한 학술논문을 읽었습니다. 저는 케이맨제도대학교 UCCI의 사회과학부 총장 대리입니다. UCCI에서는 수면심리학 세미나를 개설하려고 합니다. 저서를 집필하거나 일반적인 연구 활동을 이어가실 수 있도록 유급 안식년을 제공하는 방문연구원 프로그램에 대해 알려드리고자 연락드렸습니다. 이 좋은 기회를 귀하와 함께할 수 있다면 기쁘겠습니다. 여기 그랜드케이맨에서의 방문연구원 직에 관심이 있으시다면, 언제든지 연락주시기 바랍니다.

## 이매뉴얼

이매뉴얼 퍼거슨 교수
총장 대리(사회과학부)
케이맨제도대학교 UCCI

나는 화장실에서 풍기는 약품 냄새와 축축한 벽의 습기를 들이마시며 맹세했다. 이 감옥에서 나가게 된다면 반드시 그 제안을 받아들이겠다고. 케이맨제도로 도망쳐서 천천히 제정신을 회복할 것이라고. 이성과 논리가 되돌아올 때까지 햇볕 아래 뒹굴고 바다에서 수영할 것이라고. 세상이, 이 세상이 어떻게 돌아가는지 이해할 때까지. 이 광기가 끝날 때까지.

다시 시작해야 한다.

나는 뭔가 외적인 문제에, 스스로를 단련할 수 있는 퍼즐에 집중하려고 노력했다. 감정에 침잠하는 것은 너무나 고통스러웠다. 이렇게는 오래 살아남을 수 없을 것이다.

대신 사건에 대해 질문을 던지기 시작했다. 체계적으로, 명확하게 문제를 하나씩 정리했다. 이것이 내가 살아남는 방식이었다. 나는 이 모든 짓을 저지른 해리엇을 향해 저주를 퍼부었다.

해리엇은 @Suspect8이었다.

해리엇은 롤라 리지웨이였다.

해리엇은 살인 사건이 발생한 날 밤 농장에 있었다.

해리엇이 환자 X였을까? 그것이 마지막 가명일까?

해리엇이 더글러스와 인디라를 죽이고 안나에게 누명을 씌웠을까? 그래서 안나와 사건을 자기 뜻대로 조종하기 위해 램튼병원과 애비클리닉에 잠입한 것?

아니면 모종의 방법을 써서 안나에게 직접 범행을 저지르도록 유도했을까?

그렇다면 정확히 어떤 방법으로?

그 주근깨투성이 소박한 미소에 넘어간 나 자신이 저주스러웠다. 내가 지금 여기 있는 이유는 그녀 때문이었다. 나와 같이 농장과 오두막, 숲을 돌아다니던 해리엇의 모습이 보였다. 그녀는 내가 결코 간호사를 의심하지는 않을 것이라는 사실을 믿고 줄곧 나를 이용했다. 안나를 너무나 친절하게, 극진히, 성모처럼 간호하는 모습을 보면 내 안테나가 무뎌지리라는 사실을 알고 있었다.

해리엇 로버츠는 우리 모두를 바보로 만들었다.

문득 생각을 멈췄다. 첫 번째 원칙으로 돌아가자. 수수께끼의 해답은 샐리 터너 사건에 있었다. 그 점은 확실했다. 날짜가 대칭을 이루는 것은 놓칠 수가 없었다. 언제나 그랬다. 샐리 터너는 1999년 8월 30일, 브로드무어의 감방에서 시체로 발견되었다. 안나 오길비는 2019년 8월 30일, 농장의 블루캐빈에서 발견되었다.

정확히 똑같은 날짜다.

해리엇은 1999년, 브로드무어에서 간호사로 일했다. 브로드무어가 환자의 딸을 채용했을 것 같지는 않다. 또한 블룸의 파일을 보면 환자 X가 미성년자라는 사실이 분명히 드러난다. 해리엇은 1999년에 18세 이상이었을 것이다. 그러니 해리엇이 환자 X일 가능성은 희박했다.

해리엇이 처음 브로드무어에서, 그 이후에도 환자 X와 같이 일했다면? 이렇게 보는 쪽이 올바른 방향이라면?

더 많은 질문들이 내 안에서 쏟아져 나왔다.

해리엇은 왜 안나 오길비를 표적으로 삼았을까? 해리엇이 X를 돕고 있었다면 해답은 분명해 보인다. 안나는 《엘리멘터리》에 싣기 위해 샐리 터너 사건을 조사하고 있었다. 그러다 우연히 샐리 터너 친자식의 신원에 대해, 해리엇이 아직 알 수 없는 이유로 환자 X와 공모했다는 사실에 관해 알아냈을 수 있다. 하지만 왜 블룸 교수를 진작 죽이지 않았을까? 그래, 그녀는 아직 유용했으니까. 블룸이 살아남았던 이유는 그 때문이었다. 그날 사무실에서 내가 샐리 터너와 메데이아에 대해 언급했을 때, 블룸은 순간 모든 것을 깨달았을 것이다. 어쩌면 블룸은 그제야 예전의 해리엇을 알아보았을지도 모른다. 해리엇이 환자 X와 관련되어 있다는 사실을 깨달았을지도 모른다. 그래서, 상황이 그렇게 되자, 그들은 블룸을 제거할 수밖에 없었을 것이다.

그렇다면 왜 내게 누명을 씌웠을까? 나는 블룸과 가까웠다. 그럴듯한 용의자다. 해리엇은 쉽게 내 사무실에 들어와서 램튼병원과 @PatientX 계정, @Suspect8 블로그 관련 자료를 심을 수 있었을 것이다.

해리엇과 환자 X가 안나의 체념증후군을 계획했을까? 아니, 불가능하다. 체념증후군 때문에 모든 것이 복잡해졌다. 그 때문에 해리엇은 안나를 지켜보기 위해 램튼병원에 취직해야 했다. 원래 계획은 안나가 현장에서 체포되어서 유죄판결을 받는 것이었겠지. 나머지는 즉흥적으로 꾸며냈을 것이다.

그리고 마지막 질문. 왜 안나를 죽이지 않고 더글러스와 인디라를 죽였을까? 이 질문에는 아직 답이 없다. 도저히 이해할 수 없는 수수께끼다.

유치장 문이 열렸을 때, 나는 시간 감각이 없었다. 밝은지 어두운지, 잠들었는지 의식이 있는지, 죽었는지 살았는지. 그저 지저분한 것들이 묻은 벽과 닦지 않은 바닥, 피가 튄 매트리스뿐, 시간의 흐름을 느낄 수가 없었다.

문이 열리는 소리는 마치 항구를 떠나는 배처럼 깊이 울리는 금속성의 소음과 가냘프게 찡찡거리는 소리가 섞여있었다. 경비가 내게 따라오라고 고개를 끄덕였다. 스물네 시간이 지났다. 최종 결정이 기다리고 있었다.

이제 눈에 다 들어왔다. 프런트까지 엄숙하게 향하는 행렬, 공식 기소장을 읽어주는 유치장 감독 경사. 한 시민이 용의자가 되고, 자유를 하나씩 빼앗기며, 재소자 신세로 한 걸음 다가가는 순간이었다.

나는 나를 조사했던 형사나 그 상급자가 복도에 있으리라고 생각했다. 유치장 관리 데스크에 여러 사람이 기다리고 있을 것 같았다. 하지만 복도에는 아무도 없었다. 데스크에 도착하니 경비가 내 옷과 휴대전화가 든 비닐봉지를 꺼내 건네주었다. 그는 후속 조치, 여권, 출국 금지 등 일률적인 주의사항을 알려주었다. 하지만 기소장은 없었다. 더 이상 질문도 없었다. 무슨 관리상 실수, 서류상 오류 같았다.

이해할 수가 없었다.

유치장에서 입는 회색 옷은 크고 어릿광대 같았다. 나는 내 옷과 휴대전화, 노트북을 수령한다는 서류에 서명했다. 경비를 따라 경찰서 뒷문으로 나가니 주차장이 나왔다. 날이 밝아있었다. 밖에 나가도 되느냐는 질문이 입에서 튀어 나올뻔했다. 그다음 순간 깨달았다.

나는 자유였다.

이번에도 언론에 정보가 새어 나가지 않았을까. 기자들이 구름처럼 모여들었을 것 같았다. 하지만 주차장에는 사람이 없었다. 안개비를 뿌리는 궂은 날씨였다. 공기에 빗방울이 날렸다. 나는 목이 마르고 피곤했다.

휴대전화로 택시를 부르려는데 저 앞에 누가 보였다. 그녀는 주머니에 손을 찌른 채 그녀만이 할 수 있는 방식으로 나를 훑어보고 있었다.

다른 모두가 나를 버렸다.

하지만 한 사람만은 아직 나를 걱정하고 있었다.

클래라.

## 60 벤

나는 클래라를 따라 차로 향했다. 안전띠를 매고 출발하는 동안, 우리는 배고프지 않냐 같은 의례적인 대화를 나누며 반쯤 정상적인 일상으로 되돌아왔다. 10분 뒤 우리는 카페 드라이브스루에 도착했다. 나는 기억하는 대로 메뉴를 주문했다. 클래라는 도로변에 차를 세울 자리를 찾았다. 세상은 우리가 여기 있다는 사실을 몰랐다. 뒷자리에 놓인 내 시계와 지갑, 전화가 보였다. 나는 클래라를 돌아보았다. 그리고 커피를 마시며 차가운 베이컨 롤을 먹었다.

"무슨 일이야?" 나는 아직 불안정한 목소리로 물었다. 사실 그런 뜻은 아니었다. 무슨 일이 있는지는 알고 있었다. 어떻게 이렇게 되었는지 알고 싶었다.

클래라는 대답하지 않았다. 그저 나만 쳐다보았다. 이혼하기는 했지만 나는 아직 그녀를 속속들이 알고 있었다. 눈빛, 신체언어, 호흡. 그 모든 것에 의미가 잔뜩 들어있었다.

"해리엇은?" 나는 마침내 물었다.

클래라는 재킷 주머니에 손을 넣어 전화를 꺼냈다. 화면을 손으로 넘기고 얼굴을 인식시킨 뒤 엄지손가락으로 사진을 넘겼다.

나는 화면을 바라보았다. 롤라 리지웨이, 즉 @Suspect8의 블로그 사진이었다. 모든 게시물이 다 지워지고 단 하나의 메시지만 남아있었다. 무슨 성명서 같았다. 아니, 음침하지만 유서 같았다. 어제 23시 29분에 등록, 해리엇 로버츠로 서명되어 있었다.

나는 마음을 단단히 먹고 읽었다.

제 이름은 해리엇 롤라 로버츠입니다. 여기서 모든 것을 다 고백하겠습니다. 저는 램튼병원과 애비수면클리닉에서 안나 오길비를 돌보았던 간호사이자 온라인 유저 @Suspect8입니다. 저는 롤라 리지웨이라는 이름으로 2019년 8월 30일, 농장에 있었습니다. 그 이후 계속해서 안나의 곁을 지켰습니다. 1999년, 버지니아 블룸 박사가 지휘했던 심리 실험 '메데이아' 이후 샐리 터너, 일명 스톡웰 괴물이 독방에서 시체로 발견되었을 때, 저는 브로드무어병원 크랜필드병동에서 일하고 있었습니다. 제 행동에 대해 사죄하지는 않겠습니다. 제가 추구했던 유일한 것은 정의였습니다. 블룸 교수는 합당한 대가를 치렀습니다. 여러분들이 이 글을 읽고 있다면, 제가 모든 목표를 달성했거나 시스템이 제 입을 막은 것이겠지요. 어느 쪽이든, 이제 다른 사람들이 정의의 횃불을 들 때가 되었습니다.

나는 마지막 문장까지 읽고 천천히 고개를 들었다. "자살?"
클래라는 고개를 끄덕였다. "경찰은 해리엇이 작은 손톱깎이를 반입해서 톱니 모양의 날로 손목을 잘랐다고 보고 있어. 피를 흘리면서 감방 바닥에 쓰러져 있었어. 병원으로 긴급 후송했지만 살리지 못했어. 몇 시간 전 사망선고가 나왔어."
해리엇이 죽었다. 수많은 대답들이 함께 사라졌다. 아직 남아있는 질문들이 너무나 많았다. 해리엇의 유서는 수수께끼 같고 아리송해서 모든 것을 다 고백했다기에는 훨씬 못 미쳤다. 너무 비밀이라 모든 진실을 다 알려줄 수는 없다는 듯 감질났고 심지어 놀리는 것 같았다. 상황을 밝히기보다는 오히려 더 불확실하게 하는 것 같았다.

해리엇은 누구에게 복수하려 했는가? 샐리 터너? 환자 X?

이 편지에서 블룸 교수를 살해했다고 자백한 것인가?

브로드무어에서의 샐리 터너가 죽은 일이 안나 O의 살인 사건과 무슨 관계가 있는가? 샐리가 죽은 날짜를 왜 그런 식으로 일치시켰을까?

그리고 어쩌면… 가장 중요한 문제이지만 환자 X는 누구인가? 여전히 그는 수수께끼 전체를 해결하는 열쇠인가? 해리엇은 환자 X였는가 혹은 단순히 X의 공범이었는가?

해리엇과 블룸에 대해 생각하니 속이 메슥거렸다. 더욱 혼란스럽기도 했다. 해답이 손에 닿는다 싶은 순간 수수께끼는 마치 살아있는 생명체가 번식하듯 한층 멀리 퍼져나갔다. 한 단계 한 단계 가정할 때마다 만약 이랬더라면 상황이 어떻게 달라졌을까 하는 생각이 머릿속에서 끝없이 가지를 쳤다.

마침내 클래라가 입을 열었다. "경찰은 그 여자가 체포되기 전에 메시지 예약 전송을 설정해 두었을 거라고 보고 있어. 사이버수사대가 메시지를 발견한 건 겨우 몇 시간 전이야. 아주 오래전부터 계획했던 것 같아. @Suspect8이 세상에 보내는 마지막 진술인 거지."

나는 클리닉에 있는 안나 오길비를 생각했다. 1999년, 브로드무어에서 훈련받았던 해리엇을 생각했다. 자기 집 거실에 있던 블룸을 생각했다. 비틀린 인간 정신의 공포를 생각했다.

클래라는 말을 이었다. "경찰이 해리엇의 집을 수색하자 안나 O 사건에 관련된 블로그에 사용했던 보물 창고가 나왔어. 그 여자는 사건에 병적으로 집착하고 있었어. 직접 사건을 수사하기라도 하는 듯 벽에 차트랑 용의자 보드가 걸려있었지. 처음부터 모든 일에 개입하고 있었어."

"경찰이 당신한테도 찾아갔어?"

"도널리가 알려줬어."

"이제 안나의 재판은 어떻게 되지?"

"백만 파운드짜리 질문이야. 해리엇은 안나 사건의 증거물 목록 전체를 오염시킨 것 같아. 해리엇은 범행 당시 농장에 있었고, 안나가 램튼에 있을 때부터 애비로 옮긴 뒤까지 줄곧 곁을 지켰지. 안나의 변호인단은 해리엇이 증거를 손상했거나 조작했다고 주장할 수 있게 됐고, 설령 그게 사실이 아니라 할지라도 검찰이 그렇다고 증명할 수가 없어. 안나가 공정한 재판을 받는 건 거의 불가능한 상황이야. 벌떼처럼 모여들어 사건에 대해 색안경을 끼고 보도할 언론들은 말할 것도 없고. 검찰은 공적 자금으로 굴러가는 조직이야. 검찰청장은 현실적으로 유죄판결이 나올 가능성이 있어야 기소를 결정할 텐데, 이미 허황된 꿈이지. 해리엇의 자살이 모든 걸 다 바꿔놨어."

"나는?"

"유서에서 해리엇은 자신이 블룸을 살해했다고 사실상 자백했어. 게다가 여기에도 증거물 오염 문제가 있어. 해리엇은 당신을 기소하는 데 사용할 수 있는 증거에도 모두 손을 댔어. 그 여자는 애비클리닉에서 당신보다 더 오랜 시간 안나의 곁을 지켰잖아. 당신하고도 오래 시간을 보냈고. 당신 변호사들은 모두 해리엇이 뒤에서 조종한 일이라고 주장할 수 있을 거야. 누명을 씌우려고 했거나. 법은 당신이 유죄냐, 무죄냐를 판단하는 게 아니라 합리적으로, 의심할 여지 없이, 확실히 죄가 있느냐를 판단해. 당신이 안나를 치료하던 기간 내내 그리고 살인 사건이 발생했던 날 밤 농장에도 해리엇이 있었으니, 현실적으로 그 기준을 충족할 수 없다고 봐야겠지. 이제 너무 미심쩍은 부분이 많아. 그러니 똑같은 논리가 적용돼."

"그렇군."

나는 해리엇이 저지른 어마어마한 규모의 일에 어안이 벙벙했다. 그녀는 언제나 한 발짝 비켜서 있는 사람 같았다. 그것이야말로 해리엇의 가장 대단한 속임수였다. 그녀는 그동안 줄곧 내 코앞에, 뻔히 보이는 곳에 숨어있었다. 공정한 재판은 불가능할지 몰라도, 그 무엇도 과거로 돌아갈 수는 없었다. 그리고 진짜 핵심, 환자 X의 진정한 정체는 알아낼 수 있을 것 같지 않았다. 해리엇은 그 이야기가 절대 결말에 다다르지 못하도록 해두었다. 해리엇 로버츠 혹은 롤라 리지웨이는 아직도 우리 모두를 조종하고 있었다.

클래라는 말했다. "검찰청장은 안나 당신에게 재판이 사실상 가능하지 않은 상황에서, 장기간의 법적 다툼이 과연 공공의 이익에 부합하는지를 따져야 할 거야. 그 사람은 다우닝스트리트에서 압력을 받고 있어. 해리엇이 죽어서 자신을 변호할 수 없는 마당이니 모든 죄를 그 여자가 지면 가망 없는 일에 수백만 파운드를 낭비하지 않아도 되니 훨씬 수월해. 당신과 안나는 풀려난다는 뜻이야."

나는 안나의 꿈을 다시 생각했다. 그중 얼마나 실제였을까. 숲, 칼, 피. 혹시 다른 사람이 듣고 있을지도 모른다는 사실을 알고 나를 조롱한 것일까. 그것이 지금 모든 것의 문제였다. 해리엇은 항상 거기 있었다. 사실 그대로 온전하게 남아있는 사실이 없었다.

샐리 터너, 스톡웰 괴물, 안나 오길비, 인디라 샤르마, 더글러스 뷰트, 블룸 교수, 브로드무어.

1999년, 2019년.

20년의 간격을 두고 벌어진 두 가지 사건.

모든 것이 들어맞는다. 그래야만 한다. 하지만 어떻게?

해리엇 로버츠가 환자 X를 도울 이유는 무엇이었을까?

그들은 왜 안나 오길비를 표적으로 삼았을까?

이 계획의 궁극적인 목적은 무엇이었을까?

해리엇은 그날 밤 어떤 방식으로든 안나에게 그 두 명을 살해하도록 유도한 것일까? 아니면 해리엇이 두 사람을 죽이고 안나에게 누명을 씌운 것일까? 그것도 아니면 정반대로, 안나가 살인 혐의를 벗기 위해 해리엇을 이용한 것은 아닐까?

질문이 너무나 많았다. 수많은 대답이 가능했다.

나는 @Suspect8의 마지막 게시물을 다시 읽었다. 그렇게 오랜 세월 동안 수많은 사람을 속이며 게임을 벌이다니. 이렇게 수완 좋고 배우 못지않은 설득력이 있는 범죄자를 만난 적은 거의 없었다.

사실 관계가 머릿속에서 하나씩 울려 퍼졌다.

해리엇 로버츠는 죽었다.

그녀는 블룸 교수를 죽였다고 자백했다.

나는 석방되었다.

검찰청은 아마 나를 기소하는 일이 공공의 이익에 부합하지 않는다고 판단할 것이다. 내가 이제, 앞으로도 자유인이라는 뜻이다.

안나 오길비도 마찬가지다.

해리엇은 상상할 수 있는 모든 죄를 스펀지처럼 빨아들여 뒤집어썼다. 안나가 이겼고, 해리엇은 졌고, 나는 중간에 끼어있었다.

나는 안나를 생각했다. 그녀가 애비클리닉을 떠나 남은 평생을 다시 살아가는 모습을 상상했다. 나는 조연이었다. 그녀가 주연이었다.

안나는 언제나 그랬다.

수많은 다른 사람들처럼 나는 안나의 두뇌와 아름다움, 우아함에 오랫동안 홀려있었다. 사회는 아름다움이 악할 수 있다는 것을, 세련됨이 야만적일 수 있다는 사실을 믿으려 하지 않는다. 그래서 우리는 자신을 속인다. 스스로의 오해를 직면하기보다는 불편한 사건을 설명해 주는 몽유병이나 체념증후군 같은 거짓말에 속아 넘어간다.

나는 언제나, 굳건히 안나의 편이었다. 하지만 이제 마음이 바뀌었다. 나는 유리 칸막이 너머에 누워있는 안나를, 옆방의 살인마를 생각했다. 이번 사건의 역사 전체를 머릿속에 그려보았고, 안나가 반짝 명성을 얻기 위해서라면 사람이라도 죽일 인간이라던 에밀리의 경고를 떠올렸다. 내가 처음부터 속았던 것이 아닌가 하는 생각이 들었다.

나는 안나를 믿는 실수를 저질렀다. 나 이전에도 수많은 바보들이 있었을 것이다. 아름다움을 도덕으로, 젊음을 순수함으로, 두뇌를 지혜로 착각한 바보들이.

나는 맹세했다. 다시는 그러지 않겠다고.

"그러면 해리엇 로버츠가 모든 죄를 뒤집어쓰겠군." 나는 말했다. "해리엇은 죽었어. 안나는 풀려나고."

"그래." 클래라는 커피를 다 마신 뒤 시동을 걸었다. "동화는 그렇게 끝나지. 잠자는 숲속의 공주는 잠에서 깨어 오래오래, 행복하게 살았습니다."

## 2019

## 안나의 수첩

**8월 25일**

캠든의 아파트. 나는 침실 문을 잠갔다. 다른 장치는 준비하지 않았다. 벽이 감옥처럼 사방에서 죄어오는 것 같았다. 이 사람들은 내 친구가 아니다. 원래부터 그랬다. 가장 고통스러운 것은 인디의 배신이었다. 인디는 유다였다. 그 모든 대화와, 한밤중의 산책과, 친구 집 전전하기. 모든 것이 서류에 서명하는 사이 다른 한편에서 저질러진 교묘한 속임수였다.

GVM 계약이 은퇴자금 수준은 아니었다. 그럴 리가. 하지만 학자금을 갚고, 아파트 보증금을 내고, 미래를 계획하기에는 충분한 돈이다. 지난 몇 년간의 노력에 대한 보답이었다. 나는 모든 창업자들이 저지르는 실수, 돈 관리를 타인에게 맡기는 실수를 저질렀다. 그들은 나를 가지고 놀았다.

부모님에게 털어놓는 굴욕감을 상상해 보았다. 테오는 이 일을 농담 취급할 것이다. 망상 수준으로 타인을 믿어버리는, 창조적인 예술가 안나. 아빠는 비싼 수업료를 냈다고 하겠지. 엄마는 신경도 쓰지 않을 것이다. 그 애들을 끌어들인 건 다름 아닌 나였다. 학창 시절, 복고 유행과 하드카피 열풍을 따라잡는 출판 사업을 구상했고, 밀레니얼 후반과 Z세대를 겨냥한 기획에 상업적 감각을 덧입히려 했다. 작은 잡지, 브랜드에 좀처럼 마음을 열지 않는 인구 집단과 접점을 찾는 새로운 방법이었다.

배신자들은 내게 한 가지를 더 요구했다. 여름호에 실을 기사를 이제 마무리해야 한다는 것이었다. 이게 안 되면 계약은 무산될 수 있다면서. 나는 미소 짓고 최대한 유창하게 거짓말을 늘어놓으며 늦어서 미안하다고 사과했다. 이제 나도 그들이 짓는 악어의 미소를 알아볼 수 있었다.

하지만 최악은 이것이 아니었다.

나는 계속해서 인디와 더그의 전화를 훔쳐보고 있었다. 그러다가 다른 것을 발견했다. 나는 초기에 우연히 눈에 띄었던 그 메시지를 떠올렸다. *사적인 이메일로 소통하는 게 좋을 거야. RO 등등을 논의하기 위해 공동 계정을 만들었어.* 이 모든 상황에서 줄곧 알 수 없었던 부분이었다. 인디는 애당초 어떻게 GVM의 관심을 얻을 수 있었을까? 돈줄이 두둑한 거대 언론사의 연락처와 관심을 대체 무슨 수로 얻었을까? 우리는 누추한 셋집에서 운영하는 소규모 독립 잡지사에 불과했는데.

아니, 현실적으로, 분명 처음부터 누군가 다른 사람이 있었던 게 분명했다. 이 이야기에는 별개의 부분이 존재하고 있다. 이제 누구인지 알 것 같았다. 내 인생의 모든 조각이 제자리를 찾는 것 같았다. 내가 최근 인디의 전화에서 읽은 메시지가 모든 상황을 새로운 각도에서 비추어 주고 있었다.

이건 첫 번째 배신이 아니었다. 수많은 배신들 중 가장 최근 것일 뿐. 나는 너무나 어리석었다.

*RO* 등등을 논의하기 위해 공동 계정을 만들었어.

'RO'는 상환연장(rollover)의 약자가 아니었다. 담당자(responsible officer)도 아니었다. 경제 용어 따위가 아니었다. 금융 관련 약어도 아니었다. 이름이었다.

나는 그들에게 고통을 주고, 충격을 주고, 무슨 수를 써서든 이 빚을 돌려주고 싶었다.

복수하고 싶었다.

이제 인디가 나를 배신할 수 있도록 도운 자가 누구인지 알 수 있었다. 그녀의 매력에 넘어간 남자. '다른 여자'를 두고 있었던 수수께끼의 남자.

RO.

리처드 오길비였다.

# 61

벤

**그랜드케이맨**

"인간은 평균적으로 인생의 33년을 수면 상태로 지낸다." 값비싼 향수 냄새가 코끝에 스칠 정도로, 그녀가 몸을 약간 가까이 기울였다. 보통 이 순간 알게 된다. "하시는 일이 그런 거라고요?"

"네."

"수면의사?"

"저는 수면 중에 범죄를 저지르는 사람들을 연구합니다." 내 명함에는 이름 뒤에 '박사'라는 호칭이 찍혀있다. 베네딕트 프린스 박사, 할리스트리트, 애비클리닉. 나는 수면 전문가다. 의사로 자칭한 적은 없다.

그녀는 내가 진지하다는 것을 알아차렸다. "그게 어떻게 가능한가요?"

"잠든 사이에 자신이 무슨 일을 했을까 생각해 보신 적 있습니까?"

사람들은 대체로 이 대목에서 불편해한다. 대부분 범죄에는 거리를 두는 요소가 있다. 우리는 자신과 비슷하면서도 한편으로는 비슷하지 않은 사람들의 이야기에 매료된다. 하지만 잠은 그런 단서를 허락하지 않는다.

밤이 낮과 마찬가지로 변함없이 계속되듯, 잠도 보편적인 현상이다.
"어떤 종류의 범죄인가요?"
그녀는 화제를 돌리지 않았다. 아직 내게 관심이 있었다. "최악의 범죄들입니다."
"범죄를 저지르는 순간 당연히 깨어나겠죠?"
"몽유 상태라면 그렇지 않습니다. 제가 아는 환자 중에는 수면 상태에서 문을 잠그고 차를 몰았던 경우도 있었습니다. 어떤 환자는 사람까지 죽입니다."
"깬 뒤에는 기억하겠죠?"
"눈가의 주름을 보니 간밤에 다섯 시간 반 정도 주무신 것 같군요."
그녀는 미간을 찡그렸다. "그런 것까지 다 알아보세요?"
"그 다섯 시간 반 동안 있었던 일을 기억합니까?"
그녀는 오른손에 턱을 괴고 생각에 잠겼다. "무슨 꿈을 꾸기는 했어요."
"어떤 꿈?"
"기억이 안 나요."
"그것 보세요."
눈빛이 갑자기 바뀌었다. 그녀는 다른 눈길로 나를 바라보았다. 목소리가 한층 커지고, 몸짓언어에 활기가 돌았다. "잠깐, 그 사건 있었죠. 뭐라고 했더라…."
여기가 마지막 지점이었다. 소개팅 중에 여기까지 이야기가 끌려나오는 경우는 거의 없었다. 업무 이야기를 하면 다들 따분해했다. 수면 중에 범죄를 저지른 환자 이야기를 하면 무서워서 도망쳤다. 그것조차 안 통한다면, 마지막 수단이 남아있다.
일단 알게 되면 다 도망간다.

전부 다.

"안나 O." 값비싼 메를로 와인이 아까웠다. 나는 잔을 비우고 재킷에 손을 뻗었다.

"당신이 그분이었군요. 사진에 나왔던 심리학자."

나는 보일락 말락 미소 지었다. 시계를 확인했다. "네, 맞습니다."

그 일이 터졌을 때, 피비린내 나는 잔혹극이 막을 내렸을 때, 모든 주요 일간지 1면에 실렸던 사진을 말하는 것이었다. 모든 것이 변해버린 그 운명의 순간. 유배와 몰락 이전의 사진. 그 무렵 나는 헝클어진 머리에 안경을 썼고, 어딘가 학자처럼 보이는 차림새를 하고 있었다. 그 뒤로 내 분위기는 많이 변했다. 턱수염 때문에 한결 나이 들어 보였고, 머리끝이 희끗거렸다. 안경은 좀 더 큼직해져서 이제 〈해리포터〉 영화 소품부에서 내다 버린 안경 느낌은 아니었다. 하지만 눈이나 얼굴 자체를 바꿀 수는 없었다.

나는 다른 사람이다. 똑같은 사람이기도 하다.

나는 그 질문을 기다렸다. 늘 듣는 질문이기 때문이었다. 그 모든 일이 벌어진 뒤에도, 해리엇이 죽고, 안나가 잠에서 깨어났고, 아파트에서 증거가 발견되었는데도, 여전히 수수께끼로 남아있는 물음. 가족, 부부, 심지어 친구 간에도 그 질문에 대한 의견은 갈린다. 아무도 이 질문을 그냥 떨쳐버리지 못하는 것 같았다. 꼭두각시를 부리는 인형사에 대한, 조용히 실을 당기는 전능한 존재에 대한 욕망.

환자 X. 안나 오길비.

"그래서 그 여자는 유죄였나요?" 내 소개팅 상대, 아니, 소개팅 상대였던 여자는 이렇게 물었다. 이제 나는 그녀에게 크리스마스나 새해 파티 이야깃거리에 지나지 않았다. "어쨌거나 두 사람을 칼로 찔렀잖아요. 정말 무죄로 풀려난 건가요?"

# 62                                          벤

나는 소개팅 자리에서 돌아왔다. 반사적으로 휴대전화를 꺼내 단축번호를 눌렀다.
 시간대를 거슬러 매주 거는, 똑같은 전화였다. 이제 형식적인 통화가 되었다. 그래도 필요했다. 나는 여전히 딸의 침실 문밖에서 보초를 서는 아버지였다. 누군가는 내 해외 이주를 두고 가족을 버린 비겁함이라고 손가락질했다. 하지만 사실은 그 반대였다. 내가 거기 있으면 가족도 안나 O 이야기의 일부가 될 수밖에 없었다.
 가족이 우선이었다. 내가 이주하면 그들이 자유로워진다. 기꺼이 치를 가치가 있는 대가였다.
 어쨌든 이것이 스스로에게 계속 되뇌는 말이었다.
 늘 하던 대로 인사하고 잘 지내느냐고 서두를 뗀 뒤, 나는 가슴을 무겁게 하는 질문을 던졌다. "또 무슨 문제는 없었어?"
 클래라는 끈질기고 유능했다. "지난주에 딱 한 번. 어느 잡지기자가 키티가 다니는 학교에서 서성거렸어. 경찰이 주의를 줬고."
 "학교의 다른 애들은?"
 "애들이 어떤지 알잖아."

알고 있었다. "키티는 어떻게 견디고 있어?"

"그럭저럭 잘 지내. 빌어먹을 파파라치들이 우릴 가만히 내버려 두면 괜찮을 텐데."

"알아. 아파트는 어때?"

클래라는 한숨을 쉬었다. "이웃들이 여전히 관광객들이 찾아온다고 불평하고 있어. 지난달에 집 주소가 또 음모론 웹사이트에 유출된 모양이야."

"내렸어?"

"처리 중이야."

"혹시 내가…."

"아, 키티가 부르네. 벤, 가봐야겠어."

그렇게 클래라는 사라졌다.

당연하지만 나는 죄책감을 느꼈다. 가족들이 곁을 맴도는 언론을 상대하는 동안 나는 호젓한 곳에서 고독을 즐기고 있다니. 하지만 우리 둘 다 그것이 최선이라는 데 동의했다. 신문이 원하는 사람은 나였다. 내가 집에 있으면 상황이 더 나빠질 뿐이었다. 가족은 이따금 소규모 전투만 치르면 된다. 내가 계속 영국에 있었다면 전면전이 벌어졌을 것이다.

운동 가방과 바이올린 케이스를 들고 학교에서 나오는 킷캣과, 사진 한 장 건지려고 길에서 서성거리는 낯선 사람이 눈에 보이는 듯했다. 분노가 머리끝까지 치밀어 올랐다. 동시에 슬픔이 차올랐다. 평생 이보다 깊고, 애끓는 슬픔을 느낀 적이 없었다. 주먹으로 벽을 치며 바람 속에서 외치고 싶었고, 눈물이 마를 때까지 울고 싶었다. 내 딸을 보호할 수 없다니. 나는 무능하고, 쓸모없고, 아버지로서 실패한 사람이었다. 저녁마다 최악의 시나리오가 엄습하며 딸 걱정이 뇌리를 떠나지 않았다. 신문사에서는 요즘 의심을 받지 않으려고 학교에 여성 파파라치를 보내는 모양이었다. 엄마인 척 학교 대문에서 기다리는 것이다. 이 모든 것이 '몰락한 법심리학자, 베네딕트 프린스 박사'의 가족에 대해 귀퉁이에 실을 작은 기삿거리 하나 건지려는 짓이다.

개새끼들. 사악하고 피도 눈물도 없는 인간들.

나는 왓츠앱을 켜고 새 메시지를 입력했다. 이것도 매일 빼놓지 않는 일과였다. 안녕, 아가. 아빠야. 학교에서 즐거운 하루 보내렴. 커다랗게 포옹을 보낸다. 정말 정말 사랑해. 아빠가.

왓츠앱 메시지가 킷캣의 전화에 들어갈 때까지 지켜보았다. 전송 완료를 알리는 파란색 표시가 떴다.

답장은 없었다. 결국.

오늘은 학교 가는 날이다. 게다가 클래라가 보내지 말라고 시켰을 것이다.

매번 가슴이 너무나 아팠다.

## 63 벤

안나 O 사건의 종장은 몇 달 동안 헤드라인을 장식했다.

뉴스 기사는 필연적으로 선정적인 묘사에 치중했다. 해리엇의 자살, 롤라라는 신원, 램튼병원과 애비클리닉 양쪽에서 근무했던 이력, 모든 사람들을 속여 넘긴 솜씨, @Suspect8 블로그.

그 몇 달 동안 안나 O 사건은 런던 미디어 전체를 집어삼켰다. 애비클리닉은 결국 스캔들에서 살아남지 못했다. #AnnaO 해시태그는 5개월 동안 이어졌다. 죽음과 피, 비극, 트라우마에 대한 대중의 열광은 식을 기미가 보이지 않았다.

안나 O 이야기가 영화로 제작되고 있다는 소문이 돌았고, 회고록 집필로 안나에게 눈이 튀어 나올 정도의 선인세가 제시되었다는 풍문도 있었다. 해리엇의 아파트에서는 증거가 가득 들어있는 보물 창고가 나왔다. 블룸이 《오늘의정신의학》에 실은 1991년 논문 〈메데이아 방법론: 인격과 사건수면〉, 구문마다 색칠과 밑줄이 잔뜩 그어진 사본이었다. 알코올에 타면 단기기억을 마비시키는 스코폴라민도 숨겨져 있었다. '악마의 숨결'이라고 불리며 데이트 강간이나 정신 조종에 쓰이는 마약이다.

온갖 추론들이 난무했다. 경찰은 해리엇이 스코폴라민을 이용해 농장에서 안나에게 범행을 저지르도록 했고, 블룸도 약물로 제압한 뒤 칼로 찔렀다고 보고 있었다. 해리엇이 농장에서 직접 살인을 저지르고 안나에게 뒤집어씌웠다고 주장하는 사람도 있었다. 하지만 더 많은 사람들은 안나야말로 이 모든 범행을 꾸민 장본인이다, 인디라와 더글러스를 살해하고 처벌받지 않기 위해 해리엇의 도움을 받아 깊은 수면 상태로 빠져들었다고 생각했다. 안나 O 대 잠자는 숲속의 공주 전쟁은 계속되고 있었다.

한편, 진짜 환자 X의 정체는 오리무중이었다.

클래라가 예측한 대로, 해리엇이 늘 안나 곁에 있었고 범행 당일 밤 농장에도 있었다는 사실 때문에 검찰은 공식적으로 안나에 대한 공소를 취소했다. 그리고 내게도 불기소 처분을 내리기로 했다. 법무부는 안나를 석방하기로 결정했다. 그녀는 깨어난 뒤 외상후기억상실증을 앓고 있으며, 농장이나 범행에 대해서 아무것도 기억하지 못한다고 주장했다. 어떤 사람은 그녀를 믿었다. 그렇지 않은 사람도 있었다.

나는 한때 안나를 믿는 입장이었다. 하지만 나는 안나 편에서 잠자는 숲속의 공주 이론 쪽으로 넘어갔다. 해리엇의 자살로 끝내 답을 얻지 못하게 된 질문이 너무나 많았다. 예전에 나는 안나를 법정에 세우기 위한 목적으로 깨운다는 것은 잘못된 일이 아닌가 걱정했었다. 하지만 이제는 처음부터 스티븐 도널리가 옳았던 게 아닌가 하는 생각이 들었다.

안나는 영국을 떠나 계속 회복하고 있었다. 치료자로서 내 역할은 끝났다. 버크벡 시간강사직도 정직되었다. 사진기자들이 내 아파트 밖에 진을 치고 있었다. 킷캣은 학교에서 놀림받고 있었다. 영국 내 어떤 클리닉이나 대학교에서도 나를 채용하려 하지 않았다. 안나 O

사건으로 인해 내 평판은 엉망이 되었다.

두 달 뒤 전환점이 찾아왔다. 한 기자가 인터뷰를 따기 위해 킷캣의 책가방에 몰래 쪽지를 집어넣은 것이다. 클래라가 내게 어딘가로 떠나라고 말한 것은 그때였다. 그날 밤 나는 케이맨제도대학교의 대학원 프로그램 방문연구원 직을 수락했고 비행기에 올랐다.

그렇게 인생은 계속되었다. 언론에서 떠도는 소문에 따르면 안나는 외모를 바꾸고 스스로 망명길에 올랐다. 클래라는 런던시경을 그만 두고 템스밸리 경찰서로 돌아갔다. 그녀와 킷캣은 유명세를 피해 다시 옥스퍼드서로 이사했다. 블룸의 이즐링턴 자택은 팔렸다. 나는 값비싼 변호사와 소셜미디어 팀을 고용해서 온라인에 있는 내 흔적을 지우려고 노력했다.

하지만 아직도 찜찜한 곳은 남아있었다.

해답이 필요한 질문들.

나는 사건 아카이브를 만들기 시작했다. 오래된 신문, 잡지 기사, 손으로 쓴 기록들. 이것은 과거에 일어났던 일을 합리화하려는, 나 개인을 위한 치유 행위였다.

안나 오길비는 풀려났다. 그러나 나는 계속 유배 중이었다. 가족은 영원히 망가지고 말았다. 해리엇은 희생양이 되었지만 가장 중요한 수수께끼는 풀리지 않은 채 남아있었다.

종결만으로는 충분하지 않다. 절대로.

나는 진실을 찾아야 한다.

그러다 죽는 한이 있더라도.

## 64 벤

가설, 가설.

나는 예전 가설들로 돌아갔다. 내게 이것은 새로운 의식이 되었다. 벽에도 나만의 보드를 걸었다.

첫 번째 보드는 해리엇 로버츠에서 시작했다. 그녀가 샐리 터너의 딸이라는 결정적인 증거는 나오지 않았다. 아니라는 증거도 없었다. 환자 X는 여전히 유령, 부재하는 상태였다. 과거는 궁극적으로 알 수 없었다.

나는 여전히 아니라는 쪽에 심증을 두고 있었다. 날짜가 맞지 않았다. 논리도 그랬다. 브로드무어에서 환자의 자녀를 간호사로 채용할 리가 없었다.

해리엇은 주연이 아니라 조연이었다. 나는 블룸의 사례 기록에서 나온 힌트를 떠올렸다. 환자 X의 동화 속 친구와 관련된 수수께끼였다.

**블룸:** 최근에 네 친구를 만났니?
**X:** 네.

블룸: 그 친구한테 이름은 있니?

X: 네.

그리고 그 '친구'를 심리적 환상으로 치부하는 블룸의 단상이 있었다.

나는 여전히 그 친구가 실제라기보다는 만들어 낸 존재일 가능성이 높다고 생각한다. X의 어깨에 올라앉은 악마일 거라고. 심리적인 쿠션. 심리 손상을 입은 아동에게 친숙한 증상이다.

블룸이 틀렸고 그 친구가 실재였다면? 해리엇이 X가 아니라 X의 친구였다면? 사례 기록에서 언급된 단짝 친구. 방문, 차츰 발전되는 교감. 젊은 남자(환자 X)가 젊은 여자(해리엇)를 유혹하고… 그렇게 환자 X는 해리엇을 마음대로 부릴 수 있었던 것일까? 간호사와 방문자의 경계를 넘어선 사랑? 이 가설에서 안나는 어떤 역할을 맡았을까? 특정한 하나의 가설로 모든 유동적인 부분들을 설명할 수 있을까?

나는 다른 보드로 넘어갔다. 해리엇의 아파트에서 발견된 기록은 모든 것을 새로운 각도에서 비추어 주었고, 1990년대 브로드무어에서 V. 블룸 교수가 주도했던 소위 메데이아 실험이 존재했다는 사실을 입증해 주었다.

해리엇의 기록에 따르면 샐리 터너는 독방에서 지냈다(모든 크랜필드 환자들이 다 그랬다). 하지만 그녀의 방은 달랐다. 사건의 악명, 자살 위험, 다른 환자에 대한, 다른 환자들로부터의 위협 가능성, 메데이아 실험의 용이성 등을 고려해 샐리 터너는 직원들이 '우리'라고 부른 맞춤형 유리 독방에 감금되었다. 스물네 시간 내내 내부를 감시할 수 있었다. 식사는 배식구를 통해 주었다. 매일 운동 시간에는 교도관 여섯 명이 대동했다. 샐리 터너의 독방에는 전례가 있었다. 한때 브로드무어에서 지냈던 연쇄살인범, 로버트 모즐리를 위해 지었던 요크셔주 웨이크필드교도소의 맞춤형 독방이 그것이다. 역시 '우리'라고 불렸던 그 유리 감옥은 〈양들의 침묵〉에 나오는 한니발 렉터의 방과 비슷했다.

메데이아 실험의 자세한 내용은 추측할 수밖에 없다. 하지만 언론은 블룸의 옛 논문을 샅샅이 뒤졌다. 수면 박탈, 통제 강화, 감각 과부하, 정신 해체 등 《오늘의정신의학》 11월호에 실린 그 논문의 방법론이 마치 복음처럼 인용되었다.

나는 보드에서 물러났다. 노트북을 다시 열고 간밤에 도착한 이메일을 열었다.

**수신자:** benedictprince9@outlook.com
**발신자:** socialservices@lambeth.gov.uk
**제목:** 문의 #7HYU8902

프린스 박사님께

램버스 자치구의회는 1999년 1월~12월 기간 혹은 '샐리 터너'라는 키워드와 관련해서 사회복지과의 활동에 대한 아카이브 기록을 공개할 수 없다는 사실을 알려드리게 되어 유감스럽게 생각합니다. 이 결정에 대해 이의를 제기하고 싶으면 정보공개 이의제기 창구로 연락하시기 바랍니다.

사회복지과 행정팀
램버스 자치구의회

다시 막다른 골목이었다.

나는 '환자 X'라는 제목을 붙인 폴더에 메일을 끌어 넣었다. 내무부, 보건부, 법무부, 내각 사무처에서도 정중한 거절뿐이었다. 샐리 터너가 체포될 당시 기록상 그녀에게는 분명 친자가 있었다. 확실히 열여덟 살 이하였다. 이름은 공개된 적이 없었다. 페이스북과 인스타그램이 퍼지기 이전 시대였다. 가족들끼리 찍은 사진 따위는 전혀 없었다. 있었다 해도 문제의 아동은 사회복지과와 (블룸의 사례 기록에 따르면) 국가범죄수사청 증인보호 프로그램의 보호를 받았을 것이다.

환자 X의 진짜 신원은 매번 손가락 사이로 빠져나가고 있었다. 파일을 지워야 한다. 스크랩북을 불태워야 한다. 블룸, 해리엇, 브로드무어, 크랜필드병동, 메데이아에 대해 잊어버려야 한다. 하지만 이것은 집착이었다. 도저히 떨쳐버릴 수가 없었다. 그것은 내 인생의 다른 부분들을 끌고 가는 힘이었다.

이제 나는 케이맨제도대학교에서 일주일에 이틀, 수면심리학 야간 전문 과정을 가르치고 있다. 나머지 시간에는 개인 클리닉에서 환자를 돌본다. 인지행동치료와 불안장애, 심지어 이따금 수면장애에 대한 도움을 원하는 소수의 고객들이 꾸준히 나를 찾고 있다. 경찰수사 자문은 맡지 않고 있다.

남의 눈에 거의 띄지 않는 조용한 일상이다. 하지만 이 일상이 영원하지 않다는 것을 알고 있다. 소개팅은 현명한 생각이 아니지만 그래도 나는 타인과의 접촉과 대화를 갈망한다. 조만간 내 죄가 나를 뒤쫓아 올 것이다. 아파트에는 언제나 재빨리 도망갈 수 있도록 항상 가방이 꾸려져 있다. 소개팅 상대 중 누군가 다른 사람에게 말을 옮기고, 소문이 퍼지고, 내 이메일과 전화가 해킹되고, 언론이 들이닥칠 것이다. 나는 언제라도 노크 소리가 들리거나 사무실 밖에 차가 세워져 있는 모습을 예상하며 살아가고 있다.

나는 대체로 영국 신문을 읽거나, 안나 O 사건과 체념증후군, 내 자극이론이 어떤 관계가 있는지 고심하거나, 벽에 걸린 보드를 둘러보며 온갖 가설을 고민하느라 시간을 보낸다. 소개팅은 대부분 안나 이야기로 끝난다. 내가 남겨두고 온 가족 이야기로 끝날 때도 있다.

이 사건의 미스터리나 수수께끼, 모순 속에 몰두할 시간은 많다. 내가 어떻게 배신당하고 속았는지 이제 손바닥처럼 환히 들여다볼 수 있다. 나는 그것이 가십이나 잡담거리로 소모되지 않도록, 아직도 싸우고 기다리며 사명을 다하고자 한다.

해답을 밝혀내야 한다. 미스터리를 풀어야 한다. 그렇게 하지 못한다는 것은 생각하기조차 고통스럽다.

환자 X를 찾아내는 것이 유일하게 내게 남은 의미 있는 일이다.

*2019*  안나의 수첩

**8월 26일**

아파트. 오늘은 기분이 좋다. 나는 일찍 일어나서 조깅하러 나갔다. 돌아와 보니 더그와 인디라가 부스스 일어나고 있다. 우리는 원형 유리 탁자에 둘러앉았다. 인디라는 그래놀라를 먹는다. 더그는 코코팝스를 먹는다. 나는 천천히 바나나를 먹으며 스무디를 마셨다. 마치 간밤의 내 반응을 가늠하듯 서로 눈길을 주고받는 모습을 보고 있으니 결심이 한층 굳건해졌다.

나는 안내 책자를 내려놓았다. 그들에게 제안했다. 우리 엄마가 주말 휴양지 초대를 받았다, 우편 마케팅을 통해 왔다, 전화도 없고 방해하는 일도 없다, '농장'이라는 곳이다, 그래, 거기, 새로운 모험의 시작을 기념하는 뜻에서 너희들한테 내가 선물하는 거다.

그들은 가짜 미소를 지으며 그러자고 했다. 나는 세인트제임스광장과 런던도서관으로 나갔다. 거짓말은 규칙적인 운동이 필요한 근육 같다.

전화를 확인했다. @PatientX에게서 메시지가 와있었다. 나는 농장에 대한 정보와 우리의 도착 시간, 내가 혼자 있게 되는 시간을 알렸다. 우리의 첫 만남으로 완벽한 곳이다. 드디어 이름만으로 알던 사람을 직접 만나게 된다. 드디어 글을 마무리할 수 있을 것이다.

다시 희망이 솟아오른다.

**8월 27일**

햄프스테드의 오길비타워스. 주말여행을 계획하기 위한 가족회의.

엄마는 최고경영자다. 아빠는 최고재무관리자다. 나는 최고운영책임자다. 테오는 최고응원담당자다.

일정은 다음과 같다. 29일 농장에 도착한다. '가족패키지'는 인원 여섯 명으로 구성되어 있고 모든 장비와 숙박, 음식을 제공한다. 가족패키지에는 손님을 초대할 수 있어서 인디라와 더그도 같이 갈 수 있다. 오후 4시부터 자정까지. 우리는 패키지의 핵심인 '숲'에 들어간다. 인원을 두 팀으로 나눈다. 사냥꾼과 생존자. 텔레비전에 나오는 야외 리얼리티 쇼 같다.

나는 오늘 엄마 앞에서 짐짓 아무렇지도 않은 표정을 지었다. 아빠 쪽은 보지도 않았다. 그들 모두에게 거짓말을 하고 행복한 가족을 연기했다. 배신했다고 아빠를 몰아세우지는 않았다. 그건 나중에 때가 올 것이다.

나는 GVM 인수 건에 대해서 아무 말도 하지 않았다. 아빠가 얼마나 알고 있을까, 인디가 감언이설로 아빠를 얼마나 끌어들였을까 궁금하다. 하지만 나는 준비가 되어있다. 내가 인수 당사자로 참여할 수 없다면 계약은 절대 성사되지 못할 것이다. 나는 농장의 책자를 다시 보며 @PatientX와 만나는 순간에 대해 다시 생각했다.

숲, 언론의 집중 조명, GVM은 없다.

나는 이긴다. 나는 언제나 이긴다.

이건 오길비 가족의 법칙이다.

# 65         벤

마지막은 갑작스럽게 다가왔다. 그랜드케이맨에서의 유배 생활은 예고 없이 끝을 맞았다. 투명인간처럼 살고 있었는데 어느 날 갑자기 발각된 것이다. 이 순간 나는 한층 심오한 진실을 깨달았다. 유배란 언젠가 돌아간다는 약속을 의미한다. 추방은 그렇지 않다. 내가 그 둘을 착각했다면? 다시는 이 섬을 떠날 수 없다면?

그날은 평소와 다름없이 시작했다. 나는 10시 30분이 조금 지나 사무실에 도착했다. 일기예보에서는 이번 주 폭풍우가 닥친다고 했다. 내 시간제 비서 소피아는 통화하느라 바빴다. 나는 영국식 홍차를 끓였다. 학술지 논문에 쓸 글에 대해 생각하며 오늘 일정표를 펼치고 거기 적힌 이름들을 익혔다.

소피아가 통화를 마치고 사무실에 들어왔다. 그녀는 비스킷 접시를 가져왔다. 자기도 하나 먹더니 나머지를 책상에 내려놓았다.

"오늘은 약간 바쁘시겠네요." 그녀도 나처럼 영국 출신이다. 남편은 총독실에서 근무하는 외교관이고, 어린 아들은 내 사무실을 이따금 레이싱 트랙으로 이용한다. "재진 환자와 신규 환자가 섞여있어요."

"앵거스는 제가 준 생일 선물을 좋아하던가요?"

소피아는 미소 지었다. "여섯 살짜리한테 심리학 입문은 약간 벅차지 않을까요."

"그럴 리가요. 저는 그 나이 때 프로이트를 시작했습니다."

"진작 말씀하시죠."

나는 첫 환자에 대한 정보를 계속 훑어보고 있었다. "엘리자베스 카트라이트? 처음 보는 이름인데요."

소피아는 서둘러 내 사무실을 정리했다. 단거리 선수 같은 손놀림으로 논문을 책장에 나란히 꽂았다. "어제 갑자기 전화하신 분입니다. 제일 빠른 시간으로 예약해 달라고 했어요."

"무슨 용건이라고 하던가요?"

"묻기 전에 끊겼어요. 유료 고객을 거절할 형편도 아니고요."

"그렇죠." 나는 엘리자베스 카트라이트에 대한 빈약한 정보를 다 읽고 의자에 등을 기댔다. "하지만 엄밀히 말해 고객보다는 환자로 불러주는 게 낫지 않겠습니까. 상담비는 먼저 지불했나요, 아니면 또 문을 걸어 잠가야 할까요?"

이따금 할리스트리트와 애비클리닉이 그리울 때가 있다. 교양 있는 손님들, 고급스러운 분위기. 이렇게 작은 클리닉을 운영하다 보면 치료비를 계산하겠다고 약속해 놓고 수수께끼처럼 사라지는 환자가 있다. 그래서 요즘은 클리닉을 떠나기 전에 상담비를 계산하라고 한다. 가끔 결제가 끝날 때까지 소피아가 현관문을 잠가놓아야 할 때도 있다.

"전부 미리 냈어요."

"병력에 대한 정보는?"

"없어요."

"무슨 이유로 상담하겠다는 말도 없던가요?"

"그런 말도 없었어요."

"그럼 카트라이트 씨가 아무 정보도 안 남긴 거군요?"

소피아는 널브러진 책 한 권을 마지막으로 책장에 꽂았다. 그녀는 책장 앞면을 손가락으로 죽 쓸었다. "다른 의료진이 아니라 박사님을 직접 만난다는 점을 확인하고 싶은 것 같기는 했습니다."

"우리한테 다른 의료진이 몇 명이나 있는지 알기나 할까."

"박사님이 너무 바쁘시면 제가 살짝 시승해 봐도 되고요."

요즘 드문 일이었지만 나는 미소 지었다. 소피아의 목소리는 현실적이고 직설적이었으며 어딘가 소녀다운 느낌이 남아있었다. 이제는 영국에서 점점 사라져 가는 그런 목소리였다. 나는 그녀가 바쁘게 라틴어 A레벨을 복습하는 모습을 상상해 보았다. 해외에서 사는 사람들은 영국인으로서의 자기 자신을 조금씩 과장하면서 패러디 같은 존재가 되고는 한다. 오늘은 별로 일진이 안 좋을 것 같은 끔찍한 예감이 들었다.

나는 시간을 확인했다. 아직 15분이 남아있었다. "도착하면 들여보내요. 타블로이드나 가십 사이트와 관련된 사람인지 확인해 보겠습니다."

나는 '엘리자베스 카트라이트'를 온라인에서 검색했다. 그 이름을 가진 사람들은 수백 명이 있었다. 하지만 나는 송금 은행 정보라든가 하는 다양한 요소로 검색 범위를 좁혀 들어갔다. 아무것도 나오지 않았다. 나는 불편한 기분을 떨쳐버리려고 애썼다.

11시, 현관에서 초인종 소리가 울렸다. 잠시 후 소피아가 환자를 맞이했다. 평소처럼 그녀는 속사포 같은 말투로 차나 커피를 드릴까, 양식대로 환자기록을 채워달라, 들어와도 좋다는 신호가 올 때까지 잠시 기다리라고 말했다. 그러면서 혹시 수상한 구석은 없는지, 배낭이나 주머니에 위험한 물건을 숨겨 들어온 기색은 없는지 몰래 여기저기 뜯어보았다.

나는 다시 해리엇을 생각했다. 이 새 환자가 혹시 내가 그녀 대신 죽어야 했던 악마라고 생각하는 @Suspect8 추종자나 광신도는 아닐까. 아니, 이쪽이 더 나쁘지만, 내가 사랑하는 안나를 세뇌시키기 위해 부당하게 애비클리닉에 가두었다고 주장하는 안나 추종자가 복수라도 하러 온 것이 아닐까.

문을 두드린다기보다 관절을 한번 문지르는 듯한 특유의 노크 소리가 들려오더니 문이 살짝 열렸다. 소피아가 고개를 들이밀었다. "카트라이트 씨가 왔습니다."

"감사합니다." 나는 고객을 맞이할 때 내는 단정하고 중후한 목소리로 말했다. "들여보내 주세요."

나는 여전히 전문가다. 이것은 내 정체성 중에 변함없이 남아있는 부분이다. 좋은 환자 서비스와 의료인으로서의 태도를 갖추고 있다는 점은 내 자부심이다.

소피아의 목소리가 들렸다. "이제 들어가셔도 됩니다."

나는 일어섰다. 소피아는 시야에서 사라졌다. 절반쯤 환자에게 다가가면서 나는 고개를 들었다. 중간 정도의 키, 날씬한 어깨, 턱 높이에서 자른 짙은 색 머리카락. 얼굴 윗부분은 더위를 피하려고 쓴 챙 넓은 모자에 가려 제대로 보이지 않았다. 여자는 이제 선글라스를 벗었다. 나를 향해 웃어 보였다.

외모는 변했지만 내가 아는 미소였다. 나를 꿰뚫어 보는 듯한, 영혼 깊은 곳까지 응시하는 듯한 미소였다.

폭풍우가 낙원으로 찾아와 햇빛을 가렸다.

그제야 이해할 수 있었다.

갑작스럽게, 고통스럽게, 명료하게.

나는 여기서 피할 수 없다. 아무리 멀리 도망친다고 해도.

안나.

*2019*                                        안나의 수첩

**8월 28일**

    세인트제임스광장, 런던도서관. 나는 일에 푹 파묻혔다. 지금 내가 가진 것은 복수뿐이다. 인디라와 더글러스, 아빠에 대한 복수. 그들 모두에게 재앙을. 모두 죽었으면 좋겠다.

    아니, 일은 내 구원이다. 블룸, 메데이아, 샐리 터너, 스톡웰 괴물. 과거에 대한 이 조사가 나를 미치지 않게 붙들어 준다. @PatientX가 그 명칭을 언급한 뒤로, 나는 몇 주 내내 관련된 자료를 찾아 헤매고 있었다. 마침내 사서가 흘러넘치는 정보의 밑바닥에서 사본을 찾아냈다. 딱 한 부 남아있는 1991년 11월자 《오늘의정신의학》의 물리적인 사본이었다. 나는 목차를 펼쳤다. 22페이지에서 기사 제목을 보는 순간 온몸이 짜릿했다. 〈메데이아 방법론: 인격과 사건수면〉, 버지니아 블룸 저.

    맨 꼭대기에 약력이 소개되어 있었다. '블룸 박사는 브로드무어병원의 자문 임상심리학자이며, 수면장애와 수면 관련 범죄를 연구한다. 현재 첫 저서를 준비 중이다.' 기사는 빽빽하게 다섯 페이지였다. 나는 자리에 앉아서 마음의 준비를 하고 읽기 시작했다.

전문적인 독자를 위한 글이었다. 문외한인 나로서는 이해할 수 없는 부분이 많았다. 그러나 눈에 들어오는 단락들이 있었다. 바로 이 순간이었다. 폐간된 심리학 저널에 실린, 빛바래 잊힌 1990년대 초반의 논문이 모든 수수께끼를 푸는 열쇠가 될 수 있었다.

나는 마지막 단락을 다시 읽었다.

**결론: 메데이아 방법론 적용하기**

메데이아 방법론은 병원이라는 통제된 공간에서 관찰된 극단적인 사례들을 바탕으로, 가장 위험한 범죄자에게 적용할 수 있는 새로운 심리 개입법이다. 아동을 살해하는 성인, 자신의 아들이나 딸을 살해하는 부모, 에우리피데스의 희곡 〈메데이아〉와 마찬가지로, 이런 범행들은 서구 사회의 가장 큰 금기를 깨뜨린다. 보통의 도덕적 경계나 관습적인 윤리를 넘어서는 범죄들이자, 프로이트의 '이드' 개념으로 널리 알려진 일탈적이고 사회화되지 않은 생각의 일종이다. 에우리피데스는 메데이아가 저지른 짓을 알고 이아손이 한 말에서 이런 범행에 대한 일반 대중의 반응을 포착했다. "그런 살인을 저지르고도, 그토록 불경한 짓을 저지르고도 태양과 대지를 마주 보다니. 신들이 그대의 목숨을 앗아버리기를!"

이 논문은 이렇게 극단적인 범행에 대해서는 그와 비슷한 극단적인 요법으로 대응해야 한다는 주장을 펼치고 있다. 환자의 정신이 명백하게 망가지고 있을 때는 약간의 수정이나 교정, 약물요법 같은 것으로만 치료할 수 없다. 근본적으로 해체하고 재구성해야 한다. 메데이아 방법론은 아직 추상적인 단계이지만, 전문적이고 법의학적인 환경 안에서 장기간 격리, 매일 스물네 시간 감시, 수면 박탈, 통제 강화, 감각 과부하 등 몇 가지 방법을 제안한다. 그래야만 손상된 사고 과정을 제거하고 그 자리에 보다 건강한 정신을 재건할 수 있다. 외과의사는 종양을 몸에 그대로 내버려 두어서는 치료할 수 없다. 적출은 회복의 첫걸음이다. 현대 심리학은 마침내 정신분석학의 그림자에서 벗어났다. 이제 우리는 치료를 열린 결말로, 끝도 없이 이어지는 대화요법으로 생각하지 않는다. 결과가 필요하다. 계량할 수 있는 체계가 필요하다. 이 방법론은 이를 달성하기 위한 방법이다.

당연히 윤리적인 관점에서 메데이아 방법론에 대한 반대가 있을 것이다. 이런 방법이 '가혹하고 흔치 않은 처벌'이라고 제네바협약에서 규정한 고문에 준하지 않는가? 유럽인권조약을 위반하지 않는가?

내 답은 분명하다. 그렇지 않다고. 사실 환자들의 광기를 치료하지 않고 수용소에 무기한 구금하는 것이 장기적으로 볼 때 훨씬 가혹하다. 환자를 요람에서 무덤까지 수용소에 격리하는 처벌의 시대는 끝나야 한다. 환자 한 명을 감호수용소에 입소시키면 1년에 여섯 자리 이상의 비용이 든다. 브로드무어 같은 병원에 환자를 수용하는 평균 기간을 감축해야 한다. 단순히 격리에서 머물지 않고 치료를 위해 더 강력한 행동을 취해야 한다는 뜻이다.

이 가설을 입증하는 데 필요한 적절한 데이터를 확보하려면 현장 연구가 필요하다. 주제의 특성상 정식 실험은 시행하기 어려울 것이다. 그럼에도 불구하고, 통제된 환경 안에서 이러한 개입이 환자의 재활 수단으로 시행되어야 한다는 것이 나의 주장이다. '친절하기 위해 가혹하다'는 오래된 금언이 있다. 나는 극단적인 환자에게 회복의 기회를 제공하는 메데이아 방법론의 장기적 자비가 그로 인해 발생할 수 있는 잠재적 가학성보다 훨씬 더 큰 가치를 지닌다고 믿는다.

새로운 형태의 심리적 개입에 대한 이 제안이 적절한 시기에 검토되어 가까운 미래에 통제된 환경에서 실험이 이루어질 수 있기를 희망한다.

메데이아 방법론을 구글에서 검색해 보았지만 아무것도 나오지 않앉다. 다른 유명한 심리 실험도 조사해 보았다. 예시는 많았다. 악명 높은 실험부터(스탠포드 감옥 실험) 우스운 실험(초심리학 분야의 필립 실험), 극히 진지한 실험까지(조현병에 대한 마이다스 실험).

나는 새벽까지 꼬박 자료를 읽었다. 스탠포드, 필립, 마이다스, 로젠한, 디오게네스, 밀그램, 굿프라이데이. 하지만 메데이아는 없었다.

친자 용의자 마라톤을 다시 생각해 보았다. 마라톤, 메데이아… 둘 다 M으로 시작한다. 혹시 내가 잘못 짚은 것은 아닐까, 친자 용의자가 정말 샐리 터너의 자식이 맞는 걸까. 확실하게 알 수 있는 방법은 없을지도 모른다. 사진, 앨범, 연결고리. 모두 과거에 묻혀 영영 사라졌을지도 모른다.

새벽 2시쯤이었을까, 한 가지 생각이 떠올랐다. 애써 눌러놓았던, 그간 내내 찜찜하게 도사리고 있던 생각이었다. 입 밖에 내지 않은 두려움.

나는 위키피디아로 돌아가서 '영국 보건부 부장관'을 입력하고 '책임'이라는 제목 아래 항목들을 훑어보며 1990년대 후반에 다다를 때까지 죽 화면을 내렸다.

나는 그 줄을 한 번 읽고, 다시 읽었다. 궁금해 하지 말걸. 하지만 이미 알아버렸다. 온몸에 아픔이 느껴졌다.

꺼림칙한 의심이, 두려움이 현실로 드러났다.

과거의 무게 전부가 나를 짓누르는 것을 느낄 수 있었다. 정의가 다가오고 있었다.

엄마와 아빠, 온통 엉망진창으로 헝클어진 내 가족, 지금까지 있었던 모든 일들을 생각했다.

나는 한 가지를 깨달았다.

우리는 처음부터 저주받은 사람들이었다고.

## 66                                                          벤

오랫동안 나는 이 순간을 두려워했다. 상상하기도 했다. 하지만 이런 방식은 아니었다. 이곳에서의 유배 생활은 과거의 내 삶과 너무나 다른 것 같았다.

환자 X를 그토록 집요하게 추적했지만 나는 과거가 봉인될 수 있기를, 그렇게 역사가 되기를 바랐다. 다른 사람들의 죄를 규명하고 나 자신의 죄를 잊으려 했다. 한데 갑자기 이전의 삶이 되돌아왔다. 죽기를 거부하는 비밀, 대가를 치러야 하는 과거의 죄.

침묵이 감돌았다. 둘 다 감히 입을 열 정도로 대담하지 못했다. 곧바로는. 우리는 서로 주위를 맴도는 것으로 만족했다. 표적을 뒤쫓아 기어코 복수를 저지르는 그리스신화 속 분노의 여신이 떠올랐다. 안나의 등장은 하나의 징조처럼 느껴졌다. 맞서 싸우려고 했지만 내 힘만으로는 감당할 수 없었다. 마치 비극 속 인물이 자신의 운명을 벗어날 수 없는 것처럼. 나는 차갑고도 갑작스러운, 모든 것이 끝날지도 모른다는 예감에 사로잡혔다.

안나는 분위기가 변해있었다. 수많은 웹사이트 배너와 텔레비전 화면, 신문 증보판을 선정적으로 장식했던 저 유명한 버터스카치 금발, 대학원생 같은 굵은 안경, 구부정한 자세 등 안나 O 하면 연상되는 모습은 하나도 남아있지 않았다. 전혀 다른 사람, 원본에 최소한의 경의만 표한 다른 이미지였다. 머리 스타일은 더 이상 풍성하고 요정 같지 않았다. 깔끔하게 대칭을 이루는 커트였다. 처음으로 리처드와 닮았다는 느낌이 들었고, 뺨과 턱선을 단정하게 감싼 머리 모양에서 젊음의 흔적은 사라지고 없었다. 시간이 이겼다. 온갖 가면을 벗어던진 모습이었다.

안나에게는 더 이상 잃어버린 청춘의 분위기가 맴돌지 않았다. 몸은 단단했고 시간의 흔적이 얼굴에 새겨져 있었다. 피부에는 주름살이 있었고 머리카락도 예전 같지 않았지만 다른 모든 것은 그대로였다. 옷차림은 한층 선명하고 깔끔하게 맵시 있었다. 가게에서 산 안경 대신 콘택트렌즈를 끼고 있었다. 10대의 여드름 자국이 남아있던 피부는 이제 아기처럼 매끈했고 은은한 화장기도 있었다. 다른 모든 안나는 시제품이었고 마침내 진짜가 나타났다는 느낌이었다.

나는 잠시 마음을 가다듬었다. 나 역시 전혀 낯선 사람처럼 보일 것이다. 그랜드케이맨의 햇볕 덕분에 얼굴은 가죽처럼 거칠고 그을려 있었다. 팔은 탄탄한 구릿빛이었고, 머리카락은 약간 북유럽계처럼 더 연한 금발로 바래있었다. 그 운명의 전화를 받고 할리스트리트로 달려갔던 베네딕트 프린스는 즉석식품을 지나치게 먹어 창백하고, 근육에 힘이 없고, 호흡이 얕은, 전형적인 그 세대 영국인이었다. 이제는 그렇지 않았다.

나는 지금이 더 날씬하다. 피부 밑에는 근육이 깔려있고, 체중은 90킬로그램 초반이다. 턱수염과 잘 어울리도록 머리 양옆을 깔끔하게 면도하고 잔머리도 잘 정리했다. 평생 처음으로 세련되게 꾸민 모습이었다. 허름한 욕실에서 면도기를 들고 내 옛 모습이 떠오르는 점들을 죄다 없애버렸기 때문이었다. 이제 운동도 한다. 노화의 불공평함에도 불구하고 몸 상태는 평생 최고로 좋았다.

죽음은 더 이상 두렵지 않았다.

다행이었다. 지금 나는 살인자 앞에 서있었으니까.

"앉으십시오." 나는 말했다. 머릿속이 자동항법장치처럼 움직이고 있었다. 생각이 정해진 방향으로만 흘러갔다. 안나가 무엇을 알고 있는지, 왜 여기 왔는지, 내가 얼마나 위험에 처했는지 알아야 했다.

한두 달 버티기 위해 챙겨둔 작은 가방을 아파트에서 찾아내 도망칠 시간이 있을까. 새로운 유배지를 찾는 동안.

하지만 너무 늦었다는 것을 알고 있었다. 이유는 모르겠지만 원래부터 알고 있었다.

안나는 고개를 끄덕였다. 자리에 앉았다. 나는 침묵을 지키며 꼼짝도 하지 않았다. 밖에서 덜컹거리는 소리, 목청을 높이는 목소리가 희미하게 들려왔다.

무릎에서 다시 둔한 통증이 느껴졌다. 수프처럼 걸쭉한 방 안의 열기가 시큼하게 느껴졌다. 물을 달라고 해야 할까. 본능이 모두 증발했다. 안나의 등장이 나를 무력하게 했다.

바늘 떨어지는 소리까지 들릴 듯한 정적이 계속 흘렀다. 안나는 마침내 미소로 반응을 보였다. 물론 치료 도중에 그녀의 목소리를 들은 적이 있었다. 그런데도 목소리에 새롭게 깊이가 느껴진다는 게 새삼 놀라웠다. 안나 O 전설은 언제나 소리보다 이미지 중심이었다. 모든 사람들이 자신의 현실을 영원히 젊은, 잠자는 숲속의 공주에 투사했다. 안나는 사진과 정지된 영상 속에 포획된 신화이자 괴수, 포식자이자 피해자였다. 수백 가지 방식으로 대상화되었다. 하지만 지금 안나는 다시 3차원의 존재였다.

안나는 내 누추한 사무실을 둘러보았다. "말씀해 주세요. 이건 옛날에 놓친 꿈인가요, 요즘 시작된 중년의 위기인가요?"

종잡을 수 없는 농담 같은 말투였다. 그녀는 더 이상 내 환자가 아니었다. 말투는 펜싱선수처럼 가볍게 놀리다가도 무섭게 앞으로 찔렀다. 이런 순간에 이처럼 침착할 수 있다니, 나는 상상조차 할 수 없었다. 그녀는 이미 유리한 패를 쥐고 있었다. 나를 고문하는 자, 추적하는 자로서.

"둘 다입니다." 나는 대답했다. 얼마나 공허하게 들릴지 나도 알고 있었다. "현실로 이루어진 꿈이라고나 할까요."

"그렇군요. 우리 둘 다 꿈이 얼마나 위험할 수 있는지 알고 있죠."

# 67

벤

우리는 동등한 위치에서 만난 적이 없었다. 그것이 최초의 역설이었다. 나는 안나가 깨어나자마자 체포되었다. 안나는 해리엇이 자살하고 내가 풀려난 뒤 사라졌다. 대신 그녀는 유령처럼 내 뇌리에 맴돌았다. 서로에게 있어 우리는 이름에 지나지 않았다. 웰링턴 공작이 벽에 걸린 나폴레옹의 그림을 보며 앱슬리하우스를 거니는 모습이나, 처칠이 차트웰에서 히틀러 영상을 돌려보는 모습이 떠올랐다.

낯선 사람이자 친밀한 사이, 적이자 친구, 영웅이자 복수의 여신.

나는 질문지를 다시 들여다보았다. "이건 업무상 방문입니까, 사적인 방문입니까?"

안나는 생각했다. 아니, 그런 척했다. 그녀는 내 불편함을 즐기며 대답으로 나를 애태웠다. 마침내 안나가 말했다. "어느 쪽에 돈을 거시겠어요?"

다시 저 말투다. 안나는 자기가 이길 때까지 그만두지 않을 것이라는 예감이 들었다. 이것은 수많은 공격 중 하나일 뿐이었다. 표현할수 없지만 확신했다. 안나의 방문은 무엇인가의 전조였다. 죽음이 내 곁을 맴돌고 있었다. 삶에서 유일하게 분명한 부분이 있다면 그것이 언젠가는 끝난다는 사실이다.

"모르겠습니다. 그래서 묻고 있어요."

"내가 추적할 거라는 걸 아셨잖아요. 사라졌다기보다 그냥 숨으셨어요. 의도였나요?"

"재미있군요." 나는 말했다. "다른 기자들은 아무도 찾아내지 못했는데, 제가 뭔가 제대로 한 모양입니다."

"나 때문에 기분이 상하신 거 같군요. 분명."

"처음부터 그걸 의도하신 게 아닙니까."

"날 아직 기자로 생각하고 계시는 건 흥미롭긴 해요."

나는 여기서 리듬에 빠져들고 있었다. 안나는 이렇게 나를 꿰려는 것이다. 내 머릿속에 들어간 뒤 내 두뇌를 이용해서 나를 낚으려는 것이다. 물러나야 한다. 집중해야 한다. "제가 당신을 기자라고 부른 건 그게 예의이기 때문입니다. 다른 명칭도 많이 있지요. 유명인 피해자, 글로벌 미디어 스타, 범죄실화의 대표 주자. 오리지널이 최고라면 딱 좋은 게 있지 않습니까. 잠자는 숲속의 공주."

"억울하신 것 같군요."

나는 말을 멈추고 침을 삼킨 뒤 숨을 들이마셨다. "저는 당신 건을 맡는 바람에 결혼 생활과 딸, 경력을 잃었습니다. 당신을 깨우는 일을 도왔다가 언론의 광기에 휘말렸어요. 처음에는 억울하게 누명을 쓴 무고한 여자라고 생각해 당신 편을 들었습니다. 하지만 지금은 모르겠습니다. 제게 사과하러 오신 거라면, 너무 늦은 것 같군요."

마지막 말이 정곡을 찔렀다. "프린스 박사가 피해자 행세를 한다." 그녀는 말했다. "참신한 연기이긴 한데, 기대에는 못 미치네요."

"뭐라고요?"

안나는 이제 책장을 둘러보고 있었다. 사무실은 파이프 냄새와 자궁 같은 아늑함을 풍겼던 애비클리닉의 데카당스한 매력과는 한참 멀었다. 이따금 여기 앉아있으면 애비클리닉에 엘리베이터가 있었다는 사실에 웃음을 터뜨리게 된다. 어울리지 않고 불필요한 시설처럼 느껴져서다.

심지어 할리스트리트 자체도 내가 꿈에 그리던 풍경이었을 것이다. 나는 종종 시간을 거슬러 올라가 프록코트를 입고, 코담배갑을 들고, 지팡이를 짚은 신기한 인물들이 이륜마차에서 내리는 모습을 상상했다. 치료를 찾아 헤매는 순례자처럼, 그들이 내가 드나들던 건물 계단을 서둘러 올라가는 모습이 보이는 것 같았다.

그리웠다. 이따금 가슴이 아팠다. 그래도 돌아가고 싶지는 않았다.

"여기 온 이유가 정말 뭡니까?" 나는 물었다. "왜 카리브해까지 온 겁니까?"

안나는 내 생각을 읽는 듯 나를 가만히 쳐다보았다. 그 흔들리지 않는 눈빛이 어딘가 불편했다. "과거는 현재를 치료하는 유일한 방법이다."

"제 책에 나오는 구절 중 하나군요."

"네." 그녀가 말했다. "그런데 그 말이 옳다면?"

# 68 벤

더위는 참을 수 없을 정도였다. 구름이 한층 무겁게 드리웠고 무언가 터질 듯한 예감이 선뜻 다가와 있었다. 곧 폭풍우가 몰려올 것이라는 일기예보가 떠올랐다. 모든 게 섬뜩하게 날을 세웠다. 공기는 의심으로 찌릿했다.

나는 밖에 나가서 잠시 걷자고 했다. 사무실에서 5분 거리에 작은 카페가 있었다. 나는 차가운 음료수 두 잔을 샀다. 안나는 탄산수, 나는 다이어트콜라. 우리는 신발을 벗고 인적이 드문 세븐마일비치를 따라 걸었다. 나는 심벌즈처럼 해안선에 부딪치는 파도를 바라보았다. 부서질 때마다 흰 콧수염 같은 포말이 흩어졌다. 평화로웠다. 부패한 현실을 숨기는 금빛 표면은 너무 많은 것들에 대한 은유를 담고 있었다.

나는 종종 킷캣을 이곳에 데려와서 그 끈끈한 손을 잡는 상상을 했다. 우리 둘이 함께 바다에 들어가는 모습도 그려보았다. 킷캣은 수영 연습을 하고 열대 낙원의 신화 같은 이야기도 조잘조잘 떠들겠지. 우중충한 옥스퍼드로 돌아가면 소중한 추억으로 남을 이야기. 하지만 꿈일 뿐이었다. 여기 온 뒤 나를 찾아온 영국인 손님은 안나밖에 없었다.

우리는 해안을 따라 계속 걸으며 차가운 바닷물에 발가락을 담갔다. 그러다 앉을 자리를 찾았다. 물에 젖은 발가락에 모래가 뭉쳤다. 킷캣이 두 살 때 같이 모래성을 쌓던 기억이 났다. 행복은 젊음과 같아서, 그것을 지닌 사람에 의해 낭비되고 지니지 못한 사람을 고문하지 않나.

그 예감이 다시 엄습했다. 하지만 지금은 평정한 척해야 한다. 정중하게 장단을 맞추자. "어디서 묵고 계십니까?" 나는 물었다.

안나는 홀린 듯 경치를 바라보며 바람 냄새를 맡았다. 밖으로 나오니 그녀는 더 작고 인간다웠다. 산들바람이 안나의 머리카락을 헤집었다. 짭짤한 바닷물이 얼굴에 튀었다. "리츠칼튼호텔. 공소가 취소된 뒤 정부에서 받은 보상금이 남아있어요. 사람들을 바라보는 것이 내가 세상에서 가장 좋아하는 일이죠."

"피해자가 관음을 즐기게 되었다."

"그런 거죠."

사건이 없었다면 안나의 인생은 어떻게 되었을까, 문득 궁금했다. 《엘리멘터리》 이후 안나가 다시 일어서는 모습을 상상해 보았다. 하원, 정치 패널 대담, 소셜미디어 유명 인사, 모전여전. 뭐, 이런 경로였을 것이다.

나는 음료수를 마시며 풍경을 둘러보았다. 날씨가 바뀌었다. 더위는 폭풍우의 전조였다. 금빛 나날들은 지나갔다. 안나의 도착이 모든 것을 바꾸어 놓았다.

그간 내가 저지른 실수는 다 알고 있었다. 숨겨진 마이크를 확인하지 않은 것, 그녀의 가방에 숨겨놓은 카메라, 서성거리는 경찰이나 사설 보안 인력의 존재. 하지만 도망치는 일도 지쳤다. 안나에게 묻고 싶은 것이 아직 너무나 많았다. 해리엇에 대해서, 악마의 숨결에 대해서, 농장과 숲 또는 환자 X에 대해서. 그리고 그 모든 것 아래 깔려있는 단순한 질문들. 그날 밤 인디라와 더글러스를 죽일 의도가 있었는가? 의식이 있었는가? 두 명을 살해하고 무사히 빠져나가기 위해 체념증후군을 꾸며내고 몽유병력을 이용했는가? 이 거대한 계획을 짜고 나를 일부러 끌어들였는가?

"과거가 현재를 치료할 수 있는 유일한 방법이라면… 당신의 계획은 뭡니까?" 나는 물었다.

안나는 어린 시절의 메아리처럼 무릎을 꽉 움켜잡았다. 태양, 바다, 모래, 모든 것이 노르스름한 파란색과 크림빛 흰색으로 한데 어우러진 풍경을 마지막으로 둘러본 뒤, 그녀는 나를 돌아보며 서글프게 미소 지었다.

"오늘 밤 8시, 리츠칼튼호텔에서." 그녀는 일어섰다. 손이 내 어깨선을 스쳤다. "늦지 마세요, 박사님. 그럭저럭 점잖은 옷차림도 부탁드려요."

## 69                                                            벤

안나가 마지막으로 남긴 지시가 머릿속을 계속 맴돌았다. 이혼이 죽음이나 노화처럼 불가능한 일로 여겨지던 시절, 클래라를 떠올리게 하는 말투였다. 몸은 더 나아졌을지 몰라도 나는 마음 어딘가에서 이미 포기하고 있었다. 선조들이 예전부터 글로 남겨온, 그런 깊은 우울함이었다.

더위는 한층 심해졌다. 밖에서는 폭풍우가 밀려올 조짐이 보였다. 비를 한껏 실은 구름이 언제든지 쏟아붓겠다고 위협하고 있었다. 최악은 긴장감이었다. 예고 없이 들이닥친 빗줄기가 성경에 나오는 정화처럼 모든 것을 쓸어내릴 거라는 기분이었다.

집으로 돌아오니 왠지 아파트가 달라 보였다. 쓰레기통 옆에 빈 병, 음식물 얼룩이 묻은 접시. 고약한 냄새도 풍겼다. 대부분 지옥 같은 곳은 낙원으로 가장해서 손짓하지 않나. 나는 복도의 작은 거울 앞에 잠시 멈췄다가 얼른 돌아섰다.

샤워를 하고 좋은 셔츠와 바지를 꺼내 입었다. 턱수염을 다듬고, 머리를 빗었다. 몇 달 동안 이렇게 몸단장을 한 적이 없었다. 다시 데이트를 하러 나가는 기분이었다. 클리닉에서 보았던 안나의 미소가, 해리엇과 서로 이끌렸던 순간들이 떠올랐다.

나는 해변을 따라 섬에서 가장 큰 호텔 중 하나인 리츠칼튼의 불빛으로 향했다. 다른 저녁 손님들이 카메라와 마이크를 들고 충격과 공포의 다큐멘터리를 찍겠다고 몰려나오는 광경을 상상해 보았다. 로비에 들어서는 순간 인터폴과 런던시경이 다가오는 광경도. 이렇게 오랜 시간이 지난 지금조차 사방에서 나를 지켜보는 눈이 있는 것 같다.

나는 호텔 입구에 도착해서 침착함을 유지하려고 노력했다. 화장실에 들어가서 얼굴에 찬물을 끼얹었다. 나 자신에게 한 가지 약속을 했다.

도망치지 말자. 더 이상은.

앞을 보니, 안나가 이미 자리에 와 앉아있었다. 두려움이 다시 치밀어 올랐다. 그녀가 무죄라고 믿고 싶었다. 그렇지만 마음 깊숙한 곳에서는, 그렇지 않다는 사실을 알고 있었다. 그녀는 다른 사람의 목숨을 빼앗을 수 있는 사람이었다. 지금 그녀는 문자 그대로, 동시에 은유적으로 제 손에 피가 묻어있다는 것을 알면서도 점잖은 사교의 공간에 들어와 앉아있다. 해리엇이 희생양이었다면 안나는 살인을 저지를 때 약물에 취해있지 않았을 것이다. 본인에게 살인을 저지를 의도가 있었다는 뜻이다. 몽유병과 체념증후군은 가장이었을 것이다. 해리엇이 술병인 척 플라스크에 약을 들고 다니며 체념증후군을 꾸며내도록 도왔을 것이다. 안나 오길비는 냉혹하게 두 사람을 살해하고 해리엇을 자살로 몰고 갔다.

세 사람의 죽음, 세 구의 시체.

나는 지금 살인범과 함께 식사를 해야 한다.

*2019*  ## 안나의 수첩

**8월 29일, 아침**

고속도로가 차창 밖으로 빠르게 스쳐 지나갔다. 클러치는 깃털처럼 가벼웠다. 클리오는 막판에 충동적으로 고른 렌터카였다. 내가 운전했다. 뒷자리에 더그가 탔고 인디라는 앞쪽 조수석에 탔다. 네비게이션은 부정확했다. 인디는 휴대전화로 위치를 확인하고 있었다. 엄마와 아빠, 테오는 다른 차로 먼저 도착해 있을 것이다.

더그는 꾹 참고 있는 것 같았다. 인디라는 아무렇지도 않은 척 노력하고 있었다. 여름호는 아직 완성되지 않았다. GVM 건은 아직 계약이 성사되지 않았다. 그들은 아직 수중에 돈이 없었다. 이 주말이 지나면 영원히 못 갖게 될 것이다.

경적이 울렸다. 나는 도로에 집중하려고 애썼다. 모든 것이 오늘 밤 @PatientX라는 아이디를 쓰는 사람과의 만남에 달려있다. 과연 장담했던 내용이 사실인지 입증할 수 있을까? 그래야 친자 용의자 마라톤이 정말 샐리 터너의 생물학적 자식이 맞는지 확인할 수 있다. 내 기사도 처음으로 대박을 터뜨릴 수 있을 것이다. 잡지 자체를 넘어서는 전국적인 뉴스거리다. 신문, 타블로이드, 시사 프로그램, 다큐멘터리와 드라마. 나는 좋은 변호사를 찾아서 더그와 인디에게 소송을 제기할 것이다. 여자관계가 복잡한 아버지에게 공적으로 망신을 줄 것이다. 내 재능을 내세워서 나만의 회사를 다시 차릴 것이다. 이번에는 서류작업도 내가 할 것이다.

나는 블룸의 정당화 논리를 다시 떠올렸다. '친절하기 위해 가혹하다.' 정신병 환자에게 시행되었던 수많은 다른 '방법론'이나 '가설'들도 생각해 보았다. 나는 뇌전증 발작을 꾸며내고, 수술로 이를 뽑고, 비장과 자궁과 결장을 제거하고, 환자를 의도적으로 말라리아에 감염시키고, 인슐린으로 인위적인 혼수상태를 만들고, 뇌수막염을 유도하기 위해 말 혈청을 주입하는 정신과의사들에 관한 이야기를 많이 읽었다. 심지어 전두엽에서 뇌 조직을 절제하는, 달리 말해 경안와뇌엽절개술을 시행하는 악명 높은 사례도 있었다.

이 모든 실험을 시행한 이들은 자신이 이해하지 못하는 질병의 치료법을 찾으려던 존경받는 임상의사들이었다. 최악의 심리 실험 대상은 대부분 여성들이었다. 간밤에 위키피디아에서 읽었던, 언뜻 무해하게 보였던 짧은 구절이 떠올랐다. 나는 샐리 터너와 1999년 여름, 크랜필드병동에서 시행되었던 무시무시한 메데이아 실험을 상상해 보았다. 이런 생각을 계속 하다 보니 속이 메슥거리는 것 같았다.

농장 자체는 이름에 어울리게 구불거리는 코츠월드 1차선 도로 끝에 숨어있었다. 포장은 울퉁불퉁했고 움푹 패어있었다. 길을 따라가다 보니 비포장도로가 나왔고, 렌터카는 웅덩이와 경사진 진흙 길을 덜컹거리며 한참 달렸다.

마침내 목적지가 나타났다. 안내판이 있었고, 흙이 튄 차 트렁크에서 아빠와 테오가 짐을 내리고 있었다. 구름 낀 하늘은 불그스름한 회색이었다. 우리가 차를 세울 때쯤 비가 내리기 시작했다.

발목까지 진흙탕에 푹푹 빠졌다. 주위 공간은 광활했다. 오른쪽에서 바람이 숲을 뚫고 불어왔고 왼쪽에서 나무가 휘파람을 불었다. 고지대 사투리를 쓰며 가슴이 떡 벌어지고 턱수염을 기른 영지 관리인, 오언 레인이 우리를 오두막으로 안내했다. 인디와 더그는 레드캐빈, 나는 그보다 약간 작은 블루캐빈을 혼자 쓰게 되었다. 벽에는 농장 안내도가 있었다. 나는 이곳의 지형을 눈에 익혔다. 숲, 오두막, 폐허. 런던에서 멀리 떨어진 시골로 나오니 기분이 좋았다. 몇 달 만에 처음으로 자유로운 기분이었다. 나는 전화를 꺼내 @PatientX에게 다시 내 위치를 알렸다.

숲을 경험한 뒤에, 자정 이후에, 그때 만난다.

그때 비로소.

빗물이 유리창을 두드렸다. 블루캐빈은 빗물로 흔들렸다. 어딘가에서 종소리가 들려왔다. 우리는 예정된 식사를 하러 밖으로 나갔다. 여전히 비밀과 보물을 품고 있을 듯한 거대한 성채. 수백 년 동안 방치되어 썩어가는 폐허는 그 자체로 하나의 장관이었다. 임시로 비를 피할 곳이 마련되어 있었다. 우리는 긴 나무 의자 두 개에 나누어 앉았다. 그리고 나지막한 나무 잔으로 물을 따라 마셨다. 더그는 따분해 보였다. 인디는 불편한 시골이 싫은 것 같았다. 아빠는 그 어느 때보다 한심한, 약점투성이 인간으로 보였다. 그들 모두가 불편해하는 것이 내게는 흡족했다.

커다란 접시와 나무판에 음식을 올려 소박한 척 꾸민 고급 펍 스타일 요리가 나왔다. 엄마는 그림자내각 정치인 스트레스를 훌훌 턴 것 같았다. 내가 알던 옛날의 엄마로 돌아간 듯했다. 아빠도 전화를 던져두고 옛 모습을 되찾았다. 턱수염이 없고 안경을 쓴 간달프 같달까, 약간 위엄 있어 보였다. 더그는 음식을 빨아들였다. 인디라는 멧돼지

고기를 접시에 덜어놓고 깨작거렸다. 테오는 에일맥주를 꿀꺽꿀꺽 마셨다. 나도 뒤따라 맥주를 들이켰더니 머리가 어질어질했다.

비가 약간 잦아들었다. 농장 지배인 멜라니 폭스가 나타났다. 옆에는 관리인 오언과 남성 인턴 한 사람, 롤라라는 30대 후반의 현장 보건안전 컨설턴트가 서있었다. 롤라는 몇 가지 기본 수칙을 소개했다. 손목 밴드도 나눠줬는데 검은색은 사냥꾼, 흰색은 생존자였다. 우리 여섯 명은 두 그룹으로 나뉘었다. 아빠, 엄마, 테오가 한편, 나와 인디라, 더글러스가 반대편이었다. 우리는 사냥꾼이었다. 나머지는 생존자였다. 우리는 오후 4시에 숲 입구에 집합하라는 지시를 받았다. 그때까지는 각자 오두막에 가서 준비하는 시간이었다.

나는 인디와 더그가 레드캐빈으로 사라지는 장면을 보았다. 엄마와 아빠도 두 개의 섬처럼 각자 갈라졌다. 나는 비에 흠씬 젖은 채 블루캐빈으로 돌아갔다. 거기 앉아서 시계를 보았다. 숲에서 고행이 시작되기까지 23분 남았다. 나는 나머지에 대해 생각했다. 인수 문제, 아파트, 잡지, 인디라와 더글러스가 서로 교환하는 눈빛, 배신, 아빠의 바람. 속 좁게 들릴 수도 있을 것이고, 어쩌면 사실 그럴 것이다. 하지만 거대한 왕국도 이보다 더 사소한 일로 전쟁을 일으키는 법이니.

나는 어떻게 할지 상상해 보았다. 인쇄가 멈추고 회사가 망하면서 더글러스와 인디라가 법률비와 회계비 청구서 때문에 궁지에 몰리는 모습이 눈앞에 생생했다. 두 사람의 얼굴에서 잘난 척하는 표정이 싹 사라지는 모습이. 젊은 여자의 매력에 홀려서 자기 딸을 등쳐먹다니, 이런 진면모가 드러나면 아빠는 망신을 당하겠지. 다들 상상조차 못 할 것이다.

아무도 살아남지 못할 것이다. 그들 모두에 대한 후련한 복수가 될 것이다.

얼빠진 몽상가 안나. 늑대 인간, 몽유병자, 프로이라인 안나 O. 이제 더 이상 몽유 증상도, 침실 문을 잠그고 의자를 기대 세워두어야 하는 일도 없을 것이다.

묘하게 작년과 다르게 느껴지는 새해.

잠이 약점이 될 필요도 없을 것이다. 그건 이제 나의 무기다.

카르페 디엠.

## 벤

안나는 아까와 다른 옷차림이었다. 한층 세련된 드레스였지만 눈길을 끈다기보다 의도적으로 점잖은 분위기였다. 나는 전투를 치를 준비를 마쳤다.

그녀의 앞에는 하우스 레드와인 잔이 놓여있었다. 너무나 침착해 보여서 놀라웠다. 그 차분함에는 어딘가 병적이라 할만한 힘이 있었다.

우리는 음식을 주문했다. 안나는 섬에 대해 물었다. 나는 그랜드케이맨의 명소를 주워섬겼다. 안 좋았던 소개팅 경험을 들려주었고, 인간적인 접촉이 필요하다고 털어놓았다. 날씨가 점점 고약해지고 있다, 이제 곧 폭풍우가 들이닥칠 것이라는 이야기는 하지 않았다. 하지만 찌푸린 대기는 마치 약속이자 위협처럼 주위에 팽배했다. 지난 몇 주 동안의 태평스러운 분위기는 사라졌다. 손님들은 바깥에서 들리는 거대한 헛기침 같은 구르릉거리는 소리에 움찔거리며 초조한 기색이었다. 뭔가 안 좋은 것이 다가오고 있었.

메인 코스가 도착하자 안나는 클리닉과 내 성공률에 대해, 환자들이 치료되면 할 일이 없어지는 것 아니냐고 물었다.

나는 질문을 물리쳤다. "제 사전에는 전직 환자라는 개념이 없습니다. 다시 상태가 좋아진 환자가 있을 뿐입니다. 그렇기 때문에 더 이상 내 환자가 아닌 겁니다. 그냥 건강한 사람이 된 거죠."

나는 안나의 반응을 유심히 관찰했다.

그녀는 와인을 마셨다. "이전 환자와 관계를 맺은 적 있나요?"

"그건 관계라는 단어가 정확히 무엇을 의미하는지에 따라 다르겠지요."

"분명 모든 치료사한테 그런 유혹이 있었을 텐데요. 심지어 배우자나 가족보다 환자에 대해 더 많은 것을 아니까요."

그녀는 어딘가로 나를 유도하고 있었다. 클리닉에 찾아오고, 술자리에 초대하고, 주의를 분산시키고. 모든 피해자를 이런 식으로 구워삶았을까. 지금 나를 갖고 놀듯이.

"교제는 엄격하게 금지돼 있습니다. 전문 분야가 어느 쪽이든 마찬가집니다."

"아, 박사님이 탁월한 능력으로 치료하신 예전 환자들은 더는 환자가 아니라면서요? 그냥 사람일 뿐이잖아요. 당연히 치료사들도 사회에서 같이 살아가는 일반인과 사귀는 건 문제가 없겠죠."

"충분히 시간이 흘렀다면, 임상적으로 이제 관계가 없다면, 어쩌면 가능하겠죠."

"박사님의 사전에는 어느 정도가 충분한 시간일까요? 물론 전적으로 가상의 질문이에요."

"물론이지요." 우리는 서로 마주 보고 빙빙 돌며 게임을 하고 있었다. 그녀는 주문을 풀지 않았다. 그녀의 눈은 내 눈에 고정되어 있었다. "보통 1년 정도라고 해야 할까요, 이미 충분히 생각해 보신 시나리오처럼 들리는군요."

그녀는 부정하지 않았다. 대신 메인 코스를 다 먹고 물러앉아 냅킨으로 입술을 눌렀다. "새 프로젝트 이야기부터 해야겠군요. 그러려면 그 사건을 되돌아보는 과정이 필요해요. 처음에는 그냥 도피하고 싶었어요. 하지만 순진했죠. 기억은 완전히 안 돌아왔어요. 사건이 벌어지기 전 상황은 거의 생각 안 나요. 그 몇 달, 몇 주, 전부 다. 내가 어떻게 거기에 이르렀는지. 다른 사람들한테 이야기를 들은 부분밖에 기억나지 않아요."

그래, 좋은 배우다. 아니, 흠잡을 데가 없다.

"그 일은 누구한테 들었습니까?"

안나는 잠시 입을 다물고 고통스러운 기억을 끄집어냈다. "엄마."

"정말, 전혀 기억나지 않습니까?"

"단편적인 것들. 하지만 도무지 말이 되지 않아요. 엄마는 말하려고 애쓰긴 했지만 차마 대놓고 이야기는 못 했어요. 나는 좀 더 자유롭게 돌아다니게 되면서 사건에 대해 어딘가에서 계속 읽게 되었으니까요. 그래서 어느 날 밤, 전부 다 이야기해 주시더군요. 사건에 대해서, 외상후기억상실증에 대해서, 전부 다."

"그 말을 모두 믿었습니까?"

안나는 내게 눈길을 주었다. "처음에는, 아뇨. 불가능한 일이었어요. 생각하기조차 끔찍하니까요. 그러다 천천히 깨닫기 시작했지요. 엄마는 말리려고 했지만, 인터넷에 접속하자마자 나는 내 이름을 검색하기 시작했어요. 이 모든 것이 나와 관계된 일이라는 걸 이해하려고 애썼지요. 허락한 적이 없는데도 어느새 내가 공공재 같은 존재가 되었다는 것도."

나도 모르게 냉소와 분노가 물러가고 마음 한구석에서 동정심이 솟아올랐다. 안나가 무고한 사람 연기를 할 수 있다면 나도 할 수 있다. "유린당한 것처럼 느껴졌겠군요."

"어떤 면에서는. 평범한 생활로 돌아갈 수 없다는 걸 깨달았어요. 나는 괴물, 추방자, 수치. 내 인생을 살아가고 싶다면 어떤 방식으로든 그 이야기를 내 것으로 끌어안아야 한다는 건 나중에 깨달았죠. 나의 진실을 살아가기. 언제나 '안나 O'로 살아가려면 그 이름이 어떻게, 왜 존재하게 되었는지 이해해야 했어요. 제대로, 정직하게. 외상후 기억상실증으로 지워진 내 기억을 되찾아야 했어요. 환자로서가 아니라 기자로서."

"진실이 너희를 자유롭게 하리라."

"네."

출판용으로 적합하도록 그럴싸하게 꾸민 이야기였다. '잠자는 숲속의 공주' 회고록 계약을 따기 위해 동분서주하는 출판사 편집자 이야기는 나도 《데일리메일》에서 읽었다. 안나의 언어는 너무나 정확해서 이야기의 모든 부분이 마치 내게 들려주기 위해 미리 연습한 것 같았다. 안나는 위험했고, 나를 함정에 빠뜨리기 위해 자신의 힘을 이용하고 있었다.

나는 빗물을 잔뜩 품고 있는 회색 뭉게구름을 내다보았다. 폭풍우가 기다리고 있었다. 섬을 그리고 나를. 우리 모두를.

이제 확신했다. 이건 블룸의 집에서 느꼈던 것과 똑같은 감각이었다. 죽음은 너무나 무거웠고 너무나 현실적으로 느껴졌다. 안나는 자신의 이야기를 되찾기 위해 내 도움을 원하지 않았다. 그녀는 더 나은 결말을 원하고 있었다. 안나에게 해피 엔딩이 되려면 내가 악당이 되어야 한다. 그녀 아니면 내가. 이건 제로섬 게임이었다. 처음부터 그랬다.

"다시 글을 쓰시지요. 신문을 읽었는데 다시 펜을 쥐시면 은퇴해도 되는 돈을 벌 수 있겠더군요."

안나는 입술을 다 닦고 냅킨을 반듯하게 접어 접시 위에 놓았다.
"4년 동안 잠자다 깨어나면 그게 문제예요. 나를 두고 세상만 흘러가는 거예요. 이제 난 한물간 뉴스예요."
"제가 읽은 바로는 그렇지 않았습니다."
"뭐, 언론에서 보는 걸 전부 다 믿으면 안 되죠."
"당신 기사는 진지한 문학적 스타일이 있었습니다. 출판계에서 세기의 자서전을 고대할 거라고 생각했어요."
"잘못 생각하신 거죠."
"영화화 건은?"
"그들이 원하는 건 내 자서전이 아니에요. '그녀'의 자서전이죠."
나는 그 말을 하는 안나를 보았다. 지금 내 앞에 있는 사람은 예전에 내가 치료했던 사람과 분명 달랐다. 목소리도, 눈빛도, 성격도, 심지어 영혼도. 한 사람은 피와 살이 있는 실재. 다른 한사람은 대중의 상상에서 태어난 가공의 인물, 수세기 동안 반복되는 원형, 모든 문화에서 재구성되는 영원한 여성상이자 타락한 여자였다. 선악과를 먹기 전 이브이자, 먹은 뒤의 이브. 나의 배신감은 그중 한쪽을 얼마나 믿고 있을까. 안나가 그 원형에 갇힌 것처럼 나 역시 갇혀있는 것은 아닌지.
"그녀라 함은…." 이름을 입 밖에 소리 내어 말하는 것조차 뭔가를 범하는 것처럼 느껴졌다. 마치 매혹적이고 저주받은 맥베스 같았다.
안나는 내 눈길을 지켜보았다. "네. 다른 사람, 존재하지 않는 신화." 피로가 그녀의 얼굴에 쌓였다. 순간 가면이 벗겨지는 것 같았다.
"그들은 나를 원하지 않아요. 원래부터 그랬어요. 세상은 안나 O를 원해요."

# 12                                                                 벤

긴 여행 끝이라 안나는 피곤했다. 우리는 음식값을 계산했다. 그리고 호텔 로비로 돌아와서 작별 인사를 했다. 나는 마지막 순간 안나가 다시 초대하지 않을까 생각했다. 커피 한 잔, 코냑 한 잔, 시가 한 대.
 하지만 아무 말도 없었다.
 나는 안전했다. 최소한 아침까지는.
 나는 터벅터벅 어두운 밖으로 나가 해변으로 걸음을 옮겼다. 차가운 바닷물이 피부에 스며들었다. 나는 눈앞의 풍경을 응시했다. 다시 오싹하게 불편한 기분이 엄습했다. 나는 식사 자리를 장면별로 복기했다. 자서전은 핑계다, 확신했다. 나는 잘 마무리해야 할 마지막 실타래다.
 10분 정도 더 걷다가 문득 잠시 돌아보았다. 어스름한 달빛에 누가 내 뒤에 있는 것이 눈에 띄었다. 아담한 윤곽, 여자였다. 키도 비슷했다. 나는 눈을 비비고 생각을 정리하려고 애썼다. 저녁 식사 때문에 긴장한 상태였다. 아마 더위 탓도 있었을 것이다. 헛것이 보이나.
 하지만 나는 다시 돌아보았다. 그림자는 아직 거기 있었다.
 나는 속도를 내서 계속 걸었다.

틈날 때마다 뒤를 돌아보았지만 등 뒤의 그림자는 계속 거기 있었다. 걸음은 계속 빨라졌고, 그러다 나는 거의 뛰고 있었다. 더위와 구름, 폭풍우의 전조. 이렇게 외딴 곳에 숨다니, 나는 바보였다. 내게 필요한 것은 인파와 구경거리, 소음과 도시의 혼란이었는데.

모래가 피부에 파고들 때까지 달리고, 달리고, 또 달렸다. 마침내 인공적인 조명이 다시 나를 비추었다. 사람들이, 내가 묵는 오두막 입구가 보였다.

나는 숨을 헐떡이며 멈추어 섰다. 공기를 들이마셨다. 주위를 둘러보았다. 10대 아이들이 왼쪽 모닥불 주위에 모여있었다. 휴대전화에서 음악이 쿵쿵 흘러나왔다. 공기는 웃음으로 생기가 넘쳤다. 술병이 쨍그랑 부딪혔고, 마리화나가 이 손에서 저 손으로 넘어갔다. 그런 즐거움을 경험했던 때가 언제였는지 기억을 더듬었다. 너무나 오래전 같았다.

나는 현관문에 도착했다. 등 뒤에서 이중으로 문을 잠갔다. 문짝에 등을 기댄 채 그 자리에 미끄러져 주저앉는데 심장이 미친 듯이 쿵쿵 뛰고 있었다. 뒤늦게 눈물이 고였다. 클래라와 킷캣, 내가 두고 온 모든 것들이 생각났다.

그녀였을까? 그저 내 상상이었을까?

마지막 순간 블룸이 느낀 심정도 이런 것이었을까?

잠을 잘 수가 없었다. 나는 셔츠를 갈아입고 물을 마셨다. 숨소리조차 들리지 않는 고요 속에서 혹시 피해망상이 아닐까 자문했다.

더 이상 무엇이 현실인지, 무엇이 아닌지 판단할 수 없었다. 블룸이 살해당했을 때 안나는 잠들어 있었다. 아니, 우리 모두 그렇다고 생각했다. 안나, 환자 X, 해리엇. 이 모든 것을 어떻게 끼워 맞출 수 있지? 사실들의 조각이 한데 모여 하나의 해답을 이룬다….

아파트 안에서 나는 벽에 걸린 보드로 향했다. 다시는 이 사건을 들여다보지 않겠다고 맹세했었다. 하지만 안나의 방문이 모든 것을 되돌려 놓았다. 그녀는 이유가 있기 때문에 나를 추적했을 것이다. 이 보드 어딘가에 아직 찾지 못한 해답이 있을 것이다. 빠뜨린 연결고리와 수수께끼를 해결할 수 있는 단서가. 이것이 내가 상황을 이해하고 대처하는 유일한 길이다. 답이 있어야 한다. 답은 항상 있다.

나는 거기 선 채 암흑 속을 더듬거리는 기분으로 보드를 바라보았다. 나는 그림자를 추적하고 환영을 뒤쫓고 있었다. 하지만 한 가지는 알고 있었다.

안나 오길비는 나를 도우러 온 게 아니었다.

나를 파묻으러 왔다.

## 72 벤

내 책상에는 아직 햄프스테드의 프로이트박물관 로고가 찍힌 낡은 컵받침이 있다. 옛날 모습 그대로 보존된 그의 서재를 둘러보던 기억이 난다. 프로이트는 심리학이 역사를 한 겹씩 들추는 탐정 놀이라고 했다. 지금 생각하니 묘한 동지애가 느껴졌다.

해변에서 나를 따라오던 그림자가 생각났다. 해변을 휩쓰는 파도 소리, 그 파도 속에 사라져 버릴지도 모른다는 두려움. 진실은 이 사건을 종결할 수 있는 유일한 길이다. 가명을 벗겨내고, 블룸이 살해당한 날 밤 찾아냈던 연결고리를 발견하고, 알파벳 뒤에 숨은 사람의 정체를 알아내야 한다.

X.

해리엇이 아니라면 환자 X는 누구지?

나는 언제나 그렇듯 다른 용의자를 하나씩 꼽아보았다. 낙오자들, 뒤에 남겨진 사람들, 팀원들. 각자 따로 보드를 가지고 있었다. 다시 보드를 찬찬히 훑어보았다.

멜라니 폭스, 농장 주인이자 이 모든 무대 배후의 사업가.

오언 레인, 게임 코스를 관리하고 긴급 상황에 출동할 책임이 있는 농장 관리인.

대니 허드슨, 그날 밤 근무했던 인턴. 레인과 폭스 밑에 불법으로 고용되어 잔심부름을 하고 이따금 팁을 받아가는 동네 사람.

그 결과가 방 안의 벽에 붙어있었다.

첫 번째 보드에는 준부사관 다니엘 고든 허드슨이라는 사람에 대한 짧은 《타임스》 기사 출력물이 붙어있었다. 그는 2022년, 특수부대를 선발하는 신체검사 도중에 브레콘비컨스산맥에서 사망했다. 폭염 속에서 시간 안에 행군하다가 열사병으로 쓰러진 것이 사인이었다.

용의자 1, 사망.

두 번째 보드는 멜라니 폭스에 대한 내용이었다. 안나 O 사건 이후 알코올과 약물 중독에 시달리고 있다는 근황을 다룬 온갖 신문 가십 기사들이 따라붙었다. 농장은 독립적인 사업으로 무너졌고 폭스는 모든 돈을 잃었다.

소셜미디어와 각종 블로그에 널린 다양한 정보를 종합하다가 (일부는 공개된 영역, 일부는 보안 체계를 뚫고 들어가야 하는 영역) 나는 결국 한 오스트레일리아 신문에 실린 부고 기사를 접했다. 제목은 다음과 같았다. '폭스, 멜라니 K. 스스로 목숨을 끊다. 직계가족은 없음.'

용의자 2, 자살.

세 번째 보드. 오언 레인은 비교적 쉽게 찾을 수 있었다. 안나 O 사건 당시 그는 이미 60대 후반, 관계자 중 노령이었다. 세월은 그에게도 친절하지 않았다. 어느 페이스북 페이지에 레인과 두 딸이 같이 찍은 생일 축하 사진과 옥스퍼드서 버포드 외곽의 한 요양원 간판이 붙어있었다. 다른 페이지에는 뇌졸중 협회와 후원금 웹페이지 링크가 게시되어 있었다.

용의자 3, 정상적인 생활을 할 수 없음.

공식 용의자 명단은 여기서 끝이다(오길비 가족을 제외하고). 이제 비공식 용의자 차례다. 마지막 보드에는 안나 O 사건 외전이라고 할 수 있는 비공식 자료가 붙어있었다. 각종 기괴한 가설과 비정상적인 용의자들, 광기 어린 음모론이 뒤섞인 자료들이었다.

처음 몇 가지 자료는 페널 경위에 대한 것이었다. 타블로이드 신문 제목 몇 개가 맨 위에 꽂혀있었다.

**유명 형사와 잠자는 숲속의 공주:**
옥스퍼드의 수치스러운 비밀
《데일리메일》

**형사와 작가:**
숨겨진 연결고리?
《선》

지금도 옥스퍼드대학교에 대한 온라인 정보에는 '졸업생' 란에 필수적으로 참조 표시가 되어있었다. 학자, 외교관, 철학자, 귀족 중에 안나 오길비(영문학 학사)와 클래라 페널(응용범죄학 석사) 항목이 있었고, 참고문헌 항목에 저 두 타블로이드 기사가 권위 있는 정보원으로 링크되어 있었다. 두 사람이 다른 학과 출신이었고 실제로 만난 적이 없다는 사실은 상관없는 것 같았다. 한 가지 진실이 수백 개의 거짓을 만들어 낸다. 그리고 거짓은 진실보다 더 오래 남는다.

나는 다음 비공식 용의자로 넘어갔다. 베네딕트 프린스. 해리엇이 자살한 뒤 나는 온갖 욕을 다 먹었다. 소시오패스, 사이코패스, 성범죄자 심리학자, 경력 위조, 사실과 픽션을 구별하지 못했다, 두 집 살림을 했다, 책을 쓸 때 다른 사람들의 작업을 표절했다, 심지어 내가 경찰에 자문 역할을 했던 수면 범죄를 직접 저질렀다는 말도 있었다. 내가 체포된 후 이런 창작물은 한층 많아졌다. 안나 O 팬들 중 많은 사람은 여전히 아니 땐 굴뚝에 연기가 나지 않는 법이니, 박사가 무슨 잘못을 저지른 게 틀림없을 것이라고 굳게 믿고 있었다.

 마지막으로 안나 본인에 대한 항목이 있었다. 여기는 한 차원 더 나가서, 안나가 잠자는 숲속의 공주이자 적그리스도 그 자체라는 내용이었다. 안나는 더 이상 인간이 아니었다. 타인의 편견이 투사되는 거울, 누군가가 증오를 던지기 위해 세워놓은 표적이 되어있었다. 온갖 가설들이 존재했다. 안나가 장본인이다, 그녀가 환자 X다, 모든 범행을 꾸며냈다. 지역과 시간대를 가리지 않고 기사, 트윗, 게시물, 메시지, 블로그 게시 글이 쏟아졌다. 안나는 일루미나티의 일원이고 프리메이슨 비밀 결사의 일원이거나, 지하 컬트 조직의 지도자라는 주장도 있었다. 그중 가장 재미있는 것은 안나가 주류 언론이 퍼뜨린 상상의 산물이라는 주장이었다. 음모론 속에서 진정한 관심은 사라졌다.

 동이 틀 무렵, 나는 겨우 거실에서 잠들었다. 눈을 떠보니 보드부터 눈에 들어왔다. 머리카락은 기름기로 지저분했다. 눈에는 눈곱이 끼어있었고, 입은 바싹 말라있었으며, 뼈마디가 삐걱거리고 쑤셨다. 나는 커피를 끓이고 아이패드로 신문을 읽었다. 업무용 이메일을 훑어보니 엘리자베스 카트라이트라는 이름으로 된 이메일 주소에서 밤사이 새 메시지가 들어와 있었다. 제목은 한 줄이었다.

 오후 3시, 할로우크리크?

 할로우크리크는 내 아파트에서 10분 정도 떨어진 옛 밀수 노선이었다. 세븐마일비치에 기괴한 호기심처럼 자리 잡고 괴짜 관광객과 섬 주민의 만남의 장소로 사용되는 곳이었다.

나는 답장을 바로 보내지는 않았다. 대신 샤워를 하고, 눅눅한 콘플레이크를 먹으며 《타임스》 디지털판을 마저 읽었다. 그런 뒤 안나의 이메일을 다시 열고 할로우크리크에서 만나자는 제안에 동의하는 답장을 보냈다. 소피아에게는 오후 일정을 취소하라고 지시했다. 휴대전화를 확인했지만 킷캣에게서는 여전히 아무런 답이 없었다.

밖에서는 구름이 점점 하늘을 뒤덮고 있었다. 폭풍이 닥치기 직전이었다.

안나 O 이야기에는 희생자도, 피해자도 너무 많다.

그리고 나는, 그 마지막이 될지도 모른다.

*2019* 안나의 수첩

**8월 29일, 저녁**

거의 끝날 무렵, 나는 보았다.

뇌리에서 지울 수 없는 모습. 꿈에 나타나는 유령. 프로이트는 이를 '응축'이라고 했다. 여러 가지 꿈의 요소가 결합되어 하나의 이야기를 이루는 과정.

이해해야만 한다. 지금까지는 이론으로만 믿고 있었다. 이제 나는 실제로 보았다.

우리는 숲에 있었다. 푸르고 검은 하늘, 부슬부슬 내리는 빗물. 황야가 우리를 둘러싸고 있었다. 모든 것을 삼키고 있었다. 자연광이라고는 전혀 없었다. 마치 중세의 어둠 같았다. 나는 전깃불 없이 살았던 그 오랜 세대의 인류를 상상했다. 그들은 촛불을 움켜쥐고 악마 같은 밤 시간의 어둠 속을 살금살금 돌아다녔을 것이다. 여기가 바로 그런 기분이기 때문이었다. 이 숲에는 악마가 있다. 이건 더 이상 게임이 아니다. 그 이상이었다. 여기는 연옥, 중간계, 평범한 삶의 법칙에서 벗어난 곳이었다.

사냥꾼 대 생존자.

죽을 때까지 싸운다.
엄밀히 말하자면 완전히 무장하지 않은 건 아니었다. 우린 횃불을 갖고 있었고 총도 있었다. 실탄 대신 페인트 탄이 장전돼 있었지만 가까이서 쏘면 위험할 수 있었다. 손전등은 전기 시대의 유일한 타협점이었다.
팀 배치에는 문학적 은유가 깃들어 있었다. 인디라와 더글러스, 내가 한 팀이었다. 세 친구들, 삼총사, 삼위일체. 우리는 사냥꾼이었다. 엄마, 아빠, 오빠가 상대 팀이었다. 그들은 생존자들이었다. 우리가 받은 지시는 명쾌했다. 생존자들은 앞으로 여덟 시간 동안 숲에 숨어 야생에서 살아남아야 한다. 사냥꾼들은 팀명대로 표적을 사냥해야 한다. 우리는 각자 다른 색깔의 페인트 탄을 지니고 있었다. 각각의 색깔로 생존자를 하나씩, 모두 맞추면 우리가 이긴다. 전부 다 맞추지 못하면 우리가 진다.
어둠 속에서 나는 깨어있는 상태와 잠의 경계에 있었다. 이따금 경험하는 그 상태였다. 밤의 공포가 내 주위를 죄어들었다. 손에 쥔, 어깨에 멘 총의 무게만이 내가 아직 깨어있다는 사실을 자각하게 했다. 더그와 인디는 가까이에 있었다. 횃불 속에서 그들이 속삭이는 모습이 언뜻 보였다. 가슴에서 뜨거운 감각이 느껴졌다.
돌풍이 불고 있었다. 생존자들은 30분 먼저 출발해서 숲속으로 흩어져 숨었다. 이건 특수부대 선발 시험을 본떠 고안한 게임이라고 했다. 후보들은 브레콘비컨스산맥에서 표적이 되었다. 무장 경비와 탐지견들에게 잡히지 않고 무사히 하룻밤 살아남는 것이 목적이었다. 잡히면 탈락하고 귀환해야 한다.
게임은 한심했다. 유치하고, 시시하고, 숨은그림찾기나 숨바꼭질 같은 아동용 놀이 같았다. 하지만 나는 이기고 싶었다. 기가 꺾이지 않은 모습을 보여주고 싶었다. 람보처럼 내 가족들에게 페인트 탄을 맞추고 돌아다니는 인디와 더그 뒤에 처져서 낙오되고 싶지 않았다. 아빠에게 패배를 인정하고 싶지도 않았다. 아빠의 몸에 페인트 탄을 맞춰야 한다. 꼭 내 손으로 맞추고 싶었다.

더그는 우리가 함께 다녀야 한다고 생각했다. 인디는 영리하게 각자 흩어지자고 고집했다. 그래야 기습 작전을 쓸 수 있다고 했다. 세 사람을 상대로 매번 셋이 같이 접근하면 몰래 다가가기가 어렵다. 각자 한 사람씩 책임지고 해치우자는 것이었다. 서로 신뢰하니까 어쩌고 하는 소리를 입 밖에 내다니, 너무나 뻔뻔스러웠다. 각자가 자신의 이익을 위해 맡은 일을 완수하면 팀이 이긴다는 것이었다. 당장이라도 인디를 죽여버리고 싶었다. 아빠는 바보다. 더그도. 하지만 인디라는 더 나빴다. 그 애는 내가 의지하는 모든 것을 의도적으로 망가뜨렸다. 나는 그 애를 내 둥지에 들이고 비밀을 나눴다. 그런데 그 애는 내 경력을 훔쳤고 내 사생활을 산산조각 냈다. 이건 배신이다. 걸맞은 대가를 치러야 한다.

더그는 툴툴거리며 인디의 말에 동의하지 않았다. 결정권은 내게 넘어왔다. 한 사람은 왼쪽으로 간다. 한 사람은 오른쪽으로 간다. 나는 숲 한가운데를 관통하기로 했다. 목표물은 세 사람, 과녁 세 개. 스틱스강처럼 검은 밤이었다. 이런 작전을 수행하려면 얼마나 많이 기다려야 하는지 미처 몰랐다. 마치 액션 영화 같았다. 아놀드, 더 락, 스탤론이 두 시간 동안 뭉그적거리다가 마지막 30초에 대충 총 몇 발 쏘고 끝나버리는 영화가 떠올랐다.

숲은 사냥꾼이 충분히 기회를 잡을 수 있을 정도로 아담했고, 생존자가 얼마든지 살아남을 수 있을 정도로 넓었다. 공간 설정은 예술이었다. 나는 시간 감각을 잃었다. 시계도 없었다. 뜬눈으로 몇 시간쯤 흘렀다 싶었는데 알고 보니 몇 분밖에 지나지 않은, 불면증 환자 같은 기분이었다. 절망이 나를 감쌌다. 반쯤 잠들고 반쯤 깬 상태로 나는 야생의 땅을 방황했지만 살아있는 존재는 보이지 않았다. 그저 어둠과 숲속을 스치는 바람 소리뿐, 시야에 들어오는 사람은 없었다. 나는 몇 시간 동안 소득 없이 헤맸다. 숲에서 탈락하겠군. 베이스캠프로 돌아가야겠다.

배신자들이 이기겠지. 인디가 내 코를 납작하게 만들겠지.

그때 마침내 전방에서 나뭇가지 부러지는 소리가 났다. 발자국만으로 표적을 식별할 수 있을까. 늦은 시간에 불을 켜고 계단을 올라오는 사람이 엄마일까, 아빠일까 귀를 기울이는 어린아이가 된 기분이었다. 다시 나뭇잎 바스락거리는 소리, 가지 부러지는 소리가 들렸다. 한숨 소리, 힘들게 숨을 몰아쉬는 소리도 들렸다. 누구의 목소리인지 알 수 있었다.

나는 몸을 낮췄다. 나무 뒤에 숨었다. 주위를 둘러보니 앞에 아빠가 보였다. 아빠는 당장이라도 튀어 나갈 것처럼 반쯤 웅크리고 있었다. 나는 배운 대로 페인트 건을 들어 올리고 소리 없이 발사 준비를 했다. 등에 빨간 페인트 한 발만 맞추면 첫 사냥 성공이다. 표적, 하나 완료, 나머지 둘. 우리 모두 페인트 탄의 충격을 완화하려고 보호복을 입고 있었다. 육체적인 고통보다는 굴욕감이 더 클 것이다.

내 손가락이 방아쇠에 스쳤다. 아빠는 내 존재를 꿈에도 모른 채 움직이지 않았다. 나는 머릿속에서 다섯까지 세었다. 이게 얼마나 중독성 강한지 알 것 같았다. 첫 번째 사냥에 성공하면 계속 하고 싶어질 것이다. 이 행동에는 그렇게 강한 힘이, 권력이 있었다. 배신자 대장 같으니. 아직 나머지 둘을 찾을 시간은 충분하다. 당한 만큼 갚아 줄 시간은.

셋. 둘. 하나….

그 순간 나는 보았다. 처음에는 그냥 그림자인 줄 알았다. 그림자는 아빠에게 다가갔다. 아무 경계도 하지 않고 생존자 둘이 한 자리에 겹치다니, 식은 죽 먹기다. 형편없는 전략이네. 두 번째 인물의 오른손이 아빠의 가슴을 쓸었다. 왼손은 뭔가에 가려져 있었다. 페인트 건의 윤곽이었다. 둘은 이제 속삭이고 있었다. 아빠는 몸을 숙였다. 둘의 입술이 스쳤다. 둘 다 미소 짓고 있었다. 전혀 두렵지 않은 기색이었다. 숲이 숨겨주고, 나무가 덮어주고, 밤의 소리가 그들을 삼키고 있다. 내가 두려워했던 동시에 기대했던 순간이었다.

둘은 은밀한 관계였다. 몇 시간 된 관계가 아니라 몇 달은 되어 보였다. 호흡이 맞았다. 둘은 다시 키스했다. 그림자는 총을 겨누었다. 아빠는 농담을 하며 그림자의 엉덩이를 두드렸다. 그림자는 돌아섰다. 그제야 등 말고 다른 부분이 보였다.

내가 아는 머리카락, 잘난 척하는 표정이었다.

그들의 보안 이메일 계정에서 처음 발견했던 메시지가 떠올랐다. 또 아빠의 여자관계가 발각되었을 때 집이 발칵 뒤집혔던 기억이 났다. 다른 여자, 상원의회 귀빈 식당에서 행복한 가족을 연기했던 그날.

나는 내가 또 잘못 짚고 있었다는 것을 깨달았다. 그들은 상호 합의한 배신자였다. 인디라가 아빠를 이용한 게 아니었다. 둘 다 서로를 이용한 것이었다. 아빠는 고를 수 있었고 나 대신 인디라를 선택했다. 한 번도 아니고 여러 번. 사랑보다 육욕을.

그림자가 물러나는 모습이 보였다. 다시 마지막 작별 키스. 나는 남자 관리인이 감히 확인하려 들지 않을 곳에 숨겨놓았던 휴대전화를 꺼내 확인했다. 사진을 보니 구도는 완벽했다. 필요한 건 이미 손에 넣었다. 두 사람을 파멸시킬 수 있는 사진 증거다.

내 아버지와 내 친구.

리처드와 그의 다른 여자.

지금 이 순간부터 그들 둘의 인생은 무너질 것이다.

오늘 밤 모든 것이 바뀔 것이다.

# 73  벤

괴물 모양의 동굴에 부딪힌 파도가 물안개로 부서지는 할로우크리크에는 여전히 해적 은신처 같은 분위기가 감돌고 있었다. 내 안의 낭만주의자는 악당들이 독주가 든 들통을 이 동굴 안에 몰래 숨겨놓는 장면을 상상하고 있었다. 진실은 그렇게 흥미진진할 리가 없다. 하지만 공들여 다듬어 전해 내려오는 전설이었다. 소문에 따르면 이곳은 여전히 돈 많은 외지인들을 위한 코카인 밀수에 쓰이고 있다고 한다. 세상은 좀처럼 변하지 않는 모양이다.

안나는 이미 와있었다. 그녀는 동굴 입구 근처의 언덕 위에 앉아 있었다. 내가 도착했지만 그녀는 바다만 응시한 채 돌아보지 않았다. 호텔에서의 신비로움은 사라졌다. 단순한 땡땡이 무늬 드레스와 밀짚 색깔 모자 차림이었고, 앞코가 트인 샌들에는 모래가 잔뜩 묻어있었다. 그녀는 작은 플라스틱 물병으로 물을 마시고 있었다. 핸드백을 (클래라가 가지고 다니던 실용적인 여행 가방) 오른쪽 어깨에 두르고 있었다. 안나는 너무나 평범해 보였다.

그런데도 바로 거기에 위험이 숨어있었다. 그녀는 방심하는 사람들을 사로잡았다. 나는 킷캣과 파파라치, 내 가족이 겪어야 했던 온갖 수모를 떠올렸다. 분노와 서글픔이 가슴을 옥죄었다. 그녀가 실제로 어떤 인물인지 잊어서는 안 된다. 아직 죗값을 받지 않은 살인범, 유리 칸막이 뒤에서 잠든 괴물이다.

나는 언덕에 앉았다. 안나는 반응하지 않고 바다만 바라보았다. 간밤에 그녀가 잠을 잤는지, 왜 이곳에서 만나자고 했는지 궁금했다. 선크림을 대충 바른 등에는 여드름이 나있었다. 뜨겁고 답답한 공기가 우리를 감싸고 있었다.

그러다 나는 입을 열었다. "저는 좋은 심리학자입니다만, 그렇다고 찾아서 대륙을 건너올 정도는 아닙니다. 경치 말고 무슨 용건으로 왔는지 말해보세요."

안나는 그제야 고개를 돌려 나를 쳐다보았다. 오늘은 화장기가 없었다. 맨얼굴이었다. "새 프로젝트 자료조사를 위한 여행이라고 생각하세요. 세금도 공제되고. 작가의 특권이죠. 기억이 돌아올지도 모르고. 경치가 도움이 되네요."

"세상이 원하는 건 안나 O라고 하셨던 것 같은데요."

"그랬죠." 그녀는 말을 멈추고 심호흡을 했다.

다시 파도가 해변에 들이쳤다. 짠 물보라가 혀끝에 느껴졌다. 어린 시절의 고립감이 다시 밀려왔다. 안나의 존재는 매혹적이었다. 우리의 손은 바위 너머 겨우 몇 센티미터 떨어져 있었다. 애가 탔다. 다른 인간과 이렇게 가까이 있어본 것이 너무 오랜만이었다. 전염병 환자라도 된 기분이었다. 저주받은 인간.

"그래서 그들이 원하는 걸 주려는 거예요." 안나는 말했다. "안나 O의 실제 이야기. 내 첫 번째 책. 모든 것을 털어놓는 회고록 말고, 더 좋은 책."

오래된 기억이 떠올랐다. 1년 전 에밀리와의 대화가 떠올랐다. 작가가 되겠다는 꿈, 위대한 작품, 문학적인 유산. 《인 콜드 블러드》."

"역사상 가장 상징적인 범죄실화 소설이죠. 소설처럼 읽히지만 모든 사건은 실화였어요. 셰익스피어가 역사극에서 그랬던 것처럼, 성경을 집필한 저자들이 그랬던 것처럼. 위대한 극은 언제나 사실을 취해서 허구적 기법으로 표현하지요. 나라고 못 할 거 없잖아요?"

"개인적인 치료로서의 집필?"

"그렇게 표현해도 좋고요."

"당신에게 잘못을 저지른 사람들의 머릿속에 들어가서 그 사람들의 관점으로 세상을 이해하고 용서한다." 내가 대중심리학서를 집필하기 위해 참조했던 글쓰기 안내서에 나오는 구절, 법무부와 처음 만났을 때 인용했던 구절이었다. 모든 악당은 자신이 자기 이야기의 주인공이라고 생각한다. 사실일까.

안나는 물병을 만지작거리다 턱을 괴었다. "내러티브를 되찾을 때예요. 이건 결국 내 이야기이니까. '내가 역사를 기록하려 하므로, 역사는 내게 친절할 것이다.'"

"윈스턴 처칠."

"맞아요."

분위기가 바뀌었다. 불편한 열기가 감돌았다. 하늘을 쳐다보니 다시 회색 구름이 끼어있었다. 폭풍우는 아직 오지 않았다. 그저 근처에 머물며 전조처럼 우리를 위협하고 있었다. 나는 아파트에 걸어놓은 보드를 생각했다. 해답을 줄 것처럼 나를 기다리게 하며 애태우고 있는 것이, 결국 그녀는 끝까지 작가였다.

안나의 죄를 어떻게 증명할 수 있을까? 두 단짝 친구를 죽일 의도가 그녀에게 있었는지, 없었는지 증명할 방법이 있나? 무의식적인 욕망과 죄를 물을 수 있는 의식적인 의도 사이의 경계는 어디에 있나?

꿈, 해답, 이제 이것.

안나 오길비는 아직 나를 가지고 놀고 있었다.

몇 달 전 경찰서에서 풀려난 뒤, 클래라와 함께 차에 앉아있었던 때가 기억났다. 내 맹세가. 나는 그 맹세를 지킬 것이다.

안나는 한 번 나를 속였다.

두 번 속이지는 못할 것이다.

## 74  벤

"어디 보자, 제가 당신의 첫 인터뷰 대상이군요. 잃어버린 기억을 채워줄 증인 제1호."

"자만이 심하시군요."

"이야기는 수많은 방식으로 전개될 수 있습니다." 나는 말했다. "당신이 어떤 시각을 택하느냐에 달렸겠지요."

"그렇게 생각하세요?"

"모든 이야기가 그렇지 않습니까." 나는 히치콕 영화에 한때 집착했던 기억과 평온한 일상 뒤에 도사린 위협, 매일같이 스며드는 공포에 대해 떠올렸다. 요즘도 나는 밤에 좋아하는 히치콕 영화를 튼다. 〈오명〉, 〈열차 안의 낯선 자들〉, 번들거리는 리메이크 말고 흑백 원작 〈나는 비밀을 알고 있다〉, 〈북북서로 진로를 돌려라〉, 〈나는 고백한다〉, 〈하숙인〉.

"내 선택지는 뭔가요?" 안나가 말했다.

"첫째, 평범한 심리학자가 특이한 상황에 빠진다. 제가 당신의 주인공이 될 수 있겠지요. 당신은 제 눈으로 사건에 접근합니다. 미스터리를 증폭시키고, 독자에게 비밀을 숨기고, 단서를 빵가루처럼 조금씩 흘리면서 하느님처럼 그들을 고문하는 겁니다."

"고전적인 우아함이 있겠네요. 다른 건?"

"다른 선택지로는… 충격과 경외감을 터뜨리고 극적인 아이러니를 이용하는 겁니다. 처음부터 비밀을 까발리고 독자를 공범으로 만드세요. 살인범이 서두에 죄를 고백합니다. 해리엇을 회색 인물로 만들어서 과연 정의의 손길을 빠져나가는지 지켜보는 겁니다. 닫힌 미스터리가 아니라 열린 미스터리. 이 경우 작중화자는 하느님이 아니라 독자를 타락시키는 악마겠지요. 독자는 살인범이 감쪽같이 빠져나가는 걸 원하게 됩니다."

"그게 다인가요?"

"아니면 두 개를 섞을 수도 있습니다."

"네." 순간 적대감이 감돌았다. 안나는 다시 미소 지었다. 한순간 수상한 무심함으로 나를 지켜보다가도, 다음 순간 다시 거리를 좁히고 다가온다. 질 수 없다. 구석으로 몰릴지언정 무너질 수는 없다.

"출판사는 정했습니까?" 나는 물었다.

"아직. 사실관계부터 시작하고 싶어요. 독자가 단순한 시간 순서뿐만 아니라 심리를 이해할 수 있도록 사건을 제시하고 싶어요."

"쉽게 들리는군요."

"범죄실화 장르가 심리묘사를 잘 해내는 경우는 드물죠. 모두 범인은 누구인가, 어떻게 범행을 저질렀는가에 집중하지 왜 저질렀는지 묻지는 않아요. 사건의 건조한 연대기는 그 핵심을 놓치죠. 오로지 드라마, 예술, 픽션만이 감정적 진실에 도달할 수 있어요."

"제 환자들한테 시험해 봐도 괜찮을 것 같습니다. 프로이트의 소파니 항우울제, 인지행동요법 같은 건 그만 두고, A4 용지와 볼펜을 나눠주면서 위대한 영문학을 써보라고 하는 겁니다."

"날 조롱하시는군요."

"아닙니다, 그렇지 않아요."

해변에 산책하는 사람들이 눈에 띄었다. 우리는 이제 단둘이 아니었다. 배가 꼬르륵거렸다. 시계를 보니 이미 늦은 오후였다. 안나는 이미 여기 온 지 오래 되었을 것이다. 해변에서 잡담이나 하려고 케이맨제도까지 왔을 리가 없다. 섬사람들처럼 폭풍우와 비를 기다리고 있는 것이 아니다. 그녀는 사냥꾼, 나는 먹이다.

"저는 해리엇을 그리워한 사람이었습니다." 나는 말했다. "오히려 당신이 저를 조롱하고 있는 거지요. 제 가설에 정신이 팔려서 해리엇이 바로 옆에 서있는 것을 보고도 알아차리지 못했으니까요."

안나는 반박하지 않았다. "해리엇은 설득력 있고 연약한 사람이었어요. 그 두 가지는 보통 양립하지 않죠. 해리엇을 주목한 사람은 아무도 없었어요."

"단 한 사람 있었습니다." 나는 샐리 터너와 메데이아에 대한 그날 밤의 결정적인 대화를 떠올렸다. "블룸은 알고 있었습니다. 해리엇이 그런 짓을 저지른 이유는 그 때문이었어요. 블룸은 뭔가 이상하다는 사실을 알고 모든 것을 폭로할 작정이었습니다. 결국 블룸은 누구보다 더 많은 걸 보고 있었던 거죠. 어쩌면 해리엇이 혼자 꾸민 일이 아니라는 점도 알았을 겁니다. 보다 큰 수수께끼의 일부에 지나지 않는다는 것을. 자신이 한때 치료했던 아이와 관계가 있는 연결고리. 환자 X."

안나는 다른 생각에 잠겼는지 잠시 말이 없었다. 그녀는 내 가설을 부정하지 않았다. "블룸 교수를 기리는 방법이 한 가지 있을지도 모르겠네요. 속죄하는 방법이."

드디어, 그렇게 오랫동안 서론을 끌더니 마침내 우리는 본론에 접어들었다. 천천히, 위험하게.

나는 해변을 둘러보았다. 온통 정적이었다. 분노의 여신들이 문을 두드리고 있었다. 디멘터가 언제라도 몰려올 준비를 하고 있었다. 죄에서 영원히 도망칠 수는 없다.

나는 하늘을 쳐다보고 폭풍이 닥치기를, 그래서 갈증을 축여주고 나를 씻어주기를 간절히 바랐다.

나는 심호흡했다. "어떤 방법?"

# 75 벤

 곧 나는 이 만남을 '안나 세션'이라고 부르게 되었는데, 내게는 새로운 경험이었다. 보통은 내가 질문하는 입장이었다. 지금은 내가 증인이었다. 안나는 책을 쓰기 위한 자료조사는 간단하다고 말했다. 관련자들의 입을 통해 듣는, 사건의 진정한 연대기였다. 안나는 이를 통해 외상후기억상실증으로 잃어버린 것을 회복할 수 있으리라고 했다.
 나는 아파트에서 맥주를 마시며 안나의 제안을 생각해 보았다. 그날 밤 해변에서처럼 어깨 너머를 계속 확인해야 하는 입장보다는 그녀를 지켜보는 입장이 더 안전할 것 같았다. 그때는 가장 위험한 순간이었다. 우리가 벌이고 있는 이 쥐와 고양이 게임에서는 등을 보이는 것이 유일하게 치명적인 실수다.
 나는 다른 일에 집중해 보려고 노력했다. 조지타운 중심가 근처에 있는 작은 책방에 들렀는데, 점원이 트루먼 커포티의 다 낡은《인 콜드 블러드》 판본을 찾아주었다. 은색 책등을 확인하고 표지를 보니 '다중 살인 사건과 수사 과정을 다룬 진실한 기록'이라는 부제가 적혀 있었다. 책을 뒤집어 뒤표지를 보니 이런 구절이 인용되어 있었다.

딕은 페리가 희귀한 자질, '타고난 살인자'로서의 자질을 갖췄다고 확신했다. 정신이 아주 멀쩡하게 박혀있지만 양심이 없고, 동기가 있건 없건 죽음의 일격을 날릴 수 있는 차가운 피를 지닌 사람.

너무나 정확했다. 으스스할 정도로 유사했다. 정신은 멀쩡하지만 양심이 없다. 안나 오길비는 곤경에 처한 아가씨나 구출해야 할 잠자는 숲속의 공주가 아니라 타고난 살인자였다. 모든 살인자에게는 전매특허가 있는데 안나는 거창한 제스처를 선호했다. 칼, 피, 구경거리, 해리엇에게 자살하라고 속삭이기. 마지막은 증명할 수도 없고 어쩌면 영영 못할 것이다. 하지만 나는 이제 믿는다. 안나는 살인을 통해 관객을 사로잡는 법을 안다. 내 영혼 깊은 곳에서 느껴진다.

구글에 검색해 보니 《인 콜드 블러드》는 '범죄실화 분야에서 역사상 두 번째로 많이 팔린 책'이었다. 나는 페이지 맨 위의 링크로 들어가서 자료를 계속 읽었다.

논픽션소설은 실제 역사적 인물과 실제 사건들을 가상의 대화로 한데 묶어서 묘사하고 픽션의 스토리텔링 기법을 사용하는 문학 장르다. '사실(fact)'과 '픽션(fiction)' 두 단어를 합친 '팩션(faction)'이라는 속어로 불리기도 한다.

에밀리 오길비와 같이 빅토리아스트리트를 걷던 일을 생각하다가 안나가 범죄실화에 집착한다고 걱정하던 모습이 떠올랐다. 경고하는 목소리가 대서양을 건너 다시 귓가에 울리는 것 같았다.
*15분 동안 반짝 명성을 얻을 수 있다면 사람이라도 죽일 인간이라고 내가 늘 농담하곤 했었습니다. 자기 이름이 돋보여야 직성이 풀리*

는 아이였어요… 그냥 좋은 작가로 만족하지 않았어요. 위대한 작가가 되고 싶다고 했습니다.

해리엇, 아니, 롤라가 침대에 누워있는 사람을 돌보던 모습도 떠올랐다. 나는 그간 일어났던 모든 일을 생각했다. 안나 세션은 종결부, 최종장이었다.

우리는 금빛 모래사장과 바다를 마주한 내 오두막 바깥의 헛간에서 세션을 녹음하기로 했다. 허름한 곳이었지만 안전했다. 안나 세션의 법칙은 명확했다. 나는 여러 사람들 중 하나다. 나는 안나를 믿는 척했다. 클래라, 에밀리, 리처드 그리고 사건에 관련된 다른 사람들도 모두 동일한 조건이었다. 내 대답은 극적으로 재구성될 것이고, 사실관계는 내러티브를 통해 걸러져 산문으로 윤색될 것이다.

이것은 안나 O 이야기다.

달리 말하자면, 다중 살인 사건과 수사 과정을 다룬 진실한 기록이다. 단지 이번에는 살인자 본인이 쓴 기록.

세션 자체는 신선할 정도로 고전적인 기술만 동원했다. 마실 것은 안나가 준비했다. 그녀는 에스프레스와 크림, 기타 알 수 없는 재료로 신통한 숙취해소음료를 만들어 주었다. 카메라는 없었고, 낡은 MP3 녹음기만 놓여있었다. 안나는 녹음기를 켜두고 노란 메모장에 따로 기록을 남겼다.

첫날은 사건 초반에 대한 이야기였다. 음료를 몇 모금 마셨지만 금세 집중하느라 그조차 잊었다. 안나의 반응을 지켜보며 블룸에 대해, 전화에 대해, 스티븐 도닐리와 해리엇, 자극이론에 대해 이야기했다. 우리는 다른 사람들이 거의 이해하지 못하는 사건을 목격한 전쟁 생존자 같았다. 안나는 내 증언을 마치 처음 듣는 것처럼 반응했다. 나는 실수나 오류가 있을 것이라고 생각했지만 없었다. 이번에도 흠잡을 데

없는 쇼였다.
　낮의 세션이 끝나고 밤이 되면 우리는 다시 해변을 걸었다. 모래는 평소보다 부드러웠다. 해는 저물었지만 너무 더워서 잠이 오지 않았다. 목이 바짝 말랐다. 나는 위스키보다 맥주로 갈증을 해소했다. 마치 비의 신이 긍휼히 여겨 땅에 은혜를 베풀어 주시기를 무릎 꿇고 탄원하는 농부 같았다.
　우리는 해변에 앉았다. 마침내 어둠이 내려앉았다. 무서운 것은 낮이 아니라 밤이었다. 안나가 노린 대로 나는 피곤했고 또 졸렸다. 안나는 가까이 다가앉아 머리를 내 어깨에 기댔다. 이 모두가 전략이다. 하지만 나는 너무 오랫동안 타인과의 접촉 없이 지냈다. 다른 사람의 부드러운 피부에 닿는 감촉은 도무지 외면할 수 없었다.
　눈이 가물가물 감겼다. 잠이 밀려왔다. 나는 뭔가 움직이는 소리가 들리고, 안나가 갑자기 어딘가로 손을 뻗고, 쏟아진 와인처럼 피가 현장을 뒤덮기를 기다렸다.
　하지만 지금까지는 아무 일도 일어나지 않았다. 나는 아직 살아있었다.
　깨어있을 수만 있다면.
　잠은 위험하다.
　잠은 죽음이다.
　무슨 일이 있든, 눈을 감아서는 안 된다.

## 2019   안나의 수첩

**8월 30일**

밤참 시간이 끝났다.

새로운 날이다. 하지만 세상은 영원히 바뀌었다.

사냥꾼과 생존자에게 무슨 일이 생겼는지 나는 계속 생각했다. 인디라의 배신자 같은 얼굴이 아른거렸다. 아빠의 끈적한 얼굴이 떠올랐다. 마지막까지 남아있던 인간에 대한 믿음이 잿더미로 변하는 소리가 들렸다.

나는 먹지 않았다. 그냥 마시기만 했다. 잔은 계속 채워졌고, 간이 항의할 때까지 들이부었다. 평소와 다른 기분이 들었다.

나는 기다리고 있었다. 그와의 만남을. 그래, 나는 적진에 침투한 특수작전부 여성 대원 같았다. 기밀정보원을 기다리는. 나를 구원해 줄 인물.

내가 이 한심한 곳에 따라오기로 한 유일한 이유.

오두막 문이 열렸다. 노크 소리가 들리고, 그가 들어왔다. 밤참 시간에 내 잔 옆을 서성거리던 그 사람. 농장 안내 시간에 본 얼굴이었다. 보건안전 컨설턴트. 코르셋을 조른 듯한 몸매, 내가 헛것을 보고 있는 걸까.
그녀는 문을 닫지 않았다. 손에는 장갑을 끼고 있었다. 무엇인가 말하고 있었다. 지시를 내리고 있었다. 그녀가 @PatientX일까.
그 뒤에 한 사람이 더 있었다. 내가 아는 얼굴이었다. 노트북에 저장했던 사진 속의 얼굴과 같았다.
친자로 의심되는 마라톤, 그 얼굴이었다.
순간 내가 얼마나 착각하고 있었는지 깨달았다. 얼마나 큰 오산이었는지.
농장에 온 것은 어마어마한 잘못이었다. 치명적인 실수였다.
도망치자, 도망치자. 다리가 버틸 때까지 최대한 빨리 달리자.
너무 늦었다. 시야가 약간 흐려졌다. 세상이 갸우뚱했다.
숲에서의 작전이 끝난 뒤 폐허에서 먹었던 술을 떠올렸다. 그들이 술잔 안에 이상한 것을 넣었을 수도 있다. @PatientX와의 약속은 완벽한 핑계였다.
이렇게 멍청할 수가.
묘한 기분이 차츰 커졌다. 뭔가가 퍼지듯 번져나가 내 안의 거의 모든 결을 잠식해 가는 기분이었다. 아련하지만 확고한 변화였다. 어떤 끔찍한 일이 내게 일어나고 있었다. 쿵, 털썩, 찰싹. 이런 기분은 느껴본 적 없었다. 누군가 다른 사람이 내 몸과 두뇌를 차지하는 기분이었다. 나는 내 것이 아닌 생각을 하고 있었다. 다른 사람의 생각을 하고 있었다.
무의식 속에서의 생각, 모든 제약에서 풀려난. 내 옆에 칼이 있었다. 꿈의 상징처럼 거기 놓인 채, 나를 향해 쓰라고 속삭이는 듯했다. 나는 맥베스 부인이다. 악마 여자다.

그렇게 마음이 약하다니!

내게 단검을 주세요. 잠든 자와 죽은 자는 그저 그림일 뿐.

어린애들이나 악마의 그림을 보고 놀라는 거죠.

이제 생각을 멈출 수가 없었다.

그들 둘이 내 옆에 있다. 내게 무슨 짓을 했다. 아까 마신 술이 파멸을 불러왔다. 더 이상 나 자신의 마음을 통제할 수 없다. 나는 줄에 끌려 움직이며 고통받는, 그들의 꼭두각시.

그들을 붙잡고야 말겠다. 배신자가 한 짓을 폭로하고야 말겠다. 내 어깨 위에서, 내 머릿속에서 목소리가 울린다. 두 침입자가 내 움직임을 조종한다.

잠자는 자와 죽은 자.

숲에서 있었던 일을 그대로 둘 수는 없다.

인디라는 내 회사와 가족, 인생을 빼앗아갔다.

그래, 이제 모든 것이 분명하다. 원래부터 그랬다.

그 나쁜 년은 죽어야 한다.

# 76                                                          벤

나는 퍼뜩 잠에서 깼다.

피와 괴물이 가득 찬 꿈을 꾸었다.

나는 눈을 뜨고 첫 빗방울을 맛보았다. 적응하는 데 잠시 시간이 걸렸다.

하늘과 먹구름을 쳐다보니 오늘 폭풍우가 닥칠 것 같았다. 내가 비의 신을 흡족하게 하는 일종의 성인식을 통과했다는 것을 알 수 있었다. 잠이 몰려왔지만 나는 아직 여기 있었다. 나는 내 몸을 확인하고 호흡했다.

나는 살아있었다.

심장이 두근거렸다. 숨을 들이마셨다. 그래, 어쨌든 이 밤은 무사히 지나갔다. 칼자국도, 피도 없었다. 난장판도 아니었고 사이렌 소리도 들리지 않았다.

주위를 둘러보았지만 안나는 어디에도 없었다. 그 사실이 잠깐이나마 고맙게 느껴졌다. 피해망상과 고립감이 내 머릿속에 이런 불안을 심어놓는 걸까. 나는 다시 생각했다. 광기가 나를 사로잡고 있었다. 어쩌면 도움이, 휴식이 필요한지도 모른다. 범죄자의 정신세계라는 심연을 들여다보는 짓을 그만두어야 할지도 모른다. 다시 서서히 정상으로, 제정신으로 돌아가야 할지도 모른다.

머리가 아팠다. 간밤에 너무 마셨다. 머릿속에서 시계탑의 종소리가 들렸다. 안도감은 혼란으로 변했다. 나는 하늘을, 우중충한 회색 구름을 쳐다보았다. 빗방울은 내 상상의 산물, 꿈의 마지막 메아리였던 모양이다.

나는 일어나서 물과 안나를 찾아 나섰다. 오두막에 가보니 샤워기 물소리가 들렸다. 잠시 후 안나가 몸에 수건을 두르고 물을 뚝뚝 떨어뜨리며 나타났다. 그녀는 다시 기적의 숙취해소제를 만든 뒤 자기 머그를 손으로 헹궈서 찬장에 올려놓았다. 약속대로 숙취해소제는 마법처럼 신기했다. 머릿속이 깨끗해졌다. 순간적으로 질서가 되돌아왔다. 나는 샤워를 하고 세션을 준비했다. 그런 뒤 우리는 다시 시작했다. 다시 테이프 준비, 다시 인터뷰, 안나 세션. 제2일.

몇 시간이나 세션을 계속한 뒤에야, 우리는 시간 순서에서 벗어나 다른 지점으로 향했다. 유능한 조사관이 그렇듯 안나는 특히 집중하는 부분이 따로 있었다. 나는 그녀의 질문대로 계속 따라갔다. 내가 혹시 잘못하고 있는 게 아닌가 하는 생각이 떠나지 않았다. 내가 여기서 과연 살아남을 수 있을 것인가, 이 섬을 떠날 수 있을까, 다시 제정신을 찾을 수 있을까.

"그런데 왜 당신이었죠?" 안나는 물었다.

그녀는 이전보다 더 직접적이었다. 나는 위스키를 한 모금 마셨다. 질문이 마음에 걸렸다. "무슨 말씀이시죠?"

"다른 전문가가 아닌 박사님만이 이런 유형의 치료를 연구하는 이유가 뭘까요?" 안나는 말했다. "박사님의 과거에서 자극이론에 영향을 미친 뭔가가 있었나요? 체념증후군 같은 정신장애를 치료하는 데 희망이 그렇게 결정적이라고 믿게 된 이유가 있나요?"
　나는 헛기침을 했다. 안나가 내 치료법 때문에 깨어난 것인지, 해리엇이 검사 결과에 나타나지 않도록 스코폴라민을 안나의 체내에 주입해 깊은 수면을 유도했던 것인지는 심리학계에서는 아직 의견이 분분했다. 해리엇이 주도적으로 꾸민 일이었는지, 단순히 안나의 지시대로 깊은 수면 상태를 꾸며내서 살인죄에서 벗어나려고 한 것인지 역시 알 수 없었다.
　일단은 오랜 신념대로 따라야 한다. 왕자님의 치료법. 아직은 속여야 한다.
　"현대문명은 과학과 예술, 정신과 육체, 영혼과 물질을 대립 관계로 바라봅니다." 나는 말했다. "하지만 왕립학회 소속 과학자들은 신학자이자 연금술사이기도 했습니다. 아이작 뉴턴은 물리학은 물론 성경도 활발히 연구했습니다. 아리스토텔레스는 생물학자이자 정치학자였으며 희곡과 시도 썼습니다. 제가 기능성신경학적장애에 흥미를 갖게 된 이유도 그 때문이었습니다."
　"의학적인 대답으로 들리지는 않는데요."
　"아닙니다, 전적으로는요. 기능성신경학적장애는 전통적인 의학적 이해의 본질을 바꾸었습니다. 뇌에 어떤 기질적 이상도 발견되지 않는데 극도로 파괴적인 질병이 실제로 존재할 수 있을까요? 신화는 물질적으로 완벽히 실재할 수 있을까요? 이런 질문에 대답할 수 있다면, 우리는 생명 그 자체의 수수께끼에 대답할 수 있게 될 겁니다."
　예전이었다면 이 지점에서 클래라가 부엌으로 도망가고 킷캣은 하품을 하면서 가장 최근에 산 장난감을 갖고 놀기 시작했을 것이다. 애비클리닉 직원들, 특히 꼭대기 층 직원들은 가시가 돋힌 농담을 던졌을 것이다. 지금은 그런 농담조차 그리웠다. 인생은 정말 희한하고 변덕스럽다.

"하지만 왜?"

안나의 집요한 질문에 나는 다시 놀랐다. 작가 안나는 환자 안나와 달랐다.

"그 이유를 누가 알겠습니까?" 나는 마침내 물었다. "대답하기 불가능한 질문을 왜 계속 던지시는지."

"심리학자이시고 정신세계를 연구하시는 게 직업이니까요."

"황송한 말씀입니다."

"그래도 난 알고 싶어요. 희망이 헤로인만큼 강력할 수 있다는 점을 깨닫게 된 동기가 무엇이었나요? 행복이 다른 종류의 약물만큼 자극적일 수 있다고 생각하게 된 이유가 무엇이었는지?"

나는 심호흡을 했다. "역사적 사실들이죠."

"어떤 사실들?"

"정신은 오로지 인간한테만 존재합니다. 다른 동물들의 두뇌에는 그런 능력이 없지요. 하지만 이 능력은 저주이기도 합니다. 밀턴의 유명한 구절도 그런 의미입니다. 교회에서 당신 어머니를 처음 만났을 때 제게 들려준 구절이기도 해요. '정신은 그 자체가 세계라, 지옥을 천당으로 만들기도 하고 천당을 지옥으로 만들기도 한다.' 심리학자나 정신과의사보다 시인들이 먼저 알고 있었습니다."

"좀 더 개인적인 이유는 없나요?" 안나는 물었다. "박사님 자신의 과거라든지? 혹은 직접 경험한 구원이라든지?"

마침내, 여기까지 왔다. 질문은 보다 개인적인 방향이었고 보다 날카로웠다. 우리 사이의 역학 관계에 갑작스러운 변화가 생겼다. 안나는 내 얼굴에서 불편한 기색을 읽었다. 바깥에서 우르릉거리는 천둥소리가 배경으로 들려왔다. 공기는 새로이 신선했고 기대감으로 가득 찼다.

전에 그랬듯, 운명의 여신들이 나를 향해 다가오고 있었다.

"무슨 말씀을 하시는 겁니까?"

"이건 진실에 대한 책이에요, 벤." 안나는 무시무시할 정도로 침착하게 말했다. "처음부터 그렇게 합의했죠. 진실만을, 오로지 진실만을."

나는 기다렸다.

"이제 약속을 지켜야 할 때가 오지 않았나요?"

## 22                                             벤

이제 게임은 그만. 우리는 마침내 솔직해졌다. 모든 가장을 벗었다.
안나는 불가사의할 정도로 침착했다. 그것이 가장 먼저 눈에 띄었다. 목소리는 으스스할 정도로 힘찼다. 녹음기는 계속 돌아가고 있었다. 빨간 눈이 나를 비난하고 있었다. 위험이 축축하게 내 피부에 맺혔다.
나는 살인범의 맞은편에 앉아있었다. 내가 하고 싶었던 것은 인지행동치료도, 상담실에 앉아서 불쌍한 부자들과 이야기를 나누는 것도 아니었다. 위험은 내가 호흡하는 공기였다. 범죄자들이 내 환자였다. 안나는 그중 가장 흥미롭고 무서운 범죄자였다.
"왜 진실을 이야기하지 않죠, 벤?"
너무나 수사관 같은 말투였다. 안나는 전투를 원했다. 가볍게 주고받은 초기의 대련은 어느새 진흙탕 속으로 푹푹 빠졌고, 이젠 선혈이 낭자한 참호 안의 전쟁으로 변했다.
녹음기 불이 깜빡였다. 바깥에서는 해변을 따라 파도가 철썩였다. 물속에서 사람들이 외치는 소리가 들렸다. 휴대용 스피커에서 쿵쿵 울리는 음악 소리가 대자연의 소리와 경쟁하듯 울려 퍼졌다. 파도 소리, 고함 소리, 스피커 소리, 천둥소리… 이 모든 것이 어느 한 부분을 따로 떼어 구별할 수 없는 하나의 음파로 뒤섞였다.

나는 평소보다 더 많이 땀을 많이 흘리고 있었다. 몸이 으슬으슬하고 심지어 약간 떨렸다.

폭풍우, 비. 그냥 시원하게 들이치면 좋겠는데.

"전 거짓말을 한 적이 없습니다. 클리닉에서는 진실을 찾는 것이 제 업무였습니다. 제가 관심을 가졌던 건 그뿐이었습니다. 당신이 그렇듯이."

안나는 땀을 거의 흘리지 않았다. "그래도 거짓말을 하시는군요. 당신이 한 모든 일, 당신이 쓴 모든 기록이 거짓이었어요. 어쩌면 때로는 자기 자신을 속였을 수도 있겠죠. 심리학자들이 그걸 뭐라고 하죠? 허위기억증후군, 해리성정체장애, 심인성기억상실증, 억압기억. 하나 골라보세요. 정신의 한 부분이 다른 부분의 존재 자체를 아예 인지하지 못할 정도로 구획하는 능력. 그런 능력은 두 개의 인생을 살도록 해주지요. 과거는 외국이 아니라 전혀 다른 은하계. 스스로 재창조한 자아만이 존재할 뿐."

허위기억증후군, 해리성정체장애, 심인성기억상실증, 억압기억.

그래, 이제 알겠다. 그렇게 나오겠다는 거지. 저 여자가 선택한 각도는 이쪽이야. 미리 알아차렸어야 했는데, 이렇게 나올 거라고 예측했어야 했는데. 이런 식으로 나를 함정에 빠뜨릴 것이라고, 내 자신의 이론으로 나를 파멸시킬 것이라고.

굵고 번질거리는 땀이 이마에 줄줄 흘러내렸다. 땀은 내 바지에 묵직하게 툭 떨어졌다. 나는 격하게 기침을 터뜨리며 위스키 쪽으로 손을 뻗었다. 시야가 흐릿했다. 나는 약점을 인정하기 싫어서 억지로 초점을 맞추려고 애썼다. "인터뷰라기보다 점점 더 심문에 가까워지는 것 같군요."

"심문은 죄지은 사람들을 상대로 하는 겁니다. 지은 죄가 있나요, 벤?"

나는 다시 녹음기를 보았다. 안나 곁에서 해변에 누워있는 내 모습이 보였고, 서로 가깝다는 원초적인 감각이 느껴졌다. 이 모든 것이 (유혹, 저녁 식사, 오두막에서 단둘이 지낸 시간 동안 조성된 친밀함) 미리 계획하고 연습한 것이었다. 나는 외롭고, 나약하며, 잃어버린 모든 것을 사무치게 그리워하고 있었다. 재능 있는 살인범들은 피해자를 요리해서 약점을 찾아내는 법을 안다.

안나는 내 위스키 잔이 비어있는 것을 보았다. 내가 땀 흘리는 모습을 보았다. 심한 기침 소리를 듣고 꿈쩍도 하지 않았다. 대신 그녀는 물었다. "블룸 교수는 당신 짓이라는 것을 알았나요?"

블룸이 죽던 날 밤, 그녀와 나눈 마지막 대화가, 금고에서 파일을 꺼내라는 지시가 귀에 들리는 듯했다. 그날 밤에 통화 내용을 들은 사람은 아무도 없었다. 나는 파일을 잘 숨겼다. 그것은 아직도 블룸과 나만 아는 비밀이다.

기억의 사각지대, 잊어버린 행동. 물론이다. 안나는 내가 인정하기를 원한다. 그래서 내가 아직도 여기 있는 것이다. 안나는 자신의 진단이 정확하기를 바란다.

"외상후기억상실증 환자치고 당신 기억은 너무나 또렷하군요." 나는 말했다.

"이 사건 전체의 핵심이 그거죠. 안 그런가요? 진짜 속임수가 벌어지는 동안 관객의 주의를 다른 곳으로 돌리는 환상 같은 것. 이 모든 인터뷰를 통해 내가 짜 맞춘 것이 그거였어요. 벤, 당신은 최초가 아니라 최후의 증인이에요. 난 여느 저널리스트들이 하듯 나 자신이 몰락하게 된 사건과 관련된 모든 사실을 꼼꼼하게 검토했어요."

"자기 자신의 범죄를 해결하는 저널리스트."

"네, 이건 애당초 블룸이나 해리엇, 나에 대한 사건이 아니었어요. 제3자에 대한 사건이지요. 블룸 교수가 환자 X라고 부른 인물."

나도 너무나 오랫동안 그 인물을 찾아 헤매는 동시에 잊으려고 애썼다. 나의 집착, 나의 파멸, 나의 다른 반쪽.

칼은 없었다. 나는 등을 돌리지 않았다. 아직 밤이 찾아오지 않았다. 하지만 나는 마음속 깊은 곳에서부터 알고 있었다. 다른 결말은 있을 수 없었다.

안나는 나를 쳐다보고 있었다. 물이 필요했다. "그 아이가 누구인지 저는 모릅니다. 아니, 최소한 증명할 수는 없습니다. 아무도 못 해요."

"세상 사람들은 해리엇이라고 믿고 있어요."

"네."

"당신은 동의하지 않나요?"

"만일 그렇다면 블룸의 파일에 있던 정보가 틀려야 합니다. 블룸의 사례 연구에는 1999년 당시, 환자 X가 미성년자였고 브로드무어에서 치료를 받았다고 명시돼 있습니다. 그 병원에서 치료받고 있는 환자 혹은 18세 미만의 미성년자를 병원에서 채용할 리가 없습니다. 만약 그 두 가지 사실이 오류이거나, 블룸의 파일이 수정되었다면 이야기가 달라지겠지요."

"나도 동의해요. 그건 해리엇이 아니었어요." 안나는 다시 사이를 두었다. "환자 X를 찾는다는 건 그날 농장에서 무슨 일이 벌어졌는지 진실을 찾는다는 뜻이에요. '어떻게'가 아니라 '왜'에 대한 진실. 사람들은 모두 그날 밤 살인이 피해자를 죽이기 위한 행위였다고 믿었어요. 하지만 그 두 사람이 그저 부수적인 피해일 뿐이었다면? 살인이 더글러스나 인디라를 죽이기 위한 게 아니라, 살인 그 자체를 위한 것이었다면? 이 모든 시간 동안 모두가 엉뚱한 방향만 쳐다보고 있었던 거라면?"

"무슨 말인지 모르겠군요."

"그것이 용의주도하게 꾸민 계략이었다면? 칼자국 숫자, 레드캐빈 주위의 핏자국, 시체가 놓여있던 모양. 그 모든 건 공포를 최대한으로 이끌어 내기 위한 장치였어요. 언론의 주목을 받기 위한, 이젠 체념증후군으로 알려진 증상을 일으키기 위한."

비로소 이해할 수 있었다. 아니, 그런 것 같았다. "해리엇은 훈련된 간호사였다. 의학 지식도 있었다. 그 여자와 같이 일한 사람이라면 누구든 알았을 거다. 그런 지식을 이용했다… 그럴 수 있겠네요."

안나는 미소 지었다. "네, 하지만 이런 계획에 꼭 대단한 의학 지식이 필요한 건 아니에요. 수면심리학에 대한 선구적인 인식이 있어야겠죠. 증상을 일으키는 게 정확히 무엇인가, 직업으로 환자들을 돌보는 사람 또는 형사법체계와 법심리학을 잘 알고 있는 사람."

나는 생각을 정리했다. 함정이 보였고, 빠져나갈 방법을 생각해 내려고 애썼다. "롤라 리지웨이 혹은 해리엇이 처음부터 희생양이었다는 뜻이겠군요. 진범은 자신의 목적을 위해 해리엇을 이용했다는 뜻, 그 여자는 미끼였을 뿐이다…."

"네." 안나는 말했다. "그랬을 거예요."

"그렇다면 이제 다른 용의자가 필요하겠군요. 환자 X의 신상에 들어맞는 사람."

"우리는 X라고 알려진 아이가 대단히 영리하고, 심리적 조종에 능한, 완벽한 배우라는 사실을 알고 있어요. 모든 실을 당길 수 있는 사람이겠죠. 해리엇을 조종하고 그 모든 음모를 꾸밀 수 있는 사람."

나는 기다렸다. 이야기가 어느 쪽으로 흘러가는지 알 수 있었다. 어떤 면에서, 나는 처음부터 알고 있었다. 안나가 유배 생활 중인 나를 찾아 클리닉에 나타난 순간부터 알고 있었다. 그녀인가, 나인가. 처음부터 그랬다. 안나가 나타난 순간부터 나는 죽은 목숨이었다. "마음에 둔 후보가 있나요?"

"네." 안나는 내 눈을 똑바로 쳐다보며 말했다. "있어요."

## 2019 안나의 수첩

**8월 30일**
이렇게 나는 해냈다. 정확히 '무엇'을 해냈는지는 모르겠지만.
눈에 보이는 것은 온통 피다.
피가 내 옷과 피부에 달라붙어 있다.
내 목 주변에 튀고 턱에도 축축하게 묻어있다.
이 일기를 쓰고 있는 지금도 페이지가 피로 젖어있다.
나는 꿈을 꾸고 있다. 그런데 이 꿈은 너무나 실제처럼 느껴진다. 하지만 모든 꿈은 실제처럼 느껴지지 않나? 그게 요점인데.
탈출하는 그 불안한 꿈, 살인으로 복수를 꿈꾸는 시뻘건 꿈. 종이를 볼펜으로 긁는 촉감, 빳빳한 교복 옷깃의 질감이 손으로 만져지고, 혀로 맛볼 수 있을 정도로 생생하게 느껴지는 학교 시험 날 꿈.
그러니 이것도 꿈일 것이다.
눈에 보이는 것은 쓰러져 있는 두 사람뿐이다. 인디라와 더글러스. 내 하우스메이트, 내 가장 친한 친구들, 배신자들. 막 어른이 됐을 때, 진짜 인생을 향한 지옥 같은 여정을 함께했던 두 사람.
그런데도 이게 마지막처럼 느껴진다. 머릿속이 망가져 버렸다. 누군가 내게 이런 짓을 했다. 아까, 숲에서 그 일이 있었던 뒤 같다. 그 뒤로 모든 게 달라졌다.

사냥꾼 대 생존자.

여기서 도망쳐야 한다. 하지만 무엇보다도 잠이 나를 사로잡고 있었다. 그 어느 때보다도 피로감이 느껴진다.

레드캐빈 문간에 서있는 내 모습이 보인다. 인디라와 더글러스는 둘 다 약에 취해 침대에서 죽은 듯 잠들어 있다.

발소리는 나지 않고, 움직임은 더디고, 취한 듯 조심스럽다.

옆에서 목소리가 들리고 내 머릿속에서 메아리친다. 여자 목소리다. 하지만 내 목소리는 아니다. 그 목소리는 마치 기도하듯 주문을 읊조린다. 단어는 음악적으로 울린다. 소리는 내 몸 안에, 바깥에 있다. 하지만 그 소리가 나를 앞으로 움직이게 한다.

나는 문간에 서서 두 사람을 바라본다. 차갑게 느껴지는 칼 손잡이를 꼭 쥔 채, 누군가 기도하듯 읊조리는 목소리를 듣는다. 침대 옆에 서서 그들 둘을 굽어보며 운명적인 선택을 해야 한다. 이브처럼, 메데이아처럼, 다른 모든 여자들처럼.

순간 일이 벌어진다. 한 번, 두 번, 세 번, 네 번, 다섯 번, 여섯 번, 일곱 번, 여덟 번, 아홉 번…. 이제 미친 듯이 찌른다. 더글러스는 코와 입술에서 피를 흘리며 게슴츠레한 눈으로 몸부림친다. 하지만 나는 반응할 시간 따위 주지 않는다. 목소리는 명료하다. 두 사람은 죽어야 한다. 돌아서서 다시 시작한다. 한 번, 두 번, 세 번, 네 번, 다섯 번, 여섯 번….

잠이 사방에서 다가온다. 곧 나를 덮칠 것이다. 하지만 주문은 떠나지 않는다. 내 지시문. 나는 그대로 수행해야 한다. 글도 썼다, 지시받은 대로. 미안해. 내가 죽인 것 같아.

어린 시절 내 눈은 감긴 적이 없었다. 지금부터 내 눈은 결코 열리지 않을 것이다.

이렇게 악몽이 끝나고, 꿈이 시작된다.

나는 침대에서 물러난다.

이렇게 나는 살인죄에서 벗어난다.

## 78    벤

환자 X.
너무 덥다. 바깥 바다는 너무 소란스럽다. 피부가 따끔거린다. 공기가 필요한데 숨 쉴 공기가 없다. 나는 녹음기를, 그 짜증스럽게 깜빡이는 핏빛처럼 빨간 눈을 본다. 내 의심이 옳았다. 하지만 타이밍이 어긋났다.
"제가 왜 20대 두 명을 죽이고 당신한테 뒤집어씌운단 말입니까?"
안나는 동요한 기색이 없다. 변함없이 위압적인 목소리다. "처음부터 그게 당신의 목표였으니까요, 벤. 법심리학자가 되는 것이, 애비클리닉에서 블룸의 가르침을 받으며 일하는 것이. 수면 상태에 대한 평생에 걸친 매혹. 당신은 20년 넘게 이 일을 계획했어요. X라고 불렸던 어린 시절부터 20년 동안. 이건 누군가의 입을 막기 위한 계획이 아니었어요. 겉으로는 그렇게 보였죠. 당신은 우리 모두 그렇게 믿기를 바랐겠죠. 하지만 이건 처음부터 복수극이었어요."
둔탁한 통증이 뒤통수를 갈랐다. 뭔가 터져 나오는 것이 느껴졌고, 그 날것의 느낌이 나를 집어삼켰다. 내가 메울 수 없는 시간의 공백들, 악몽이 아니라 기억 속에 억압된 실제 사건이었던 악몽들, 내 꿈에 출몰했던 그림자. "누구를 상대로 한 복수?"

"메데이아 실험을 진행한 사람들에 대한 복수죠. 블룸은 당연하겠고. 그토록 오랫동안 내가 알아차리지 못했던 이유가 그 때문이었어요. 왜 처음부터 블룸을 죽이지 않았지? 실험을 시행한 사람이었는데. 그 여자는 브로드무어에서 프로젝트를 이끌었던 장본인이었어요. 순서가 틀려서 미처 깨닫지 못했던 거예요. 그러다 알아차렸죠."

나는 기다린다. 대답하지 않고 그냥 지켜보기만 한다.

"원래는 샐리 터너가 죽은 지 20년째 되는 해에 범행을 저지를 계획이었어요." 안나는 말한다. "2019년. 그런데 잡지 때문에 내가 취재하고 다닌 행동이 계산을 완전히 뒤바꿔 놓은 거죠. 내가 계속 파헤친다면 샐리 터너의 친자가 누구인지 알아낼 가능성이 있었어요. 환자 X. 그래서 당신의 계획은 완전히 바뀌었어요. 나를 먼저 없애야 한다는 뜻이었죠."

"그런데 제가 왜 그렇게 하지 않았을까요? 제가 환자 X였다면 무엇 때문에 일을 그렇게 복잡하게 꾸몄겠습니까?"

"말했잖아요. 당신 계획은 입을 다물도록 하려는 게 아니었어요. 메데이아 실험에 대한 복수였다고요. 나만 그렇게 죽이는 건 너무 쉽죠, 아무 고통도 없고."

"말도 안 돼."

"샐리 터너, 스톡웰 괴물…. 지난 세기말 아주 짧은 순간, 그 여성은 지구상에서 가장 매도당한 인물이었어요. 자기 자식을 피도 눈물도 없이 살해한 여자. 타블로이드 먹잇감. 악의 화신. 심지어 그 여자 때문에 샐리라는 이름이 쓰이지 않을 정도였으니. 살인범 사이에서도 따돌림 당하는 인간 말종. 그래서 블룸이 메데이아 논문에서 제안한 그런 방법을 써도 된다는 허가가 내려진 거예요. 샐리 터너는 그 행동으로 인해 인간 이하의 취급을 받았던 겁니다. 대중들이 생각할 때 그 여성은 무슨 짓을 당해도 쌌어요."

"그게 당신 사건과 무슨 상관입니까?"

안나는 가방을 열고 책을 꺼냈다. 그녀는 책을 들어 보였다. 에우리피데스의 《메데이아와 기타 희곡》, 펭귄 클래식 판. "이건 대자연만큼 오래된 이야기예요. 내 입을 막는 건 궁극적인 목적이 아니었어요. 아니, 내게 수치심을 주는 게 목표였죠. 이건 처음부터 복수가 낳은 비극이었어요."

나는 침묵을 지킨다.

"당신은 나를 타블로이드 악당으로 만들고 싶었어요. 이름만 대면 누구나 아는 범죄자로. 신화적인 원형 그 자체로. 샐리 터너는 사악한 양모. 그러니 나는 세상모르는 잘난 공주님이 되어야 했어요. 그녀가 고통받은 만큼 나도 고통받아야 한다…. 살인은 단지 그 목적을 위한 수단일 뿐이었어요."

다른 생각이 다시 떠오른다. 뭐라 이름 붙일 수 없는 생각들. "하지만 왜?" 나는 최대한 설득력 있게 들리는 목소리로 묻는다. "제가 왜 그런단 말입니까?"

"나도 알 수 없었어요, 처음에는. 하지만 내가 못 보고 있던 연결고리가 있더군요. 처음부터 명백했던 사실 하나가. 당신이 복수하고 싶었던 대상은 내가 아니었어요. 내 가족이었죠." 그녀는 말했다. "그 순간 모든 것이 이해되기 시작했어요. 처음부터 이건 그 사람에 대한 일이었던 거예요."

## 79 벤

나는 손에 쥔 잔을 내려다보았다.

오늘 아침에 안나가 자기 잔을 손으로 씻던 것이 생각났다. 흔적은 남지 않았을 것이다. 자연사로 보일 것이다.

칼이 필요 없었다, 이번에는. 내 몸이 알아서 해줄 것이다. 내 죽음은 구경거리가 될 필요가 없다. 나는 그저 제거해야 할 장기판의 말일 뿐이다. 마지막 퍼즐 조각일 뿐이다.

우리의 시선이 마주쳤다. 나를 바라보는 안나, 그녀를 바라보는 나. 우리 둘은 이 치명적인 순간에 한데 얽혀있었다.

그녀의 표정에서 모든 것을 읽을 수 있었다. 자신의 정당성, 계산, 전에도 이런 짓을 저지르고 무사히 빠져나온 인간의 포식 동물 같은 냉정함.

그녀는 이 순간을, 그 영광과 승리를 상상했다.

이렇게 그녀는 마지막 장애물을 제거하는 것이다. 한 잔의 술로.

그 모든 사건 뒤에, 결국 이런 식으로 끝나는 것이다.

나는 이 섬에서 악당으로 죽는다. 그녀는 영웅으로 떠난다.

영원히 행복하게 살아간다.

안나는 말을 이었다. "나는 1999년에 겨우 다섯 살이었어요. 샐리 터너 사건은 기억조차 못 했죠. 내가 표적이 된다는 게 이해되지 않았어요. 그런데 내가 표적이 아니었던 거예요. 그렇게 보였을 뿐이지."

이미 몸에서 힘이 빠지고 있었다. 혀가 꼬였다. 내 몸의 모든 부분이 제대로 작동하지 않았다. "무슨 말인지 모르겠습니다."

"그럴 리가요."

"그럼 누구죠? 진짜 표적은 누구였습니까?"

"죽음보다 더한 종류의 고통이 있어요. 단 하나, 살아있는 죽음. 사랑하는 사람이 고통을 겪는 걸 그저 지켜볼 수밖에 없는 가족의 마음, 아무것도 해줄 수 없다는 그 무력감. 그런 고통은 모든 만족감과 결단의 기회를 빼앗아가죠. 그건 한 인간이 겪을 수 있는 최악의 고통이에요."

차마 입 밖에 내기도 힘들었다. 하지만 나는 억지로 내뱉었다. "그럼 당신의 가족이?"

"1999년, 우리 엄마는 보건부 부장관으로 재직했어요. 직속 관할권 아래 영국의 감호병원 세 곳이 있었고요. 리버풀 인근 애슈워스병원, 노팅엄셔의 램튼병원, 버크셔의 브로드무어병원. 당신의 복수 대상은 애당초 내가 아니었어요. 우리 엄마였지."

나는 평정을 유지하려고 기를 썼다. 단어가 느릿느릿, 어눌하게 흘러나왔다. 모든 것이 불가능하게, 영원하게 느껴졌다. "아직 이해가 안 됩니다."

"25년 전, 블룸 교수는 일개 임상심리학자였어요. 자문위원이었지만 브로드무어병원의 병동에서 소규모 실험을 승인할 정도의 직책은 아니었어요. 아니, 메데이아 실험 같은 프로젝트, 외부로 흘러 나갔다가는 온갖 선정적인 헤드라인이 언론을 장식할 만한 그런 프로젝트는 블룸의 수준을 한참 넘어서는 거죠. 직접적인 허가가 필요했어요. 단순히 의료적인 판단을 넘어서는. 꼭대기에서 승인이 떨어져야 했어요."

"장관급에서?"

"정확해요. 정신건강 담당 부장관의 승인. 즉 켄싱턴의 에밀리 오길비 남작. 엄마는 메데이아 논문에 요약된 치료법을 시험할 수 있도록 블룸을 법률적으로 지원한 장관이었어요. 우리 엄마가 아니었다면 그 실험은 없었을 거예요. 샐리 터너는 아직 살아있었겠죠. 무엇보다, 당신은 친엄마인 샐리 터너가 그런 고통을 겪는 걸 무력하게 지켜볼 필요도 없었을 거예요."

명쾌했다. 마치 수학 공식처럼 딱 떨어지는 논리였다. "에밀리를 직접 표적으로 삼는 것으로는 충분하지 않았다." 나는 안나의 시나리오대로, 정말 가고 싶지 않은 방향으로 따라갔다. "그 여자한테 자기 고통보다 더 큰 고통을 주는 유일한 방법은, 사랑하는 가족이 고통받는 걸 지켜보게 만드는 것이다. 아무것도 할 수 없는 채로… X가 그랬듯이."

"당신이 그랬듯이! 맞아, 인정하라고. 털어놓으라고, 벤! 눈에는 눈, 이에는 이. 궁극적인 복수, 20년간의 계획."

"증거는 있습니까?"

"블룸은 당신을 자기가 갖지 않은 아들처럼 아꼈어. 1999년에 당신을 만나서 당신을 일으켜 세웠겠지. 정신세계에 관심 있는 모습을 보고는 좋은 방향으로 이끌려고 노력했을 거야. 블룸은 구원을 믿었으니까. 구원받지 못할 영혼은 없다고 말이야. X는 온전하고 보람찬 인생을 살 수 있었겠지. 샐리 터너의 아들로서가 아니라 새로 받은 이름, 베네딕트 프린스로서."

나는 고개를 저었다. 하지만 그 생각이 머릿속을 떠나지 않았다. 기억의 공백, 생략, 내 머릿속의 그림자. "이건 말도 안 돼."

"아니, 벤. 의심을 피하는 최선의 방법은 일부러 의심을 받는 거지.

당신이 범죄 현장에서 그렇게 서툴게 증거를 남겼던 이유가 그거야. 한 번 유죄 혐의를 받았다가 풀려난 뒤로는 완전히 자유로웠잖아. 모든 걸 해리엇한테 덮어씌울 수 있었어. 당신이 그 여자를 일찌감치 무덤으로 밀어 넣은 거야. 해리엇은 당신이 블룸과의 세션에서 언급했던 특별한 친구였어. 그 여자가 크랜필드병동에서 수련 간호사로 일할 때 만났지. 해리엇은 더 이상 가치가 없어질 때까지 당신 곁에 있었고, 당신은 숨기려고도 하지 않았어. 첫 번째 책에서 감호병원 조무사로 일했던 경력을 인정했잖아? 당신은 그 세상을 누구보다 더 잘 알고 있었어."

나는 애썼다. 육체적으로도, 정신적으로도. 폐가 제대로 기능하지 않았다. 숨을 쉬는 단순한 일조차 힘들었다. 생각은 머릿속에서 느릿느릿 더듬거렸다. 가슴이 경련했고, 팔꿈치도 다시 경련했다. 허위기억증후군, 해리성정체장애, 심인성기억상실증, 억압기억. 그것이 사실일 수 있을까?

동시에 나는 그럴 수 있다는 것을 알고 있었다. 허구와 현실 사이의 간극을 인지하지 못하는 환자, 허위기억이 진짜라고 믿는 환자가 있다는 사실을. 정신이 두 개로 나뉘어서 가장 깊고 어두운 비밀을 지키려고 하는 환자, 기억과 행동이 일치하지 않는 환자…. 간극, 공백.

대답하려는 순간 마침내 들렸다. 바깥에서 울려 퍼지는 대자연의 포효. 너무나 순식간이어서 그전에 어땠는지 상상하기도 힘들었다. 사막의 물, 비를 쏟아붓는 먹구름, 격렬한 빗줄기, 땅으로 쏟아지는 며칠 분량의 빗물, 헛간 벽을 두드리는 빗줄기. 목구멍, 입술, 목, 가슴, 배, 내장… 모든 것이 망가지고 있었다. 마치 이것이 내 마지막 커튼콜인 양 빗물이 갈채처럼 쏟아지고 있었다. 내 마지막 앙코르였다.

물 한 모금이 간절했다. 빗물로 목마름을 씻고 싶었다.

"아니." 나는 더듬었다. 입 밖으로 나온 말은 이것뿐이었다. 작은 실수 하나, 잘못된 발걸음 하나가 남김없이 주마등처럼 시야를 스쳤다. 내 인생 전체가 역순으로 흘러갔다. 나는 어젯밤에 그녀가 날 공격하리라고 생각했다. 심리학에서 배운 대로 나는 안나가 또 한 번 극적인 쇼를 벌일 것이라고 예상했다. 하지만 그녀는 이를 예상하고 반대로 찔렀다. 나보다 영리했다. 언제나 한 걸음 앞서간다. 스스로의 한계가 내 발목을 잡았다. "아니, 당신은 2 더하기 2에서 5라는 답을 얻은 겁니다."

"이번에는 아니야."

나는 위스키 잔을 응시했다. 심장이 벌떡벌떡 뛰었다. "전부 다 미친 생각이에요. 어떻게 증명할 겁니까? 증거가 없어요."

"우리는 샐리 터너한테 친자가 있었다는 걸 알아. 블룸이 메데이아 실험을 진행하면서 그 아이를 평가했다는 것도 알고. 아마도 아이는 샐리 터너가 죽은 뒤 새 이름을 얻고 당국의 보호를 받았겠지. 샐리 터너와의 관계는 기록에서 완전히 지워졌을 거고. 벌저 사건을 둘러싼 정보가 유출된 이후에 미성년자에 대한 과도한 취재를 할 수 없도록 법이 만들어졌지. 원래 이름은 사라졌어. 새로운 이름만 남은 거야. 동일인이라는 것을 알고 있었던 사람은 오직 블룸뿐이고."

"그래도 그 사람이 저라는 걸 증명할 수는 없잖습니까?"

환자 X.

안나는 녹음기에 손을 뻗어 전원을 껐다. 붉은 눈도 꺼졌다. 그런데도 방은 한결 더 위험해졌다. 진동이 내 손까지 내려왔다. 명치가 조여왔다. 갈비뼈를 칼로 찌르는 느낌이 들었다. 몸 전체가 무너지고 있었다. 감각이 지워지고 있었다.

폭풍우는 비로 우리를 씻어내리고 있었다. 나는 소리쳐야 했다.

"당신은 이해 못 해."

안나는 여전히 말없이 움직이지 않았다. "날 도와줘, 벤. 이해할 수 있게 도와줘."

이제 나머지도 알 것 같았다. 나는 며칠 뒤, 어쩌면 몇 주 뒤 발견될 것이다. 위스키 잔도, 병도 없을 것이다. 나는 술을 너무 많이 마신 중년 남자다. 나 같은 인간은 세계 각지에 넘쳐난다. 나는 지금 쓰러지고 있다. 몸이 땅에 퍽 하고 부딪힌다. 무릎, 등, 머리.

"당신은 잘못 알고 있어." 나는 애써 말했다. "제발, 날 믿어줘. 전부 오해야. 감옥에 갇힌 해리엇한테 접근할 수 있었던 사람은 단 한 명뿐이야. 이 모든 일을 할 수 있었던 건 단 한 명뿐…."

고개를 들어보니 헛간은 비어있었다. 나는 허공을 향해 울부짖을 것이다. 나와 벽, 먼지가 내려앉은 바닥뿐. 서로 부딪히는 소리들이 소음의 교향곡을 이루고 있었다. 도시를 약탈하는 침입자처럼, 폐허만 남기고 폭풍이 지나가기를 기다리고 있었다.

일상이 돌아오면 안나는 사라지고 없을 것이다. 그녀의 모든 흔적도 지워지고 없을 것이다. 그저 해변에 부딪히는 파도와 반쯤 기억에 남는 목소리의 파편, 내 눈을 태우듯 비추는 햇빛, 옥스퍼드 옛집의 유령들, 제대로 된 삶 그리고 감히 이름을 부를 수 없는 진실만을 남긴 채.

안나가 꾼 꿈의 기억이 다시 들려왔다. 마라톤이라는 도시에서 해답을 찾기 위해 어두운 숲속을 달리던 그 꿈.

나는 있는 힘을 다 쥐어짜서 문으로 기어간다. 허술한 문짝 밑으로 빗물이 새어 들어온다. 천둥이 대기를 뒤흔든다. 내 손톱은 구멍을 찾아, 마지막으로 들이마실 공기를 찾아, 최후의 자유를 갈구하며 파고든다. 나는 마루에 누워 헛간의 나무 천장을 바라보며, 다음에는 자기가 죽은 사람 역할을 하면 안 되냐고 묻던 킷캣을 떠올릴 것이다.

킷캣의 얼굴이 내가 마지막으로 기억하는 얼굴이다. 내가 볼 수 없을 세월들. 승리와 재난, 남자 친구들과 파트너, 킷캣의 아이, 한 인간의 일생…. 나머지는 아무 의미도 없다. 오로지 그런 사랑만이 우리가 떠난 뒤까지 살아남는다.

마지막으로 킷캣을 안아줄 수 있다면, 너에 대한 내 사랑은 하늘보다 넓고 바다보다 깊다고, 네가 이해할 수 있는 그 무엇보다 크다고 말해줄 수 있다면.

"이런 이야기는 어떻게 끝나지?" 나는 묻는다.

"다른 모든 이야기가 끝나듯이." 안나가 대답한다. "정의로운 자가 살아남고 악당들은 죽겠지. 악이 파괴되고 질서가 회복되고. 안녕, 박사님."

그 순간 잠자는 숲속의 공주는 왕자를 남겨두고 머나먼 왕국으로 떠난다.

다시는 나타나지 않는다.

*Anna Ogilvy*
런던, 뉴욕시, 포트마리아.

제5부 · 1년 뒤

## 80  클래라

이야기는 이미 책이 되어있었다.

그녀는 가방을 챙기고 면세 공간을 가로질렀다. 귀국하는 여행객들의 눈에 잘 띄도록, 화려한 표지가 서점 전면 유리창에 진열되어 있었다. 앞쪽 탁자에도 하드커버가 잔뜩 쌓여있었다. 책은 벌써 몇 주째 소셜미디어에서 화제였다. 신문 광고, 유명인들의 추천. 세기의 진정한 범죄 회고록.

해리 왕자, 미셸 오바마야 원래 유명인이다.

하지만 안나 오길비는 잠자는 숲속의 공주 그 자체였다.

클래라는《안나 O: 진짜 이야기》한 부를 사서 나중에 보기 위해 가방에 넣었다.

공항 주차장을 둘러보니 그녀의 작은 시트로엥이 눈에 띄었다. 마치 삶의 일상적인 측면이 되돌아올 듯, 늦은 오후의 햇볕과 새롭고 몽글몽글한 가벼움이 모든 사물에 깃들어 있었다. 클래라는 안전벨트를 차며 머릿속에서 일정을 하나씩 꼽아보았다. 친구 집에서 하루 지낸 키티를 데려온다, 냉장고를 채운다, 교복을 세탁한다, 수학여행 허가서에 서명한다 그리고 다시 업무의 스트레스로 되돌아간다.

그녀는 주차장에서 빠져나오며 라디오를 켰다. 사이드미러를 확인하고 지나가는 다른 차량이 있는지 기다렸다. 하지만 도로에는 차 한 대도 지나가지 않았다.

라디오 토론 프로그램에서 안나 오길비의 회고록에 대한 대담이 흘러나왔다. 각계의 반응, 논란, 살인과 수수께끼의 매력. 오이디푸스 왕, 카인과 아벨, 햄릿, 애거사 크리스티. 모든 팟캐스트 운영자와 블로거, 트위터 이용자들이 저 책을 대단한 전환점이라고 침이 마르도록 칭찬하다니, 우스울 뿐이었다. 다들 온갖 상찬을 주워섬겼다. 생생한 체험, 서사 되찾기, 남성 시선의 객관화, 주류 언론으로부터의 해방, '그녀'의 진실.

하지만 이건 그보다 훨씬 오래된 이야기였다. 살인은 시간 그 자체만큼 오래된 이야기다.

인간은 항상 이야기를 받아들일 준비가 되어있다. 제대로 포장하면 사람들은 무엇이든 믿는다. 안나 O 이야기와 베네딕트 프린스의 몰락 이야기가 그렇지 않나. 안나 오길비가 복수를 위해 가장 친한 친구 두 명을 죽이고, 정신 질환이 있던 공범과 함께 체념증후군을 가장했다는 의심은 여전히 남아있다. 책이 출간된 뒤, 사람들은 자신을 뒤쫓았던 남자의 정체를 밝히고 진실을 끌어낸 안나의 용기를 찬양했다. 안나냐, 벤이냐. 그녀냐, 그냐.

두 편의 완벽한 이야기와 두 개의 완벽한 결말.

이따금 클래라는, 하나의 단일한 실체로서의 진실이 스스로 살아남을 수 있을지 궁금했다. 예전에는 사실과 허구 사이에 명확한, 불변하는 경계가 있었다. 하지만 이 시대에 진실은 단수가 아닌 복수, 그 모든 진실들이 각자 정의의 이름으로 분노한다.

그날 밤 농장의 블루캐빈 옆에 선 채, 칠흑 같던 하늘에서 푸르스름한 새벽이 밝아오는 풍경을 바라보며 지금 이 순간부터는 모든 것이 달라질 거라고 생각했던 기억이 났다. 수사반장은 첫 사건에 뛰어들었다. 기적적으로 품 안에 들어온 사건. 클래라 인생의 모든 것이 바뀐 순간이었다.

여유가 좀 더 있었으면 했지만 어느새 아이를 기다릴 장소에 도착했다. 클래라는 백일몽에서 깨어났다. 그녀는 라디오를 끄고 잠시 기다렸다.

키티가 집에서 나왔다. 클래라는 다시 엄마 모드로 차에서 내려 평소의 의식에 돌입했다. 열광적인 모습을 보이는 것이 90퍼센트다. 그녀는 여느 엄마처럼 끌어안고, 키스하고, 쓰다듬었다. 차로 향하는 동안 키티는 잘 알아들을 수는 없었지만 간밤에 있었던 일을 조잘거렸다.

마침내 차에 올라타서 연신 킥킥거리며 첫 번째 이야기를 끝낸 뒤, 키티는 클래라를 보고 문득 생각난 듯 물었다. "여행은 어땠어요?"

"좋았지," 클래라가 대답한다. "근데 뭐가 제일 좋았는지 알아?"

"뭔데요?"

클래라는 미소 지었다. 그녀는 고개를 숙이고 딸의 이마에 키스했다.

"바로 지금, 이렇게 널 보고 있는 거."

## 81    클래라

공원으로 가는 행동은 이제 정기적인 성지 순례였다. 벤치는 이 무덤에 어울리지 않았다. 벤치와 나무는 보다 나이 많은 사람들을 연상시켰다. 이건 지방자치 위원이라든가 합창단이라도 이끌었던 현명한 사람들에게 어울리는 장식이었다. 살날이 수십 년 남아있었던 전남편을 위한 물건은 아니었다. 때로 클래라는 벤치를 주문한 것을 후회했다. 하지만 연극은 계속되어야 한다. 남편의 무죄를 끝까지 믿는 충실한 전처 역할을 수행해야 한다.

원래 벤치는 키티를 위해, 아이가 아버지를 기억할 수 있도록 마련한 것이기도 했다. 벤은 매장이 아니라 화장되었다. 묘비는 없지만 벤치가 오랫동안 아이를 위한 물리적인 장소가 되어줄 것이다. 두 사람은 늘 찾던 그곳에 도착했다. 누군가 다녀간 흔적은 있었지만 지금 아무도 없다는 사실이 클래라는 고마웠다. 뉴스에 보도된 뒤, 특히 《안나 O: 진짜 이야기》의 발췌본이 언론에 소개된 뒤로 이 벤치는 표적이 되었다. 클래라가 이따금 이곳을 찾는 이유는 추모가 아니라 청소를 위해서였다.

클래라는 너무나 익숙하고, 여전히 너무나 이상한 문구를 다시 바라보았다.

베네딕스 프린스 박사—심리학자이자 아버지. 정신은 그 자체가 세계라.

키티의 촉촉한 손이 엄마의 손에 파고들었다. 한 걸음 한 걸음 내디딜 때마다 손에는 한층 힘이 들어가고 꽉 쥐어졌다. 클래라는 털 코트와 겹겹이 껴입은 옷 안에서 딸의 심장이 쿵쿵 뛰고 있다는 것을 여기서도 알아볼 수 있었다.

키티는 엄마의 손을 놓고 벤치로 달려가서 그 위에 쿵 주저앉았다. 늘 하던 대로 은색 명판을 어루만져 보고, 다리를 벤치 옆으로 늘어뜨려 앉았다. 다리가 길어져서 이제 거의 땅에 닿을 정도였다. 아이는 보다 자신감이 생겼고 좀처럼 가만히 있지 못했다. 벤이 영원히 볼 수 없는 또 다른 아이의 모습이었다. 곧 이 벤치는 낡고 울퉁불퉁해질 것이고 어린 딸은 어른으로 자라날 것이다.

클래라는 키티 옆에 앉았다. 가방 지퍼를 열고 늘 가지고 다니는 돗자리를 꺼냈다. 둘 다 말이 없었다. 키티는 이제 더 할 질문이 없었다. 클래라도 해줄 대답이 없었다. 세상이 뒤집혔던 그때에 대해서는 더 이상 할 말이 없었다.

벤의 시체는 그랜드케이맨의 셋집 헛간에서 발견되었다. 감식 결과 어마어마한 양의 알코올이 검출되었다. 유서도, 자백도 없었다. 이후 안나가 거기 갔었다는 사실이 밝혀지기는 했지만 제3자가 개입한 흔적도 없었다.

처음 내려진 결론은 간단했다. 베네딕트 프린스는 과음으로 사망했다. 고국을 떠난 외로운 이혼남. 뻔하고 단순했다. 이어 경찰이 아파트를 수색했더니 심상찮은 것들이 나왔다. 샐리 터너와 메데이아 실험, 과거와 관련된 물건들이었다.

뉴스가 터지자마자 클래라는 벤이 거쳐갔던 조사실에 불려가 전 동료들이 무기처럼 쏘아대는 질문을 받아내는 신세가 되었다. 벤이 개인사에 대해 말한 적이 있었나? 어린 시절 이야기나 버지니아 블룸 교수를 어떻게 처음 만났는지 하는 이야기를 한 적이 있었나? 폭력적이었나? 혹시 진행 중인 경찰수사를 당신이 방해한 적이 있나? 벤이 샐리터너나 브로드무어에서 지냈던 시절에 대해 언급한 적이 있었나?

대부분 질문에 클래라는 침묵을 지켰다. 그러다 결국 무너져서 진실을 대면하고 한때 사랑했던 남자를 분석하지 않을 수 없는 순간도 이따금 있었다. 영리한 사람이었다, 하고 클래라는 말했다. 그래, 지금 돌아보니 그런 순간들이 있었다. 하지만 소시오패스 유형이 원래 그렇지 않나. 겉으로는 그런 사람처럼 보이지 않는다. 평범하고 일상적인 행동을 생생하게 모방해 통제와 조종을 주도면밀하게 은폐한다. 아니, 그는 어린 시절에 대해 별로 이야기하지 않았다. 전해 듣기로 완벽한 가족이었던 것 같지만, 우리가 만났을 때 부모님은 두 분 다 돌아가신 뒤였다. 아니, 그렇게 알고 있었다. 그래서 클래라도 늘 그렇게 믿고 있었다.

결국 경찰은 클래라를 놓아주었다. 벤이 환자 X라거나 허위기억증후군을 앓고 있었다는 결정적인 증거는 없었다. 하지만 앞으로도 증거는 없을 것이다. 해리엇이 그랬던 것과 마찬가지로. 둘 다 죽었다. 사건수사는 종료되었다. 남은 것은 무성한 소문과 가설, 암시, 뒷말뿐이었다. 클래라는 여섯 달 더 경찰에서 일하다가 사직했다. 결혼 전의 이름으로 민간 회사에 직장을 얻었다. 키티도 이름을 바꾸었다. 그들은 더 이상 프린스가 아니었다.

두 사람은 말없이 소풍을 마치고 천천히 집으로 걸어갔다. 그날 밤 저녁을 먹고 키티가 잠자리에 든 뒤에야 클래라는 두 잔째 와인을 들고 소파에 앉아 전화를 껐다. 안나 O 자서전은 아직 표지를 아래로 한 채 탁자 위에 엎어져 있었다. 클래라는 책 표지를 손끝으로 쓸었다. 고급스러운 질감이 그대로 전해졌다.

그녀는 두꺼운 표지를 부드럽게 펼치고 향기로운 새 책 냄새를 들이마셨다. 앞표지에는 '최근 10년 최고의 논픽션'이니 '2020년대의 《인 콜드 블러드》'니 하는 출판사의 호들갑스러운 문구가 찍혀있었다. 사건의 간략한 연대기도 수록되어 있었다. 이 사건이 현재형이 아닌 과거형으로 조명된 것은 아마 처음이겠지, 클래라는 생각했다.

그녀는 뒷표지 날개에 소개된 저자 약력을 펼쳤다.

안나 오길비는 옥스퍼드대학교에서 영문학을 전공하고 '자기 세대의 진정한 목소리'로 불렸던 문화 잡지 《엘리멘터리》를 창간했다. 크리에이티브 디렉터로서 인쇄 문화의 부흥을 선도했고, 오늘날 20대가 직면한 사회적 이슈를 여럿 획기적인 기사로 작성했다. 2019년 안나는 체념증후군이라는 기능성신경학적장애를 앓았다. '안나 O 사건'으로 전 세계에 알려진 이 사례는 수많은 책과 영화, 다큐멘터리, 셀 수조차 없는 논평을 낳았다. 퇴원 후 안나는 자신의 첫사랑, 저널리즘과 글쓰기로 돌아갔다. 이것은 그녀의 첫 번째 책이다.

더 이상 참을 수가 없어서 클래라는 첫 페이지를 넘겼다. 무엇보다 깊은 안도감이 밀려왔다.

매듭은 지어졌다. 수수께끼는 해결되었다.

위험은 이제 분명 끝났다.

클래라는 읽기 시작했다.

## 82 클래라

 마지막 페이지에 다다랐을 때는 새벽녘이었다. 다른 세상이 진짜 세상을 집어삼켰다. 단지, 이 소설은 진실이었다. 안나는 인터뷰에서 얻은 모든 자료를 사용했다. 안나는 클래라의 생각을 그녀에게 들은 그대로 묘사했다.
 커튼은 아직 걷혀있었다. 몇 시간 뒤에 키티를 깨워야 한다. 그 모든 것에도 불구하고 이제 새로운 장이 열리는 것 같았다. 뭔가 새로이 출발하는 것 같았다.
 클래라는 전화기의 전원을 켜고 간밤에 도착한 이메일을 확인했다. 회고록이 미국에서 출간되면서 안나 O 이야기가 한바탕 새로운 관심을 불러일으켰다. 클래라의 새 직장 홍보 팀에서 《뉴욕포스트》가 내일 자 신문에 실을 기삿거리를 요청했다고 알렸다. 다른 대형 언론사에서도 인터뷰 요청이 들어왔다. 모든 타블로이드와 일간지, 잡지도 특종을 찾고 있었다.
 잠깐의 공백을 딛고, 잠자는 숲속의 공주와 왕자가 다시 헤드라인에 돌아왔다.
 클래라는 홍보 팀에게 모든 제안을 거절해 달라고 했다. 그런 뒤 부엌으로 들어가서 아침을 만들었다. 그녀는 키티를 깨웠다. 두 사람은 아침을 먹은 뒤 손을 잡고 햇빛을 받으며 학교까지 걸어갔다. 세상 모든 것이 묘하게 아름다웠다. 책 문제에도 불구하고, 사건에도 불구하고, 그 모든 것은 이제 과거였다.

마침내 앞으로 나아갈 수 있게 되었다.

클래라는 학교 정문에서 키티에게 손을 흔들어 작별했다. 집으로 돌아오는 길에 신문 가판에 들러 모든 신문과 국제 잡지를 사서 기사와 인물 보도를 훑어보았다. 무엇과도 비교할 수 없는 기분이었다. 조금도 빛바랠 수 없는 완벽하고 절대적인 승리감이랄까. 지금 그녀는 그 모든 것을 보고 있었다. 더글러스 뷰트, 인디라 샤르마, 안나 오길비, 버지니아 블룸, 벤. 그들의 추론, 그들의 에고.

클래라는 집으로 돌아가서 문을 닫았다. 다시 뜨거운 차를 끓여 위층으로 올라갔다. 사다리를 꺼내 다락방으로 올라가서 불을 켰다. 상자는 제일 안쪽 구석에 처박혀 있었다. 그녀는 상자를 끌어내서 자물쇠를 열고 상자 바닥에 숨겨진 일기와 서류들을 확인했다.

일기장은 쉬운 부분이었다. 사건 직후 블루캐빈 안에 떡하니 놓여 있었으니까. 4년 뒤 깨어난 안나는 자신이 일기를 썼다는 사실조차 기억하지 못했다. 살인 당일 밤 농장에서 언뜻 본 해리엇의 얼굴도 기억하지 못했다. 외상후기억상실증 덕분이었다. 물론 해리엇이 먼저 일기를 가져갔다. 나중에 해리엇의 아파트에 경찰이 출동하기 직전에 클래라가 다시 일기장을 챙겼다. 이제 그 내용은 오로지 클래라만의 비밀이었다.

그녀는 페이지를 넘겨 8월 30일자 마지막 일기를 펼쳤다. 잉크도 비슷했고 해리엇이 문제를 흉내 내려고 애쓴 흔적도 보였지만, 그것은 나중에 추가된 단 하나의 가짜 일기였다. 막판에 불쌍한 해리엇은 사실과 허구를 구별할 수 없는 지경까지 갔다. 그녀가 마지막 일기를 쓴 이유는 그저 이야기를 완성하기 위해서였다. 페이지에 남겨진 흔적을 볼 때, 해리엇은 여러 가지 버전을 구상했던 것 같았다. 여기서만이라도 대역 말고 자신이 주역을 맡고 싶었을 것이다. 대리로라도 사건의 중심에 있고 싶었던 것이다.

클래라는 다음 물건으로 넘어갔다. 이 서류는 처음 수사할 당시에 경찰 직권으로 입수했다. 수사반장으로 활약했던, 그 아드레날린 넘치던 짜릿한 시절. 증거를 검토하고 안나의 캠든아파트 수색 현장에 참여하면서 안나의 디지털 활동 내역이 발견되지 않도록 곧바로 조치했던 그 시절. 클래라는 그때가 그리웠다. 형사 노릇에는 장점이 있었다.

클래라는 서류에서 먼지를 닦아냈다. 반듯이 종이를 펴고 1990년대 후반 특유의 폰트로 인쇄된 내용을 읽었다.

**공식: 기밀 / 열람 제한**
보건부 / 1999년 4월 2일
장관 승인 #A7890WE

1983년 제정된 정신건강법에 의거, 본 관청에 주어진 긴급 권한에 따라 나는 브로드무어병원에서 V. 블룸 박사의 지휘 아래 시행 중인 메데이아 시범 사업의 일환으로 샐리 터너 건(환자 BSH28904)에 대해 '강화된' 치료법의 사용을 직접적으로, 명시적으로 승인한다. 장관 직접 승인 내역에는 수면 박탈, 격리, 하루 24시간 감시, A급 항정신병제의 사용과 강화된 구속절차 등 제37조의 제한 항목에 대한 다양한 사용이 포함된다. 1983년 정신건강법 제41조에 따라, 이 승인의 효력은 영국과 웨일스 법정에서 유럽인권조약(ECHR) 제3조와 제15(2)조에 우선한다.

서명  *Emily Ogilvy*

에밀리 오길비(보건부 부장관)

_____

보건부
리치먼드하우스, 79 화이트홀, SW1

분명히 적혀있었다.

유럽인권조약 제3조. '비인도적인 혹은 굴욕적인 대우나 처벌'을 금지하는 법적 문서다. 보다 간단하게 말해 '고문 금지'다.

이것이 최종 결정이었다.

클래라는 벤이 남긴 그 말을 떠올렸다. 안나가 녹음해서 회고록의 극적 재구성에 사용한 대사였다.

당신은 잘못 알고 있어. 감옥에 갇힌 해리엇한테 접근할 수 있었던 사람은 단 한 명뿐이야. 이 모든 일을 할 수 있었던 건 단 한 명뿐….

몇 년 전 작은 기념품으로 늘 가방에 가지고 다니던 그 시체 사진을 키티가 발견했던, 섬뜩했던 순간이 생각났다. 발신자명을 부주의하게 '병원'으로 저장해 놓고 해리엇과 주고받은 문자를 발견한 벤이 그녀가 남성 외과의사나 컨설턴트와 바람을 피우고 있다고 생각했던 일도 떠올랐다.

그때가 가장 위험한 순간이었다. 키티는 아직 어리고, 통제할 수 없었으며, 자칫 함부로 입을 놀려 의심을 살 수 있었다. 벤은 모든 것을 자신의 프리즘을 통해 바라보았고, 뭐 하나 꼬치꼬치 캐묻지 않고 넘어가는 법이 없는 수다쟁이였다.

클래라는 매 순간 무사히 넘겼지만 그때는 정말 위험했다.

그 뒤로는 훨씬 신중해졌다.

그래야만 했다.

요즘도 가끔 안나의 일기장과 그 암호명 '마라톤'에 대한 악몽을 꾸곤 한다. 그 장치는 영리했다. 고맙게도 너무나 영리했다. 20대 중반의 옥스퍼드 출신 저널리스트가 사용할 만한, 제 깃털을 활짝 펼친 공작새 같은 과장된 장치였다.

그 이후 클래라는 안나가 혹시 그 암호명을 다른 사람에게 말했으면 어쩌나, 줄곧 불안한 마음을 떨칠 수가 없었다. 하지만 이제 너무 오래된 일이다. 외상후기억상실증 덕분에 안나는 깨어난 뒤 아무것도 기억하지 못했다. 그 이름은 꿈속에서 진실을 알려준다는 어떤 마을의 이름처럼 둔갑해 잠시 떠올랐을 뿐, 결국 무의식 깊은 곳에 다시 묻혔다.

위키피디아에 검색 한 번만 해보면 이름을 알아차릴 수 있었다. 클래라는 지금도 그 문장을 문자 그대로 기억하고 있었다. 하마터면 재앙이 될 수 있었던 상황을 피했다는 짜릿한 안도감이 온몸을 휘감았다.

회향(fennel)을 지칭하는 그리스어는 마라톤 혹은 마라토스이며, 저 유명한 마라톤 전투가 벌어졌던 장소는 문자 그대로 '회향이 자라는 평원'이라는 뜻이다.

클래라 페널, 마라톤.
특종을 보호하고 싶었던 저널리스트. 자신의 재기에 취했던 스물다섯 살 애송이. 그 기억과 일기장은 이제 영영 역사 속으로 사라졌다. 안나가 일기장에서 언급했던 앨범은 샐리 터너와 이목구비가 분명하게 닮은 클래라의 옥스퍼드 응용범죄학 석사 입학식 사진이었다.

사진 한 장이 직감적으로 가설을 낳았고, 안나는 물증을 찾아 헤맸던 것이다.

클래라는 이제 벤에게 미안할 지경이었다. 처음부터 그녀는 샐리의 사망 20주년을 기념할 계획이었다. 《엘리멘터리》에서 취재하고 있다는 소식이 이 계획에 불을 붙였다. 인디라와 더글러스는 부수적인 피해자였다. 애당초 안나는 표적이 아니었다. 아니, 안나만이 아니었다. 오길비 가족 전체가 고통을 겪어야 했다.

안나도 헛다리만 짚지는 않았다. 스코폴라민 같은 경우다. 클래라는 런던시경 마약반에서 근무할 때 '악마의 숨결'이라는 기적의 정신조종 약물에 대해 길거리 소문으로 처음 알게 되었다. 신종 코카인이라는 이름으로 런던에 반입되고 있었지만 그보다 백배는 더 치명적이었다. 납치범과 강도에게, 그녀의 필요에도 안성맞춤이었다. 클래라는 다크 웹에서 약을 구매한 뒤 농장에서 해리엇을 시켜 안나의 술잔에 집어넣었다. 인디라와 더글러스에게도 그보다 적은 양을 먹였다. 무미, 무취. 추적은 불가능했다.

클래라는 최면 효과가 나타나기 시작하던 순간을 아직도 기억하고 있었다. 단기기억상실 그리고 극단적인 비렘수면 상태에서 발생한 수면 중 행동 이상. 클래라는 그날 밤 그녀에게 무슨 짓이든 시킬 수 있었다. 안나에게 직접 살인을 저지르도록 하는 것이 훨씬 효율적이었다. 그로 인해 안나는 더 깊은 고립에 빠졌다. 에밀리와 리처드는 왓츠앱으로 날아온 고백을 보고 클래라가 노렸던 대로 겁에 질렸고, 안나를 레드캐빈에서 블루캐빈으로 옮기는 과정에서 범죄 현장을 훼손하고 경찰에 거짓말을 한 바람에 결과적으로 공범이 되었다.

하지만 전적으로 계획대로 되는 범죄는 없을 것이다. 클래라가 안나를 잘못 추측한 지점도 몇 가지 있었다. 예를 들어 체념증후군은 유일한 돌발 변수였다. 클래라는 즉흥적으로 계획을 변경해 해리엇을 램튼으로 옮겨야 했다.

하지만 범행 동기에 대해서는 안나의 추리가 정확했다. 그것은 입을 막으려던 것이 아니라 수치심 때문이었다. 엄밀히 말해 탐정 추리물이 아니라 복수극이었다. 클래라는 자신이 고통받았던 것처럼 에밀리 오길비도 고통받기를 원했다. 샐리를 고문하라는 명령에 서명한 이는 에밀리 한 사람이었다. 샐리의 죽음에 책임져야 할 사람은 그녀였다. 클래라는 그것이 어떤 기분이었는지, 혈육이 세상에 갈기갈기 찢기는 모습을 지켜보고만 있어야 하는 것이 어떤 기분이었는지 에밀리에게 알려주고 싶었다. 동료 부족민들에게 손가락질당하고, 자신의 조국에서 유배당하는 바닥 모를 분노가 어떤 것인지 느끼게 하고 싶었다. 에밀리는 모든 것을 잃고 떠돌이 신세가 되어야 했다.

대중은 결국 진실보다 이야기를 원한다. 그들은 인디라 샤르마와 더글러스 뷰트가 보다 높은 목적을 위한 제물이었을 뿐이라고 생각하지 않았다. 오래전 마약상 계부와 그의 아들인 끔찍한 남동생 두 명과 함께 지내야 했던, 힘없는 10대 소녀에 아무도 주목하지 않았듯이. 소녀는 도망치고 싶었고, 날개를 펼치고 싶었고, 나락으로 간 인생과 잡범의 구린내가 만연한 그 구질구질한 스톡웰의 임대아파트에서 벗어나고 싶었다. 콘웰 가족과 알코올의존증 엄마, 뻐꾸기 마약 사업은 클래라의 수준에 너무 못 미쳤다. 그래, 그것만이 유일하게 남은 선택지였다. 그녀는 자유를 걸고 패를 던졌다.

너무나 유려한 계획이었다. 클래라가 부엌에서 칼을 가져와서 범행을 저지른다. 그녀는 계부의 아들들보다 나이가 많았고 힘도 셌다. 톰 콘웰에게 전화해서 끔찍한 일이 벌어졌다, 샐리가 자신을 공격하려 했다고 일러바친다. 그런 뒤 샐리를 일으켜 침실로 데려간 뒤 칼을 손에 쥐여준다. 연출을 끝내고 톰이 집에 거의 도착했을 때쯤 샐리를 깨운 뒤, 거기서부터 상황 전개를 지켜본다.

모두 그녀가 짠 계획이었다. 샐리는 격리 수용되고, 톰은 도망치고, 클래라는 더 좋은 집에서 더 나은, 더 밝은 미래를 얻는다. 거의 모든 것이 물 흐르듯 완벽했다. 사회복지과에서는 클래라를 데려가서 X라는 가명으로 버지니아 블룸 교수에게 심리 평가를 맡겼다. 평가가 끝난 뒤 그녀는 곧 새로운 이름과 새로운 신원, 새로운 양부모님을 얻었고, 샐리 터너의 딸이라는 옛 신원은 역사에서 완전히 지워졌다.

그녀는 클래라 페널이 되었다.

하지만 그전에 끔찍한 일이 생겼다. 계획대로라면 샐리는 병원에서 안전하게 지내야 했다. 살인범들이 농장에서 노동하고 감방에서 음악을 듣는, 클래라가 책에서 읽은 그런 좋은 정신병원에서. 하지만 샐리는 격리 수용되어 쉽게 잊히지 않았다. 실험은 클래라의 계획에 없었다. 유리로 된 철창, 언론의 소동, 샐리에게 찍힌 영국에서 가장 사악한 여자라는 낙인. 이 모든 것은 예상하지 못했던 일이었다. 블룸 박사와 그녀의 실험을 승인한 사람들이 모든 것을 망쳤다. 그들도 대가를 치러야 한다는 뜻이었다. 지금 당장은 아니라도, 언젠가는.

해리엇은 브로드무어에서 얻은 유일한 행운이었다. 18세 간호사와 16세 소녀 사이에서 생겨난 의외의 유대감. 클래라는 해리엇과 함께 있으면 달라질 수 있었다. 해리엇은 그녀의 원래 정체를 알고 있는 유일한 사람이었다. 벤과 키티 그리고 세상 모든 사람들 앞에서 클래라는 전혀 다른 사람이었다. 그녀는 과거의 자아를 떼어내 숨긴 채, 새로운 클래라의 역할을 연기해야 했다. 그런 그녀에게 해리엇의 존재는 도저히 끊을 수 없는 마약과도 같았다. 게다가 사랑은, 특히 어리석고 불같은 첫사랑은 미친 짓을 하게 한다. 해리엇은 클래라를 숭배

했다. 그녀는 기꺼이 공모했다. 두 사람 모두에게 만족스러운 상황이었다. 해리엇은 사랑을 원했고 클래라는 공범이 필요했으니까. 클래라는 해리엇을 슬쩍 밀어내서 규칙 밖의 세상을 보여주었다. 클래라가 벤과 결혼한 뒤에도 해리엇은 그녀를 떠나지 않았다. 그들의 첫사랑은 영원했다. 두 사람은 서로를 위해 무엇이든 할 수 있었다.

하지만 모든 것을 감안할 때, 블룸은 살아있는 쪽이 유용했다. 그녀가 그토록 오래 살아남았던 이유는 그 때문이었다. 블룸은 죄책감으로 인한 동정심 때문에 인생의 조언자 역할을 자처했다. 블룸은 클래라를 무고한 아이, 일찍부터 폭력을 습득했으나 적절한 치료와 심리요법만 있으면 올바른 길을 선택할 수 있는 아이라고 너무나, 기꺼이 믿었다. 샐리가 블룸의 가장 큰 실패였다면, 클래라는 그녀의 가장 큰 성공이었다.

아니, 다른 표적이 필요했다. 블룸 윗사람. 애당초 메데이아 실험을 승인한 사람. 이 모든 일의 진짜 장본인. 그 유리 철창을 건설하게 한 인물, 그런 방식을 시도하도록 허가한 인물. 샐리를 의료진들에게서, 병원 문밖의 폭도들에게서 보호하지 못한 인물.

그 뒤는 깔끔하게 따라왔다. 치밀한 계획을 수립하는 데는 오랜 세월이 걸렸다. 클래라는 실험을 승인하는 서류에 서명한 장관이 에밀리 오길비였다는 사실을 알아냈고, 내부 고발자 @PatientX로 위장해서 안나에게 접근했으며, 오길비 가족이 농장을 찾았을 당시 해리엇을 싸구려 보건안전 컨설턴트로 일하게 했다. 또 해리엇이 의심받지 않도록 경찰수사기록을 손보았고, 그녀가 램튼에서 일할 수 있도록 경찰 내부의 인맥을 동원했다. 법무부에서 안나를 애비클리닉으로 이감하는 조치를 고려한다는 소식을 들었을 때는, 뭐, 상황을 직접 주무를 수 있는 워낙 좋은 기회라 도저히 놓칠 수가 없었다.

솔직히 블룸이 살해당한 시점은 유감이었다. 하지만 클래라는 블룸이 방해물이 될 때까지 기다리겠다고 원래부터 마음먹고 있었다. 벤의 휴대전화를 도청하고 있다가 블룸과의 통화 내용을 엿들었을 때 그녀는 이제 시행할 때가 왔음을 깨달았다. 모방범으로 보이게끔 한 것은 의도적이었다. 물론 모험이었지만 미학적으로 반드시 필요한 모험이었다. 두 사건의 대칭은 너무나 아름다웠다. 그리고 그 모험 덕분에 최종적인 보상은 더욱 달콤했다.

클래라는 벤을 의도적으로는 표적으로 삼고 싶지 않았다. 하지만 그는 계속해서 공동양육권을 주장하고 있었다. 클래라는 어머니를 빼앗긴 아이였다. 그런 일이 결코 키티에게 생기게 할 수는 없었다. 벤은 자기 손으로 제 무덤을 판 것이었다. 클래라는 벤의 사고방식도 잘 알고 있었다. 블룸의 시체를 발견한 뒤 그가 직접 현장에 클래라를 불렀으니, 범행 순간 클래라가 남긴 조그마한 증거가 있다 해도 의심받지 않을 수 있었다. 클래라는 노트북에 디지털 단서를 심어놓고 벤이 해리엇과 같이 체포당하게 해서 결국 그를 해외로 몰아낼 수 있었다.

돌이켜 보면, 블룸의 금고에서 미리 파일을 빼돌리는 것이 나았을 것이다. 하지만 그것도 게임의 일부였다. 그날 밤 마침 근처를 지나가다가 농장에 들렀다고 했던 이야기가 그랬듯 현장에 가장 먼저 도착할 수 있는 핑계였다. 도박이었지만 감수해야 할 도박이었다. 현장을 즉시 손에 넣고 수사를 지휘할 자격을 얻어야 했다. 만약 다른 동료가 사건을 가로채게 된다면 모든 계획이 위험에 빠진다.

안나가 벤을 추적했던 것도 도움이 됐다. 하지만 그조차 클래라의 계산 안에 있었다. 안나가 회고록 작성을 위해 찾아왔을 때 클래라는 스코폴라민 이야기를 슬쩍 흘려 안나를 그쪽으로 유도했다. 마법의 숙취해소제로 술에 타기 완벽한 약이라고. 나머지도 전부 클래라가 흘린 내용이었다. 허위기억증후군, 해리성정체장애, 심인성기억상실증, 억압기억. 고백의 형식마저 기가 막혔다. 회고록은 사실과 허구가 뒤섞인 형식이었다. 팩션. 논픽션 소설을 인용해서 유죄판결을 받아낼 수 있는 검사는 없다. 안나는 자백하지 않고 자백했다. 법의 손이 미치지 못하는 곳으로 빠져나가는 동시에 자신의 이야기를 되찾은 것이다. 마지막까지 한발 앞서갔다.

@Suspect8의 자백과 유치장으로 반입된 손톱깎이 문제는, 그래, 그건 지금까지 가슴이 아프다. 연인이 마지막으로 자신을 희생하다니. 하지만 그것은 클래라와 해리엇이 처음부터 맹세했던 것이다. 서로를 절대 감옥에 보내지 말자는 것. 서로에게 인도적인 탈출구를 주자는 것. 운명이란 참 재미있다.

왜 20년을 기다렸느냐고? 우선, 그전이었다면 빠져나갈 방법이 없었을 것이다. 에밀리 오길비를 직접 살해했다면 복수는 됐겠지만 무모한 짓이었을 것이다. 클래라와 해리엇은 체포되어 형을 받았을 것이다. 게다가 에밀리는 신화 속의 괴물이 되기에 적합한 인물이 아니었다. 오직 안나만이 그럴 수 있었다. 둘째, 클래라는 원래부터 엄마가 아니었다. 벤은 키티가 태어난 뒤로 그녀가 변했다고 입버릇처럼 말했다. 그것은 산후우울증 같은 것이 아니라 그보다 더 근본적인 변화였다. 예전의 자신, 아니, 진짜 자신으로의 복귀였다. 분노, 내향성, 자신이 키티를 해치지는 않을까 하는 두려운 생각. 이 모든 것이 클래라 이전의 인격, 그토록 오랫동안 억눌러 왔던 자아의 일부였다.

딸이 생기면서 그 모든 분노가 되살아났다. 샐리가 언론에서 난도질당하고, 도움을 주어야 할 사람들에 의해 고문당하는 모습을 지켜보아야 했던 분노. 딸의 어머니가 되었다는 사실이 모든 것을 바꾸었다. 더 이상 과거로부터 숨을 수가 없었다. 키티를 위해서, 그녀 자신의 안녕을 위해서 복수해야 했다. 그것이 계속해서 살아나갈 수 있는, 숨 쉴 수 있는 유일한 길이었다. 한 걸음 한 걸음 걸어갈 수 있는 방법이었다.

하지만 이제 충분했다. 모든 것이 지나간 역사다. 중요한 것은 현재뿐. 오늘은 쉬는 날이었다. 클래라는 오후 내내 키티의 방을 정리하고 끝없이 세탁기를 돌렸다. 늘 그렇듯 아이를 데리러 가야 하는 시간은 너무 일찍 닥쳤다. 오늘은 금요일, 성스러운 방과 후 전통이 있는 날이다. 무슨 일이 있어도 깨뜨릴 수 없는 약속이었다. 클래라는 키티를 차에 태우고 옥스퍼드 시내에 있는 딸이 좋아하는 카페로 향했다. 두 사람은 바나나밀크셰이크 하나를 시켜 나눠 먹기로 했다.

높은 의자에 마주 보고 앉아서 빨대를 쥐고 있으니 다시 안도감이 밀려왔다. 그 모든 것이 할만한 가치가 있었다는 사실을 이제 알 수 있었다.

"엄마?"

"그래, 아가."

키티는 입가에 콧수염처럼 묻은 우유를 손으로 닦았다. "왜 웃고 있어요?"

"너랑 같이 있으니까. 내가 원했던 건 너뿐이란다."

"사랑해요, 엄마."

"나도 사랑해, 아가."

그동안 수많은 거짓말이 있었다.

하지만 그것이, 결국은 진실이다.

옮긴이 **유소영**

전문 번역가. 스릴러와 SF 등 다수의 소설을 번역했고, 셰한 카루나틸라카의 부커상 수상작《말리의 일곱 개의 달》, 팻 머피 SF 단편선《사랑에 빠진 레이철》, 제이슨 르쿨락의《히든 픽처스》,《블라인드 웨딩》등의 번역서가 근래 출간되었다. 그 밖의 역서로 비그디스 요르트의《의지와 증거》, 앤 클리브스의 형사 베라 시리즈, 존 르 카레의《나이트 매니저》, 존 스칼지의《무너지는 제국》, 리처드 모건의《얼터드 카본》, 존 딕슨 카의《벨벳의 악마》등이 있다.

## 안나 O

초판 1쇄 인쇄 2025년 6월 23일
초판 1쇄 발행 2025년 7월 7일

지은이 | 매슈 블레이크
옮긴이 | 유소영
발행인 | 강봉자, 김은경

펴낸곳 | (주)문학수첩
주소 | 경기도 파주시 회동길 503-1(문발동 633-4) 출판문화단지
전화 | 031-955-9088(마케팅부) 031-955-9530(편집부)
팩스 | 031-955-9066
등록 | 1991년 11월 27일 제16-482호

홈페이지 | www.moonhak.co.kr
블로그 | blog.naver.com/moonhak91
이메일 | moonhak@moonhak.co.kr

ISBN 979-11-7383-010-5  03840

*파본은 구매처에서 바꾸어 드립니다.